22-3-11

Título original: *Vanished*

Traducción: Patricia Orts

1.ª edición: junio 2008

© 2006 by Karen Robards
© Ediciones B, S. A., 2008
   para el sello Zeta Bolsillo
   Bailén, 84 - 08009 Barcelona (España)
   www.edicionesb.com

Printed in Spain
ISBN: 978-84-9872-050-1
Depósito legal: B. 22.199-2008

Impreso por LIBERDÚPLEX, S.L.U.
Ctra. BV 2249 Km 7,4 Polígono Torrentfondo
08791 - Sant Llorenç d'Hortons (Barcelona)

DESAPARECIDA

KAREN ROBARDS

BOLSILLO
ZETA

*Para Christopher,
en honor de tu decimosexto cumpleaños.
Esto sustituye al coche, ¿verdad? ¿Ah, no?
Con amor, siempre, mamá.*

1

Sarah Mason siempre había imaginado que la muerte tendría mejor aspecto cuando llamase a su puerta. Algo parecido a Brad Pitt en ¿*Conoces a Joe Black*?: el tipo de hombre con el que a una no le importaría perderse. Pero el majadero que ocultaba su cara tras una calavera de plástico barata debía de rondar los veinte años y medir poco más de metro setenta de estatura; era un tipo escuálido, un caucásico de tez oscura, con una larga melena negra y grasienta, un grueso aro de plata en una oreja y una barba de chivo ensortijada que asomaba por debajo de la máscara. Llevaba unas deportivas blancas, una enorme camiseta roja de los Hornets y unas bermudas vaqueras tan anchas que se arriesgaba a sufrir la indecencia de perderlas al menor movimiento brusco. De forma que, aquella noche, la muerte no habría sido capaz de encandilar a nadie: de atractiva no tenía nada.

Por si esto fuera poco, la pistola con que la apuntaba era negra y amenazadora. Tan negra y amenazadora que Sarah comprendió, cuando su aturdido cerebro recuperó las funciones básicas, que se iba a quedar sin aliento nada más verla.

—¡Tú, ponte junto a la caja registradora!

Era evidente. La máscara podía ocultar su cara, pero el tipo en cuestión le estaba gritando a ella, su enorme pistola negra la apuntaba a ella y sus movimientos eran agitados, nerviosos. Podía vislumbrar sus ojos a través de los agujeros ovales que había en el plástico. Eran negros y brillantes, con el tipo de brillo que normalmente indica que la pupila se encuentra dilatada por el consumo de droga; y recorrían inquietos el pasillo del pequeño supermercado en el que la había acorralado.

Sarah se había quedado completamente inmóvil, incapaz de moverse. Presa de ese estado de parálisis momentánea en que el espantoso suceso al que estaba asistiendo le había parecido, en un principio, no mucho más real que una pesadilla, Sarah no podía dejar de mirarlo.

«No me lo puedo creer. Y yo que salí para comprarle comida al perro...»

—¡Muévete! —volvió a gritarle él al ver que no obedecía sus órdenes.

A Sarah le dio un vuelco el corazón. La cabeza empezó a darle vueltas. Tragó saliva, inquieta.

—Sí, sí, ya voy.

Devuelta bruscamente a la terrible realidad por el elevado volumen del grito, Sarah abrazó el enorme saco verde de Friskies —la urgente necesidad de comprarlos la había traído hasta aquí, el Quik-Pik del barrio, poco después de las once de la noche—, estrechándolo contra su pecho, y se movió.

—¡Vamos! ¡Vamos! —Crispado, el tipo agitaba la pistola ante ella mientras oscilaba sin cesar de una pierna a otra y barría con aquellos ojos demasiado brillantes el local.

—De acuerdo. —Sarah se valió de sus cuatro años de experiencia tratando con criminales como ayudante del fiscal del distrito en el condado de Beaufort, Carolina del Sur, para mantener la voz calma.

Como jefa interina del Departamento de Delitos Graves, solía desayunarse con delincuentes de baja estofa como aquél. Pero no estaba en una sala del tribunal y el tipo no se jugaba su futuro: ella, en cambio, sí. Lo que pretendía hacer, lo que necesitaba hacer era establecer una especie de relación humana entre los dos. Éste era, al menos, uno de los principios básicos de la clase de Mujeres Contra las Agresiones Sexuales en la que enseñaba: si conseguimos que el agresor nos vea como una persona humana, se reducen las posibilidades de que éste nos cause algún daño.

—Tranquilícese, por favor.

—Yo ya estoy tranquilo. No me digas que me tranquilice. ¿Quién quieres que se tranquilice?

La cólera hizo que el tono de su voz resultase aún más estridente.

«Vale, he planteado mal la cuestión.»

—Mueve el culo y ponte al lado de la caja. —El tipo se balanceaba sobre la punta de los pies y la apuntaba con la pistola como si se tratase de un florete; Sarah se tensó instintivamente temiendo que ésta se disparase—: Ahora.

Tan pronto como se había dado cuenta de que se estaba produciendo un robo a la entrada del supermercado había llamado al 911 con su móvil. Lo cual era una buena noticia. Al ver lo que estaba sucediendo, se había precipitado con la comida del perro en la mano hacia lo que parecía ser la salida de atrás y se había adentrado en el vestíbulo que conducía a los aseos. Antes de que hubiese tenido ocasión de responder a la enérgica telefonista del 911, aquel tipo la había sacado con malos modos del baño de señoras y ella se había visto forzada a apurar el paso mientras volvía a cruzar el vestíbulo, y a arrojar su móvil todavía conectado —o, al menos, eso esperaba— en el bolso. Donde seguía estando.

No obstante, dado que se trataba de su móvil, incluso en el caso de que la telefonista mantuviese la conexión con aquella llamada silenciosa e hiciesen las oportunas indagaciones, la dirección que localizarían sería la suya. Era imposible que relacionaran la llamada con el supermercado.

La mala noticia era ésa.

Y la peor noticia era que, aun en el caso de que la policía llegase a descubrir lo que estaba sucediendo, era poco probable que acudiese en su ayuda; ya que, por aquel entonces, ella estaba casi segura de encabezar la lista policial de personas non gratas.

—Maldita bruja —dijo el atracador, cuyas palabras apenas quedaron ahogadas por la máscara.

Sarah se encolerizó instintivamente. «Bruja» era una de esas palabras que la sacaban de sus casillas, pese a que se la habían dicho tantas veces que debería resultarle ya indiferente. «No contestes», se advirtió a sí misma. Había llegado ya al lado de aquel tipo, lo suficientemente cerca para percibir el agrio olor que despedía. Por lo visto, o no creía en la ducha o los nervios conseguían que su desodorante lo abandonara. Fuese lo que fuese, olía que apestaba. El pasillo apenas tenía un metro de anchura, por lo que se iba a ver obligada a rozarlo para poder pasar. Al pensarlo, se le puso la piel de gallina. Claro que también podía ser debido al aire gélido que salía de las neveras alineadas a su izquierda y que le azotaba brazos y piernas, destapados a causa de las bermudas y la camiseta de tirantes que llevaba por deferencia a los más de treinta grados que había en el exterior de la tienda; pero tenía sus dudas. Es más, estaba casi segura de que aquella irritable sensación se la producía el terror galopante.

Lo cual, por extraño que pudiese parecer, era muy positivo. Sarah creía haber perdido el miedo a la muerte en algún momento indeterminado del infierno que le había tocado vivir durante los últimos siete años. De hecho, cuando se encontraba hundida en lo más profundo de aquel agujero, cuando las cosas se pusieron realmente mal para ella, habría incluso jurado que la anhelaba. Ahora, en cambio, la posibilidad de que le disparasen parecía aterrorizarla. Y era perfectamente comprensible. Nadie en su sano juicio querría que le metiesen una bala en el cuerpo. Sobre todo, durante una rápida escapada al supermercado para comprarle comida al perro.

—¿Qué pasa, tienes el cerebro lleno de mierda? Te he dicho que te muevas. —El Niño Esqueleto la fulminó con la mirada, mientras se agitaba impaciente sobre la punta de los pies haciendo tintinear las monedas, las llaves o los objetos metálicos que llevaba en el bolsillo.

—Está bien. —Sarah mantuvo un tono sereno al tiempo que aceleraba ostentosamente el paso.

Sus sandalias tamborilearon contra la superficie del suelo, dura y lisa. Era interesante notar cómo, a medida que se acercaba a él, a su vacilante pistola, el ritmo de los latidos de su corazón iba en aumento. Sin importar lo que su mente pudiese sentir al respecto, estaba claro que a su cuerpo no le gustaba la perspectiva de una muerte inminente. Jadeaba, un sudor frío la empapaba y tenía el estómago encogido. Hasta se le aflojaban las piernas.

¿Qué decía de su vida el hecho de que estar muerta de miedo fuera casi algo bueno?

—¿Todo bien ahí detrás, tío? —preguntó el segundo atracador, el que se encontraba en la parte delantera del supermercado—. ¿Qué estás haciendo?

—Sí —le respondió el Niño Esqueleto—. Todo está bajo control. —El tipo posó sus ojos en Sarah y le dijo en un tono más grave—: Te lo advierto: no me toques los huevos. Andando.

Su mirada se tornó tan fatídica como la pistola con que la estaba apuntando. Sarah tuvo la impresión de que el machismo de su asaltante estaba en juego en ese momento y, obediente, echó a caminar con un trote ligero y desigual. Manual de supervivencia callejera: jamás cuestionar la imagen que un delincuente tiene de sí mismo. Al advertir su mirada, Sarah encogió los hombros, tratando de volverse lo más pequeña posible. Hizo lo posible por evitar el contacto con sus ojos. Y precisamente por eso, porque mantuvo la mirada baja mientras pasaba como podía por su lado, vio a la niña que se escondía bajo la mesa redonda que había al final del pasillo y sobre la cual había apiladas un montón de cajas de donuts.

Un mantel blanco de plástico cubría la mesa, sólo que estaba torcido y por ese lado le faltaba casi medio metro para alcanzar el suelo. La niña estaba echada de lado y se había acurrucado todo cuanto había podido; pero Sarah podía ver sin dificultad un par de piernas morenas, delgadas y sucias encogidas contra el pecho, y otro par de brazos igualmente morenos, delgados y sucios que las rodeaban, una camiseta amarilla y unas bermudas azules, unos pies descalzos y una cara diminuta y medio oculta por una despeinada melena color café. La niña la miraba con aquellos ojos, oscuros y aterrorizados, abiertos de par en par.

Sarah le hizo un guiño. Le dio un vuelco el corazón y notó que le costaba respirar. Su mirada se cruzó con la de la aterrorizada niña durante un embarazoso instante que pareció prolongarse una estremecedora eternidad. Sentía los latidos de su corazón en el pecho y, aun así, fue capaz de recuperar el control; de manera que alzó los ojos y los apartó de la niña. Aquel tipo podía seguir la dirección de su mirada...

«Dios mío, no permitas que vea a la niña, por favor.»

—Abre el maldito cajón —le gritó el otro atracador a la mujer que había detrás del mostrador. Sarah pensaba que sólo eran dos.

—Sí, señor.

La caja registradora se abrió con un traqueteo y un ¡din! en el preciso instante en que Sarah salía del pasillo. Entonces pudo ver a los dos: a la mujer detrás del mostrador con la mirada baja y clavada en el todavía tembloroso cajón y al atracador al otro lado del mismo, apuntándola con la pistola. La cajera tenía unos sesenta años, era baja, regordeta y tenía aire maternal; el pelo entrecano le caía en bucles sobre la cara, y la parte superior de su uniforme rojo apenas podía contener su pecho de matrona. Miraba atemorizada al atracador, los labios temblorosos.

—Ponlo aquí. —El atracador le arrojó una de las finas bolsas de plástico blanco de la tienda.

La cajera no dejó de temblar ni un momento, mientras obedecía aquella orden y sacaba el dinero de la caja para meterlo en la bolsa con movimientos torpes y rápidos. Aquel tipo era más alto y grueso que el Niño Esqueleto, y parecía también más tranquilo. Al menos su pistola no oscilaba de un lado a otro sin parar y él no se movía frenéticamente. Tenía la tez oscura y el pelo negro y grasiento de su compañero, así que Sarah no pudo por menos que preguntarse si no serían hermanos; sólo que éste llevaba el pelo recogido en una cola de caballo que dejaba al descubierto una gruesa cicatriz blanca en uno de los lados del cuello. Unos pendientes de diamantes, seis o más en tamaño decreciente, se alineaban en el lóbulo de su oreja. No tenía perilla, o al menos Sarah no se la podía ver por la máscara de hombre lobo, en plástico gris, que cubría su cara. Se había remangado la camiseta negra que llevaba puesta, dejando al descubierto un tatuaje en su bíceps izquierdo. Sarah bizqueó. Parecía una especie de pájaro, ¿un águila, quizá? Fuese lo que fuese, estaba segura de que lo reconocería si lo volviese a ver.

«Objetivo número uno de la noche: sobrevivir para identificar ese tatuaje ante un jurado.»

—¿Has buscado en todas partes? ¿Es ella? —preguntó ansioso el Hombre Lobo, mirando hacia ellos.

Sarah hizo lo posible por evitar aquellos ojos oscuros donde no había ni rastro del nerviosismo del que, a todas luces, era presa el Niño Esqueleto. Había entendido que, de los dos tipos, él era el peor, el que daba las órdenes. Era el líder y, en caso de necesidad, probablemente el asesino. Aquella idea le produjo escalofríos.

—Sí —respondió el Niño Esqueleto.

—¿Estás seguro?

—Maldita sea, claro que estoy seguro. ¿Por qué siempre me tratas como a un retrasado?

—Era sólo una pregunta.

—Bueno, pues déjate ya de preguntas y acabemos con esto.

Al mirar por el grueso cristal de los escaparates del supermercado, Sarah se percató de que las gasolineras estaban desiertas. Exceptuando su Sentra azul, el aparcamiento estaba también desierto; como el cruce que había frente al Quik-Pik. Más allá del resplandor del halógeno que iluminaba el aparcamiento, la noche era oscura y tranquila. La cajera y ella —y la niña que se escondía bajo la mesa— estaban solas. A través de los grandes y redondos espejos de seguridad que había a ambos lados de la caja, Sarah vio que el Niño Esqueleto se le acercaba y se paraba detrás de ella. Miró nervioso al aparcamiento y brincó arriba y abajo sobre la punta de los pies, agitando sin querer las monedas o lo que hubiese en sus bolsillos. La pistola le tembló ligeramente al apuntar a la espalda de Sarah.

La idea de que una bala pudiese atravesarle la carne en cualquier momento hizo que a Sarah se le acelerase el corazón. Poco importaba lo que pudiera sentir sobre la Muerte en abstracto; aquella noche, en aquel Quik-Pik con exceso de aire acondicionado, se dio cuenta de que no deseaba para nada morir.

—¿Esto es todo lo que hay? —El Hombre Lobo casi saltó por encima del mostrador cuando la cajera, con las mejillas cubiertas de lágrimas, intentó darle la bolsa medio llena que él arrojó bruscamente de nuevo hacia ella en un gesto de orgulloso rechazo—. Levanta ese cajón. Ahí es donde metéis los billetes grandes. ¿Acaso crees que no lo sé? No intentes burlarte de mí. —Su mirada se deslizó de la cajera a un punto determinado sobre el hombro izquierdo de Sarah: el Niño Esqueleto—. ¿Has mirado en los aseos?

—Ya te he dicho que sí.

—Está bien, está bien, sólo quería asegurarme.

Cuando la cajera sacaba el cajón de plástico negro ya vacío de la caja registradora, Sarah sintió una presión en el lumbago. Un vistazo al espejo que había en lo alto le confirmó sus peores temores. El Niño Esqueleto estaba justo detrás de ella y el cañón de su enorme pistola negra se hundía en su espina dorsal. Lo único que le cabía hacer era retroceder y apartarlo, pero tenía miedo de que cualquier movimiento repentino por su parte hiciese que el inestable dedo del muchacho apretase el gatillo. Con una gran fuerza de voluntad, permaneció totalmente inmóvil e hizo rechinar sus dientes al tiempo que un sudor frío la iba cubriendo a oleadas. La imagen que le devolvió el espejo era la de una persona aterrorizada: con una palidez apergaminada y los ojos desmesuradamente abiertos y rodeados de profundas ojeras. Al apretar los labios, éstos se habían afinado hasta casi desaparecer y la sangre ya no circulaba por ellos; el pelo corto y escalado, todavía mojado a causa de la ducha que se había dado en el gimnasio antes de volver a casa, se le pegaba a la cara de forma que sus ojos y sus prominentes pómulos parecían dominarla; y tenía la espalda encorvada como la de una anciana, puesto que seguía estrechando con ambos brazos la bolsa de cinco kilos de comida de perro contra su endeble cuerpo. Aunque sólo tenía treinta y cinco años, Sarah se asombró al ver que parecía mayor, varios años mayor. Poco importaba que la culpa la tuviese la pérdida de color que le causaba el miedo, la total ausencia de maquillaje o la terrorífica iluminación; lo cierto era que apenas podía reconocer aquellas mejillas macilentas, aquellos ojos hundidos, aquella mujer de aspecto obsesivo que la miraba desesperadamente a través del espejo.

Hace mucho, mucho tiempo, tanto que casi no lo recordaba, era atractiva...

—¿Dónde está ese maldito dinero?

El repentino rugido del Hombre Lobo hizo que Sarah volviese sobresaltada a la escena que tenía delante de sus ojos. Entonces, el Hombre Lobo saltó por encima del mostrador y agarró por el pelo a la cajera, quien sujetaba un único billete de cincuenta en la mano. El billete revoloteó y fue a parar al suelo, junto a los pies de Sarah. La bolsa con el dinero cayó sobre el mostrador con un ¡plaf! La cajera soltó un agudo chillido que el Hombre Lobo se apresuró a acallar golpeando la cabeza de la mujer contra la parte superior de la caja, emitiendo al hacerlo un sonido metálico: ¡clonc!

Sarah sintió que se le retorcía el estómago. Se quedó sin saliva. Sus ojos, enormes debido al miedo y la compasión, permanecían clavados en la cajera.

—¿Me lo vas a decir? ¿Eh, eh?

Sarah gritó en su fuero interno. Exteriormente, apretó los dientes y los puños movida por una rabia impotente; pero eso fue todo. Tenía que hacer algo, sólo que no había nada que pudiese hacer que no fuese seguir mirando horrorizada y en silencio. Sabía de sobra que cualquier otra cosa volvería a atraer la violencia sobre su persona.

Al pensar aquello, el terror invadió su cuerpo.

Los gritos agudos de la cajera degeneraron en un gimoteo cuando el Hombre Lobo aplastó su frente contra el implacable metal de la caja registradora con deliberada brutalidad. La niña escondida bajo la mesa respondió con un lloriqueo casi inaudible. Los ojos de Sarah se abrieron desmesuradamente al oírla. Contuvo el aliento, pero no se atrevió a mirar en derredor.

Sudaba la gota gorda. Su corazón latía enloquecido.

«No te muevas.» Su mente envió aquel feroz mensaje a la niña. Luego, por si acaso la pequeña no lo recibía, apeló de nuevo a instancias más altas: «Dios mío, haz que se esté quieta, por favor. No permitas que esos tipos la encuentren.»

La idea de que pudiesen hacerlo le heló la sangre. Por muy ambivalente que pudiese sentirse sobre el valor de su propia vida, la idea de que una niña, una pequeña criatura, pudiese resultar herida le parecía intolerable. Y a Sarah no le cabía ya ninguna duda que tanto ella como la cajera iban a salir heridas, si no peor, de todo aquello. Desesperanzada, se hizo a la idea de que aquella situación se estaba deteriorando a toda velocidad. La experiencia le decía que la violencia, una vez iniciada, sólo iba en aumento.

Mientras constataba todo aquello con el estómago encogido, el Hombre Lobo tiró hacia arriba la cabeza de la cajera. La mujer sollozaba y jadeaba estrepitosamente con los ojos y la boca abiertos por completo. A espaldas de Sarah, el Niño Esqueleto tintineaba como nunca. El aire acondicionado y las neveras zumbaban. Había tantos ruidos a su alrededor que, por lo visto, Sarah había sido la única que había oído el pequeño grito de la niña o, al menos, la única que había sabido reconocer aquel ruido como lo que realmente era.

«No salgas», le ordenó con apremio. Podía sentir las gotas de sudor chorreándole entre los omóplatos. Su corazón latía como el de un corredor de larga distancia. Tenía la boca tan seca que la lengua le parecía de cuero.

—¿Dónde está el maldito dinero? —rugió de nuevo el Hombre Lobo, soltándole por fin el pelo a la cajera.

Aturdida y llorosa, la mujer cayó de golpe sobre el mostrador sin responder y se apoyó en los codos. Dolía oír sus sollozos. Se había hecho una pequeña brecha en la frente, justo encima de la ceja izquierda, lo bastante profunda para dejar a la vista en algunos puntos la línea blanca de grasa que la rodeaba. Paralizada por el miedo y, al mismo tiempo presa de una espantosa sintonía con la niña escondida bajo la mesa, Sarah sólo podía ver cómo la sangre empezaba a manar por el corte y a chorrear por la cara de aquella mujer. La cajera —se llamaba Mary, Sarah podía leerlo en la etiqueta que llevaba su nombre— levantó los ojos y su mirada se cruzó con la de Sarah durante un momento que pareció eterno. Tenía los ojos hinchados, anegados en lágrimas, y resultaban sombríos a causa del miedo y el dolor. El delicado azul de su iris había ido perdiendo intensidad con la edad. «Ayúdeme», parecía suplicarle. A Sarah le dio un vuelco el corazón. Pero cualquier cosa que hiciese no haría sino empeorar la situación para las dos.

«Un golpe seco.» El Hombre Lobo acababa de descargar una bofetada en la cara de Mary que hizo que ésta se ladease.

—¡Oh! —La cajera se llevó la mano al lugar donde había recibido el golpe. Trémula, se dejó caer, con terror en la mirada.

—¿Dónde está el maldito dinero?

—Eso es todo, le juro que eso es todo. —La voz de Mary estaba tan ahogada por las lágrimas que resultaba difícil entender lo que decía. Sus sollozos aumentaron cuando el atracador acercó amenazador su cara a la de ella. Entonces Mary bajó los ojos hacia el mostrador, como si tuviese miedo de mirarlo—. Oh, Dios mío, ten piedad de mí. Oh, Dios mío, ten piedad de mí.

Con el rabillo del ojo, Sarah vio que el mantel blanco se movía. La niña debía de haberlo cambiado de posición para ver mejor.

A Sarah se le aceleró nuevamente el corazón. Contuvo el aliento. Seguramente los atracadores la habían visto; pero, tras unos tensos segundos temiéndose lo peor, llegó a la conclusión de que se equivocaba.

«No te muevas de ahí abajo —suplicó a la niña en silencio sin dejar de mirar a Mary, que seguía lloriqueando—. Por el amor de Dios, te lo ruego, estate quieta y no salgas de ahí.»

Entonces el Hombre Lobo se volvió hacia el Niño Esqueleto.

—¿No me dijiste que a estas horas de la noche tienen un par de miles ahí dentro?

—Sí, Duke, y los tienen. Siempre los tienen.

El Hombre Lobo se quedó inmóvil, con la mirada clavada en el Niño Esqueleto. Casi se podía palpar la tensión que había entre ellos. Sarah volvió a caer presa del terror al percatarse de lo que acababa de oír: el Hombre Lobo se llamaba Duke. Ahora ella —y Mary, y la niña— sabían su nombre.

Peor que tirarse de un avión sin paracaídas.

—¿He oído bien, acabas de decir mi nombre? ¿Eres gilipollas? —La voz de Duke delataba rabia contenida. Su mirada se volvió a posar sobre la cajera—. Te lo preguntaré una vez más: ¿dónde está el dinero?

Mary, aparentemente aún más aterrorizada que Sarah, inspiró.

—Esta noche han venido pronto. Apenas pasadas las diez. Eso es todo lo que he ingresado después. No le miento. Pongo a Dios por testigo de que no le miento. —La sangre y las lágrimas se le mezclaban en las mejillas, la piel se le había vuelto gris.

—¡Maldita sea! —Duke se volvió para mirar al Niño Esqueleto. Sarah volvió a ver por el rabillo del ojo que el mantel blanco se movía. Casi podía sentir la mirada de la niña clavada en ella. Sintió un nudo en la garganta. Tenía el estómago encogido.

«No te muevas. No hagas ruido...»

—No puedes culparme por eso —protestó el Niño Esqueleto.

—No, no puedo; ¡mierda! —Duke miró entonces a Sarah—: Quítale el bolso. —Mientras el Niño Esqueleto se apresuraba a hacer lo que su compañero le había ordenado, éste se dirigió directamente a Sarah—: ¿Llevas algo dentro?

—Unos cuarenta dólares. Y algunas tarjetas de crédito.

Sarah se sorprendió por el tono firme de su voz. En su fuero interno, temblaba como un flan. Sentía las piernas tan flojas como espaguetis recocidos y el corazón le latía como las alas de un pájaro salvaje en cautiverio. No le cabía ya ninguna duda: antes o después, en el curso de los próximos minutos, ella y Mary iban a morir. Y si no se estaba quieta y permanecía escondida, la niña también moriría.

«Pase lo que pase, no permitas que encuentren a la niña.»

—¿Dónde tienes el bolso? —le preguntó Duke a Mary en tono más que perentorio.

El Niño Esqueleto había dejado de tintinear. Sarah oía cómo hurgaba en su bolso.

Mary seguía de bruces sobre el mostrador, jadeando, sangrando, temblando y sin dejar de llorar. Un chorro de sangre goteaba sobre la superficie negra del mostrador y dejaba sobre ella una mancha roja y brillante.

—En... en la parte de atrás. —Su voz era débil, trémula.

En la parte de atrás. Estupendo. Justo donde no querían ir. No hacía falta ser una lumbrera para entender que ir a la «parte de atrás» no era nada bueno. Si permanecían en la entrada, al menos cabía la posibilidad de que alguien entrase en el aparcamiento, viera lo que estaba sucediendo y llamara a la policía.

—¿Cuánto llevas dentro? —Duke agarró a Mary por el brazo y la sacudió al ver que ésta no le respondía de inmediato—. ¿Cuánto?

—Un par de dólares.

—Mierda. —El Hombre Lobo lanzó de nuevo una mirada virulenta al Niño Esqueleto—. Todo esto es una mierda.

Acto seguido, dio un paso hacia atrás, alzó la pistola y disparó a Mary en la cara. Sin más. Sin ningún tipo de advertencia. Sarah abrió la boca cuando, sin tiempo para asimilar lo que estaba pasando en ese momento, el estruendo de una explosión casi le rompía los tímpanos y hacía desaparecer el lado izquierdo del rostro de Mary. La sangre salió disparada hacia atrás y cayó como una llovizna roja que fue salpicando de carmesí las cajetillas de cigarrillos, la cámara de vigilancia, el segundo de los dos grandes espejos redondos y todo cuanto había alrededor del mostrador. Mary no chilló, no gritó, no emitió ningún sonido. Tan sólo se desplomó como una piedra y desapareció tras el mostrador, muerta. Su cuerpo debió de caer con un ruido sordo; pero Sarah no lo pudo oír a causa del terrible zumbido que tenía en los oídos. Un nuevo olor —la nauseabunda mezcla de sangre y emanaciones corporales que ella había aprendido a identificar con la reciente muerte— penetró por su nariz.

Tenía el estómago revuelto, el corazón le latía desenfrenadamente. Las fuerzas le flaquearon y la bolsa de Friskies se le escurrió entre los brazos. Tampoco oyó el ruido que ésta hizo al caer al suelo. Lo único que era capaz de oír —y aun así los sonidos quedaban parcialmente ahogados por el incesante zumbido que seguía retumbando en sus oídos— eran las imprecaciones del Niño Esqueleto y un agudo y aterrador aullido que, por un momento, creyó que había desgarrado su propia garganta para abrirse camino.

Pero luego se percató de que no era así, a la vez que identificaba, horrorizada, el origen del mismo. Miró hacia un lado. La niña...

«¡Mary! ¡Mar-yyy!»

Sarah sintió un nudo en la garganta al ver que la niña, con la enmarañada melena oscura ondeando tras ella como una bandera, salía repentinamente de debajo de la mesa y se precipitaba hacia el mostrador. Las cajas de donuts saltaron por los aires, cayeron al suelo y se desparramaron por todas partes.

—¿Qué demonios...?

Duke se dio media vuelta. Tragándose la última retahíla de maldiciones, el Niño Esqueleto hizo lo mismo. Por unos instantes, ambos se quedaron aparentemente tan sorprendidos que sólo pudieron permanecer boquiabiertos mientras la niña, aullando como una sirena, corría en dirección a ellos.

—Mierda. —Duke se había recuperado de su momentánea parálisis. Levantó con rapidez la pistola y apuntó a la niña que seguía gritando.

2

—¡No! —gritó Sarah.

Vigorizada por el repentino estallido de adrenalina que el pánico le había causado, se volvió y empujó a Duke con toda la fuerza de la que fue capaz. Pillado por sorpresa, concentrado como estaba en la niña que corría, Duke tropezó de lado contra el mostrador y dejó caer la pistola. El arma repiqueteó en el suelo y resbaló hacia el estante de patatas fritas que había en medio del pasillo más cercano.

Sarah abrió los ojos desmesuradamente.

Una oportunidad. Tenían una oportunidad...

Con el corazón brincando como una liebre y el pulso a mil por hora, Sarah decidió aprovecharla y, en un abrir y cerrar de ojos, pasó por delante del Niño Esqueleto con un salto. Agarró por un brazo a la niña, que casi había llegado ya junto a los dos atracadores. Pese a que la pequeña seguía gritando y la miraba aterrorizada con sus ojos grandes y castaños, Sarah cambió de dirección sin perder tiempo y, aprovechando el impulso que ya llevaba la niña, la arrastró en una alocada carrera hacia la puerta.

—Vamos.

Sarah no se fijó en si la niña ofrecía resistencia. Era diminuta, sus huesos podían ser los de un pajarito, no debía de tener más de seis o siete años, pensó Sarah, y era ligera como una pluma. Todo se movía alrededor de ella: había ruido, confusión y caos por doquier. La niña no dejaba de emitir agudos chillidos mientras Sarah la arrastraba, a su pesar o no, tras ella. El Niño Esqueleto maldecía, daba vueltas sobre sí mismo, alzaba la pistola y trataba de apuntarlas mientras ellas corrían en dirección a la puerta. Duke se arrojó al suelo para coger su pistola, soltando también una retahíla de improperios, y se levantó rebotando como un gimnasta con ella en las manos.

—¡Dispárales! ¡Dispárales! —le gritó al Niño Esqueleto.

—¡Ya lo hago! ¡Ya lo hago!

El terror aguzó los sentidos de Sarah hasta el punto de que todo le parecía desorbitado. La corriente fría que salía del aire acondicionado la sentía de repente como el gélido aliento de la Muerte en el cogote. Bajo los gritos, los chillidos y el tamborileo de su propio corazón, creía poder oír el ruido que hacían los pies de los atracadores al arrastrarse, el que hacía el aire al entrar en sus pulmones o el mínimo chasquido metálico de sus armas. El nauseabundo olor a muerte se intensificó, hasta invadir por completo su nariz. Su entorno se difuminó en un incontenible caleidoscopio de colores, mientras se precipitaba hacia aquello que podía suponer su vida... y la de la niña. La calidez de la frágil muñeca de ésta se convirtió en el único punto que la mantenía conectada con la realidad y que le hacía sentir que estaba viviendo una pesadilla. Sus propios movimientos parecía realizarlos a cámara lenta, como quien trata de correr en aguas muy profundas. Le pareció tener un brazo pesado como el plomo cuando lo alargó para tratar de alcanzar la manilla de la puerta, que ahora se encontraba a escasos milímetros de la punta de sus dedos. Los atracadores estaban a sus espaldas, pero ella podía verlos reflejados en el cristal negro y brillante del escaparate.

El Niño Esqueleto las apuntó con su pistola. Al ver su imagen ligeramente desdibujada, Sarah dio un alarido con el que hubiera podido resucitar a un muerto. El corazón le dio un vuelco, el pulso se le aceleró. Duke, de nuevo en pie, se precipitó hacia ellas. Su mano alzó el revólver y lo sostuvo justo por encima de la cintura. Sarah tenía la piel de gallina. Unos segundos más y tendría una bala metida en la espalda...

Entonces asió la manilla, y sintió el frío metal en su palma mientras empujaba la pesada puerta y salía apresuradamente a la acera. Una cálida capa del aire húmedo y cargado de agosto la envolvió en un acogedor abrazo. Las estrellas brillaban sobre sus cabezas. La luna, pálida y en fase creciente, navegaba en el cielo. A sus espaldas, la niña, que no había dejado de gritar, le pareció ligera e inconsistente como una cometa.

«Vamos, vamos, vamos...»

Cuatro coches patrulla, estruendo de sirenas, luces rojas destellando como faros en la noche, lanzadas como cohetes sobre el aparcamiento desde diferentes puntos.

«Gracias, D...»

Mientras hacía volar su oración en dirección al cielo, Sarah sintió un golpe tremendo, como si alguien hubiese descargado sobre un lado de su cabeza una maza de béisbol. El dolor estalló en el interior de su cráneo. La fuerza del impacto la derribó. Aturdida y con los ojos abiertos como platos, contempló lo que parecía ser la entrada en escena de todos los coches patrulla del departamento, a la vez que granizaban sobre ella fragmentos de cristal.

Los escaparates del supermercado habían estallado detrás de ella.

El ¡ra-ta-ta-ta! de disparos que, como una retahíla de petardos, se había desencadenado por encima de su cuerpo la llevó a agachar instintivamente la cabeza. Al hacerlo, se dio un golpe tan fuerte contra el suelo que vio las estrellas. Cayó de bruces sobre el despiadado asfalto. Los brazos, las rodillas y la barbilla quedaron hechos trizas, y le escocían. Cuando todo aquello paró, lanzó un gemido y se acurrucó de forma instintiva. Algo tibio y húmedo le chorreaba por la mejilla derecha.

La rozó con los dedos y, al ver que éstos se ponían rojos, comprendió que era sangre. Acto seguido, cayó horrorizada en la cuenta de que era su sangre.

Fue presa del pánico. «¡Oh, Dios mío, me han disparado...!»

—¡Dos tipos! ¡Por ahí, a la izquierda! —Una voz masculina. Un policía. A lo lejos.

—¡Se nos escapan!

—¡Alto! ¡Alto! ¡Alto!

—¡Cuidado! ¡Tiene una pistola! ¡Mierda!

Un solo disparo. Un tiroteo. Un grito.

—¡Maurice! —Duke lanzó un gemido de angustia.

—¡Arroje su arma! ¡Arroje el arma!

—¡Está bien! ¡Está bien! ¡Pero no disparen! ¡No me disparen! —La voz era la de Duke, y delataba el miedo que sentía. Se oyó a lo lejos un ¡clonk!, como si alguien hubiese dejado caer su arma. El Niño Esqueleto no hizo ruido alguno.

—¡Arriba las manos, vamos!

Todo lo que Sarah alcanzaba a ver de aquella escena era la estampida de zapatos negros y brillantes que pasaban precipitadamente por su lado. Seguía tumbada en el mismo lugar donde había caído, paralizada por la impresión, respirando con dificultad.

«Me duele. Me duele...»

Unos segundos más tarde, un par de aquellos zapatos negros y brillantes se detuvo a escasos milímetros de su nariz. Un segundo después...

—Es Sarah Mason, está bien. —Un uniforme se agachó junto a ella. Dado que la imagen de cuanto sucedía a su alrededor seguía siendo confusa, Sarah no se sentía completamente segura; pero creyó reconocer a Art Ficus, un oficial de patrulla que conocía bastante bien aunque por casualidad. Sus escasos encuentros habían sido siempre cordiales—. Por lo visto, le han disparado.

—Bueno, no creo que mucha gente se eche a llorar por eso —gruñó su compañero, mientras se alejaba de allí.

Aquella voz le resultaba familiar: Brian McIntyre. Por supuesto. La última vez que había oído su voz había sido justo después de comer, al escuchar la grabación de su declaración en el despacho. Tampoco entonces le había gustado demasiado.

Art le tocó el hombro, cogió su muñeca y le buscó el pulso. Si bien la flacidez de su brazo era alarmante, Sarah sentía que la tocaban.

—¿Puede oírme, Sarah?

«Sí», trató de responder ella. Se sorprendió al comprobar que su boca no respondía. Se abría, eso sí; pero ningún sonido salía de ella. Movió los labios, la lengua, trató de ignorar el horrible gusto a carne cruda de la sangre tibia que seguía goteando en su boca.

«¿Me estoy muriendo? ¿Es esto lo que se siente al agonizar?»

El miedo y la prisa parecían haberla abandonado por completo. Ahora sentía curiosidad, incredulidad, quizá cierto pesar. Toda aquella situación era irreal.

«No quiero morir.»

Aquella idea era fuerte, poderosa, decisiva. Nada ambigua. Al margen de lo sucedido, aquel impulso llegaba para empujarla a permanecer entre los vivos. Pero, se preguntó entonces, ¿acaso tenía elección? ¿En verdad existe la posibilidad de elegir?

Sarah sintió la acuciante necesidad de recordar algo; algo que tenía que decirle a Art antes de hundirse para siempre en la oscuridad que avanzaba hacia ella y que la iba envolviendo lentamente. No obstante, por mucho que lo intentaba, no conseguía hacerlo.

—¡Llamad enseguida a una ambulancia! —gritó Art. Sus dedos soltaron la muñeca de Sarah. Ésta sintió que le hacían presión sobre el cuello, justo debajo de la oreja. La parte de su cerebro que percibía ese tipo de cosas le indicó que el policía debía de tener dificultades para encontrarle el pulso y que por eso seguía probando en otras partes de su cuerpo. Después se percató de que Art agitaba una mano para llamar la atención de sus compañeros, y tuvo la impresión de que el policía no debía de estar muy satisfecho con la información que había obtenido—. ¡Una ambulancia! ¡Aquí!

Podía oírlo, podía oír sus gritos de fondo, las sirenas y la conmoción que había a su alrededor; pero todo parecía retroceder, como si una fuerza lo arrastrase lejos de ella.

«¿Es así como se muere? ¿Será este alejarse flotando en la atmósfera? No está tan mal, después de todo...»

Entonces Sarah recordó lo que había estado tirando de las cuerdas que colgaban de su conciencia e inspiró. Un nuevo temor la puso alerta.

—Eso es —mascullaba Art—. Respira, maldita sea, respira.

—La niña —dijo Sarah con un hercúleo esfuerzo.

La niña seguía gritando cuando le dispararon. Recordaba sus agudos chillidos, la sensación de tenerla agarrada por la muñeca. Después se había producido el golpe en la cabeza. La soltó al caer al suelo y, acto seguido, dejó de oírla. Ya no hubo más gritos. Ni contacto. Nada.

«¿Dónde está?»

Las emanaciones que despedía el alquitrán, todavía caliente por el sol, unidas al olor más tenue de los tubos de escape, la gasolina, la pólvora y su propia sangre se le arremolinaban en la nariz y en la garganta amenazando con sofocarla. Para permanecer consciente, necesitaba de toda su fuerza de voluntad. Estaba aturdida, su cerebro funcionaba a muchas menos revoluciones de lo habitual; pero estaba casi segura de que la niña había dejado de gritar casi en el mismo momento en el que ella había recibido el tiro. A partir de entonces, nada. Silencio absoluto. Un escalofrío recorrió su espalda al considerar las diferentes posibilidades. ¿Qué había sido de la niña?

«Encuéntrenla.» Sarah sintió que la boca se le movía sin emitir, no obstante, ningún sonido.

—No hable. —Art le había soltado el cuello. Estaba en pie y seguía agitando las manos de forma apremiante—. ¡Maldita sea! ¡Aquí!

¿Habrían disparado también a la niña? ¿Estaría también tumbada en el suelo a su lado, herida y sangrando como ella? Estaba oscuro, el aparcamiento estaba lleno de sombras, a su alrededor sólo había ruido y confusión: demasiado fácil, pues, pasar por alto a una criatura tumbada sobre el asfalto.

—¿Dónde está... la niña? —Al menos en su mente la pregunta era clara y tajante.

No hubo respuesta. ¿La habría oído Art? ¿Habría hablado realmente? Los labios se le habían movido pero, una vez más, ningún sonido había salido de ellos.

Sarah recorrió con la mirada la zona que tenía al alcance de la vista y que no abarcaba, lo que se dice, demasiado. El supermercado quedaba a sus espaldas. Delante de ella tenía las piernas de Art, una extensión de asfalto negro, los islotes de las gasolineras iluminadas por halógenos y el cruce con el semáforo en rojo, que en ese momento estaba cambiando a verde. Al otro lado de la calle, el restaurante chino y el solar lleno de coches usados tenían las luces apagadas y estaban cerrados. Alrededor de una docena de coches patrulla y un par de ambulancias, todos ellos con las sirenas aullando y las luces del techo moviéndose a toda velocidad, abarrotaban el aparcamiento del supermercado y las calles adyacentes. Más coches patrulla atravesaron el cruce a toda velocidad mientras ella miraba. Un furgón de la policía chirrió al detenerse en el aparcamiento y vomitó agentes de uniforme que hicieron retumbar el suelo al echar a correr. Cascos, corazas, rifles —¿eran las fuerzas de asalto?—. Dios mío, por lo visto había llegado el departamento de policía en pleno. Más allá de las luces estroboscópicas de los vehículos de emergencia, era imposible ver algo; pero Sarah tuvo la impresión de que un grupo de mirones se agrupaba ya al otro lado de la calle, frente al Banco Popular que tenía sede en aquella esquina. Dondequiera que mirase sólo veía caos... Ahora bien, ni rastro de la niña.

Sarah trató de levantar la cabeza, pero una terrible punzada en el cerebro le hizo desistir. Sintió un vértigo creciente, náuseas, dificultades para respirar. Así que se volvió a echar. La oreja izquierda quedó aplastada contra el asfalto. Las sirenas, los gritos, el estruendo que hacían las botas al correr llegaban hasta ella como vibraciones y ya no como sonidos. Se percató de que se iba alejando nuevamente de allí a cada segundo que pasaba. Pensó que si se quedaba quieta tenía más posibilidades de permanecer consciente. Desde que había dejado de moverse ya no le dolía la cabeza. Sólo la notaba rara, invadida por un extraño hormigueo; como el resto de su cuerpo.

«Lo más probable es que esto no sea una buena señal.»

Pero antes de abandonarse, antes de rendirse a la oscuridad que la acechaba en el confín de su mente como la marea alta, tenía que saber qué había sido de la niña. Mientras no supiera que la habían encontrado tenía que hacer lo posible para resistir.

—Hay una víctima dentro de la tienda —gritó alguien detrás de ella.

—Cielo santo...

Era evidente que habían encontrado a Mary.

Una camilla pasó por su lado traqueteando. Luego, otra. Llegaron los médicos y se agacharon a su lado. Uno de ellos asió su muñeca. Unos dedos se movieron por entre sus cabellos...

Haciendo acopio de todas sus fuerzas, Sarah lo volvió a intentar.

—La niña...

—¿Qué niña? —La doctora, una mujer a la que ni siquiera trató de identificar, taponó la cabeza de Sarah con una gasa justo detrás de su oreja derecha. Tendría que haberle dolido, pero no fue así. Era raro que se preocupase justo en ese momento por el hecho de no sentir dolor...

La mujer habló por encima de su hombro.

—Ponedle una máscara.

—Estaba conmigo. —Obligar a salir a aquellas palabras de su boca requirió toda la fuerza de la que Sarah era capaz—. Una niña pequeña. En el supermercado, conmigo...

Una máscara de oxígeno le cubrió la boca y la nariz, interrumpiendo lo que estaba diciendo. La llegada del chorro de aire fresco la distrajo. Inspiró profundamente una vez, dos... La estremecedora oscuridad se desvaneció poco a poco. El dolor, por el contrario, aumentó.

—¿Alguien ha visto a una niña? —gritó la mujer mientras le ponían a Sarah un collar cervical alrededor del cuello—. Dice que había una niña con ella en el supermercado.

Las respuestas que Sarah alcanzó a oír fueron todas negativas. El pánico le hizo un nudo en la garganta y le aceleró el pulso. ¿Dónde estaba la niña? No podía haber ido muy lejos. Bastaría con echar un vistazo para encontrarla...

Llena de inquietud, intentó decir algo por debajo de la máscara.

—¿Listos para salir? —preguntó una voz masculina al mismo tiempo que dejaba caer una camilla en el suelo junto a Sarah.

—Sí —respondió la doctora, mientras Sarah gritaba «no» en su fuero interno. Se negaba a ir a ninguna parte hasta que no supiese algo de la pequeña.

Intentó coger la máscara, levantar la cabeza, decirles que tenían que esperar, que tenían que encontrarla. Sus movimientos fueron rápidos, instintivos... y supusieron un grave error. La consiguiente punzada de dolor fue tan intensa —tan aguda— que apenas tuvo un segundo para constatar su equivocación antes de que la oscuridad se la llevara lejos de allí como una exhalación.

Sarah comprobó sorprendida que la niña que había a su lado era su propia hija, Alexandra. Alexandra Rose Mason. Lexie para abreviar. Su hija —una niña de nariz respingona, cara pecosa y mejillas regordetas— la miraba fijamente con los ojos azul oscuro muy abiertos y solemnes, y la boca rosa fresa sin el menor atisbo de sonrisa. Sarah sintió una dolorosa y anhelante oleada de auténtico amor cuando su mirada se posó en la dulce carita de la niña. Absorbió hambrienta cada detalle de su aspecto. Llevaba la cara recién lavada y los cobrizos tirabuzones recogidos en dos coletas rematadas con unos finos lazos de satén del color de sus ojos. Estaba en pie y completamente quieta, lo que no dejaba de ser inusual en una niña de cinco años que por lo general no dejaba de moverse; que corría, bailaba o brincaba (jamás caminaba) por doquier; que adoraba jugar al béisbol o al fútbol, nadar, acampar, montar a caballo o cualquier otra cosa que requiriese la misma dosis de acción y que tuviese lugar fuera de casa. Por lo general Lexie iba con la cara sucia, las rodillas llenas de costras y el pelo completamente despeinado; pero en ese momento, vestida con su camiseta azul preferida y con una falda vaquera, parecía recién salida del baño.

Sarah sabía por experiencia que aquella perfección no podía durar demasiado.

—Hola, mami —le dijo Lexie con una sonrisa.

Su hija sonreía como hacía las demás cosas: con todo su corazón. Con los ojos resplandecientes y las mejillas sonrosadas, los labios se le estiraron de tal forma que Sarah pudo verle casi todos los dientes. Incluida la pala que le bailaba y que no tardaría en caer.

Sarah le devolvió la sonrisa, pero no osó decirle nada.

—Emma ha traído una tarta —prosiguió su hija animada, mientras la oleada de placer que Sarah había sentido al verla empezaba a desvanecerse—. Es su cumpleaños. Tiene seis años. ¿Cuándo será el mío?

«El 27 de octubre.»

—¿Yo también cumpliré seis años?

«Sí.»

—Entonces Emma y yo tendremos la misma edad —dijo Lexie—. Pero ahora ella es mayor que yo. Eso me ha dicho. —Frunció el entrecejo, como si el hecho de que su amiga fuese mayor que ella la preocupase; pero su expresión no tardó en iluminarse de nuevo y en recuperar la alegría propia de ella—. ¿Crees que hoy ganaré un trofeo?

Hoy se celebraba la comida al aire libre para clausurar la temporada de béisbol. El acontecimiento se iba a celebrar en Waterfront Park, con un picnic y una entrega de premios. Sin decir nada a los niños, los padres se habían puesto de acuerdo con los entrenadores para asegurarse de que ese año todos recibieran un pequeño trofeo dorado y azul. Al recordarlo, Sarah sintió una punzada agridulce. A Lexie le encantaban los trofeos. Por el momento, en su vida sólo había recibido dos: uno por haber finalizado con éxito su cursillo de natación y otro por la temporada de fútbol de la primavera anterior. A ambos les había concedido un lugar de honor en su mesita de noche, donde no había ya sitio para un tercero, pese a que el que iba a recibir hoy fuese el más pequeño de todos. Tal vez pudiese convencer a Lexie de que los pusiese en la estantería de la sala de estar, aunque la experiencia le decía que no era muy probable que la pequeña accediese. Su única hija tenía, además de unas opiniones muy firmes sobre el modo en que había que hacer las cosas, una mente muy precisa; y había decretado que la mesita de noche era el sitio donde había que guardar los trofeos.

Pero ése era un problema que podían resolver más tarde. Lo que en ese momento preocupaba a Sarah era no arruinarle la sorpresa a su hija.

«No lo sé, cariño. Habrá que esperar, a ver...»

—¿Puedo comer ahora un poco de tarta?

Sarah se estremeció de miedo.

«No. Espérame.»

—Es mi favorita. Chocolate con chocolate escarchado. Y tiene unas rosas de color rosa por encima. Por favor, mamá, ¿puedo?

«No, no, no», chilló Sarah en su fuero interno; pero, a todas luces, Lexie tuvo que oír otra cosa porque, tras dedicarle a Sarah una radiante sonrisa, dio media vuelta y se alejó de ella bailando.

Incapaz de detenerla, Sarah empezó a respirar entrecortadamente al ver que la figura bailarina se iba haciendo cada vez más pequeña. Pasado un momento, Lexie sustituyó la danza por los saltos, una nueva habilidad que había aprendido apenas unos días antes. «Los otros niños pueden saltar», le había dicho su hija al finalizar el año de guardería. De forma que Sarah se había pasado buena parte del verano, durante el escaso tiempo libre que le quedaba después del trabajo, acompañando a su hija a la acera que había delante del edificio de apartamentos donde vivían para mostrarle con tenacidad el refinado arte del salto. Aquellas semanas de esfuerzo habían dado fruto justo antes de que empezase el nuevo año escolar y ese gran reto que suponía para la niña entrar en el colegio.

—Te guardaré un trozo, mamá —le dijo Lexie por encima del hombro y, a continuación, le dedicó una última sonrisa radiante.

Sarah notaba que se le partía el corazón.

«Vuelve, cariño. Vuelve, por favor.»

Pero Lexie siguió avanzando con inconsciente alegría.

Mientras contemplaba cómo se alejaba de ella, Sarah sentía que el dolor le impedía respirar. Con aquellas largas coletas meneándosele de un lado a otro y aquellas rollizas piernecitas subiendo y bajando en esa extraña andadura que recordaba a la de un conejito y que la llenaba de orgullo, Lexie parecía tan feliz, tan dulce, tan despreocupada...

«No, no, no, no, no.»

Los ojos de Sarah se anegaron de lágrimas. Unos sonidos terriblemente penetrantes le desgarraron la garganta que, de repente, sentía en carne viva. El cuerpo se le retorció y se volvió en el vano esfuerzo de escapar a la angustia que sabía que no tardaría en llegar.

«Lexie. Lexie.»

Pero Sarah sabía que la niña no iba a volver, y así fue. Era imposible rehacer el pasado. Éste era irrevocable, estaba grabado en piedra, sellado.

Se despertó al oír su ronco sollozo. Lanzó un grito sofocado, parpadeó. Lexie se había marchado. De nuevo...

Una terrible desolación la invadió, dejándola más helada, oscura y sombría que el Ártico a medianoche.

Un sueño. Sólo había sido un sueño. Por supuesto.

«Creías que te habías hecho ya a la idea», se dijo a sí misma mientras trataba de respirar a pesar del peso que parecía aplastarle el pecho en ese momento. Pero no era así y, una vez más, el dolor era casi insoportable. Se le clavó en el corazón como las garras de un halcón, y no lo soltó. El cuerpo se le estremecía, jadeaba, las lágrimas le corrían por las mejillas.

«Lexie.»

Gimió y, al oírse, se detuvo.

«Vamos, aférrate a algo. Déjalo pasar. Puedes hacerlo.»

Pero pese a su feroz resolución, el dolor se negaba a abandonarla. Recién salida del sueño, Sarah no parecía tener la determinación de acero necesaria para obligarle a dejar su conciencia. Lo único positivo era que, al menos, el dolor físico que la afligía parecía insignificante en comparación. Su corazón era en esos momentos como una trémula masa de terminaciones nerviosas en carne viva aullando en medio de un tormento infernal. Comparado con eso, ¿qué podía importar que le doliese todo el cuerpo, o que tuviese la parte derecha de la cabeza hinchada, o que estuviese sufriendo el peor dolor de cabeza? Todo resultaba insignificante al lado de la monstruosa agonía que parecía haberse asentado de forma permanente en algún lugar recóndito de su alma.

«¿Algún día dejará de dolerme así?»

Sarah estaba casi segura de saber la respuesta: no, jamás.

Lo único que podía hacer era apretar los dientes y seguir adelante.

Apartar las prolongadas imágenes del sueño requería un esfuerzo muy grande, pero lo consiguió concentrándose con ferocidad en el presente. Había aprendido que era la única forma de hacerle frente, de sobrevivir.

Muy bien, lo primero era lo primero. ¿Por qué se sentía como si hubiese sido arrollada por un camión? Ésa, y no otra, era la cuestión candente del momento; de manera que se forzó a buscar la respuesta a tientas en los confusos recovecos de su memoria. Estaba tumbada boca arriba, con la cabeza ligeramente levantada, sobre una superficie resistente que supuso su cama. Por un momento se quedó parpadeando en la oscuridad, tratando de comprender por qué la habitación estaba tan fría, tratando de identificar el origen de aquel tenue olor a vinagre, tratando de encontrar la razón del rítmico pitido que parecía provenir de algún lugar a sus espaldas. Entonces se dio cuenta, sobresaltada, de que aquella oscuridad no le resultaba familiar. Aquélla no era su habitación, ni tampoco su cama. Cuando sus ojos se acostumbraron a la oscuridad, se percató también de que no era total. Un extraño resplandor verde la teñía, permitiéndole ver formas, sombras y movimiento.

Al constatar todo aquello, Sarah abrió los ojos de par en par y sintió que el corazón le daba un vuelco. Se crispó e hizo una mueca cuando sintió el dolor que ello le causaba, sin apartar por ello la mirada de aquel punto. Porque la razón de que pudiese distinguir formas, sombras y movimiento era que algo se estaba moviendo, levantando y adquiriendo consistencia en una de las esquinas en penumbra de la habitación. Con los ojos clavados en la silueta que, de repente, tomaba forma ante sus ojos, Sarah contemplaba impotente y aterrorizada cómo ésta se materializaba en la robusta figura del hombre que se precipitaba hacia su cama.

3

—¿Estás despierta?

Aquella voz rezongona le resultaba familiar: Jake. Los músculos de Sarah se relajaron y el aire que hasta entonces había retenido salió por su boca con un suspiro. Durante los últimos siete años, Jake se había ido convirtiendo gradualmente en lo más parecido a una familia para Sarah. Jake había permanecido a su lado durante la peor época de su vida y le había procurado consejos, apoyo moral y ayuda práctica cuando ella más lo necesitaba. Desde entonces había constituido un hombre fuerte en el que sostenerse mientras trataba primero de sobrevivir y, después, de recomponer su persona. A cambio, ella le había ayudado durante su divorcio, durante una reestructuración en el trabajo, y en el curso de varias crisis más, la mayor parte de las cuales se debían a la obstinación de Jake por buscar siempre su propio beneficio. Ambos conocían casi todos los secretos del otro, compartían el mismo gusto por la pesca, los Gamecoks de la Universidad de Carolina del Sur y alguna que otra estúpida película de terror; y, en general, se divertían las pocas veces que por aquel entonces ya salían juntos. Dado que la agencia de detectives de Jake trabajaba mucho para la oficina del fiscal del distrito, ambos se movían en los mismos círculos profesionales y también se guardaban mutuamente las espaldas en este terreno. A su relación contribuía además el hecho de que, en las pocas ocasiones en las que ella necesitaba un acompañante masculino para acudir a una cita, solía contar con Jake para que le prestase este servicio. El punto flaco era que él era alérgico al teléfono y a los centros comerciales, por lo que el hueco correspondiente a las amistades femeninas seguía todavía por llenar.

—Hola. —Sarah apenas pudo oír su propio saludo. Sentía la lengua hinchada y tuvo que tragar dos veces antes de poder pronunciar esas dos sílabas. Además, o ella se estaba moviendo, o era la habitación la que lo hacía. O algo fallaba realmente en su cabeza.

Lo más probable es que se tratase de esta última posibilidad.

—Gemías de lo lindo. ¿Te duele?

La lámpara que había encima de la cama se encendió. Sarah parpadeó e hizo una mueca ante aquel repentino resplandor. Por un momento, sólo pudo vislumbrar la silueta de Jake. Su metro ochenta y sus casi cien kilos le procuraban un amplio campo de visión. Tenía el pecho abultado y las espaldas anchas, la complexión que correspondía a la estrella del fútbol que había sido durante el bachillerato; aunque ahora estuviese algo echado a perder. Si a sus treinta y nueve años se había reblandecido un poco en la cintura, ésta era, no obstante, la única parte de su cuerpo que podía resultar flácida. Sus rasgos eran muy masculinos, su mandíbula era ancha y agresiva como la de un bulldog; sus ojos marrón oscuro y sus labios finos transmitían firmeza aun cuando no los movía. La sangre cherokee que corría por algún lugar de sus venas se podía apreciar en la severidad de su perfil aguileño, en la negrura de cuervo de su pelo hirsuto y en lo atezado de su piel.

—Un poco. —Aquellas palabras se tornaron graznido al salir de la garganta que sentía seca como papel de lija. Sarah se sentía desorientada, angustiada, dolorida, y sus procesos mentales eran tan lentos que casi podía oír el chirrido de los engranajes de su cerebro. Sabía que una de las razones por las que no podía pensar con claridad era que seguía atrapada en las telarañas aún colgantes del sueño. «Lexie...» No. No iba a caer en aquello otra vez. Al menos, no de forma consciente. No si lo podía evitar. Otra vez, no—. Nada que no pueda soportar.

—Valiente la muchacha, ¿eh? —El tono de su voz era seco. Su mano, grande y cálida, envolvía la de Sarah. Ella no había notado lo fría que estaba la suya hasta que percibió el agradable calor que emanaba de la de Jake.

—No empieces, ¿vale? —Movió los dedos de la mano para probar; luego, por simple precaución, trató de hacer lo mismo con los de los pies. Al menos, todo parecía funcionar.

—Si te duele algo deberías decirlo. Para eso se han inventado los médicos. Y los analgésicos.

Sarah no replicó. El rechazo que ella parecía mostrar ante cualquier intento de ayuda por su parte, incluso cuando, en opinión de Jake, Sarah necesitaba desesperadamente su auxilio, era, desde hacía ya tiempo, una causa de irritación para él. No obstante, en ese momento lo único que Sarah pretendía era no volver a oír las consabidas quejas de su amigo. Se sentía demasiado mal. Al comprobar que la cara de Jake se desdibujaba, Sarah se percató de que no podía ver con claridad. Para enfocar adecuadamente trató de mirar en derredor con el ceño fruncido; pero al hacerlo le dolía, de forma que desistió y sustituyó el gesto por un prudente bizqueo que resultó ser algo más eficaz. Con una mezcla de alarma y sorpresa comprobó que se encontraba en una habitación de hospital, acostada en una cama estrecha con algo parecido a un casco de futbolista atado a la cabeza. El resplandor verde que antes había notado provenía de la luz que irradiaba el monitor colocado junto a la cabecera de la cama. Para verlo, tuvo que volver ligeramente la cabeza. El incesante pitido procedía de otro monitor. A su izquierda había un poste de intravenoso del que colgaba una bolsa medio vacía de suero. A su derecha, en el rincón más alejado de la pequeña estancia, había un sillón reclinable en vinilo negro. Su posición le indicó que Jake debía de haber estado sentado en él hasta que el dolor de ella lo había arrastrado hasta su cama. Allí había también una ventana cubierta por unas cortinas de color beige, una mesita de noche con un teléfono, una jarra, vasos y una unidad de control remoto sobre ella, además de una televisión apagada y colgada de la pared con un brazo metálico. Lo típico en un hospital, sólo que al menos ella se las había arreglado para conseguir una habitación privada.

Lo que todavía no tenía muy claro era cómo ni por qué.

—¿Qué ha pasado?

—¿No te acuerdas? —Jake frunció las oscuras y pobladas cejas mientras le miraba a la cara.

—No..., la verdad es que no. —Lo único que recordaba vivamente era a Lexie junto a su cama, a Lexie que se alejaba...

El corazón le dio a Sarah un lastimoso vuelco antes de que ésta obligara a sus pensamientos a regresar al presente. Sin embargo, una vez en él constató con pesar que tenía los párpados ardientes y cargados, la nariz taponada y las mejillas aún mojadas. Jake le podría contar que había estado llorando. No hacía mucho tiempo, le había prometido a su amigo que no volvería a despertarse llorando, y casi lo había logrado. Con un poco de suerte, quizá pensase que aquellas lágrimas se debían al dolor de cabeza.

Jake soltó su mano y le acarició la mejilla aún empapada con el dedo índice.

—¿Has tenido una pesadilla, cariño? —Su voz rebosaba ternura.

Muy bien, estaba claro que ella nunca era afortunada en eso y él tenía, además, uno de sus raros momentos de perspicacia. Por si fuera poco, la conocía a la perfección.

—Sí. —Sarah pronunció aquella única sílaba de mala gana.

—¿Lexie?

—Sí. —Sarah inspiró profundamente al reconocerlo y después, tratando de cambiar de tema, se llevó con cuidado la mano a la sien derecha, donde lo peor de su dolor parecía haberse concentrado. Pero fue un gran error. Al hacerlo, sintió una enorme punzada en la cabeza, la habitación empezó a darle vueltas y, de no haber sido porque dejó caer la mano y cerró los ojos casi de inmediato, sin duda habría perdido el conocimiento—. Me siento muy rara.

—No me sorprende.

Sarah pensó que quizás había añadido algo; pero, fuese lo que fuese, ella no alcanzó a oírlo porque volvió a desvanecerse, pese a todos sus esfuerzos.

La siguiente vez que entreabrió los ojos, los rayos de sol tanteaban con delicadeza los bordes de las cortinas aún echadas. Las luces estaban apagadas y la habitación estaba en penumbra; aunque Sarah alcanzaba a identificar todo cuanto la rodeaba: aquella parte era bastante real, estaba en el hospital. Por un momento permaneció completamente inmóvil en la cama, casi temerosa de hacer cualquier movimiento, respirando en medio del olor a antisépticos que antes la había dejado perpleja, escuchando los diferentes zumbidos y pitidos que emitía el equipo médico que la rodeaba. Pero ahora la sensación de haber sido arrollada por un camión ya no la sorprendió, como tampoco el par de zapatillas Nike del número cuarenta y cuatro que reposaban con las suelas hacia arriba sobre la colcha azul que cubría su cama. Al otro lado de las zapatillas, Jake estaba tumbado en el sillón reclinable con las mismas bermudas arrugadas de color caqui y la misma camiseta azul oscuro que llevaba puestas la última vez que lo había visto. Tenía las piernas cruzadas por el tobillo y los pies apoyados en el borde de la cama, los brazos morenos cruzados sobre el pecho y la cabeza echada hacia detrás, apoyada sobre el borde superior del sillón de manera que la parte inferior de su barba de varios días quedaba a la vista. En un primer momento Sarah pensó que se había ausentado del mundo, pero luego se percató de que sus ojos estaban entornados y de que la miraban.

—Bueno, ¿qué?, ¿de vuelta entre los vivos? —le dijo.

Con cautela, Sarah abrió los ojos por completo y comprobó aliviada que nada malo sucedía.

—Eso parece.

El pie de Jake golpeó el suelo mientras éste se sentaba, bostezando y estirando los músculos.

—¿Cómo te encuentras?

—Hecha una mierda. —Lo cual no dejaba de ser una descripción incompleta de su estado. La cabeza le retumbaba como si alguien tratase de entrar en ella con una taladradora. Sentía dolores de los tipos y grados más variados en las rodillas, en los codos, en la barbilla y en la cadera izquierda. Tenía la garganta reseca y la impresión de tener la boca llena de bolas de algodón—. ¿Hay agua?

—Por supuesto. —Jake se levantó, le llenó un vaso de agua, añadió una pajita y se lo tendió.

—Gracias.

El agua fría la alivió un poco. El estado de su cabeza y de prácticamente el resto de su cuerpo permaneció inalterado; pero al menos su garganta ya no estaba seca y ya no tenía algodón en la boca, que ya era algo. Pese a seguir sintiéndose un poco aturdida mientras su mente luchaba por emerger de las capas de niebla que envolvían sus procesos mentales, se le ocurrió que la presencia de Jake en el hospital era cuando menos sorprendente. Lo último que había sabido de él era que estaba buceando en las islas de Florida con su último bomboncito..., mejor dicho, novia.

—¿Tú no estabas de vacaciones? —le preguntó, mientras él volvía a colocar el vaso en la mesa y se echaba de nuevo en el sillón con un amplio bostezo—. ¿Qué haces aquí?

—Morrison me llamó.

Morrison era Larry Morrison, fiscal del distrito en el condado de Beaufort y jefe de Sarah. También era el compañero de pesca de Jake. Eso tenía su lado bueno, aunque también su lado malo. En ciertas ocasiones permitía, por ejemplo, que Sarah se enterase de la opinión de Morrison sobre algunas cuestiones sin necesidad de preguntársela directamente; lo cual no dejaba de ser una ayuda para su carrera en el departamento, si bien a veces tenía la impresión de que ambos conspiraban contra ella, y eso no le gustaba.

—¿Qué hora es? —Una repentina idea la había asaltado y trató de incorporarse sobre los codos. Al comprobar que la cabeza le daba vueltas y que la habitación parecía dar una lenta voltereta lateral, desistió, cerró los ojos y volvió a dejarse caer sobre la cama con un gruñido—. Tengo que levantarme. Tengo que estar en el tribunal a las nueve. El caso Parker.

—No, hoy no tienes que hacer nada. Yo de ti no me preocuparía por ello; estoy seguro de que Morrison ha dispuesto ya lo necesario para que alguien te sustituya. —Jake miró su reloj—. En cualquier caso, son ya las nueve menos cuarto.

Lo que traducido quería decir que Sarah tenía la misma posibilidad de llegar a tiempo al tribunal que de volar hasta la luna. Sarah se llevó la mano a la cabeza, que sentía tan pesada como si estuviese revestida con media tonelada de cemento. Sus dedos se toparon con varias capas de un tejido áspero y, tras explorar un poco más, le indicaron que tenía la cabeza envuelta en un turbante de gasa sorprendentemente grueso.

Un *flash* de memoria le hizo abrir los ojos por completo.

—Me dispararon —dijo desconcertada.

—Así es —le respondió Jake con cierta preocupación en la voz—. Por fortuna, sólo tienes una pequeña herida y la ligera conmoción cerebral que te produjo la caída al suelo. Has perdido también algo de sangre. Y de pelo.

Sarah abrió aún más los ojos.

—Oh, Dios mío, si Morrison te llamó a Florida fue porque debían de pensar que me iba a morir.

—Estaba en casa. De hecho, regresé ayer por la tarde.

—Pero... —Aunque fuese a sacudidas y con un incesante martilleo mental, volvía a funcionar a pleno rendimiento—. Pero hoy es jueves. ¿No tenías pensado volver el domingo?

Jake se encogió de hombros.

—Surgió algo en el trabajo y tuve que acortar el viaje.

—Apuesto que a Donna —el nombre de la veinteañera le vino a la mente justo a tiempo— le habrá encantado.

—Danielle, y se mostró muy comprensiva.

Sarah perdió de repente el interés por las novias de Jake. A medida que iba recuperando la memoria, los ojos se clavaban en los de su amigo con una intensidad casi dolorosa.

—Mary... la cajera... no ha sobrevivido, ¿verdad?

—No. —Jake cogió la cuerda de la cortina que colgaba

junto a él y empezó a juguetear con ella. Sarah se había percatado ya antes de aquel gesto: cuando Jake quería ocultar la gravedad de una respuesta tendía a mover con nerviosismo las manos. Bueno, lo cierto era que por mucho que la hubiese encallecido el oficio de fiscal, la muerte de Mary no dejaba de afectarla. La mujer había sido una víctima inocente y su muerte, un sinsentido. Si le asignaran el caso, lo cual era bastante improbable, dado que Sarah era también testigo y un encargo como aquél podía crear toda una serie de conflictos de intereses, pediría la pena máxima. Y la conseguiría. Mary no se merecía menos.

—La niña que estaba conmigo en el supermercado. ¿Qué ha sido de ella? —La ansiedad que había experimentado la noche anterior regresaba ligeramente atenuada, pensaba ella, por el pasar del tiempo y los narcóticos que le suministraban por vía intravenosa.

Jake frunció el entrecejo.

—¿Qué niña?

—Estaba escondida debajo de una mesa. Cuando dispararon a Mary salió de allí chillando y yo la agarré antes de echar a correr. Seguía sujetándola cuando me pegaron el tiro.

Jake dejó de jugar con la cuerda y la sopesó con una prolongada mirada que a Sarah no le costó interpretar. Ella le devolvió la mirada.

—¿Qué? ¿Ahora resulta que estoy chiflada? Estaba allí.

—No te lo he negado. —Su tono era conciliador—. Sólo que es la primera vez que oigo hablar de ella.

Sarah se crispó.

—¿Puedes comprobarlo?

Jake inclinó la cabeza y asintió lentamente con ella.

—Nada más fácil.

Jake se levantó, se estiró y se dirigió hacia la puerta flexionando los músculos de la espalda, aparentemente entumecidos, y haciendo girar la cabeza. Mientras Sarah lo contemplaba con creciente sorpresa, su amigo abrió la puerta, asomó la cabeza por ella y mantuvo una conversación en voz baja con alguien que estaba en el pasillo y que Sarah no podía ver.

Cuando por fin volvió a cerrar la puerta y regresó a su lado, Sarah le habría mirado con ceño de no haber sido porque, tal y como ya había podido constatar, su cabeza no agradecía aquel gesto.

—¿Con quién hablabas? —El inexpresivo semblante de su amigo le indicaba ya que quienquiera que fuese, no sabía nada de la niña.

—Morrison ha apostado un policía junto a la puerta hasta que resolvamos este asunto.

Sin pensar en el dolor, Sarah frunció el ceño, luego hizo una mueca que aumentó ulteriormente el daño y, por fin, consiguió relajar la cara en contra de lo que era su reacción más espontánea.

—¿Qué es lo que tenéis que resolver?

—Identificar al hombre que te disparó.

Jake permanecía de pie junto a la cama tamborileando con los dedos de la mano izquierda sobre el colchón mientras la miraba. Tenía los ojos inyectados en sangre, el pelo enmarañado y necesitaba urgentemente un afeitado. Sarah cayó en la cuenta de que, al margen de los breves momentos que podía haberle robado al sueño en el sillón, no había dormido en toda la noche. En ese momento parecía cansado, irritable y sin ganas de enfrentarse al nuevo día. Algo parecido a como se sentía ella, dejando aparte el enorme turbante blanco y el dolor.

—Tuvo que ser Duke o el Niño Esqueleto —le respondió impaciente—, y casi me atrevo a asegurar que fue el primero de ellos. El mismo que disparó a Mary. Sin embargo, a efectos legales da igual. Ambos se enfrentarán a una acusación por asesinato sin que importe demasiado quién fue el que apretó el gatillo. Olvídalos. Lo que quiero saber es dónde está la niña.

Al ver que su amigo apretaba los dientes y entornaba los ojos, lo entendió. No hacía falta que hablase: a Sarah le bastaba con mirarlo para saberlo. Su amigo dudaba de la existencia de aquella niña.

Sarah frunció los labios.

—Escucha, había una niña. Calculo que debe de tener unos seis o siete años, poco más de un metro de estatura, delgada, con el pelo, los ojos y la piel oscuros. Puede que sea sudamericana. —Al ver que los ojos de su amigo vacilaban, se vio obligada a añadir—: No se parece en nada a Lexie.

—¡Hum! —La respuesta no era, lo que se dice, una enérgica confirmación de su salud mental. Mientras Sarah trataba de reunir la energía suficiente para enfadarse, él añadió—: Según me contaron, cuando te dispararon estabas fuera de la tienda, mientras que esos dos delincuentes seguían dentro y detrás de ti. ¿Correcto?

Sarah se paró a pensar durante unos segundos. Su mente iba recordando cada vez con mayor claridad los momentos previos al disparo. Como si se tratase de la secuencia de una película de miedo, Sarah podía ver la cara destrozada de Mary y oír los aterrorizados gritos de la niña. Casi podía experimentar nuevamente el pánico con que había aferrado la muñeca de la niña y la había obligado a salir corriendo.

Asintió cuidadosamente con la cabeza, dado el precario estado de la misma.

—Acababa de salir por la puerta y sujetaba todavía a la niña por la muñeca.

—En ese caso, a menos que volvieses la cara hacia la tienda en el último momento, ninguno de esos dos gamberros pudo haber apretado el gatillo. Los médicos del hospital y los de la ambulancia, que vinieron aquí anoche para examinarte y asegurarse después de que la cuestión fuese planteada, afirman que el disparo lo hizo alguien que se encontraba delante de ti.

—¿Qué? —Sorprendida, Sarah frunció el entrecejo; pero corrigió el gesto casi de inmediato. «Ay»—. No me di la vuelta en ningún momento. Salí corriendo de la tienda con la niña y no miré hacia atrás. —Mientras repasaba mentalmente la secuencia de acontecimientos, entornó los ojos para concentrarse. «Mierda, esto también duele. Está bien, el lema para, al menos, las próximas horas es: poner cara de póquer»—. El escaparate se hizo añicos después de que yo recibiera el tiro, estoy casi segura. Recuerdo que oí el estallido.

Jake asintió con la cabeza como si las palabras de su amiga no hiciesen sino confirmar lo que ya pensaba.

—La hipótesis que estamos barajando es que el robo lo cometieron tres personas. Una se encuentra en la cárcel en estos momentos; otra recibió un disparo y está en la UVI de este hospital en estado crítico y vigilada las veinticuatro horas del día por un agente de la policía; y la tercera, la que te disparó a ti, sigue en libertad. Supongo que era el encargado de vigilar la escena y que se asustó al ver que el robo empezaba a ir mal. Si ese tercero existe, lo cogerán tarde o temprano.

Esta vez, Sarah evitó fruncir el entrecejo, abrir desmesuradamente los ojos o hacer cualquier gesto que implicase mover cualquiera de los músculos que se encontrara por encima de la punta de su nariz. Su capacidad para aprender rápidamente las cosas había sido siempre motivo de orgullo para ella.

—¿Qué quiere decir eso, si él existe? Si me dispararon de frente, eso significa que existe. —Al ver la expresión de Jake, su voz expresó una leve vacilación—: ¿O no?

—Cabe la posibilidad de que el tiro lo hiciese otra persona.

«No poner ceño. ¿Ha costado o no?»

—¿Como quién?

Jake se encogió de hombros.

—Todavía no lo sabemos, puede que alguien que te guarda rencor.

—¿Rencor? —La idea era, cuando menos, sorprendente—: Debes de estar bromeando. ¿A mí? ¿A la señorita Dulzura y Alegría?

Aquellas palabras le valieron una sonrisa de ironía casi imperceptible.

—Cualquier fiscal tiene enemigos. Incluido tú, Maximum Mason.

El mote, cortesía de algunos abogados defensores con

los que se había topado en el curso de su carrera, no consiguió irritarla.

—De forma que merezco una demanda por hacer todo cuanto está en mis manos para limpiar la calle de criminales.

—Sólo trataba de decirte que no todo el mundo te quiere como yo.

—Las víctimas me quieren. Los criminales me temen —dijo, mofándose de la frase que figuraba en una de las gorras de béisbol de su amigo: «Las mujeres me quieren. Los peces me temen», y consiguió que Jake volviese a esbozar una sonrisa.

—Muy gracioso.

Sarah habría fruncido completamente el entrecejo si hubiese tenido la posibilidad de hacerlo. Caramba, recibir un disparo en la cabeza era mejor que el Botox para mantener las arrugas a raya. Tal vez pudiese embotellar la solución y amasar una fortuna con ella.

—Si se trata de alguien que alberga rencor contra mí, entonces debe de haberme perseguido y esperado a que se presentase la oportunidad de dispararme. O... —Su voz se arrastró como si se le estuviese ocurriendo una idea. Jake arqueó las cejas curioso. Sus miradas se cruzaron—. Brian McIntyre fue uno de los primeros policías en llegar a la escena del crimen.

Sus palabras estaban cargadas de significado.

Jake hizo una mueca.

—Bueno, sin ánimo de resultar pesado, enfrentarte al departamento de policía como lo hiciste puede que no haya sido la decisión más inteligente de tu vida.

La indignación hizo que la espalda de Sarah se agarrotara, lo cual le hizo levantar la cabeza y esto, a su vez, sentir un golpe de desagravio en su fuero interno mientras la habitación se inclinaba a su alrededor. Acto seguido, se desplomó sobre el almohadón, derrotada.

—Yo no he desafiado al departamento de policía. Sólo a dos agentes que están acusados de violación.

—Por una prostituta que fue contratada para una fiesta de solteros en la que algunos se pasaron de la raya.

—Ya sabes cómo es eso de ser fiscal, nosotros no elegimos a nuestros clientes. Nos limitamos a aceptar lo que nos llega. Puede que Crystal Stumbo no sea una virgen vestal. ¿Y qué? La hirieron. Sangraba. Le dieron una paliza. ¿Qué se suponía que tenía que hacer cuando vino a verme, decirle que la ley no se aplicaba en su caso? En lo que a mí concierne, se aplica a cualquiera. —Sarah tomó aliento y, al darse cuenta de que, según sus propias palabras, estaba soltando otra vez uno de sus sermones, prosiguió en un tono de voz más suave—: En cualquier caso, la contrataron para bailar en la fiesta.

—*Striptease*. La contrataron para hacer *striptease*. Y tiene una condena previa por prostitución.

—Eso fue en Atlanta. Vino a Beaufort para comenzar una nueva vida.

—Sarah. —Sus miradas se cruzaron, Jake se detuvo de golpe, sacudió su cabeza y se guardó para sí mismo lo que estaba a punto de decir. Era evidente que no quería seguir con aquella discusión. Ya la habían tenido en el pasado y la volverían a tener en el futuro. Él abrigaba su opinión al respecto y ella la suya, lo que equivalía a decir, la equivocada y la correcta—: En cualquier caso, no creo que fuese Brian McIntyre quien disparó, por la sencilla razón de que sabe que no tienes ninguna posibilidad de acusar ni a su compañero ni al otro tipo. —Sarah abrió la boca, pero él levantó la mano para acallar su protesta antes de que ella tuviese tiempo de expresarla—. Puede que no le gustes al departamento de policía, pero no creo que ninguno de sus miembros sea lo bastante estúpido como para dispararte. Seguramente había alguien vigilando. Seguramente la respuesta sea sencillamente ésa. De ser así, cuando lo cojan el problema quedará resuelto.

De forma que le convenía archivarlo como algo de lo que preocuparse si tenía necesidad y cuando la tuviese. Mientras tanto, Sarah tenía otras prioridades. Un desgarrador sentimiento de apremio aguzó su voz.

—Jake, quiero encontrar a la niña.

Sarah no supo interpretar la mirada de su amigo.

—¿Se trata de un nuevo encargo?

—Sí. —Jake colaboraba a menudo con la oficina del fiscal del distrito, por lo que también trabajaba mucho para ella; de manera que, en la práctica, Sarah podía asignarle oficialmente aquella tarea, y remunerarlo por ella. Pero dadas las dificultades presupuestarias, dado el hecho de que Morrison consideraba el hecho de que Jake se pusiese a buscar a la niña como un uso de los recursos del departamento para fines privados, y dado, por último, que una minúscula parte de su mente empezaba a temer que efectivamente se había imaginado a la niña, prefería no relacionar aquel asunto con el departamento de manera oficial—: Esto... No. Hazlo por mí, ¿quieres, Jake?

—Quieres que trabaje gratis —coligió Jake con acierto, y suspiró. Aceptaba, y ella lo sabía—. El supermercado tenía cámaras de seguridad, por lo que debe de existir una cinta. En un mundo perfecto, el departamento de policía debería tenerla ya a buen recaudo. La buscaré y le echaré un vistazo.

Sarah descubrió que sonreír también era doloroso, por lo que enseguida abandonó el intento.

—Jake, viejo amigo, eres el mejor.

—Sí —le respondió su amigo en tono seco—. Mira, si quieres, yo...

Un repentino golpe en la puerta lo interrumpió. Antes de que ninguno de los dos pudiese pronunciar una palabra, Morrison asomó la cabeza por ella.

—Hola, ¿estás despierta? ¿Estás visible? —Tras cruzar el umbral comprobó que sí, que Sarah estaba despierta y que ella y Jake lo miraban. Lo de estar visible era otro cantar. Sarah se percató entonces de que sólo llevaba puesto un camisón verde de hospital sin nada debajo. Moviéndose con cuidado, en deferencia a su cabeza, echó un rápido vistazo a su cuerpo para asegurarse de que estaba tapada y tiró de la colcha hacia arriba cubriéndose hasta el cuello. En su opinión, que su jefe la viese en aquel estado no la iba ayudar a ascender un peldaño más en su carrera—. ¿Cómo está nuestra heroína?

Jake frunció el entrecejo y Sarah estuvo a punto de imitarlo antes de recordar: movimiento erróneo. «Nueva punzada.»

—¿Heroína? —Ambos repitieron la palabra casi al unísono.

—Eso es lo que dicen. —Morrison era un hombre esbelto de poco más de cincuenta años. Sonrió a Sarah con jovialidad. Al hacerlo, su cara huesuda e inteligente se hundió a ambos lados de la misma y las arrugas que tenía alrededor de los ojos se expandieron como rayos. Éstos eran castaños, engrandecidos cuando menos por unas gafas sin montura que tenían tendencia a deslizarse por su nariz aquilina. Era calvo, elegante, tenía buenos contactos políticos y, el rasgo que Sarah prefería por encima de todos, guiaba un barco a la deriva. En ese momento, su principal objetivo era ser elegido como gobernador del estado en dos años, lo cual en la práctica significaba que su ayudante debía ocuparse del abrumador volumen de trabajo al que la oficina del fiscal se enfrentaba cotidianamente. El trabajo duro era recompensado con más trabajo duro, y eso suponía una continua rotación de personal. De hecho, Sarah había sido ascendida como jefa interina del Departamento de Delitos Graves cuando su jefe, John Carver, sufrió un infarto en el despacho a mediados de mayo. En el departamento todavía esperaban que John volviese al trabajo; en caso de no ser así, Morrison le había asegurado a Sarah que el cargo sería definitivamente suyo. Morrison sabía que podía contar con su subordinada para realizar el trabajo; mientras que Sarah, por su parte, sabía que él no se metería nunca en sus asuntos, y ambas cosas convenían a los dos. A la hora de conseguir sus objetivos, él era como un tiburón, despiadado y agresivo; pero como entonces concentraba este aspecto de su personalidad paredes afuera del despacho, Sarah lo adoraba. En aquel momento, cuando se dirigía a la televisión dando zancadas, vestido con un traje azul marino de corte impecable, una reluciente camisa blanca y una corbata roja, recordaba a uno de sus propios pósteres de campaña—. Lo he visto en la zona de enfermería nada más entrar. Mira esto.

Morrison encendió la televisión. Una serie de dibujitos animados ocupó la pantalla. Por un momento, Sarah los miró desconcertada. ¿Qué trataba de decirle? ¿Que era como una de las «Supernenas»? Aquélla no era, desde luego, la imagen a la que aspiraba.

—Coge el mando a distancia —le apremió Morrison. Jake hizo lo que le decía—. Busca el Canal 5.

La pantalla parpadeó y Sarah se vio a sí misma contemplando cómo se llevaban a Duke esposado hacia un coche patrulla. Era de noche, el Quik-Pik quedaba al fondo, y la multitud de luces rojas que resplandecía alrededor de la escena indicaba la presencia de muchos más vehículos de emergencia en las proximidades.

Era evidente que un equipo de televisión había llegado a la escena a tiempo de captar, cuando menos, uno de los sucesos de la noche anterior.

—... ha sido identificado como Donald *Duke* Coomer, un joven de veintidós años —dijo desde el aparato Hayley Winston, la rubia pizpireta de Canal 5, al tiempo que Duke era arrojado sin demasiadas contemplaciones al asiento trasero del coche patrulla— que, como ustedes mismos pueden ver, acaba de ser arrestado. Y ahora, damos paso a otras noticias...

—Demasiado tarde, nos lo hemos perdido. —Morrison parecía decepcionado—. Pasa al Canal 3, deprisa.

Jake obedeció y Sarah tomó aire con fuerza al verse repentinamente enfrentada a una granulosa imagen de sí misma empujando a Duke y volviéndose después para coger a la niña, tan real y sólida como Sarah juraría que era.

«Gracias a Dios, no estaba loca. Debería haberlo sabido desde un principio.»

La cinta —a todas luces, la cinta de seguridad del supermercado que el departamento de policía no había puesto a buen recaudo— carecía de sonido y las imágenes no resultaban muy claras, pero la mente de Sarah suplió de inmediato los detalles que faltaban. Acababan de disparar a Mary, la niña gritaba...

—... con un audaz gesto, la ayudante del fiscal del distrito del condado de Beaufort, Sarah Mason, salvó su propia vida y la de una niña sin identificar durante el robo a mano armada que se produjo anoche en Quik-Pik, una franquicia ubicada en la esquina entre Lafayette Street y la autopista 21...

La pantalla mostraba a Duke corriendo hacia el Niño Esqueleto, mientras éste bailaba convulsivamente sobre la punta de sus pies. Ambos apuntaban muy serios con sus pistolas. Sarah y la niña desaparecían de la pantalla; debían de haber salido ya por la puerta. La cinta sólo recogía lo que sucedía en el interior del supermercado...

—Algunas fuentes nos han informado que la policía fue alertada por la llamada al 911 que efectuó la señorita Mason desde su propio móvil y que a continuación le siguieron la pista, primero hasta su casa y después hasta su coche, que se encontraba aparcado junto a la franquicia próxima al lugar donde reside. Los agentes llegaron justo cuando se estaba produciendo el robo...

En la pantalla, el escaparate del supermercado estallaba en mil pedazos casi al mismo tiempo que un resplandor de luz hacía explosión en el cañón de la pistola de Duke.

—Tenemos que conseguir esa cinta. —Jake miró a Sarah—. ¿Entiendes lo que quiero decir?

Sarah lo entendía: el lapso de tiempo entre el resplandor en la boca de la pistola del que acababan de ser testigos y la explosión del escaparate era inexistente, o incluso inverso: aunque se tratara de nanosegundos, parecía que el escaparate hubiera reventado antes. Pero también cabía la posibilidad de que dicho resplandor se hubiese producido después del disparo. ¿Quién podría decirlo? Desde luego, Sarah no. En cualquier caso, el lapso de tiempo parecía demasiado breve como para que la bala de Duke hubiese sido la causa de la rotura del escaparate, pensó. Pero ella no era técnico forense. Tenían que consultárselo a uno...

La cara de Mary apareció de repente en la pantalla. La fotografía parecía haber sido sacada de un permiso de conducir o algo por el estilo. Al verla, Sarah sintió que se le encogía el estómago.

—Mary Jo White, de cincuenta y siete años, fue asesinada durante el robo. La señora White llevaba casi dos años trabajando en el Quik-Pik. Deja tras ella...

—Apágala —dijo Sarah, cerrando los ojos. No quería saber nada más sobre Mary, sobre la vida que le habían arrebatado, sobre la familia que dejaba a sus espaldas. Más tarde, tal vez; pero en ese momento no. En ese momento no podía soportarlo.

—... tres hijos y cuatro nietos. Ella...

El móvil de Morrison empezó a sonar.

—... era una viuda que trabajaba de noche en la tienda para poder ocuparse de sus nietos durante el día. Ella...

—Apágala.

Forzar la voz para que la oyeran le causó una nueva punzada en la cabeza; lo cual, sin embargo, no fue tan doloroso como las noticias que acababa de escuchar. Sarah representaba a diario a las víctimas de crímenes violentos, de forma que el terrible destino de Mary no debería haberla afectado tanto. Los breves minutos de terror que ambas habían compartido antes de la muerte de la cajera las habían unido. Sarah sentía su muerte como una pérdida personal. Aquello era más de lo que podía soportar por aquel día, o al menos por aquella mañana en la que se sentía herida, vulnerable y en la que trataba de dar algún sentido a todo cuanto había sucedido.

La televisión se apagó, por cortesía de Jake, que seguía con el mando a distancia en la mano. En el repentino silencio que se produjo a continuación, Sarah oyó que Morrison decía por el móvil:

—... menudo circo que se debe de haber organizado. Un muerto tras otro. Bueno, al menos no se trata de nosotros. Sí, mantenme informado.

Sarah abrió los ojos en el preciso instante en que él desconectaba el teléfono, y vio que su jefe fruncía el entrecejo preocupado.

«Me alegra que, al menos, alguien pueda hacerlo.»

—¿Qué pasa? —preguntó Jake.

Pero Morrison miraba a Sarah.

—El tipo que metieron en la cárcel, el que estaba involucrado en el robo del Quik-Pik, se ha ahorcado en la celda hace aproximadamente una hora. Donald Coomer. Acaban de encontrar el cuerpo.

Sarah tardó un segundo en percatarse de que se refería a Duke.

4

—¡Mierda! —exclamó Jake.

Morrison se encogió de hombros y guardó el móvil en el bolsillo de su chaqueta.

—Sabemos que fue él el culpable. El crimen quedó grabado en la cinta. Sin duda, habría recibido la pena de muerte. Lo que ha pasado tan sólo adelanta lo que, con toda probabilidad, habría sido de todas formas el final de esta historia; y el condado se ahorra, además, los gastos inútiles de un proceso.

—Todo este asunto huele que apesta. —Jake sacudió la cabeza—. Suicidio en la cárcel, ¡bah! Cuando un preso muere lo más normal es tener que agradecérselo a otro detenido o a un policía, y tú lo sabes tan bien como yo.

—El otro tipo, su colega, estaba bajo los efectos de la droga —dijo Sarah—. Completamente colocado. Puede que Duke también lo estuviese. Tal vez se hundiese. Tal vez se hundiese y, al ver a lo que se enfrentaba, decidiese hacerlo.

Jake no parecía muy convencido.

—Es posible, pero no seguro.

—¿Así que piensas que se trata de un asesinato? —Morrison parecía escéptico—. ¿Y que a ese individuo lo mataron en represalia por haber disparado a Sarah?

Jake y Sarah se miraron. Dada la investigación que en esos momentos estaba teniendo lugar, ambos convinieron silenciosos que la respuesta era no.

A pesar de que eso dejaba una infinidad de posibilidades abiertas.

—Independientemente de lo que pasara, es otro golpe para la administración de King.

Pese a la expresión ceñuda de Morrison, Sarah percibió en sus palabras cierto regocijo disimulado. Su jefe y Franklin King, el alcalde de Beaufort, estaban enfrentados en una guerra sin cuartel por la candidatura a gobernador del Partido Demócrata. Y, dado que los habitantes de Carolina del Sur eran acérrimos votantes de este partido, se daba por sentado que el candidato del mismo ganaría las elecciones. Los republicanos, como mucho, se hacían con el puesto de gobernador en una de cada cinco elecciones. Sarah estaba convencida de que éste era el motivo por el que Morrison no le había hecho ninguna objeción cuando ella presionó para presentar cargos en el caso de Crystal Stumbo: el departamento de policía era un fiel aliado del alcalde. Derribado uno, el otro caería antes de acabada la partida. Y si algo deseaba Morrison de verdad era derribar al alcalde.

—Puede que el tipo encargado de vigilar el robo fuese arrestado anoche acusado de otra cosa. —Jake parecía estar pensando en voz alta—. Sabía que si alguno de sus compañeros cantaba, podía enfrentarse a la pena de muerte. Ésa es razón más que suficiente para matar a un colega, ¿no os parece? El otro imputado sigue bajo vigilancia policial veinticuatro horas al día, ¿verdad?

—Sí, lo mismo que Sarah. —Morrison miró a Jake—. Sigo pensando que, dadas las circunstancias, el suicidio es la posibilidad más plausible, pero nunca se sabe. Averigua quién más se encontraba en los alrededores cuando Coomer murió, ¿quieres?

Jake asintió con la cabeza.

—Lo haré.

—¿De verdad pensáis que necesito protección policial? —Sarah casi olvidó no fruncir el ceño al hacerle esa pregunta a Morrison.

Aún se sentía un poco aturdida, al margen de todo cuanto estaba sucediendo, pero no por ello dejó de experimentar un breve escalofrío de miedo ante aquella idea. Curiosamente, casi agradeció la sensación. Como los primeros brotes de la primavera, aquella preocupación por conservar la vida podía ser una señal de que, por fin, estaba regresando a ella.

—Probablemente no, sobre todo ahora que Coomer ha salido de escena. Él y ese otro tipo, Maurice Johnson, que, por cierto, luego ha resultado ser primo de Coomer, suponían una amenaza para el tercero del grupo, pero no para ti. No viste a quien te disparó, ¿verdad?

—No.

—Entonces es casi seguro que no corres ningún peligro. —Morrison se encogió de hombros e hizo una mueca—. Cuando te trajeron al hospital ayer por la noche había tanta confusión que todos pensamos que lo mejor era tenerte bajo custodia para no lamentarlo después.

—Bien pensado —dijo Jake en tono seco.

Sarah lo ignoró, al igual que Morrison. En ese momento, a Sarah sólo le interesaba su jefe.

—La niña que había en el supermercado, la que acabáis de ver en la cinta, ¿está bajo protección policial?

Morrison hizo un gesto negativo con la cabeza.

—Por lo que sé, no. Nadie me ha dicho una palabra sobre esa niña. No sabía nada de ella hasta que vi esa cinta. —Su móvil empezó a sonar de nuevo. Morrison respondió, escuchó y dijo un «Sí, ya voy»; acto seguido, lo apagó y miró a Sarah y a Jake—: Bueno, me tengo que marchar. —Mientras lo hacía, alzó una mano en señal de despedida—: Sitios a los que acudir, cosas que hacer. Ya sabéis cómo es esto, siempre ocupado. Me alegra que lo de anoche no fuese demasiado serio, Sarah.

—A todos nos alegra —corroboró Jake en tono, si cabe, aún más seco.

—Espera. —Inquieta, Sarah cambió de posición para ver a su jefe mientras salía de la habitación, lo cual le valió que toda una serie de dolores del más variado tipo la asaetearan. Morrison se detuvo con una mano en el picaporte y se volvió a mirarla inquisitivamente—. Se supone que debería estar en el tribunal a las nueve —dijo Sarah—. «Parker contra

Carolina del Sur.» La jueza es Liz Wessell, y ya sabes cómo se pone cuando alguien no comparece. Dime que has mandado un sustituto.

Morrison agitó una mano en señal de despedida.

—He mandado a Duncan. Ella lo adora. Pedirá un aplazamiento. No debería haber ningún problema, todos saben lo que te ha pasado. —Le sonrió—. Es un modo de sacar brillo a la imagen de la oficina. La televisión pasará esa cinta durante días. La ayudante del fiscal del distrito salvando a una niña: relaciones públicas sin mover un dedo.

Dicho eso, salió por la puerta. Sarah vio cómo ésta se cerraba a sus espaldas; entonces le dedicó a Jake, que seguía junto a la cama, una radiante sonrisa de victoria.

—Te dije que había una niña.

Jake esbozó también una leve sonrisa.

—Jamás lo he dudado.

—Sí, claro. —Sarah lo miró con cierta severidad y, acto seguido, suspiró volviendo a cambiar de posición para estar más cómoda—. Da igual. Me basta con que averigües lo que le ha sucedido, ¿quieres? Supongo que no le dispararían.

—De haber sido así, me habría enterado ya. Y la televisión hablaría sobre ello.

—Eso mismo creo yo.

—Puede que volviese corriendo a su casa. Una niña tan pequeña, lo más probable es que estuviese aterrorizada.

«Aterrorizada. La niña se sentía aterrorizada.» Sarah todavía podía ver su mirada... y oír sus gritos.

Hizo un gran esfuerzo para apartar aquellas imágenes de su mente y se concentró en los escasos elementos de información de que disponía.

—Conocía a Mary, la cajera. Cuando le dispararon, salió como un rayo de debajo de la mesa gritando su nombre.

—Algo terrible, para ser presenciado por un niño.

—Sí. —Sarah inspiró profundamente, e hizo cuanto pudo para apartar aquel recuerdo de su mente. «Algo terrible, para ser presenciado por cualquiera.»

Un golpe seco en la puerta anunció la llegada de la enfermera, quien entró en la habitación antes de que Sarah o Jake pudiesen decir nada.

—¿Cómo estamos esta mañana? —La mujer dedicó a Sarah una radiante sonrisa. Era alta, regordeta, con el pelo castaño y muy corto. Con unas gafas con montura de carey y un pijama quirúrgico de color azul, empujaba un abarrotado carrito de metal cuyas ruedas rechinaban al desplazarse—. Aquí le traigo el desayuno y, además, tengo que hacerle un pequeño chequeo...

—Estoy bien, muy bien —le respondió Sarah distraída, mientras observaba que Jake dejaba paso a la enfermera.

—Me marcho —dijo su amigo, al tiempo que aquella mujer metía a Sarah un termómetro debajo de la lengua y, a continuación, le cogía la muñeca para tomarle el pulso—. Volveré más tarde. Abbott está fuera, junto a la puerta, por si las moscas.

Abbott era el agente encargado de vigilarla. Conociendo la repugnancia que Jake sentía por las inyecciones y por todo aquello que, en general, tuviese que ver con la medicina, a Sarah le sorprendía que su amigo hubiese permanecido a su lado durante tanto tiempo. Debía de estar realmente preocupado por ella.

—¿El suero va bien?

La enfermera le apretó en el brazo alrededor del punto donde Sarah tenía clavada la aguja para asegurarse de que ésta seguía en su sitio, bajo el esparadrapo. Jake palideció y se precipitó hacia la puerta.

—Sí, muy bien. Jake —dijo a su amigo en tono apremiante.

Jake casi había salido ya.

—Lo sé —le respondió, mirándola por encima del hombro—. Encuentra a la niña.

—Eso es, gracias. —Cuando Jake apoyaba la mano en el picaporte, Sarah recordó algo de repente—: Oh, Dios mío, Jake. —Jake volvió de nuevo la cabeza para mirarla, arqueando las cejas—. *Cielito*, ¿te importaría pasar por mi casa para sacarlo un rato? ¿Y podrías darle de comer?

—¿Por qué yo? —gruñó Jake.

—Porque estás aquí. Porque eres mi mejor amigo. Porque tienes la llave de mi casa —le enumeró Sarah en el tono más persuasivo del que fue capaz. También habría hecho aletear sus pestañas al mirarlo si hubiera podido; pero había llegado ya al punto en el que no le costaba recordar la regla que la obligaba a no mover la parte superior de la cara. Además, la enfermera le estaba arreglando el vendaje que tenía alrededor de la cabeza y por eso era preferible no hacer ningún movimiento brusco en ese momento—. Porque no he vuelto a casa desde que salí de ella ayer por la noche para ir al supermercado y a estas horas *Cielito* debe de tener una necesidad urgente de salir. Porque te adora.

Jake resopló.

—¿Cómo dices?

Jake apretó los dientes. Sarah esbozó una leve sonrisa: como buena abogada que era, sabía reconocer una rendición a primera vista.

—Me debes una —le dijo su amigo.

—Lo sé. Muchas. Gracias.

—¿Te estás riendo de mí?

—No, por supuesto que no. Además, si lo hiciese me dolería la cabeza. —De repente, volvió a recordar otra cosa y se puso seria—: Ah, esto... ¿te importaría parar en algún sitio camino de casa para comprar un poco de comida para perros? No me queda nada. De hecho, ésa es la razón por la que anoche fui al Quik-Pik.

—¿Te he dicho alguna vez que me tienes frito?

—Unas cuantas.

Sarah se dio cuenta de que sus palabras estuvieron a punto de hacer sonreír a Jake quien, no obstante, abandonó la habitación antes de sucumbir.

—Le gustan los Friskies —le recordó ella al salir. Después, con un prolongado suspiro, se puso en manos de la enfermera.

El problema con *Cielito* era que, en realidad, no hacía honor a su nombre. A sus cerca de cuarenta kilos de inercia se añadía, como condimento, una generosa dosis de mal genio. Pero Jake podía entender su mal carácter. El perro era Feo con mayúscula, el tipo de perro matón que uno imagina ver en el ring o defendiendo la plantación de marihuana de un colgado, y que, en cambio, se ha visto obligado a pasar sus nueve años de vida respondiendo en público al nombre de *Cielito*. La humillación que ello le producía debía de ser enorme. A Jake le bastaba imaginársela para casi ser capaz de disculpar a *Cielito* el asco con el que siempre miraba el mundo que lo rodeaba. «Casi» siempre.

Jake se sintió obligado a hacer aquella puntualización mientras se adentraba con cautela en la modesta casa de ladrillos —la única que su amiga había podido comprar dado que, en cualquier otro apartamento, condominio o casa en alquiler le habrían negado la posibilidad de mudarse con *Cielito*— y era recibido por un gruñido susceptible de ponerle a cualquiera los pelos de punta.

—Hola, *Cielito*. Hola.

Mientras cerraba la puerta a sus espaldas sin acabar de tenerlas todas consigo —poco importaba que lo consideraran un gallina (como habría pensado Sarah), pero aquellos feroces gruñidos le infundían la necesidad de salir corriendo lo antes posible de allí—, Jake recorrió con la mirada el pequeño vestíbulo en busca de la querida mascota de su amiga; luego se dirigió a la cocina que, como el resto de la casa de estilo ranchero, era extremadamente espartana. Paredes blancas y lisas, carentes de cuadros, platos o cualquier otro tipo de decoración. Venecianas, en lugar de cortinas. Suelo de parqué oscuro. Apenas unos cuantos muebles.

Lo indispensable, sin comodidades.

Así era Sarah.

Jake acabó de tragarse los últimos restos de la barrita de Snickers que había cogido camino de casa de Sarah en el Mini-Mart de Thornton, apuró el café que contenía la taza de plástico de la que se había provisto en el mismo lugar, y con ello se dio por desayunado. Mientras colocaba la bolsa de Friskies sobre la dura superficie de la encimera —que era blanca, como los electrodomésticos, mientras que los armarios y la mesa rectangular con sus cuatro sillas estaban hechos con algún tipo de madera oscura—, alzó los ojos para mirar el reloj que se encontraba encima de la nevera. Eran las nueve y veinticinco. Dios mío, con todo lo que le quedaba por hacer. Lo bueno de trabajar por su cuenta era, sin duda, la flexibilidad de horarios. Lo malo era que necesitaba trabajar para comer. O para pagar el recibo de la luz. O la hipoteca. O las nóminas. O... la lista era interminable.

Antes de las cinco de la tarde debía presentar a Morrison los resultados de sus indagaciones sobre el caso Perry, lo que conllevaba reconstruir la sucesión de hechos que conformaban el elemento principal de la coartada de un sospechoso de asesinato. Antes de las cinco de la tarde debía entregar a la compañía de seguros Fortis un *dossier* completo sobre la banda que se dedicaba a llenar de gente coches que tenían ya unos cuantos años y a adentrarlos en las autopistas donde, una vez inmersos en el tráfico, frenaban de golpe para que colisionaran con ellos por detrás y así podían reclamar por los perjuicios causados a los ocupantes del vehículo. Antes de las cinco de la tarde debía enviar a Eli Schneider, un importante abogado de la localidad, el informe sobre las actividades amorosas de la futura ex esposa de uno de sus clientes. Y eso era lo más importante que su pobre cerebro necesitado de sueño podía recordar por el momento. Estaba seguro de que en el despacho le aguardaban una infinidad de cosas más.

Y además estaba Sarah. Como siempre.

El recuerdo del infierno por el que había pasado la noche anterior al enterarse de que le habían disparado le resultaba insoportable. Había llegado al hospital empapado en sudor. Su nerviosismo ni siquiera se había calmado cuando los doctores le habían asegurado que el daño causado por la bala no era grave. Entonces había empezado a preguntarse por el posible autor de aquel disparo y por el móvil del mismo. En su opinión, la posibilidad de que alguien hubiese querido encubrir con aquel robo un auténtico intento de asesinato era remota, pero no descabellada. La probabilidad de que el tercer autor del robo, suponiendo que hubiese un tercero, quisiese eliminar a un testigo que ni siquiera lo había visto era igualmente remota, pero no por ello descartable. No obstante, tras haber reflexionado sobre lo acaecido y de haber incorporado a los hechos la muerte de Donald Coomer, se le había ocurrido una nueva explicación. Tal vez el tercer atracador, el que se encontraba fuera del supermercado, al ver que los acontecimientos se precipitaban hubiese querido eliminar a todo aquel que pudiera identificarlo antes de darse a la fuga; tal vez hubiese querido disparar a Coomer y al otro tipo, su primo, y hubiese herido a Sarah por error. O... lo cierto es que no dejaba de darle vueltas a las posibles hipótesis. El único testigo que todavía seguía con vida, además de Sarah, era la niña que aparecía en el vídeo y que, por fortuna, al final había resultado ser de carne y hueso. Tenía que encontrarla cuanto antes, tanto para su tranquilidad como para la de Sarah. No era muy probable que quienquiera que hubiese disparado a su amiga quisiese eliminar también a testigos que jamás lo habían visto y estuviese, en consecuencia, dando la caza a la niña; pero tampoco era imposible. Para volver a respirar con tranquilidad, para quitarse aquel peso de encima y acabar con aquel quebradero de cabeza, tenía que encontrar la respuesta a todas y cada una de aquellas preguntas. Y, mientras tanto, tenía que procurar que la vida de Sarah no corriese peligro.

Pero en lugar de ponerse a remediar todo aquello, aquí estaba, atendiendo el asunto prioritario de la agenda de aquella mañana: dar el desayuno y sacar a mear al maldito perro de su amiga.

Era hora de afrontar la realidad: ¿quién podía hablar de sumisión?

Él mismo.

—¡*Cielito*! Ven aquí, muchacho.

Del chucho no había ni rastro. Un gruñido grave y amenazador le confirmó que *Cielito* estaba vivo, en algún lugar al alcance del oído, y que sabía de su presencia. El sonido provenía del extremo más alejado del vestíbulo, donde se encontraban los dos dormitorios de la casa: el de Sarah, donde era probable que *Cielito* se hubiese escondido, y la habitación de invitados. Jake conocía a la perfección esta última, ya que había pasado en ella la noche en más de una ocasión. Noches en las que estaba demasiado borracho como para conducir hasta casa; o aquellas en las que Sarah había necesitado que él permaneciese a su lado. Noches en las que uno de ellos había hecho horas extras para salvaguardar la cordura del otro.

Pero Jake siempre había dormido en la habitación de invitados, jamás en la cama de su amiga.

Hacía mucho tiempo que se había prohibido a sí mismo relacionar a Sarah con el sexo. Con el paso de los años, y gracias a que él se habría apresurado a depurarlos en caso de que se hubiesen mezclado, ambos conceptos habían acabado por ser recíprocamente excluyentes. Por fortuna, Jake no necesitaba acostarse con Sarah. Había muchas otras mujeres con quienes podía hacerlo y con quienes, de hecho, lo hacía. En cuanto a su amiga, por lo que sabía no se había acostado con nadie en los siete años que hacía que se conocían.

Y Jake no estaba muy seguro de su reacción en caso de que ella lo hiciese.

Ya se enfrentaría a ello cuando sucediese, si es que alguna vez llegaba a pasar, pensó con ironía mientras abría la puerta trasera. Por el momento, y hasta donde su mente alcanzaba a imaginar, ellos seguirían siendo «Amigos Para Siempre», tal y como le había escrito ella humorísticamente en la tarjeta que le había regalado hacía un mes, cuando él había cumplido treinta y nueve años. Cuando la leyó, hizo una mueca y estuvo tentado de preguntarle: «¿Y qué pasaría si te digo que estoy harto de que sólo seamos buenos amigos?»

Pero no lo hizo y la ocasión se perdió. Después, ambos habían estado muy ocupados y... la noche anterior, alguien había disparado a Sarah.

Tarde o temprano tendría que extraer alguna conclusión

sobre el modo en que había reaccionado a aquel suceso, pero ya lo haría cuando tuviese más tiempo... y la mente más despejada.

Por el momento seguía allí, ocupándose de *Cujo*. Lo único que podía hacer era tratar de acabar cuanto antes con aquel cometido.

—*Cielito* —canturreó, sintiéndose como un idiota.

Eso era lo único que se podía conseguir de una mujer cuando uno era su «Mejor Amigo Para Siempre»: todos los quebraderos de cabeza y ninguno de los privilegios. Maldita sea, si en verdad *Cielito* estaba de tan mal humor como parecía, era muy probable que tuviese que salir pitando de aquella casa en los próximos minutos.

—Toma, *Cielito*.

El amenazador repiqueteo de unas garras sobre el parqué lo puso en alerta: *Cielito* se había puesto en movimiento.

Jake abrió la puerta y la sostuvo de forma que, cuando el perro hiciese su aparición, pudiese salir directamente por ella. El patio trasero era pequeño y estaba limpio y vallado; en realidad, doblemente vallado. Varias cadenas sujetaban la cerca de casi dos metros de altura que había sido recientemente instalada y que acotaba el lugar en tres puntos. Los nuevos vecinos que vivían en la casa de la izquierda tenían un gato. Un gato al que mimaban y adoraban y al que *Cielito* consideraba su Santo Grial. De ahí la necesidad de reforzar bien la valla: evitar que la tentación del perro fuese más allá de la mera contemplación.

A Jake no le parecía tan terrible que *Cielito* pudiese llegar a almorzar gato algún día. Pero, como no podía ser menos, Sarah no compartía en absoluto esta opinión.

Un rápido vistazo a su reloj le confirmó que eran ya más de las nueve y media. Si bien sentía que su impaciencia iba en aumento, hizo lo posible por que la misma no se manifestase en su voz. Además de ser feo y tener un terrible carácter, *Cielito* era capaz de percibir el estado emocional de los humanos que lo rodeaban. Sarah aseguraba que era muy sensible, aunque cada vez que la oía describir a su perro de ese modo, Jake no podía evitar poner los ojos en blanco. Porque lo cierto era que, cuando *Cielito* no se sentía querido, era perfectamente capaz de dar media vuelta y regresar como una exhalación al sitio de donde había salido para permanecer en él hasta que lo obligaran a salir de allí a la fuerza. Al pensar que tal vez tendría que sacarlo de debajo de la cama con la ayuda de, pongamos por caso, una escoba, se estremeció. Aquél era un sitio al que Jake prefería no ir a menos que no le quedase más remedio.

—¡Vamos, *Cielito*!

Si bien creía que su voz conservaba todavía cierto tono edulcorado, era evidente que algo desentonaba en ella porque *Cielito*, que en ese preciso momento doblaba la esquina, le respondió con un aterrador gruñido mientras procedía a mostrarle unos colmillos blancos y resplandecientes que habrían hecho palidecer de envidia a la fiera protagonista de la película *Tiburón*.

—Perro bueno —dijo Jake, mintiendo entre dientes. Movió el cancel a modo de invitación—. ¿Quieres salir?

Cielito titubeó, sin dejar de gruñir y de mirar fijamente a Jake con sus ojos negros, como lo haría un mafioso al descubrir a un posible infiltrado del FBI. Jake hizo una mueca, se recordó a sí mismo que su orgullo masculino le impedía abandonar su puesto y maldijo mentalmente a su amiga por haber elegido como mascota a un animal como aquél, cuya cabeza era como la de un pit bull y su musculoso cuerpo, como el de un rottweiler. *Cielito* tenía el pelo hirsuto y en su mayor parte negro, aunque salpicado con algunas manchas marrones. Sus garras eran del mismo tamaño que las manos de Sarah. El rabo era largo y grueso y permanecía siempre bajo; nada que ver con el estúpido meneo de cola que cabría esperar en un perro que respondía al nombre de *Cielito*. La mascota de su amiga no era, desde luego, el tipo de animal que hacía esas cosas.

Pero Sarah lo adoraba. Y Jake era capaz de entender la razón. Ella y Lexie lo habían rescatado de la perrera cuando era un cachorro de seis meses que había sido repetidamente maltratado. Lexie lo había llamado *Cielito* (lo que, como nombre, no dejaba de constituir el mayor de los errores). Pese a haber recibido desde entonces todo tipo de cuidados, *Cielito* nunca había dejado de despreciar a la raza humana. En especial, a los miembros masculinos de la misma.

Pero *Cielito* adoraba a Sarah y era muy probable que también hubiese adorado a Lexie.

Lo cual suponía una razón más que suficiente para que Jake se encontrase en ese momento en la incolora cocina de Sarah tratando de embaucar a aquel imbécil para que saliese al patio e hiciese uso de su árbol preferido.

—Fuera, *Cielito*.

Jake volvió a mover el cancel, aunque esta vez con algo más de energía. *Cielito*, que lo conocía perfectamente, tal y como demostraba sin cesar, y a quien este hecho no parecía impresionar en lo más mínimo, dejó de gruñir y avanzó hacia la salida con las patas muy tiesas. Su mirada era aún malévola, y seguía mostrando unos dientes brillantes y amenazadores; pero, al menos, había dejado de gruñir. Cuando pasó por delante de Jake, se le tensó el lomo, como si estuviese esperando un golpe; Jake, por su parte, también se estiró y rezó sin perder tiempo por el buen estado de sus pantorrillas desnudas. Pero la distensión entre ambos se mantuvo y el perro salió furtivamente por la puerta, cruzó el porche y bajó las escaleras sin mayor problema. Jake exhaló un suspiro de alivio y cerró la mampara. Al oírlo, *Cielito* se volvió para mirarlo y, a continuación, alzó la pata encantado sobre la madreselva que había al fondo de la escalera.

Jake tuvo la sensación de que le pitaban los oídos.

El siguiente obstáculo sería obligar al animal a volver a entrar, aunque prefirió dejar ese problema para más tarde. Entretanto, Jake vertió unos Friskies en el plato del perro, le llenó el cuenco de agua, echó un vistazo a través del cancel para asegurarse de que *Cielito* estaba haciendo lo que se suponía que tenía que hacer en lugar de morder al gato y, a continuación, se encaminó hacia el cuarto de baño que había al final del pasillo para satisfacer sus propias necesidades naturales.

Lo oyó cuando estaba a mitad de camino: un débil campanilleo que nunca antes había oído en casa de su amiga.

—¿Qué demonios?

Sus pasos se fueron haciendo más lentos, frunció el entrecejo y aguzó el oído.

«When you wish upon a star...»

Pasados unos minutos, reconoció la melodía, pese a que la versión resultaba cascada e inusual. Al tomar de nuevo aliento, cayó en la cuenta de que provenía de la habitación de Sarah; de detrás de la puerta cerrada de su dormitorio, para ser más precisos.

La misma puerta que ella siempre dejaba abierta porque a *Cielito* le encantaba echarse de vez en cuando una siesta debajo de su cama.

La extraña vibración que lo había mantenido con vida durante sus nueve años como agente del FBI le hizo temblar las entrañas. La música era inofensiva, una lastimera melodía infantil; pero que sonase allí, en aquel preciso instante, en la casa de Sarah donde, en teoría, no había nadie, le puso la piel de gallina. Sin saber muy bien cómo o por qué, estaba seguro de que algo siniestro acechaba detrás de la puerta.

Instintivamente, hizo ademán de coger su Glock, que en el pasado había sido una prolongación más de su cuerpo, como uno de sus brazos, o una pierna; y entonces recordó que, como su nueva vida como investigador privado era mucho más tranquila, en los últimos tiempos solía tenerla guardada bajo llave en el cajón de su despacho.

«Mierda.»

Podía volver en coche al despacho, recuperarla y regresar a casa de su amiga.

Podía llamar a la policía y hacer que registraran la casa.

O podía utilizar como arma la ridícula navaja que llevaba en el bolsillo, acercarse hasta la puerta con tres zancadas y entrar de golpe en el dormitorio de su amiga.

En cualquier caso, era demasiado impaciente para optar por lo primero y demasiado macho para decidirse por lo segundo. O demasiado estúpido. Poco importaba.

Conteniendo el aliento, sin dejar de oír aquella música que para entonces percibía ya como algo absolutamente misterioso, sacó la navaja del bolsillo y la abrió. No era grande, pero era suya y sabía manejarla llegado el caso. Con ella en la mano, se dirigió hacia el final del vestíbulo procurando no hacer ruido, giró el picaporte y abrió de golpe la puerta.

La impresión lo dejó paralizado.

5

Los juguetes estaban esparcidos por doquier. Una Barbie. Un Corvette rosa de plástico de más de medio metro de largo. Una varita mágica. Un espejito de mano morado con flores que se retorcían alrededor del cristal. Un caballo negro haciendo una cabriola. Un unicornio de trapo.

«When you wish upon a star...»

La horripilante melodía seguía penetrando en los oídos de Jake cuando éste cayó en la cuenta de lo que estaba viendo: los juguetes de Lexie. Éstos habían permanecido guardados durante años en el armario de Sarah sin que nadie los tocase. El lado izquierdo del mueble, de puertas correderas de espejo, estaba entreabierto. La enorme caja azul en la que su amiga había guardado los juguetes estaba volcada de lado y el papel de seda se había desparramado por el suelo oscuro como copos de nieve. Jake divisó la tapa medio oculta debajo de la cómoda, vuelta del revés.

Sintió las mejillas heladas y pensó que la habitación estaba extrañamente fría. Fantasmagóricamente fría.

«Contrólate, por Dios. Esto se debe al aire acondicionado y a la puerta cerrada.»

En el dormitorio no había ni nada ni nadie.

A Jake le bastó echar una mirada en derredor para corroborarlo: a menos que hubiese alguien escondido bajo la cama o al otro lado del armario, la habitación estaba vacía. Al igual que el resto de la casa, el dormitorio de Sarah era pequeño y estaba sencillamente amueblado. La cama de matrimonio estaba colocada contra la pared justo enfrente de la puerta y entre un par de ventanas de guillotina de los años cincuenta. La cabecera era lisa y de madera de roble, y la colcha blanca que la cubría llegaba hasta el suelo. Como no podía ser menos, tratándose de Sarah, la cama estaba hecha con todo esmero. Las persianas estaban echadas de forma que, a pesar de que el sol resplandecía en el exterior, la habitación se encontraba casi a oscuras. Sobre la mesita de noche de la derecha había una lámpara, un despertador y un libro. Justo frente a la cama había una cómoda de roble con un espejo rectangular en lo alto. Los objetos que había apoyados sobre la misma estaban perfectamente alineados. En la habitación no había más muebles. En caso de que Jake hubiese interrumpido un robo, era evidente que los ladrones sólo habían hurgado en el armario.

«No. Rectifico: en la caja de juguetes que había en el armario.»

«Está bien, pero eso es muy extraño.»

Lo que estaba claro era que ningún atracador sería capaz de esquivar al perro.

A menos que, tal vez, éste hubiese entrado en la casa por la ventana y hubiese cerrado la puerta mientras *Cielito* se encontraba fuera de la habitación.

¿Para entretenerse después con los juguetes de Lexie?

A Jake le costaba aceptar aquella idea. ¿Hasta qué punto era improbable?

Aun así...

Jake se dirigió precavido hacia las ventanas y las examinó: ambas estaban cerradas y con el cerrojo echado. Después se encaminó hacia el armario y, tratando de no tocar la caja volcada o las bolas de papel que había esparcidas por todas partes, abrió el lado derecho de éste lo suficiente como para poder echar un vistazo en su interior. El mueble no era muy profundo, no se podía entrar en él; por lo que le bastó una ojeada para comprobar que allí no había nadie escondido. Por lo visto, todo estaba en su sitio. La ropa de su amiga seguía colgada de la varilla siguiendo una graduación de los colores neutros que Sarah solía elegir para sus vestidos. Sus zapatos —unos seis pares que iban desde las deportivas a los zapatos de medio tacón y que, en cualquier caso, no eran nada sofisticados— estaban colocados sobre un pequeño estante que había en la parte posterior del armario. La repisa que había en lo alto estaba ocupada por una hilera de cajas de plástico dispuestas en perfecto orden.

Antes de que la sacaran, la caja de juguetes se encontraba en el suelo de la parte izquierda del armario. Jake lo sabía porque había visto a su amiga colocarla allí. Que él supiese, nadie los había tocado durante los cuatro años que habían pasado desde entonces.

Y ahora alguien había abierto el armario, volcado la caja y desparramado por el suelo su contenido.

La pregunta era: ¿quién?

Sin dejar de darle vueltas, Jake se arrodilló para echar un rápido vistazo debajo de la cama. Pero allí no había nada, ni siquiera un poco de pelusa; exceptuando, claro está, el viejo lecho de felpa en el que le gustaba dormir a *Cielito*.

«*When you wish upon a star...*»

La melodía llegaba de nuevo a sus oídos. Jake apretó los dientes, se levantó y trató de precisar el lugar del que provenía: el unicornio de trapo.

El juguete estaba volcado en el suelo. Al cogerlo, la música se detuvo.

Jake se estremeció al mirarlo. Era, a todas luces, el juguete de un niño muy pequeño; desde el hocico aterciopelado hasta la cola de tela iridiscente, debía de medir unos treinta centímetros, como desde las pezuñas de satén hasta la punta de su resplandeciente cuerno de oro. Salvo el cuerno, el lazo de satén que llevaba atado alrededor del cuello y los ojos de cristal azul cuyas pestañas plateadas eran increíblemente largas, todo él era blanco, de terciopelo y satén. Jake notó que había algo duro bajo la tela, en el medio, y supuso que se trataba del mecanismo que hacía sonar aquella música. Sin embargo, no vio ningún botón o interruptor, o cualquier otro medio para ponerla en marcha o apagarla; pero cuando le dio la vuelta al juguete para controlar la parte inferior del mismo, la melodía sonó una vez más.

«*When you wish upon a star...*»

De alguna manera, y dado el contexto, aquel agudo campanilleo estaba a punto de sacarlo de sus casillas. Haciendo un esfuerzo por controlarse, Jake volvió a darle la vuelta al unicornio. La horripilante melodía se detuvo. Probó de nuevo para cerciorarse: estaba claro que la música empezaba a sonar cuando lo ladeaba y se detenía cuando volvía a estar derecho.

En manos de un niño, aquel juguete tenía que resultar insoportable. Jake estaba seguro de que mucho antes de verse obligada a meterlo en la caja, Sarah debía de estar ya harta de él.

Pero ahora se trataba de averiguar la razón de que tanto el unicornio como el resto de los juguetes estuviesen desperdigados por el oscuro suelo del dormitorio de Sarah, en lugar de estar a buen recaudo en la caja que su amiga guardaba en el armario.

¿Se las habría arreglado *Cielito* para entrar, de una manera u otra, en la caja de juguetes? No parecía muy probable. Al igual que en lo tocante a menear la cola, *Cielito* no pertenecía a ese tipo de perros. Por lo que él sabía, la vida de *Cielito* consistía en comer, dormir, gruñir amenazadoramente y salir a la calle. Así que de juguetón tenía bien poco.

Jake miró el juguete pensativo.

Era imposible que hubiese sucedido después de que él entrase en la casa. Habría oído entrar o salir al ladrón. La casa era demasiado pequeña. Si el responsable de aquello era un ser humano, tenía que haberlo hecho antes de su llegada, puede que la noche anterior, mientras Sarah estaba en el hospital.

A menos que lo hubiese hecho ella misma.

Jake recorrió la habitación con la mirada una vez más. Los juguetes estaban esparcidos de cualquier manera sobre el suelo, como si un niño desordenado hubiese abierto la caja y hubiese arrojado fuera de ella todo su contenido. A

Jake le costaba imaginarse a Sarah, a la superordenada Sarah, para quien aquellos objetos tenían un enorme valor, haciendo una cosa así.

Aunque, por otra parte, también le costaba imaginarse a un ladrón realizando un acto semejante. En su opinión, todo aquello carecía de sentido. En cualquier caso, no había señales de que hubiesen entrado a la fuerza en la casa. Lo cual le hacía pensar nuevamente en *Cielito*. Jake se había enfrentado personalmente a innumerables matones armados con pistolas, desde delincuentes de pacotilla hasta traficantes de armas y drogas o a criminales de cuello blanco con mucho más que perder de lo que él sería capaz de ganar en diez vidas; pero aquello no era nada comparado con un fugaz encuentro con aquel perro.

Y eso que conocía a *Cielito* desde hacía ya varios años, y le enorgullecía saber que se encontraba en la reducida lista de personas a las que el perro no detestaba.

Así pues, cualquier desconocido que hubiese osado entrar en la casa de su amiga y se hubiese tropezado con *Cielito* habría salido de ella antes incluso de haber recuperado el aliento.

Lo que no hacía sino descartar la posibilidad de un ladrón obsesionado por los juguetes.

Pero si no se trataba de un robo y Sarah tampoco era responsable, el único que quedaba era el perro. Era una simple cuestión de detección rápida: basta eliminar todo aquello que es imposible que haya sucedido para determinar lo que tiene que haber sucedido, por muy improbable que parezca.

Y a él, después de efectuar aquella operación, le quedaba el perro.

Alguien había cerrado la puerta de la habitación.

Lo cual suponía un problema: si *Cielito* era el causante de lo sucedido ¿cómo había entrado en la habitación?

Sin embargo, cabía la posibilidad de que la puerta estuviese abierta. Sarah siempre la dejaba así, por lo que era probable. Tal vez el perro se hubiese entusiasmado sacando las cosas de Sarah del armario y hubiese cerrado la puerta de alguna u otra manera. Quizás hubiese salido corriendo de la habitación con, pongamos, uno de los juguetes en la boca. O con cualquier otra cosa.

Imaginar a *Cielito* afectado por un cambio radical de personalidad podía resultar algo forzado, pero Jake no conseguía explicarse de otro modo la escena que tenía ante sus ojos.

A menos que se hubiese tratado de Sarah.

Jake temía esta última posibilidad, ya que la misma suponía toda una serie de implicaciones que prefería ignorar.

Un buen modo de enterarse era, sencillamente, preguntándoselo a ella.

Jake hizo una mueca. Si Sarah no había sido la que había sacado los juguetes y, en su opinión, era muy poco probable que lo hubiese hecho, contarle lo que había encontrado en su dormitorio podía, como mínimo, molestarla. Supondría más bien volver a abrir una profunda herida que acababa de cicatrizar.

Y eso era algo que no podía hacer. Por nada del mundo le habría causado a su amiga un dolor semejante. A menos que no le quedase más remedio.

Fuese lo que fuese lo que había pasado en el dormitorio, ella no tenía por qué enterarse. Él se ocuparía de volver a ponerlo todo en su sitio.

Sin dejar de darle vueltas, Jake enderezó la caja de juguetes, cogió un poco de papel de seda y envolvió el unicornio. A continuación, lo puso derecho en el interior de la caja y lo rodeó con algunos trofeos de plástico que no se habían salido de ella para evitar que se volcase otra vez y volviese a sonar aquella maldita canción. Recogió uno a uno la Barbie, el coche, la varita mágica, el espejo y el caballo; los envolvió en el papel y los guardó. Después, tapó la caja, la colocó en el lugar donde había permanecido durante todos aquellos años y cerró la puerta del armario.

«Misión cumplida.»

Jake miró a su alrededor. La habitación de Sarah aparecía ahora tan ordenada y limpia como siempre. Desaparecido el daño, desaparecía también la falta.

Ante la eventualidad de que el perro fuese al final el culpable, Jake cerró la puerta del dormitorio y se aseguró de que no se pudiese volver a abrir. «A menos que *Cielito* haga un agujero en la madera, no podrá entrar», pensó con satisfacción. Después efectuó un rápido control en la casa, examinó las ventanas, miró aquí y allá. Todo estaba bien cerrado. No había nada fuera de lugar.

Le gustara o no, lo cierto era que en la casa no había nadie. Y casi podría asegurar que nunca lo había habido.

—¿Fuiste tú el que sacó esos juguetes del armario? —le preguntó a *Cielito* después de conseguir que éste entrase de nuevo en la casa tentándolo con un rastro de comida para perros estratégicamente colocada.

Cielito estaba tan ocupado devorándola que ni siquiera se molestó en gruñir. Engullía a toda velocidad, con el rabo entre las piernas y un ojo pendiente de todo cuanto sucedía a su alrededor, como si temiese que alguien —llamado Jake y que, en todos aquellos años de relación, tan sólo había sido capaz de llamarle mal perro a la cara— le hiciese alguna jugarreta mientras comía.

Jake suspiró. Genio y figura hasta la sepultura. En el caso de *Cielito* no podía ser más cierto.

A Jake le costaba imaginarse al perro retozando con los juguetes de Lexie.

Pero si *Cielito* no era el culpable, ¿de quién se trataba entonces? ¿Tenía algo que ver el registro de la caja de juguetes con el hecho de que hubiesen disparado a Sarah? A primera vista parecían dos acontecimientos sin relación alguna entre ellos, pero...

Sin dejar de considerar todas las hipótesis, Jake cerró la puerta trasera de la casa y salió por la principal.

Mientras se alejaba con el coche, seguía tan lejos de hallar una respuesta como al entrar en la habitación de Sarah; pero también mucho más inquieto de lo que lo había estado en mucho tiempo.

Sarah fue dada de alta en el hospital poco después de las cinco y media de la tarde. Aunque las reglas del centro exigían que los pacientes fueran conducidos a recepción en silla de ruedas, a Sarah le había parecido ridículo ver entrar a la enfermera en la habitación con una de ellas. Sin embargo, cuando se encontraba ya de pie sobre el asfalto y trataba de franquear el bordillo y recorrer la escasa distancia que separaba la silla del coche de Jake, se sentía mareada y realmente agradecida de que éste la llevase del brazo. Pero no tenía ninguna intención de decírselo. Si su amigo tan sólo alcanzase a imaginar lo mal que se sentía, la devolvería al hospital en un abrir y cerrar de ojos.

—Cuídese —le dijo la enfermera, mientras daba media vuelta a la silla y se encaminaba de nuevo hacia el bullicioso vestíbulo del centro.

Sarah le respondió agitando la mano, se echó un rápido vistazo en el cristal ahumado del coche de Jake, e hizo una mueca. En aquel estado recordaba a la heroína de *La novia cadáver*, la película de Tim Burton, con la única diferencia de que ella llevaba el pelo corto y tenía la piel pálida y no de color azul. Lo cual, en pocas palabras, quería decir que su aspecto era incluso peor. Claro que el enorme trozo de esparadrapo color carne que le cubría la herida de casi ocho centímetros que tenía encima de la oreja derecha no ayudaba demasiado, como tampoco lo hacía el hecho de que le hubiesen cortado casi a cero el pelo que tenía alrededor. El efecto no era precisamente elegante y, dado que no tenía intención de mostrarla al día siguiente en el trabajo, había pasado algunos frenéticos segundos probando mentalmente varios estilos de peinado capaces de ocultar la herida. Cuando llegó a la conclusión de que era inútil y que, de cualquier forma, incluso en el caso de que consiguiese disimular las peladuras que tenía en codos y rodillas con la chaqueta y los pantalones, iba a ser imposible esconder los arañazos que tenía en la barbilla, se desplomó con aire lúgubre en el asiento del copiloto del Acura RL de Jake.

—El cinturón —le recordó él antes de cerrar la puerta.

El vehículo era negro con el interior blanco. Pese al chorro de aire acondicionado, los asientos estaban ardiendo y el contacto de sus piernas desnudas con el cuero no resultaba precisamente agradable, por lo que Sarah cambió repetidas veces de posición tratando en vano de evitarlo. Jake había acudido directamente desde la oficina para recogerla, lo que suponía un trayecto de unos diez minutos. Con una temperatura exterior de 36 grados y un elevado grado de humedad, al coche le estaba costando enfriarse. Sarah llevaba puesto el «equipo de emergencia de la oficina» que le había llevado al hospital su secretaria, Lynnie Sun, y que estaba siempre en el despacho por si necesitaba cambiarse rápidamente de ropa. Éste consistía en una falda ligera de color caqui, una blusa sin mangas, una americana azul, ropa interior limpia, unas medias y unos zapatos de tacón. Por el momento, la americana y las medias, más los analgésicos que le había dado el médico con instrucciones para curarse la herida, se encontraban en el interior de la bolsa de plástico que Jake acababa de arrojar al asiento trasero. El calor y la humedad no admitían más prendas.

Malhumorada, clavó la mirada en el limpiaparabrisas mientras Jake se dirigía hacia el asiento del conductor, al mismo tiempo que se metía algo —probablemente un caramelo— en la boca. Sarah no conocía a otro adulto con una dieta peor que la de su amigo. Ésta consistía fundamentalmente en café y caramelos durante el día y en una variada selección de comida basura —McDonald's, Pizza Hut, KFC, Long John Silver's, o cualquier otra marca, con tal de que tuviese la suficiente cantidad de grasa e hiciese engordar— para cenar. A menos, por supuesto, que se encontrase en uno de los intensos periodos que compartía con sus Rubias (el mote privado con el que Sarah se refería a la sucesión de veinteañeras de su amigo, ya que invariablemente se trataba de unas rubias despampanantes), en cuyo caso, o bien la muchacha cocinaba a veces algo para él, o bien ambos salían a cenar a algún sitio algo más refinado, y, tratando de ser optimistas, nutritivo.

El problema con las Rubias era que éstas se parecían tanto entre ellas que era difícil recordarlas una a una. No obstante, había que reconocer que su amigo tenía una idea muy clara de lo que le gustaba y se mantenía fiel a ella.

Jake se introdujo a su lado en el coche y cerró la puerta. Para mirarlo, Sarah ladeó su pobre y dolorida cabeza, que tenía apoyada contra la parte superior del asiento y que sentía pesada como el plomo.

—Gracias por venir a recogerme.

Por toda respuesta, Jake gruñó mientras ponía en marcha el coche. Su amigo se había afeitado y se había cambiado de ropa de forma que, en lugar de las bermudas y la camiseta que llevaba puestas aquella mañana, ahora lucía unos pantalones de color gris oscuro y una camisa azul clara que a esas alturas estaban tan arrugados como si hubiese dormido con ellos. Se había desabotonado el cuello de la camisa y se había remangado por encima de los codos. Sarah supuso que en algún momento de aquel día debía de haber desechado también la chaqueta y la corbata. Al igual que ella, buena parte del trabajo de su amigo tenía lugar en los tribunales, lo cual suponía en muchos casos tener que mantener cierta apariencia a la hora de vestir.

—Explícame otra vez por qué te han dejado salir hoy —le pidió en tono de malhumor. Parecía malhumorado. Y cansado. Tenía los ojos hinchados e inyectados en sangre. Las cejas no acababan de juntársele sobre la nariz, pero poco les faltaba, y eso no era una buena señal. Jake era un tipo corpulento, ancho de hombros y musculoso, que ocupaba más espacio del que le correspondía en la parte delantera del coche. De no ser porque Sarah lo conocía muy bien, se habría sentido intimidada.

Pero se trataba de Jake, alguien que conocía a la perfección y cuya apariencia había dejado de amedrentarla hacía ya muchos años. A pesar de que, algunas veces, volvía a intentarlo como cuando estaban en la universidad.

Sarah se encogió de hombros.

—Supongo que porque no tenían ningún motivo para retenerme.

Sin embargo, lo cierto era que los médicos habrían preferido que permaneciese una noche más en el centro. «Por precaución», había dicho el doctor Solomon. Pero Sarah estaba ya harta del hospital, harta de la gente que entraba y salía de su habitación sin cesar, harta de que la examinaran y la pincharan; cosas, todas ellas, que la hacían sentirse como una atracción. Los telediarios de las emisoras locales pasaban una y otra vez la cinta de seguridad del supermercado y, aunque ella no la había vuelto a ver —no había vuelto a encender la televisión después de la visita de Morrison—, sabía que era así porque se lo repetían una y otra vez las innumerables personas que entraban en la habitación para examinarla, para compadecerse de ella o simplemente para ver en persona a quien las enfermeras de su planta describían a los visitantes como «la heroína del momento». Todos y cada uno de los miembros del personal del hospital, su propia secretaria (*et tu, Lynnie?*) y hasta la vecina de enfrente se habían dejado caer por allí para torturarla hablando del asunto. Dos agentes del departamento de policía del condado de Beaufort habían pasado a verla para tomarle declaración. Mark Kaminski, el fiscal adjunto a quien Morrison había encargado llevar adelante la acusación contra el agonizante Niño Esqueleto, Maurice Johnson, en caso de que éste se recuperase, había aparecido también por allí para pedirle algunos detalles sobre el crimen. Ella había tratado a su vez de hacerle también algunas preguntas, para enterarse simplemente de lo que sabía; pero, dado que Sarah era una víctima y, en el supuesto de que el asunto llegase a los tribunales, sería también testigo en el proceso, su compañero no estaba autorizado a contarle nada, incluso en el caso de que hubiese algo que contar, lo cual no era así, ya que, según le aseguró, Johnson no había recuperado el conocimiento desde el tiroteo. Más tarde, cuando el policía que había apostado junto a su puerta se había dado a la fuga para comer, Hayley Winston, una periodista del Canal 5, se había introducido subrepticiamente en su habitación, acompañada de un cámara, para pedirle una entrevista. Sarah se había quedado tan sorprendida que incluso había balbuceado algunas respuestas antes de que el personal del hospital, a quien ella había llamado urgentemente apretando un botón, se presentara en la habitación para echarlos de allí. Todos querían saber lo que había pasado en el interior del supermercado; pero a ella todavía le costaba recordarlo, y no digamos contarlo. Una mujer inocente había sido violentamente asesinada ante ella y la imagen de lo sucedido acudía a su mente apenas cerraba los ojos. Venía a empeorar las cosas el hecho de que ella misma hubiese estado a punto de morir; si bien eso no la había traumatizado por completo, desde luego sí la había impresionado, hasta tal punto que le resultaba imposible compartir aquella experiencia con nadie. A pesar de que, durante mucho tiempo, había creído que deseaba morir, cuando la Muerte había llamado por fin a su puerta se había dado cuenta de que lo que realmente quería era seguir con vida.

Esta constatación la acobardaba. La hacía sentirse casi como una extraña en su propia piel. No desear la muerte... ¿Cuándo había sucedido? Aquello suponía toda una revolución en su manera de interactuar con el mundo, y ella ni siquiera la había previsto. Se había producido de repente.

En cualquier caso, no tenía ninguna intención de contárselo a Jake. Su amigo tenía un sentido maternal muy desarrollado y el menor indicio sobre el terremoto que se estaba produciendo en su mente lo habría preocupado. Además, tratándose de él, lo habría impelido a hacer algo. Algo como ingresarla de nuevo en el hospital, atarla a una cama si era necesario para que no se moviese de allí y contratar a todo un equipo de psiquiatras para que le examinaran el cerebro.

Si bien no negaba que a su salud mental le habría venido bien un poco de ayuda, aquél no era, desde luego, el momento más adecuado.

—Supongo que mañana no irás a trabajar, ¿verdad?

Jake aceleró y el Acura embocó suavemente la autopista 21. El calor hacía reverberar el asfalto del cual emanaba un vapor que ascendía perezosamente hacia el cielo azul. La autopista de cuatro carriles estaba abarrotada de tráfico que, en su mayor parte, salía de la ciudad a marcha lenta. Por fortuna, ellos venían del hospital y por ello viajaban en dirección contraria. En aquellos momentos, Beaufort experimentaba la versión provincial de un atasco vespertino; lo cual, por regla general, solía durar unos treinta minutos como mucho. El problema era que Beaufort estaba rodeada de agua por todas partes, lo que la convertía en una isla en todos los sentidos. Una carretera principal, la autopista 21, la conectaba con la zona oeste, la más habitada. Si uno comparaba la autopista 21 a una serpiente pitón con la cabeza en el océano Atlántico, el atasco venía a ser como el conejo que la serpiente había engullido para cenar y que se movía ahora lentamente hacia la cola como un bloque compacto. Aunque lo cierto era que a Sarah aquellos tapones no la afectaban demasiado. Normalmente no salía del despacho antes de las siete y media o las ocho de la tarde. Pero no por ello ignoraba que todos los días, alrededor de las seis, todos aquellos que no carecían de vida propia se encontraban por lo general en sus casas y que el tráfico volvía a ser el de siempre: prácticamente inexistente. El centro perdía entonces su habitual ajetreo, sobre todo en verano, cuando la mayoría de sus habitantes se dedicaban a salir en barca, jugar al golf, trabajar en el jardín o improvisar barbacoas en el patio de su casa después del trabajo. Beaufort era una pequeña ciudad abierta, aristocrática, perezosa, anclada en sus propias costumbres, en la que uno era un extranjero por el simple hecho de no haber vivido en ella durante toda su vida. Sarah llevaba residiendo en ella más de cuatro años y aún lo seguía siendo, eso jamás cambiaría.

—Bueno... —le respondió ella sintiéndose culpable. A su derecha, un centro comercial con la habitual oferta triple de McDonalds, Taco Bell y Pizza Hut, aspiraba coches de la carretera. Jake le lanzó una anhelante mirada. Antes de que su amigo tuviese tiempo de volver a concentrarse en la conversación, Sarah procuró cambiar de tema—. ¿Qué has descubierto sobre Duke? ¿Donald Coomer?

Jake se encogió de hombros y cambió de carril para evitar el tráfico que se desviaba hacia el centro comercial.

—Está muerto.

—¿Te importaría ser más concreto?

—Estaba solo en una de las celdas de detención que hay en el sótano de la cárcel porque lo iban a llevar al tribunal para formular los cargos que tenía en su contra. Por lo visto, se las arregló para hacerse con un cable eléctrico y se colgó de la reja de la puerta.

—¿Cuánto tiempo permaneció solo?

—Bill Canon estaba de guardia en ese momento; asegura que no más de diez minutos.

—¿Quién tenía acceso a la celda?

Jake volvió a encogerse de hombros.

—¿A esas celdas? Todos: cualquier agente, ayudante del sheriff, oficial de los tribunales o abogado... Las celdas se abren desde fuera; de forma que cualquiera que tenga acceso a la cárcel puede girar el picaporte y entrar en ellas.

Sarah conocía perfectamente aquellas celdas. Al igual que en el resto de la cárcel, su antigüedad era incluso peor que la suciedad que reinaba en ellas. Todas tenían una superficie de unos seis metros cuadrados, estaban construidas con cemento armado —excepto en el techo, que era de azulejo acústico—, la puerta de metal que las cerraba tenía una pequeña ventana enrejada y, por último, el conjunto se completaba con un banco metálico incrustado en una de sus paredes. Carecían de cámaras de seguridad, aunque el vestíbulo que daba acceso a ellas estaba vigilado.

—¿Has controlado la cámara de la entrada?

—En ese momento no funcionaba.

—Ah. —Se encontraban en el puente que atravesaba el río Coosaw y desde la ventanilla de Sarah se divisaba el resplandor de sus puntales de acero. Por debajo de ellos, un remolcador arrastraba una barcaza cargada de carbón en dirección a la bahía de Port Royal. Sarah contemplaba distraída el paisaje. Su cabeza seguía considerando todas las posibilidades—: Mal asunto.

—Desde luego.

—¿Alguna idea sobre el modo en el que consiguió el cable eléctrico?

—Nadie lo sabe. La teoría más extendida es que, de una forma u otra, se quedó en el interior de la celda. Están controlando las huellas dactilares, pero no creo que saquen en claro mucho de ellas.

—Entonces, ¿fue un suicidio o no?

—¿Quieres saber mi opinión? Yo creo que no, aunque, a estas alturas, te hablo por pura intuición. —En ese momento salían del puente y el tráfico se iba haciendo cada vez más fluido. Jake se detuvo en un semáforo en rojo y miró a su amiga—: ¿Te apetece que cenemos juntos?

A sus espaldas acababan de dejar un Long John Silver a la izquierda, y un Arby a la derecha. Sarah supuso que aquellos restaurantes de comida rápida debían de estar mandando mensajes subliminales al estómago de su amigo.

Se encogió de hombros. Ella no tenía hambre.

—Tú mandas.

El semáforo se puso verde y el coche arrancó de nuevo.

—He visto que en la nevera no tienes nada digno de mención. ¿Quieres que compremos algo de camino a casa o prefieres que encargue una pizza?

Sarah hizo una mueca.

—Para tu información, en el congelador tengo algo de lasaña, unos sanjacobos y estofado de carne.

Jake resopló.

—Comida congelada para adelgazar. La he visto. Deliciosa.

—Está buena. Y es sana. —Sarah exhaló un suspiro. Era imposible ganar aquella batalla, ya lo sabía, de forma que lo mejor era rendirse cuanto antes y ahorrarse el esfuerzo—. Ni siquiera tengo hambre; pero, si tú la tienes, pedimos una pizza. Vegetariana.

—Excelente elección —le respondió Jake en tono ligeramente sarcástico. Ni que decir tiene que él pediría la especial para amantes de la carne.

—No tienes que cuidarme, ¿sabes? Sólo me duele la cabeza y mi aspecto deja bastante que desear; pero, aparte de eso, me encuentro bien. Si tuviera mi coche —Lynnie había tenido la cortesía de informarle que éste se encontraba en el depósito de la policía—, yo misma habría conducido hasta casa.

—En ese caso es mejor que no lo tengas.

—Debo ir a recogerlo.

—Ya nos hemos ocupado de eso. Le pedí a Pops (su abuelo, que trabajaba para él) que fuese a recogerlo. Lo tienes en el garaje.

—¡Guau!, gracias. Eres increíble.

—Siempre te lo he dicho.

Sarah sonrió.

—Yo...

El teléfono móvil de Jake los interrumpió. Jake lo sacó del bolsillo, miró el número, murmuró algo indescifrable y finalmente contestó a la llamada.

—¿Sí?

—Hola, Bollito. Tengo unas chuletas de cerdo listas para la parrilla. ¿Cuánto tardarás en llegar?

Sarah podía oír con toda claridad lo que decían al otro lado del aparato y no tuvo ninguna dificultad en reconocer la voz entrecortada de Donna...¡ay!, Danielle.

—Suena delicioso, cariño —le respondió él, volviéndose rápidamente hacia Sarah, cuya sonrisa se había quedado congelada—, pero no puedo.

—¡Claro que puedes! —Sarah podía verla haciendo pucheros—. He comprado chuletas de cerdo. Ayer te dije que lo haría y tú me contestaste que te parecía una idea fantástica.

—Pero hoy ha sucedido algo.

—Siempre te sucede algo. No haces más que trabajar. Trabajo, trabajo y más trabajo. Hasta tuvimos que interrumpir nuestras vacaciones porque tenías que volver al despacho.

—Lo sé y lo siento. Mete las chuletas en la nevera y nos las comeremos mañana.

Acto seguido, se produjo una brevísima pausa. Sarah estaba convencida de que la Rubia vacilaba entre tener una de sus rabietas o comportarse como una niña buena. Si hubiese estado segura de su hombre, lo más probable es que hubiese optado por la rabieta, pero el problema era que las chicas que salían con su amigo nunca conseguían estar completamente seguras de él. Puede que fuesen todas masocas y que tenerlas en vilo formase parte del atractivo de su amigo.

—¿Me lo prometes? —Danielle había optado por comportarse como una niña buena.

Jake esbozó una leve sonrisa.

—A menos que ocurra algo.

Bueno, al menos era honesto.

Danielle inspiró ruidosamente. Después, pasados un par de segundos durante los cuales debió de sopesar la cuestión, soltó una risita, un sonido gutural e íntimo.

—¡Eres un cachondo! —Su voz se tornó seductora—. Me he comprado un camisón, sólo para ti-i...

Jake y Sarah se miraron. Si hubiese tenido cinco años, Jake no hubiera podido por menos que revolverse en su asiento presa de una gran desazón. Sarah frunció los labios y le envió un beso silencioso.

Jake se concentró de nuevo en la autopista, carraspeó y volvió a hablar por teléfono.

—Mira, tengo que dejarte. Yo...

—Es negro, con muchos lazos. Y deja a la vista...

—Guárdalo también, ¿vale? —le atajó Jake—. Te llamaré mañana.

—Te quiero tan...

Si aquello pretendía ser una confesión de deseo imperecedero, se perdió para siempre ya que Jake, tras farfullar un apresurado adiós, apagó el teléfono.

—¿Cuántos años tiene? —le preguntó Sarah sin poder evitarlo, mientras su amigo colocaba el aparato en la consola que había entre los dos asientos.

Jake le dirigió una fugaz mirada.

—Veinticinco.

—Si es la que pienso, debe de estar bien caliente. Yo en tu lugar iría a probar sus chuletas.

—¿Nunca te han dicho que es de mala educación escuchar las conversaciones privadas de los demás?

—¿Y qué se supone que tenía que hacer, taparme los oídos con los dedos?

—Algo así.

—De acuerdo, la próxima vez lo haré, Bollito.

Jake apretó los labios y Sarah casi habría jurado que estaba a punto de enrojecer.

—Le gustan los apelativos cariñosos, ¿y qué?

—Pensándolo bien, ése te va como anillo al dedo, dadas las posaderas que tienes.

Jake la miró, esta vez con los ojos entornados.

—¿Lo dejas estar ya, por favor?

—Es que lo de Bollito me parece tan mono...

—Sarah.

—Está bien. Lo entiendo. Te da vergüenza. Lo siento.

—Eres un demonio. —Las mejillas se le iban apagando poco a poco; pero ahora era ya evidente que se había sonrojado, observó Sarah con interés. Jake prosiguió—: Danielle es una buena chica. Si llegaras a conocerla, estoy seguro de que te gustaría.

—Si esta vez te dura un poco, puede que llegue a conocerla.

En opinión de Sarah y, según sospechaba, también en opinión de Jake, las Rubias eran prácticamente intercambiables. Ninguna le había durado más de seis meses y la mayor parte de ellas incluso menos. Jake llevaba saliendo con Danielle algo más de cinco, lo cual significaba que su amiguita se iba aproximando a la fecha de caducidad.

Jake gruñó. Sarah entendió que su amigo daba por zanjado el asunto. Se estaban acercando al centro de la ciudad. La zona histórica, con sus bonitas casas blancas alineadas, debía de encontrarse a poco más de un kilómetro y medio. Jake aminoró la marcha para evitar acercarse demasiado al carruaje cargado de turistas que acababa de emerger de una de las calles perpendiculares a la suya y que rodaba ahora por delante del coche. El caballo era gris y tenía una mirada cargada de resignación. El carruaje, abierto, y de color negro, estaba decorado con flores. Sus ocupantes no dejaban de reírse y de hablar con el cochero que lucía un sombrero de copa y que iba ladeado en su asiento para poder explicar a sus clientes la historia de Beaufort. Sarah se imaginó lo que les debía de estar diciendo: la ciudad era una de las pocas que había sobrevivido intacta a la marcha del general Sherman sobre Georgia durante la guerra civil. Ello se debía, en buena parte, a que las tropas de la Unión habían encontrado el lugar tan encantador (además de estratégicamente bien emplazado, por supuesto) que habían establecido en él su cuartel general. Las mansiones anteriores a la guerra, que poblaban las calles del viejo centro histórico y de los terrenos ribereños de la ciudad, habían salido indemnes de la guerra y ahora las más espectaculares hacían que el condado de Beaufort fuera merecedor de la fama que atraía cada año a miles de turistas.

—Ya sabes —le dijo Sarah a su amigo mientras éste adelantaba al carruaje y volvía a acelerar—, que me puedo comer la pizza sola. O mejor aún, el estofado de carne. No veo por qué tienes que privarte de las chuletas de cerdo de Danielle por mi culpa.

Jake frenó y, a continuación, dobló hacia la izquierda para adentrarse en Bay Street. Las casas de esta zona pertenecían a la era victoriana; lo cual, para Beaufort, significaba que eran relativamente nuevas. Sin llegar a tener las dimensiones de una auténtica mansión, todas ellas eran bastante grandes, antiguas y muy vistosas, y estaban separadas de la calle por unos céspedes impecables y cercadas por unas verjas de hierro forjado. Unos enormes magnolios de relucientes hojas arrojaban sombra sobre los desbordantes jardines. Los cipreses y los robles, estos últimos cubiertos de musgo, se alineaban a lo largo de las calles. Las azaleas, en diferentes tonalidades de rosa y coral, se apiñaban junto a los porches de estilizadas líneas donde sus habitantes se acomodaban en balancines y mecedoras para chismorrear mientras veían pasar el mundo ante sus ojos.

—Te hago saber que no sólo me pienso comer la pizza contigo, sino que además tengo la intención de pasar la noche en tu casa. A menos que quieras venir a la mía.

Sarah lo miró. Pensándolo bien, lo cierto es que prefería no quedarse sola aquella noche. Todavía temblaba al pensar que la noche anterior alguien había tratado de matarla. Aunque no tenía ninguna intención de reconocerlo. No iba a permitir que Jake se diese cuenta de lo frágil que se sentía en esos momentos. Por lo general, Sarah era la señorita Independencia en persona.

—¿Y qué hacemos con *Cielito*? —le recordó ella. Jake hizo una mueca, que dejaba bien claro lo poco que le apetecía alojar al perro en su casa, cosa que a ella no le sorprendió en lo más mínimo. Jake y *Cielito* no eran lo que se dice uña y carne. Para disimular, se dirigió a su amigo en tono de desafío—. En cualquier caso, ¿qué pasaría si te dijese que realmente necesito estar sola esta noche?

—Te respondería que te encerrases en el baño al llegar a casa, porque esta noche no vas a conseguir estar más sola. —Ése era su Jake, una vez más sin consideración alguna por sus necesidades, tal y como se esperaba. Gracias a Dios—: No sé si te has dado cuenta, pero hace unas tres horas que ya no estás bajo vigilancia policial. Frist... —Lowell Frist era el jefe de policía— dice que no te puede procurar protección las veinticuatro horas del día. En cualquier caso, la policía piensa que no corres ningún peligro.

—¿Y tú?

Jake apretó levemente la mandíbula; lo suficiente para que Sarah comprendiese que su amigo estaba realmente preocupado por ella. Al darse cuenta, sintió que un escalofrío le recorría la espalda.

Jake negó con la cabeza.

—No lo sé.

Casi habían llegado ya a la zona donde vivía Sarah. Encajonada entre las históricas mansiones de los ricos de larga tradición y los barrios dormitorio de los nuevos ricos se encontraba su gente, los «no-ricos» como ella los llamaba, quienes vivían en las pequeñas casas y en los edificios de apartamentos que se habían ido construyendo alrededor del centro histórico durante los años posteriores a las dos guerras mundiales, antes de que se iniciase el *boom* de la edificación suburbana. Sus habitantes constituían todo un batiburrillo de gente: desde grandes familias de inmigrantes recién llegados al país hasta pensionistas, pasando por solteros que trabajaban, como ella misma. La zona, que ostentaba más cemento armado que espacios verdes, estaba salpicada de pequeñas tiendas. Cuando Jake se detuvo ante el semáforo en rojo, Sarah divisó de nuevo el Quik-Pik, rodeado ahora de desagradables recuerdos, que se encontraba al otro lado de la manzana. Incluso a esa distancia se podía ver que estaba cerrado. El aparcamiento estaba precintado con una banda amarilla y había dos coches patrulla aparcados en la esquina. Un agente se apeó de uno de ellos en ese preciso momento. Sarah lo vio saltar ágilmente la cinta amarilla y dirigirse hacia el edificio donde, presumiblemente, debían de estar haciendo averiguaciones. En circunstancias normales, el caso debería estar ya cerrado y el supermercado tendría que haber abierto de nuevo sus puertas; pero el hecho de que un policía hubiese disparado y matado a un sospechoso no podía sino retrasar el procedimiento habitual. A buen seguro, el departamento de policía haría todo lo posible por salir bien parado de aquel asunto.

—Mierda —dijo Jake—. No me he dado cuenta. Tendría que haber venido por otro lado.

—¿Por dónde? —Porque lo cierto era que no había ningún camino entre su casa y el hospital desde el que no se pudiese divisar el Quik-Pik. Sarah vivía solamente a cuatro manzanas del supermercado—. No te preocupes, estoy bien.

Y lo estaba, hasta que vio el tablero que había fuera del establecimiento y en el que normalmente tan sólo aparecían escritos los precios de la gasolina. En recuerdo de la tragedia, sus grandes letras negras y magnéticas componían ahora el siguiente texto:

MARY JO WHITE
1939-2006
DESCANSE EN PAZ

Y a continuación, en la parte inferior, alguien había añadido: «Reza por nosotros.»

Sarah sintió un nudo en la garganta. La vista se le empañó. Sentía una opresión en el pecho. Las espantosas imágenes de lo sucedido volvieron a pasar por su mente a toda velocidad: el terror en la cara de Mary, el disparo, los gritos...

Se percató de que, por mucho que quisiese, era imposible escapar a la terrible realidad de lo ocurrido. Sin previo aviso, el mal aleatorio que acechaba al mundo se había introducido de nuevo en su vida, en el reducido espacio que le quedaba para respirar. Bastaba sólo un momento para que todo aquello que iba bien dejara de hacerlo. El velo seguro de la existencia cotidiana se descorría y, a partir de entonces, nada volvería a ser igual.

Por ello se había convertido en fiscal: para luchar contra la incertidumbre del destino. Puede que incluso ésta fuese la razón por la que aún seguía con vida.

Porque tenía que creer que había una razón.

Si pudiese reunir la fuerza suficiente para luchar en favor de quienes no podían hacerlo por sí mismos, tal vez consiguiese hacer surgir el bien del mal y lograse derrotar por fin a este último.

Eso era, al menos, lo que no había dejado de repetirse durante los últimos siete años. Y puede que incluso estuviese empezando a creer en ello.

Acababan de pasar por delante del Quik-Pik. Jake aceleró en el cruce. Sarah supuso que intentaba atravesarlo antes de que el semáforo cambiase para dejar cuanto antes el supermercado a sus espaldas. En ese momento divisó a un bullicioso grupo de niños. Salían del destartalado edificio que había al otro lado del cruce y en el que acababa de abrir sus puertas el restaurante chino Wang's Oriental Palace. Eran cuatro; no, cinco, todos con el pelo muy oscuro, casi negro, la tez muy morena, delgados y vestidos con ropa bastante vieja, casi andrajosa. El más alto de ellos era un niño de unos diez años, según los cálculos de Sarah. La más pequeña debía de haber aprendido a andar no hacía mucho. El resto del grupo lo componían un niño y dos niñas de diferentes tamaños. Caminaban por delante de ellos, de forma que Sarah no podía verles la cara; pero estaba segura —casi segura— de que el segundo más alto de ellos, la niña de melena oscura que llevaba de la mano a la más pequeña, era la misma que no había dejado de gritar ni un momento mientras escapaba con ella del supermercado.

—Jake —le dijo a su amigo en tono apremiante—. Párate ahí.

6

—¿Qué? —Jake la miró ceñudo.

—Acabo de ver a la niña, estoy casi segura, la del super-mercado. Allí. —Sarah le señaló a la pequeña, mientras sus dedos desabrochaban temblorosos el cinturón de seguridad.

Jake desvió el Acura hacia el restaurante de Wang y lo condujo hasta el final del aparcamiento donde la pavimen-tación se descomponía en un revoltijo de hierbajos y asfal-to. Los niños se habían adentrado en el estrecho callejón de grava que había entre el restaurante y una elevada verja que separaba el centro comercial de la casa vecina. Un batiburri-llo de girasoles amarillos, cardos espinosos de color morado y ambrosías de tallo largo crecían junto a la desconchada ver-ja. Un abollado contenedor, rodeado de un montón de cajas y cajones en desorden que alguien había arrojado allí, impe-día el paso a cualquier cosa que tuviese las dimensiones del coche de Jake.

—Detente —le dijo Sarah. Jake obedeció.

Mientras abría la puerta y caía rodando fuera (cualquier otra cosa que requiriese algo más de garbo se encontraba, en esos momentos, fuera de su alcance), los niños se habían api-ñado junto a una bolsa negra de basura que alguien había de-jado junto al contenedor. La abrieron y hurgaron en su in-terior, hablando tranquilamente entre ellos.

—Eh, vosotros.

Sarah se sentía aturdida y caminaba hacia ellos con algo de dificultad, pese a los cómodos zapatos beis de tacón bajo que llevaba puestos; pero la determinación, tal y como había podido notar en anteriores ocasiones, podía con todo en esta vida. Las rodillas le temblaban como un flan, tenía la sensación de que la cabeza iba a explotarle en cualquier momento y el aroma de especias proveniente del restaurante chino que flotaba en medio de aquel bochorno le causaba punzadas en el estómago; lo cual no quitaba que en esos momentos se dirigiese a donde realmente quería ir, y eso era lo único que importaba.

—¡Eh! —Volvió a llamarlos, agitando las manos.

En ese momento tropezó con un trozo de asfalto y casi estuvo a punto de perder el equilibrio, pero no tardó en recuperarlo tras dar unos vacilantes pasos.

Los niños la miraron con cara de asombro. A Sarah le bastó echar una ojeada a la niña para acabar de convencerse: la más alta de ellas —que, en este caso, no llegaba ni con mucho al metro—, era la niña del supermercado. Aquel enmarañado pelo necesitaba urgentemente un buen cepillado; la camiseta amarilla —¿la misma que llevaba puesta la noche anterior?— estaba llena de manchas y desgarrada en el hombro; las bermudas, antaño rojas, habían ido perdiendo color hasta alcanzar un desvaído tono rosa; las delgadas piernecitas y los pies descalzos estaban llenos de mugre. Al igual que su cuerpo, sus rasgos eran menudos y delicados. La cálida luz del atardecer confirmó a Sarah la primera impresión que había tenido bajo el estridente resplandor de los tubos fluorescentes: la niña era guapa. Y estaba, a todas luces, desatendida.

—¿Te acuerdas de mí? —le preguntó Sarah, intentando esbozar una tranquilizadora sonrisa. Que no funcionó. O, mejor dicho, lo hizo, pero no como ella pretendía, porque la niña, sin soltar ni por un momento la mano de la más pequeña del grupo, lanzó un chillido ahogado y se apartó de la bolsa de basura, con la boca y los ojos desmesuradamente abiertos.

La pequeña, ya fuese porque sintió el terror de su amiga o porque ésta le hizo daño al apretarle con fuerza los dedos, empezó a gritar también con todas sus fuerzas.

—No, espera, no pasa nada.

Tratando de calmarlas, Sarah intensificó su sonrisa (sin importarle el dolor que eso infligía a su cabeza) y aceleró el paso para llegar junto a ellas. Lo cual supuso un error porque, al hacerlo, sintió un martilleo en las sienes, la vista se le nubló, perdió el equilibrio y se tambaleó hacia un lado antes de poder apoyarse con una mano en una de las paredes del edificio.

—Corred —gritó la niña y, para asombro de Sarah, los niños soltaron la bolsa de basura y echaron a correr por la grava como ciervos que huyen de la escopeta de un cazador. La niña cogió a la más pequeña en brazos, se la colocó en una de las caderas y salió corriendo de esta forma sin mayor problema, lo que a Sarah le hizo pensar que debía de tener ya cierta práctica en ello. Al igual que sus amigos, también era muy rápida.

—Esperad.

Si Sarah no salió en pos de ellos fue porque Jake se lo impidió agarrándola por un brazo y también porque ella misma se dio cuenta de que aquél no era, precisamente, el día más indicado para correr. En cualquier caso, era imposible darles alcance porque habían doblado la esquina en el extremo más alejado de la verja, y ya no se les veía. Sarah permaneció con la mirada clavada en el punto donde habían desaparecido, sorprendida, decepcionada y también un tanto herida. Pensaba que ella y la niña habían quedado de alguna manera unidas por la terrible experiencia que habían vivido juntas. Pero era evidente que la pequeña no compartía su opinión.

—Déjalos —le dijo Jake.

Sarah lo miró. Jake estaba a poco más de un paso de ella y la sujetaba por el brazo como temeroso de que fuera a salir corriendo si la soltaba, pese a lo lamentable de su estado. El sol se estaba poniendo a su espalda, lo que lo hacía aparecer más corpulento y, al mismo tiempo, le ensombrecía la cara. Pese a ello, Sarah percibió cierta crispación en sus labios.

—¿Crees que no me reconoció?

Los labios de Jake se abrieron en una amplia sonrisa.

—Pues, la verdad, caminabas hacia ellos como Frankenstein, con el cuerpo lleno de arañazos y magulladuras; tienes la cabeza vendada y, por si fuera poco, la última vez que te vio acababas de desplomarte tras recibir el disparo y estabas sangrando. De forma que no creo que haya salido corriendo porque no te haya reconocido, sino porque el hecho de hacerlo no ha sido, lo que se dice, una experiencia muy positiva.

Sarah apretó los labios.

—¿Me estás diciendo que mi aspecto es tan horrible que puede espantar a unos niños de ese modo?

Jake se echó a reír.

—Lo único que he dicho es que entiendo que echaran a correr —le respondió mientras la ayudaba a regresar junto al coche.

—¡Pero si le salvé la vida! ¿Cómo puede pensar que quiero hacerle daño?

—Puede que piense que eres un fantasma. O un zombi. O cualquier otro monstruo recién salido de una tumba para atraparla.

Cuando llegaron junto al coche Sarah se percató de que, a causa del nerviosismo, se había dejado la puerta abierta. Jake la metió de nuevo en el vehículo sin perder tiempo. Sarah no opuso resistencia. Aunque le costaba reconocerlo, aquella breve persecución la había dejado casi exhausta. En su estado, era incapaz de seguirles, y poco importaba lo decidida que estuviese a hacerlo.

—Eso es ridículo —le respondió Sarah enojada, mientras su amigo cerraba la puerta. Cuando éste se introdujo también en el coche, ella ya se había atado el cinturón de seguridad—. Sólo quiero asegurarme de que está bien.

Jake puso el coche en marcha y dio una vuelta completa en el aparcamiento para embocar la calle.

—La niña está bien. Ya te dije antes que estaba bien. No tienes por qué preocuparte por ella.

Jake la había llamado aquella misma tarde para contarle que había localizado a la pequeña. Sarah no había dudado ni por un momento que lo conseguiría. Jake era un magnífico detective y ésa era precisamente la razón por la que la oficina del fiscal recurría tan a menudo a sus servicios (que no eran, por otro lado, baratos). Además era una persona en la que se podía confiar, al menos en todo lo referente a ella. Poco importaba lo que le pidiese: Sarah sabía que él haría todo lo que estuviese en su mano por satisfacerla.

No obstante, esta vez, las palabras de su amigo no consiguieron tranquilizarla. Sarah estiró el cuello para ver si alcanzaba a ver la calle que había en el otro extremo del descampado, a la que se accedía doblando la esquina que había al final del callejón. Pero era imposible. Verjas metálicas, setos de madreselva, hileras escalonadas de casas..., demasiadas cosas obstaculizaban la vista.

—¿No crees que la persona que me disparó podría querer hacerle daño? El tercer atracador, si es que en verdad existe.

Jake negó con la cabeza.

—No creo. Para empezar se trata de una niña, lo que significa que, en caso de que ese supuesto atracador exista y ella lo hubiese visto, cosa que dudo dadas las circunstancias en las que se desarrollaron los hechos, la niña estaba tan asustada y fuera de sí que lo más probable es que no fuese capaz de identificarlo. Y, aun en el supuesto de que lo hiciese, esas mismas razones restarían valor a su declaración.

—Estás dando por sentado que el tercer atracador es lo bastante inteligente como para llegar a esa conclusión. Por lo que pude ver, sus dos compañeros eran bastante cortos de alcances.

El Acura se encontraba de nuevo en la calle y se dirigía hacia casa de Sarah. Por un momento, Sarah sintió la tentación de pedirle a su amigo que diese una vuelta para ver si podían dar con los niños, pero luego abandonó la idea. Le bastaba con saber que la niña estaba viva y que, hasta ahora, se encontraba bien. Si su vida no corría peligro —Sarah prefería aceptar la opinión de su amigo al respecto por el momento—, no tenía sentido asustarla. Además, aquella persecución le había causado un terrible dolor de cabeza, por no hablar del modo en que le temblaban las rodillas o del sudor que empapaba su cuerpo. ¿Y todo eso para qué? Bastaba una sola palabra para responder: rechazo.

Era evidente que la niña no quería saber nada de ella.

Sarah se arrellanó en el asiento exhalando un suspiro.

—Cuéntame cosas de ella.

Jake sacó un paquete abierto de M&M's del bolsillo, lo colocó en el posavasos que había a su lado y, tras coger un par con los dedos, se los llevó a la boca. Sarah entornó los ojos con aire de desaprobación.

—Venga, que hoy no he comido. —Jake conocía demasiado bien el significado de aquella expresión, por lo que ni siquiera se molestó en ofrecerle—: ¿Quieres saber algo de la niña o no?

—Sí. —Reñir a Jake por sus costumbres alimenticias era gastar saliva para nada. Lo cual no impedía que Sarah lo siguiese intentando; sólo que en ese momento no se sentía con fuerzas para probar, una vez más, a hacer algún tipo de progreso.

—Está bien. —Jake frenó, dobló hacia la izquierda para adentrarse en Jackson Street, cogió unos cuantos M&M's más y los masticó haciéndolos crujir—: Se llama Angela Barillas. Ella, su madre y sus cuatro hermanos, creo que no me equivoco al asegurar que los niños que acabamos de ver son sus hermanos, viven en el edificio Beaufort Landing, en el apartamento 2C del número 42 de Yamassee Court.

Sarah conocía aquel complejo de apartamentos: se trataba de unos veinte edificios de ladrillo en pésimo estado que albergaban un total de seis apartamentos cada uno. Por lo general, estaban ocupados por inmigrantes recién instalados en el país o por miembros de los estratos más bajos de la clase trabajadora. Se encontraban a poco más de dos kilómetros en línea recta desde su casa. Ella misma había vivido en un edificio como aquél. El recuerdo no fue, lo que se dice, agradable. Sarah se estremeció y trató de apartarlo de su mente.

Jake le había contado todo aquello por teléfono el día anterior.

—Es muy pequeña, para tener nueve años —dijo Sarah—. Y además, ¿cómo es posible que una niña de esa edad vague sola por la noche?

Jake se encogió de hombros.

—No sé ni una palabra sobre niños pequeños. Si quieres, puedo ponerme en contacto con los Servicios de Protección de Menores y pedirles que investiguen a la familia.

Sarah negó con la cabeza.

—Prefiero hacer las indagaciones por mí misma. Si las agencias gubernamentales empiezan a inmiscuirse en esto, puede pasar de todo. —Titubeó y, acto seguido, dulcificó el tono para añadir—: ¿Qué crees que había en esa bolsa de basura?

Le inquietaba pensar que se pudiese tratar de comida, que los niños estuviesen hambrientos hasta ese punto.

—Ni idea. —Jake la miró—. Sarah, las personas tenemos un límite. Trabajas doce horas al día, te ocupas de no sé cuántos casos más de asistencia gratuita, impartes clases sobre violación en la universidad y, no contenta con eso, llevas también comida a domicilio a los necesitados cuando hacen falta voluntarios. Tú...

—Me gusta mantenerme ocupada —le atajó Sarah a la defensiva.

—Ya lo sé. —La voz de Jake se suavizó—: Lo que quiero decir es que no te queda tiempo para ocuparte ahora de esta familia y sus problemas.

—No pretendo «ocuparme» de ellos, lo único que quiero es asegurarme de que esa niña está bien.

—¿Te sientes responsable de ella para siempre por el mero hecho de haberle salvado la vida? —le preguntó Jake en tono seco.

—Algo por el estilo.

Sarah se negaba a entrar al trapo. Aquellas discusiones solían producirse entre ellos: ella se inquietaba por las comidas de Jake, por el constante desfile de novias cada vez más jóvenes, por el modo despreocupado en que vivía. Él, en cambio, se preocupaba porque ella trabajaba demasiado, involucrándose en cosas y con gente que él consideraba casos perdidos y, en general, porque siempre estaba crispada. En el pasado habían reñido tantas veces sobre todas las posibles variaciones a esos temas que ahora bastaba con que uno de ellos enarcara una ceja, esbozase la más leve sonrisa o mirase de soslayo para prender de nuevo la llama.

—Está bien, haz lo que quieras. —Su amigo era, a todas luces, consciente de que iba a ser imposible sacarle aquella idea de la cabeza.

—Lo haré.

La casa de ladrillos de Sarah se encontraba en Davis Street y formaba parte de una manzana compuesta por construcciones de una o dos plantas. La suya era una tranquila zona residencial de clase media con aceras, patios traseros vallados y coches aparcados en la calle. Jake se detuvo frente a la casa de Sarah —tal y como le había prometido, su Sentra se encontraba a la entrada del garaje—, y ambos se apearon del coche. Sarah cogió el correo de su buzón, saludó con la mano al viejo señor Lunsford que vivía al otro lado de la calle y que, en ese momento, estaba cortando la hierba, y, con Jake a su lado, se dirigió hacia la casa. Tras haber pasado ante los aterciopelados céspedes de las zonas más ricas de la ciudad, a Sarah casi le pareció ridículo su minúsculo jardín: el sol lo había abrasado en algunos puntos y la única planta que ofrecía una seria competencia a la maleza era el diente de león. Un par de yucas con la fecha de caducidad más que superada ostentaban sus flores marchitas a ambos lados del porche delantero y una serie de arbustos redondos desfilaban en sucia hilera a lo largo del muro de ladrillo; mientras que el único punto de sombra lo procuraba una palma enana, más resistente que el resto, en el rincón donde el sendero de entrada se cruzaba con el acceso al garaje. Las jardineras de hierro forjado que colgaban por debajo de todas las ventanas, cortesía del anterior propietario, otorgaban a la fachada su única nota de distinción. Por desgracia, estaban vacías. En los cuatro años que llevaba viviendo en la casa, Sarah nunca había plantado nada en ellas. Se prometió a sí misma hacerlo la próxima primavera. Poco importaba que se lo hubiese propuesto ya en otras ocasiones porque, si en este mundo había alguien negado para las plantas, ésa era, sin lugar a dudas, ella.

—Guau —*Cielito* la saludó desde la puerta, dedicándole una de sus amplias sonrisas perrunas. Sarah se inclinó desgarbada, al igual que el resto, también este movimiento le hacía daño, para darle un abrazo. El perro le respondió meneando todo su cuerpo con entusiasmo.

—Hola, cariño, ¿te alegras de verme? —le preguntó, interpretando el lametazo que le dio el animal en la mejilla en sentido afirmativo.

Cuando Sarah se irguió y se encaminó hacia la cocina, *Cielito* la siguió pegado a sus talones y sólo se detuvo para lanzar a sus espaldas un gruñido grave y polivalente dirigido a Jake, que acababa de entrar en la casa.

—También se alegra de verte a ti —le tradujo Sarah a su amigo, que puso los ojos en blanco.

Una vez en la cocina, Sarah abrió la puerta de la misma y dejó que *Cielito* saliese. A continuación se quitó los zapatos y se sentó descalza en la mesa para revisar la correspondencia que, como era habitual, se componía de facturas, facturas y más facturas, alternadas con folletos de publicidad. Jake entró en la cocina tras ella, echó una mirada en derredor y se encaminó hacia la parte trasera de la casa. Sin prestar demasiada atención a lo que hacía su amigo —Jake estaba autorizado a moverse libremente por ella desde hacía ya muchos años—, Sarah percibió sus suaves pisadas, oyó que iba abriendo puertas y pasaba de una habitación a otra, y llegó a la inmediata conclusión de que estaba registrando la casa. Sus labios se curvaron ligeramente —en lo tocante a las precauciones, Jake prefería pecar por exceso que por defecto— y decidió preguntarle si acaso pensaba encontrar al hombre del saco debajo de su cama; pero cuando su amigo entró de nuevo en la cocina, llevaba el móvil en la mano y estaba encargando una pizza. Cuando acabó la conversación, sonó el móvil de Sarah y ésta olvidó por completo sus anteriores intenciones al enfrascarse en una conversación.

Era Ken Duncan, uno de los tres ayudantes del fiscal del distrito, que llamaba para informarla y para preguntarle si tenía pensado acudir al tribunal a la mañana siguiente. Había conseguido sin problemas la prórroga para el caso Parker, le dijo, pero Helitzer contra Carolina del Sur, que figuraba en la lista para las nueve de la mañana, era mucho más arduo. Los abogados de Helitzer se oponían de continuo a cualquier tipo de aplazamiento. Querían que fuese atendida su propuesta de sobreseimiento definitivo.

—Allí estaré —le aseguró Sarah, contenta de que Jake hubiese salido de la cocina mientras ella hablaba.

—¿Vas a estar en casa? Hoy nos enviarán unos documentos que tal vez deberías ver. Puedo pasarme por ahí si quieres.

—Eso será perfecto, gracias —le respondió Sarah en el preciso instante en que Jake volvía a entrar en la cocina.

Duncan y ella conversaron durante unos minutos más sobre algunos casos pendientes y luego ella apagó el aparato. Estaba agotada, le dolía todo el cuerpo y le retumbaba la cabeza, pero cuando su mirada se cruzó con la de su amigo enderezó la espalda y trató de aparentar que se encontraba bien. Era obvio que él había oído todo cuanto ella había dicho; de forma que mostrándose mucho menos destrozada de lo que en realidad se sentía se armaba para la que, sin lugar a dudas, se le venía encima.

—Pensaba que mañana no ibas a ir a trabajar —le dijo Jake.

¿Era o no era una persona predecible?

Jake se inclinó sobre la encimera, mirándola con el ceño fruncido, y movió el vaso que llevaba en la mano, de forma que los cubitos que flotaban en el líquido marrón dorado que éste contenía chocaran contra los lados. Jake había cogido de la nevera un poco de Sun Tea, una saludable bebida sin azúcar a la cual había añadido cinco —cinco, sí— paquetes de sacarina que había sacado del tarro donde ella los guardaba. Por fortuna, Sarah nunca tenía azúcar en casa. De haber sido así, Jake habría tenido que inyectarse insulina a esas alturas.

—¿Sabes que tienes un auténtico problema con tu adicción a los dulces? —Aquel comentario tenía la doble virtud de ser, por un lado, cierto, y por otro, adecuado en ese momento como posible fuente de distracción. Mientras hablaba, Sarah se puso a hojear los folletos publicitarios como si éstos le pareciesen realmente interesantes—. ¿Has pensado en hacer algún tipo de rehabilitación?

—En cambio tu problema es la adicción al trabajo —le replicó su amigo, imperturbable—. ¿Te morirías si tuvieses que quedarte en casa un día más?

Sarah exhaló un suspiro.

—Mañana es viernes. Acabaré pronto. Pero tengo que ir, aunque sólo sea por un momento.

—¿Qué puede ser tan importante que no se pueda posponer mientras tú te recuperas de un tiro en la cabeza?

—Los abogados de Mitchell Helitzer han propuesto el sobreseimiento definitivo del proceso. La audiencia es a las nueve.

Jake frunció el entrecejo.

—De nuevo uno de tus casos perdidos. ¿De verdad crees que vas a conseguir que declaren culpable a Mitchell Helitzer?

Sarah no podía negar que Mitchell Helitzer había sido en el pasado un famoso quarterback de los Gamecocks y era, además, hijo de una de las familias más antiguas y ricas de Beaufort.

—Mató a su mujer, Jake.

Su amigo dio un sorbo a su té y la miró arqueando las cejas.

—Él asegura que se cayó por las escaleras. ¿Tienes algún testigo que afirme lo contrario?

La respuesta era negativa, y Jake lo sabía. Aquélla era otra de sus habituales discusiones.

—En la escalera había mucha más sangre de la que tendría que haber habido en caso de que Susan Helitzer hubiese rodado, en efecto, por ella. Además, a pesar de que cayó de bruces tenía también una herida en la parte posterior de la cabeza. Pienso que él la golpeó por detrás con algo contundente, tal vez un martillo.

—Las heridas en la cabeza sangran mucho y el golpe en la nuca pudo dárselo durante la caída. Esa escalera es empinada, y de cemento. —Jake sacudió la cabeza mientras la miraba—. Para acusarlo de asesinato te hará falta algo más.

—Bueno, al menos conseguí que Morrison me autorizase a presentar cargos contra él.

Jake hizo una mueca.

—La razón de que te lo permita es que los medios de comunicación adoran ese tema. Si la oficina del fiscal del distrito tuviese algún tipo de miramientos con Mitchell Helitzer, todas las televisiones dirían que los ricos y famosos reciben un tratamiento especial en el condado de Beaufort. Morrison quiere ser gobernador. No puede permitirse entregar en bandeja de plata a los republicanos un argumento como ése.

De nuevo tenía razón. Lo cual no le impedía seguir pensando que Mitchell Helitzer había asesinado a su mujer a sangre fría.

—Bueno, en ese caso investigaré un caso de divorcio.

Los labios de Jake se contrajeron burlones.

—Ya sabes que...

«Tengo razón. Seguro que eso es lo que vas a decir», pensó Sarah; pero, antes de que su amigo pudiese finalizar la frase, llamaron a la puerta principal. *Cielito*, que seguía fuera, se precipitó hacia el porche posterior de la casa y se puso a ladrar frenéticamente en señal de advertencia.

—La pizza —dijo Jake elevando la voz por encima del alboroto, y acudió a abrir.

Sarah aprovechó aquellos breves momentos de ausencia para coger los analgésicos que el doctor le había recetado del bolso que Jake había apoyado sobre la encimera. Se tragó a toda prisa un par de pastillas con un poco de agua. Si Jake supiera cuánto le dolía la cabeza, la obligaría a volver directamente al hospital.

Comieron en la sala con la televisión encendida y con *Cielito* a los pies de Sarah, sentados, uno al lado del otro, sobre el sofá de cuero marrón que se encontraba entre las dos ventanas típicas de los años cincuenta que permitían contemplar el jardín delantero cuando las venecianas no estaban echadas, como era el caso. El sofá entonaba con la butaca para dos que había a la izquierda y con la combinación de silla y otomana que había a la derecha. Cuando compró la casa, Sarah efectuó una rápida visita a la tienda de muebles de descuento de la localidad, donde había comprado todo el conjunto así como el resto de piezas que necesitaba para la casa. El grupo formado por el sofá, la butaca y la silla cumplía la doble finalidad de ser funcional, por un lado, y, en unión a tres mesas de roble y un par de lámparas de latón, llenar la habitación, por otro. Puede que careciese de un toque de color y que no resultase, lo que se dice, deslumbrante; pero la habitación era presentable y bastante acogedora y esto era, a fin de cuentas, lo único que a Sarah le importaba.

Las pizzas estaban en la mesita de centro que tenían delante. Jake engullía la suya en tanto que Sarah, que de por sí no tenía un gran apetito en sus mejores momentos y ahora lo había perdido casi por completo, mordisqueaba la suya. *Cielito* era un declarado carnívoro, de forma que Sarah le iba pasando los trozos de salchicha y jamón que robaba de la pizza de Jake —lo cual, según había hecho notar a su amigo, no era sino hacerle un favor porque evitaba que se le atascaran las arterias por exceso de grasa— mientras sonreía cada vez que su amigo les dirigía, tanto a ella como a *Cielito*, una mirada asesina. Por fortuna, los analgésicos habían hecho su trabajo: en lugar de tener la cabeza como un tambor, casi se sentía flotar.

Duncan, recién salido del trabajo y vestido todavía con traje y corbata, llegó cuando casi estaban acabando. Era un muchacho bastante atractivo, de casi metro y ochenta de estatura, delgado, con el pelo castaño y ondulado que le empezaba a clarear sobre la frente, y unos brillantes ojos azules. A sus treinta y cinco años, se acababa de divorciar de su mujer, que lo había engañado —si algo tenía de encomiable la red de chismorreo de la oficina era, desde luego, su eficiencia—, y se había convertido en el polo de atracción tanto para Lynnie como para el resto de mujeres solteras del departamento. Llevaba casi dos años en la oficina del fiscal del distrito, después de haber trabajado durante un breve periodo en el sector privado, y era un buen abogado, aunque quizá demasiado preocupado por ganar dinero, lo que lo llevaba a elegir con sumo cuidado los casos de los que tenía que ocuparse. En pocas palabras, al igual que muchos otros abogados, Duncan sólo se ponía manos a la obra si tenía la certeza de que podía ganar. Y precisamente eso lo convertía en un elemento deseable para un equipo.

—Oh, vaya, hola —le dijo Duncan a Jake sin excesiva sorpresa tras entrar en la casa y vislumbrar al detective por encima del tabique divisorio que separaba el vestíbulo de la sala.

Sarah arrastraba mientras tanto a *Cielito*, quien manifestaba el disgusto que le producía el compañero de su ama en su habitual e inimitable modo, hacia la puerta trasera. Jake, que seguía inmóvil ante el televisor, le respondió con un simple ademán, tras lo cual Duncan siguió a Sarah hasta la cocina, manteniendo en todo momento cierta distancia. Tras haber sacado a *Cielito* de allí, Sarah se sentó a la mesa y cogió la carpeta que Duncan sacó de su cartera y le ofreció mientras tomaba asiento.

—No sabía que salías con Hogan —le dijo Duncan bajando la voz, al tiempo que Sarah abría la carpeta y empezaba a leer los documentos más recientes.

—Es un amigo. —Sarah alzó la mirada al responder y se sorprendió al ver que algo vacilaba en los ojos de Duncan; algo que no alcanzaba a definir pero que, en cualquier caso, la pilló desprevenida. ¿Estaría interesado en ella como mujer? ¿O se trataba tan sólo de pura especulación lasciva? Fuese lo que fuese, había que neutralizarlo—. ¿Por qué?

La mirada de Duncan volvía a ser firme y serena. Lo que pudiese haber pasado por ella hacía unos instantes, se había desvanecido ya. ¿Se lo habría imaginado? Tal vez. Entre las pastillas, el creciente dolor de cabeza y el trauma que había vivido veinticuatro horas antes, su capacidad de pensar no tenía en esos momentos la agudeza de la que tanto se enorgullecía. De hecho, seguía sintiéndose aturdida.

—Simple curiosidad. —Duncan se encogió de hombros y le sonrió con tristeza—. En el despacho se dice que no sales con nadie.

—Así es —le atajó ella y volvió a concentrarse en los documentos, esperando poner con ello punto final a sus especulaciones. Duncan permaneció callado mientras Sarah leía. Cuando acabó de hacerlo, ésta alzó los ojos y miró de nuevo a su compañero de manera estrictamente profesional—. ¿La propuesta de sobreseimiento se basa en estos argumentos?

Duncan asintió con la cabeza.

—Sí.

—¿Algún problema? —preguntó Jake desde la puerta.

Sarah se percató de que se había quitado los zapatos y de que se dirigía hacia la pila en calcetines, como si estuviese en su propia casa. Duncan lo miró detenidamente. Sarah entendió que, dado el aspecto tan masculino de Jake, a la gente le costase creer que ambos eran tan sólo buenos amigos. Sus propios pies descalzos y las pizzas sobre la mesa no podían sino hacer pensar a alguien como Duncan, que no conocía bien la situación, que ambos compartían cierta intimidad. Lo cual era verdad, aunque no tal y como ellos se lo imaginaban.

—Los abogados de Helitzer tienen la declaración jurada de un experto que asegura que la sangre derramada en la escalera pudo ser causada por la caída —le refirió ella, mientras él abría el armario que había debajo de la pila y sacaba una bolsa de basura de la caja donde ella las guardaba. Sarah advirtió que Duncan se daba cuenta de que Jake sabía exactamente dónde estaban. Al día siguiente lo sabría toda la oficina. Sarah aceptó aquella certeza suspirando para sus adentros y la archivó entre las restantes cosas de las que iba a tener que ocuparse cuando volviera al despacho.

—¿Ah, sí? —preguntó Jake al tiempo que se incorporaba con la bolsa de basura en la mano. No añadió: «Ya te lo dije», pero no hizo falta. Su expresión hablaba por sí sola.

Sarah lo miró con los ojos entornados mientras su amigo regresaba a la sala. Aquella sonrisa tenía más de gesto de satisfacción que de simple respuesta.

—¿Quieres que te guarde la pizza que sobra para desayunar? —le dijo él cuando desaparecía por el pasillo.

«¡Oh, qué discreción!» La expresión de Duncan delataba que, pese a la anterior negación de Sarah, éste no había dejado de preguntarse si su compañera y Jake compartirían el desayuno a la mañana siguiente. Lo que, por descontado harían, aunque por un motivo diferente del que él pensaba.

—No —le respondió Sarah en tono de aguafiestas.

En circunstancias normales, Sarah habría conservado los restos de pizza, para desayunar o para lo que fuese. No le gustaba desperdiciar la comida, y Jake lo sabía. Pero con la mirada de curiosidad de Duncan clavada en ella, decir sí habría sido como echar más leña al fuego.

—Cómo quieras.

La respuesta de Jake era excesivamente alegre. Sarah sabía que su amigo estaba haciendo el tonto y divirtiéndose a su costa.

Pocos minutos después, Duncan se levantó y Sarah lo acompañó hasta la puerta. Fuera era ya de noche y los porches de las casas vecinas tenían encendidas las luces. Una leve brisa sacudió las hojas de la palmera. Seguía haciendo el mismo calor que, por lo general, solía hacer en Beaufort allá por el mes de agosto; pero la humedad ya no era tan fuerte y el aire olía a madreselva y a hierba recién cortada. Al final de la calle, un grupo de niños gritaba mientras se dedicaba a cazar luciérnagas en el jardín de algún vecino. Un coche dejó un rastro de música al pasar.

—¿Estás segura de que no quieres que me encargue yo del caso mañana? No tienes muy buen aspecto —le dijo Duncan cuando salió al porche.

—Muchas gracias, hombre —le respondió Sarah en tono cortante.

—Bueno, no quería decir eso. —La única luz que iluminaba el porche era la que salía a través de la puerta entreabierta, de forma que, aunque no podía estar muy segura, a Sarah le pareció que Duncan enrojecía—. Tienes buen aspecto, quiero decir, siempre lo tienes excepto... er... sólo quería decir... esto... que con todo lo que ha pasado tal vez no deberías...

—Estaré en el tribunal a las nueve —le interrumpió Sarah sacándolo del apuro—. Gracias por traerme los documentos.

—Oh, sí, bueno, ha sido un placer. Como siempre.

Duncan bajó los escalones, encogiéndose de hombros y agitando la mano, como si se sintiese feliz de escapar por fin de allí y atajó por el césped para llegar cuanto antes junto al coche. Sarah cerró la puerta y al darse la vuelta vio que en ese momento Jake salía de la sala con la bolsa de basura, ahora llena, en la mano.

—Bueno, ha desperdiciado su noche. —Jake se encaminó hacia la cocina.

—¿Qué quieres decir? —Sarah fue en pos de él.

—Es evidente que estaba deseando encontrarte sola. Creo que está tratando de reunir fuerzas para pedirte que salgas con él.

—¡Pero si sólo me ha traído el expediente Helitzer!

—Sí, bueno. Una excusa perfecta, ¿no te parece?

Jake volvió la cara para sonreírle mientras abría la puerta trasera, con la evidente intención de sacar la basura. *Cielito*, que debía de haberse echado una siesta en el porche trasero, saltó sobre sus pies y se alejó al instante de ellos con una explosión de ladridos. Jake soltó la bolsa y se apresuró a entrar de nuevo en la cocina. Perro y hombre se escrutaron a través de la mampara; Jake tenía los ojos desmesuradamente abiertos y *Cielito* lo contemplaba enfurecido. Sarah se echó a reír.

—Maldito chucho —murmuró Jake entre dientes y, una vez recuperado, recobró la bolsa.

—Te adora, el problema es que le cuesta manifestártelo. —Jake lanzó un resoplido. Sin dejar de sonreír, Sarah pasó por delante de él y abrió la mampara. *Cielito* entró en la cocina y lanzó una mirada de través a Jake, que no le quitaba ojo, al pasar por delante de él—. Lamento que te asustara.

Se lo tenía bien merecido por burlarse de ella.

No obstante, Jake no picó el anzuelo. Se limitó a hacer

una mueca y salió por la puerta trasera mientras *Cielito* se alejaba en dirección opuesta, probablemente hacia su lugar preferido para dormir: bajo la cama de Sarah.

—Voy a darme una ducha —le dijo Sarah a Jake.

Sin aguardar respuesta, se encaminó hacia el baño. Estaba exhausta, le dolía todo el cuerpo y, a pesar de los analgésicos, volvía a tener la cabeza a punto de estallar. Después de la ducha, se metería en la cama. Tal y como decía Escarlata O'Hara en *Lo que el viento se llevó,* «mañana será otro día».

Sólo esperaba que fuese mejor que los dos anteriores.

Al final optó por un baño para evitar que se le mojase la herida de la cabeza. Mientras llenaba la bañera se lavó los dientes y se miró al espejo que había encima del lavabo. Incluso a la benévola luz de su propio baño seguía teniendo un aspecto espantoso, concluyó sombría tras proceder a un examen crítico de las partes de sí misma que alcanzaba a ver. Pese a su metro sesenta de estatura, pesaba tan sólo cuarenta y seis kilos, veinte menos que hacía siete años. Sarah era consciente de que se estaba quedando demasiado delgada, y la imagen que le devolvía el espejo no hacía sino corroborarlo. Sus ojos —que tenían la misma tonalidad azul oscuro que los de Lexie, y por eso a ella le costaba mantener su propia mirada— estaban rodeados de profundas ojeras. Su cara, que en el pasado resultaba enormemente atractiva gracias a la delicadeza de sus rasgos, ahora estaba demasiado delgada, demasiado: los huesos le sobresalían tanto que hasta parecían querer desgarrarle la piel para salir por ella. Si a eso se le añadía una extrema palidez, unas cejas rectas y negras como el carbón, y el rojo arañazo que se había hecho en la barbilla al caer al suelo, su aspecto era, sin lugar a dudas, capaz de aterrorizar a un niño. Una enfermera la había ayudado a ducharse durante su estancia en el hospital; por lo que, al menos, su pelo, corto y también negro, estaba presentable por un día más. O tal vez presentable fuese decir demasiado. Pongamos que estaba limpio. Su melena corta y escalonada por delante era estupenda para el trabajo, ya que para peinarla bastaba lavarla y añadirle un poco de espuma. Sin embargo, ya no lo era tanto cuando le faltaba la espuma, o cuando se trataba de ocultar un trozo de esparadrapo color carne casi tan grande como un billete de dólar.

A pesar de todo, tenía que dar gracias por seguir viva.

«Mary ya no lo estaba...»

Mientras intentaba apartar esta idea de su mente, Sarah se introdujo en la bañera y se hundió con deleite en el agua caliente. Si bien la mayor parte de su cuerpo experimentó una maravillosa sensación al hacerlo, el dolor que ello le produjo, en codos y rodillas, cosidos a arañazos, fue insoportable. Dado que era casi imposible mantener las cuatro articulaciones fuera del agua al mismo tiempo, se lavó apresuradamente y salió de la bañera goteando. Mientras lo hacía se tambaleó al sentir un repentino mareo. Por fortuna, pudo apoyarse en el lavabo antes de caer de rodillas. Se aferró con todas sus fuerzas al borde de la pica, inspiró profundamente varias veces y no se movió de allí hasta recuperar el equilibrio. Entonces se secó deprisa, se puso la enorme camiseta azul que usaba para dormir y el albornoz de rizo blanco y se dispuso a dar las buenas noches a Jake.

Su amigo volvía a estar en la sala, arrellanado en el sofá y con los pies apoyados sobre la mesa de centro. Tenía el mando a distancia en la mano y, como no podía ser menos tratándose de un hombre, en ese momento se dedicaba a saltar con él de un canal a otro. Cuando Sarah entró en la sala, Jake alzó los ojos y bajó el mando. A Sarah le bastó echar un vistazo al aparato para comprobar que estaba mirando el telediario de las diez. Hayley Winston ocupaba la pantalla, una imagen rubia y frívola que comentaba el accidente en cadena que se había producido en la autopista 17.

—Tienes un aspecto terrible —le dijo Jake—. ¿Te duele la cabeza?

«Vaya si me duele.»

—Un poco, me voy a la cama.

—Grita si me necesitas.

—Cuenta con ello —le dijo Sarah mientras se daba media vuelta. Acto seguido, volvió la cabeza y le dijo—: ¿Jake?

—¿Sí? —Su amigo se había vuelto a concentrar en la televisión. Parecía encontrarse tan a gusto en el sofá, tan grande, tan moreno, tan desaliñado y querido, que Sarah no pudo contenerse y esbozó una sonrisa.

—Gracias —le dijo con dulzura.

Jake la miró.

—¿Por...?

—Por estar aquí. Por quedarte esta noche. Por haber acudido ayer al hospital. Por todo.

—Lo hago encantado.

Sus ojos regresaron a la televisión y, de repente, se abrieron como platos. Al ver la expresión de sorpresa de su amigo, Sarah siguió su mirada.

La cara de Lexie estaba en la pantalla, regordeta y sonriente, rodeada por unos gruesos tirabuzones cobrizos. Sarah reconoció la imagen de inmediato: era la foto escolar de su hija, la que le habían hecho la tercera semana de guardería.

La punzada de dolor que sintió al verla le cortó la respiración.

—... una historia particularmente conmovedora —decía en esos momentos Hayley Winston—. La ayudante del fiscal del distrito, Sarah Mason, que salvó a la niña de nueve años, Angela Barillas, en el curso del robo que se produjo anoche en un supermercado, es asimismo víctima de una tragedia. Quizá los telespectadores recuerden que su hija de cinco años, Alexandra, era...

La imagen desapareció de repente. Sin más. Jake había usado el mando a distancia.

Se había puesto en pie y ahora se aproximaba a ella con los ojos rebosantes de ansiedad.

—Sarah...

El dolor la hacía temblar como una hoja. Le encogía el estómago, la hacía estremecerse, supuraba por sus poros. La intensidad con que la sacudía no había disminuido con el paso del tiempo, y a ella había acabado por resultarle incluso familiar. Una vez más se preguntó cómo era posible sufrir tanto y, al mismo tiempo, permanecer con vida.

—Sarah. —Jake había apoyado sus manos en los hombros de su amiga, sus manos grandes y cálidas, y la atrajo hacia su pecho.

Por un momento, sólo por un momento, Sarah se permitió a sí misma reposar en sus brazos, abandonarse, recostarse en su sólida firmeza, consolarse con su presencia, con la preocupación que demostraba por ella.

Pero acto seguido se obligó a sí misma a respirar, inspirando y espirando lenta y profundamente; se obligó a sí misma a ahuyentar el dolor, a apretar los dientes, a enderezar la espalda y a borrar de su mente lo que acababa de ver. Si algo había aprendido a lo largo de aquellos terribles años era que sólo se sobrevivía con la fuerza. Había que ser fuerte y tratar de superar la pérdida.

Sarah apartó la cabeza del cuerpo de su amigo y dio un paso hacia atrás. Jake la retuvo a su lado. Sus manos apretaban con firmeza los hombros de su amiga. Trató de mirarla a los ojos.

—Estoy bien. —La voz de Sarah resultaba sorprendentemente clara. Sarah comprendió al mirarlo que Jake compartía su dolor y eso la reconfortó. Para agradecérselo, esbozó a duras penas una tranquilizadora sonrisa—. Estoy bien, de verdad. No me esperaba volver a ver eso.

Jake no parecía muy convencido, pero Sarah no podía hacer nada para evitarlo. Su estado se lo impedía.

—Sarah...

—Me voy a la cama —le interrumpió ella porque, sencillamente, no podía soportarlo más, no podía soportar más dolor, más traumas, más comprensión—. No te preocupes por mí, estoy bien, te lo prometo.

—De acuerdo. —Pese a que el escepticismo no se le había borrado del todo, Jake le soltó los hombros.

—Buenas noches. —Sarah dio media vuelta y se encaminó hacia su dormitorio, con la espalda bien erguida y la cabeza muy alta.

—Buenas noches. —La voz grave y profunda de Jake la acompañó mientras cruzaba el vestíbulo.

Su habitación estaba iluminada por el tenue resplandor que procedía de la sala. Tras dejar la puerta abierta para que *Cielito* pudiese levantarse y salir a beber agua durante la noche, Sarah se quitó el albornoz, apartó las sábanas y se metió en la cama sin siquiera encender la luz. Necesitaba, deseaba y agradecía el sueño como el único refugio que conocía para aliviar el dolor.

Sarah tenía una fórmula, una fórmula comprobada que le había ayudado a superar las 2.587 noches de insondable oscuridad. Con la rítmica respiración de *Cielito*, que dormía bajo su cama, como fondo, Sarah se hacía un ovillo bajo las sábanas y recitaba todas las oraciones que sabía, las repetía una y otra vez en silencio hasta que las mismas empezaban a desfilar una tras otra por su mente; hasta que ella se abandonaba a la promesa de paz que ofrecían; hasta que, por fin, era engullida por el despreocupado olvido que procuraba el sueño.

Esa noche ni siquiera soñó. Durmió profundamente. No sabría decir durante cuánto tiempo. Lo único que podía asegurar era que, cuando se despertó sobresaltada, la casa estaba silenciosa y a oscuras. Por un momento no supo identificar lo que la había despertado.

Entonces sonó, con un timbre agudo e insistente, el teléfono que había sobre la mesita de noche.

De forma que eso era lo que la había despertado. Sarah refunfuñó y buscó a tientas el aparato. Le retumbaba la cabeza, tenía la boca seca y, para sorpresa suya, se resistía a abandonar las garras del sueño. Los analgésicos la habían atontado. Puede que el sueño intensificase sus efectos. Mientras su mano aferraba el auricular, vio que el despertador luminoso de la mesita marcaba la 1.32 de la madrugada.

A esa hora sólo podía tratarse de malas noticias, y la fuente más probable de ellas era el trabajo. La necesitaban en la cárcel, en la escena de algún crimen...

—¿Sí? —Su voz aún sonaba apagada por el sueño cuando respondió.

—Mamá, mamá, ven a buscarme. Estoy asustada. —La

voz se quebró en un sollozo casi inaudible—. Mamá, ¿dónde estás?

Sarah lanzó un grito sofocado y se incorporó de un salto en la cama mientras la trémula voz de la niña erizaba su cuerpo.

Era Lexie. Lexie, que siete años atrás se había alejado de ella para ir a buscar un trozo de pastel de cumpleaños y que, a continuación, había desaparecido sin dejar rastro.

7

—Lexie —gritó Sarah en el auricular, pero ya era demasiado tarde. Lexie se había marchado y el único sonido que llegaba ahora a sus oídos era el monótono zumbido de la línea telefónica.

Lexie había colgado.

«No, no, no.»

—Lexie —aulló mientras se precipitaba fuera de la cama sujetando el auricular con tal fuerza que los dedos empezaron a dolerle. Su corazón se había acelerado hasta tal punto que Sarah temió que fuese a estallar—. ¡Lexie, Lexie, Lexie, Lexie, Lexie!

El zumbido de la línea fue, de nuevo, la única respuesta.

—¡Lexie! —Sarah se arrodilló en el parqué sollozando y aferrándose al aparato como si éste fuera una cuerda salvavidas. Le palpitaban los tímpanos. Tenía el corazón en un puño. «Dios mío, por favor.» Volvió a hablar frenética por el auricular—: ¡Lexie, Lexie!

—¿Qué demonios está pasando aquí? —La luz del dormitorio se encendió de repente y unos pasos se precipitaron hacia ella. *Cielito* abandonó su refugio bajo la cama y rompió en una salva de ladridos amenazadores—. Silencio, *Cielito* —le ordenó Jake enfurecido, y el perro obedeció. Acto seguido, empleando un tono completamente distinto, se dirigió a su amiga—: ¿Sarah?

—¡Jake! —Sarah seguía arrodillada, aferrada al auricular, meciéndolo contra su oreja. Miró a su amigo como una posesa—. Era Lexie, Jake. Me ha llamado. Ahora. Lexie me ha llamado por teléfono.

—¿Qué?

—Era ella, era su voz. Era Lexie. Oh, Dios mío, Jake, era Lexie. —Sarah inspiró y a continuación gritó otra vez por el micrófono—. ¡Lexie, Lexie! ¿Dónde estás? ¡Lexie! Háblame, por favor. Por favor.

Sólo le contestó el tono de la línea telefónica. Sarah empezó a sollozar con jadeos roncos y entrecortados.

—Sarah.

Jake se inclinó junto a ella, le rodeó con un brazo los hombros temblorosos y trató de quitarle con delicadeza el auricular de la mano. Sarah se resistió, aferrándolo con todas sus fuerzas. El aparato era un enlace con su hija, el único enlace con su hija...

Sarah inspiró ruidosamente y recuperó el control de su voz.

—Era Lexie, Jake.

—Déjame oír, querida.

Sus dedos se cerraron sobre los de su amiga y, poco a poco, alzó el auricular para llevárselo al oído. Esta vez, Sarah no opuso resistencia, pero tampoco lo soltó. No podía. Lexie estaba al otro lado de la línea. Jamás podría soltarlo. Su hija estaba allí..., en algún lugar. En algún lugar, en algún lugar.

Pero ¿dónde? Dios mío, ¿dónde?

—Lexie —gimió con voz trémula mientras el dolor, afilado como un cuchillo, la desgarraba de nuevo.

—¿Diga? —dijo Jake en el micrófono—. ¿Diga?

Pasado un momento, miró a su amiga negando con la cabeza y bajó el auricular. Sarah lo sujetaba todavía, con los ojos clavados en Jake con una mezcla de miedo, pavor y esperanza que la hacía estremecerse aun sabiendo que era demasiado tarde, aunque sólo podía oír en él el monótono zumbido de la línea del teléfono.

—Lexie... —Aquel grito ancestral retumbaba en su cabeza.

—Lo único que oigo es el tono de línea. No hay nadie, Sarah. —Jake parecía sinceramente apenado por ella.

—Era Lexie. Te juro que era Lexie —repetía Sarah anhelante, sudorosa, trémula. Sus dedos seguían aferrados al auricular, con tanta fuerza que los nudillos se le habían quedado blancos. Sentía el zarpazo del pánico en sus entrañas. Tenía que encontrar a Lexie. No podía, no podía perderla de nuevo—. Oh, Dios mío, controla el identificador de llamadas.

Al mismo tiempo que se le ocurría esta idea, Sarah se arrodilló para ver el teléfono. Sus dedos recorrieron frenéticos el teclado del aparato y apretaron la tecla para localizar el último número que la había llamado.

En la pantalla apareció «llamada desconocida».

Sarah se sintió como si la mano de un gigante le oprimiese el corazón.

«Piensa. Tienes que pensar.»

«Asterisco 69», dijo con un grito ahogado. Volvía a hablar para sus adentros y no con Jake, aunque podía sentirlo a sus espaldas, oír su respiración, sentir su creciente preocupación.

Asterisco 69. Al marcarlo, comunicaban automáticamente el número de la última llamada. Una vez éste obrase en su poder, podría encontrar a Lexie. Apretó las teclas con dedos temblorosos.

«Por favor, Dios mío, por favor.»

Sarah se llevó el auricular a la oreja y escuchó con el corazón acelerado y la respiración entrecortada.

—Bienvenido al servicio de devolución de llamadas. Touchstar Service no puede establecer la conexión con este número; localícelo o introdúzcalo en su lista.

—No —gimió Sarah, doblándose como un acordeón de forma que su espalda formó una línea paralela con el suelo. Con las piernas encogidas, estrechó el auricular contra su pecho con ambas manos.

—No. No. Oh, Dios mío, Lexie.

—Sarah, por favor.

Jake se inclinó sobre ella, y la abrazó fuertemente mientras su amiga no dejaba de balancearse. Sarah podía sentir su peso sobre ella, la suave calidez de su piel, el leve roce del pelo de su pecho contra su brazo. Con la reducida parte de su cerebro que todavía era capaz de reparar en esas cosas, constató que, a no ser por los calzoncillos, Jake estaba completamente desnudo. Pero no le importó. En su mente sólo había sitio para Lexie.

—Está bien, necesito que me digas qué es lo que ha pasado. —Jake parecía tranquilo, demasiado tranquilo.

La espalda de Sarah se tensó y acto seguido se levantó, ella se liberó de su abrazo y lo miró iracunda. ¿Cómo podía permanecer tan sereno en aquellas circunstancias? No daba crédito.

—Ya te lo he dicho, Lexie me llamó. Por teléfono. ¿No lo oíste sonar?

Ella también trataba de calmarse, intentaba aminorar la velocidad de sus pensamientos para comprender lo que estaba sucediendo. Pero el hecho de tener el corazón acelerado, el estómago encogido y la mente saltando enloquecida de una posibilidad a otra, le impedía pensar siquiera con mediana claridad. Sólo sabía que su cuerpo reclamaba a Lexie que, hacía apenas unos minutos, se encontraba al otro lado de la línea del teléfono.

—Sólo te he oído a ti llamando a gritos a Lexie. —La voz de Jake no dejaba traslucir ninguna emoción. Cuando Sarah lo miró, se dio cuenta de que su amigo la observaba con detenimiento. Como si pensase...

—Tú no lo podías oír, en tu dormitorio no hay ninguna extensión. —Entonces, al comprender el verdadero sentido de las palabras de su amigo, añadió con un grito sofocado—: No estarás pensando que me lo he inventado, ¿verdad?

Sin necesidad de decírselo, ambos pensaban en la infinidad de veces, durante los días, meses y años subsiguientes a la desaparición de Lexie, en que Sarah había creído haber visto a su hija en el interior de algún coche en marcha y lo había seguido para acabar descubriendo que allí sólo viajaba otra niña pelirroja. O en las innumerables ocasiones en que había creído oír la voz de su hija y, tras precipitarse hacia el lugar de donde procedía aquel sonido, se había encontrado con que se trataba de la risa de otra niña. O en aquellas otras en que le había parecido sentir la presencia de su hija a sus espaldas y, al darse la vuelta, había constatado que ésta no estaba allí.

Los psiquiatras que había visitado durante el segundo año después de la desaparición de Lexie, coincidiendo con el período en que tanto había luchado por retomar sus estudios de derecho, le habían dicho que lo que experimentaba era tan frecuente que hasta tenía un nombre: «comportamiento de búsqueda».

Ya no le sucedía tan a menudo, pero algunas veces...

—No me lo he imaginado —gritó al ver que Jake permanecía en un silencio que, en cierto modo, valía más que mil palabras—. No lo he soñado y tampoco me lo he inventado. Ha ocurrido de verdad. Lexie me llamó por teléfono, Dios mío, puedo probar que hubo una llamada. Está en el identificador.

Y era cierto. Si bien el aparato había sido incapaz de identificar el número, no se podía negar que había registrado una llamada a la 1.32. De no ser así, hasta ella misma habría empezado a dudar que aquello había sucedido de verdad.

Pero estaba la grabación. No podía por menos que agradecérsela a Dios, debía agradecerle aquellos pequeños gestos de clemencia. Al menos tenía una pequeña prueba de la llamada de su hija.

Jake apretó los labios, se puso de pie, se inclinó sobre el teléfono y compuso un número en el teclado para confirmar, a todas luces, que la llamada se había producido realmente.

—Te he dicho que llamó —le dijo Sarah cuando la pantalla se iluminó. Sin soltar el auricular, se puso de pie tambaleándose. La adrenalina le corría por las venas. El corazón le latía enloquecido. Su mente daba vueltas como atrapada en una de esas atracciones de feria que ruedan sin cesar. Se debatía entre luchar o salir huyendo, pero no conseguía concentrarse, era incapaz de decidir lo que había que hacer a continuación. La única idea que podía percibir con toda claridad era que estaban perdiendo tiempo—. Tenemos que encontrar la forma de averiguar el número. Te digo que la que llamó era Lexie.

Jake se incorporó para mirarla, con ojos sombríos y semblante de preocupación, al constatar la desesperación de su amiga.

—Está bien —dijo por fin.

Sarah conocía aquel tono, sabía que estaba cediendo. Incluso descalzo y medio desnudo, su amigo emanaba una inquebrantable fortaleza. El problema era que lo que ella necesitaba en ese momento no era firmeza. Lo que necesitaba era que la creyera. Y que la ayudara.

—Explícamelo todo —prosiguió él—. Sonó el teléfono, ¿no es así? Tú contestaste. Y entonces... —Arrastraba las palabras como invitándola a continuar.

—Era Lexie. —Sarah inspiró aire ruidosamente, luchó por mantener la racionalidad, luchó por no echar a perder todo al mismo tiempo. Desesperada, trató de liberarse de los efectos de los somníferos y de la herida que tenía en la cabeza. Quería salir corriendo a la calle gritando el nombre de su hija; quería buscar frenéticamente a Lexie por toda la ciudad; quería aporrear todas las puertas, golpear las ventanillas de todos los coches en marcha y registrar todos los sótanos, callejones y arboledas hasta que no quedase ni una sola piedra por levantar—. Fue Lexie la que llamó. Por lo visto se acuerda del número. Afortunadamente, nunca lo quise cambiar. Dijo... dijo... —Sarah intentó recordar—. «Mamá, ayúdame.» Y luego añadió que estaba asustada. Entonces empezó a gritar: «¿Dónde estás, mamá?»

Los ojos de Sarah se anegaron de lágrimas. La angustia amenazaba con apoderarse de ella mientras su mirada oscilaba entre el auricular que seguía sujetando en la mano y la cara de su amigo. Éste la miraba con lástima, pero no hacía nada. Y Sarah lo miraba a su vez sin soltar el aparato que no dejaba de zumbar. Entretanto, Lexie la necesitaba en alguna parte y se estaría preguntando dónde estaba ella. Sarah miró con paroxismo hacia puertas y ventanas. Sin soltar ni por un momento el auricular.

¿Por qué seguimos aquí? Tenemos que identificar la llamada. Tenemos que llamar a la policía.

Al ver la mueca de Jake, se dio cuenta de que le estaba gritando.

—Sarah —le dijo su amigo sin perder la calma. Sarah se percató de que lo sentía por ella. La sombría comprensión que se podía leer en sus ojos le indicó, además, que seguía sin creerla—. Cariño.

—Era Lexie —gritó enloquecida al ver que él no parecía entenderla.

Cuando pensó que estaban desperdiciando tiempo, se acercó el auricular, aferrándolo con ambas manos. Las manos le sudaban al apretar el plástico. Los latidos de su corazón semejaban el repiqueteo de los cascos de un caballo al galope. Le habría gustado más que nada en el mundo poder introducirse en el auricular y recorrer la línea telefónica para llegar hasta su hija. Lexie estaba allí, al otro lado de la línea, fuera de su alcance.

«¿Qué hago? ¿Qué puedo hacer? Tengo que encontrar a Lexie...»

—Está bien, tranquilízate. —Jake la cogió de nuevo por los antebrazos, se la acercó al pecho y la abrazó de forma que ella se vio una vez más envuelta en su calor, en su fuerza, en su aroma familiar. Su amigo le ofrecía consuelo del mejor modo que sabía, en el único, y ella lo rechazaba con orgullo.

—¿Que me tranquilice? Estás bromeando. —Sarah se desasió de su abrazo, lo miró, a continuación posó los ojos en el auricular que tenía en la mano y lo colocó con cuidado sobre la mesita de noche, junto al teléfono—. Ni se te ocurra colgar —le advirtió a su amigo, y añadió—: Necesito tu móvil. ¿Dónde está?

El suyo estaba en el bolso, requisado por la policía. Puede que algún día le devolviesen sus efectos personales. Pero justo ahora, cuando más lo necesitaba, no podía disponer de él. ¿Por qué las cosas tenían que funcionar siempre igual?

—En la mesita de noche que hay junto a la cama.

Sarah comprendió que se refería al dormitorio de invitados. Tras apartarse de su amigo, se precipitó hacia aquella habitación, apretó el interruptor al entrar de forma que la lámpara que había sobre la mesita se encendiese y, tras recorrer rápidamente con la mirada la cama deshecha y la ropa desparramada por el suelo, vio su móvil negro y delgado, y lo cogió.

«La policía. Tienen que identificar la llamada. Tienen que llevar a cabo una investigación antes de que las pistas se difuminen.»

Con manos temblorosas, abrió el aparato y marcó el 911. La veneciana no estaba completamente cerrada, de forma que podía ver la oscuridad de la noche a través de sus rendijas. Lexie estaba en alguna parte ahí fuera, rodeada de toda aquella lobreguez. Lexie, que siempre había tenido miedo de ella.

Al pensarlo, Sarah sintió que se mareaba e inspiró profundamente.

«Deprisa, deprisa, deprisa...»

—Espera un momento, Sarah. —Jake le agarró las manos, para impedir que asestase el último golpe. Su amigo la rodeaba por detrás, era mucho más corpulento y fuerte que ella y, además, contaba con el factor sorpresa, por lo que Sarah no pudo impedir que le quitase el teléfono de las manos y lo cerrase—. Espera.

—¿Qué haces? —Sarah se abalanzó furiosa sobre Jake tratando de quitarle el aparato, pero él lo sujetó y lo mantuvo todo lo lejos que pudo del alcance de su amiga.

—Escúchame...

«¿Qué te pasa? Devuélveme ese teléfono.»

—Maldita sea, Sarah.

Jake arrojó el aparato a la cama. Cuando Sarah saltó sobre ella para cogerlo, él se lo impidió sujetándola con sus brazos, estrechándola contra él. Se resistió furibunda, estirándose para tratar de alcanzar el aparato, asestando puñetazos en los brazos de su amigo, dándole patadas en las espinillas.

—¡Ay! ¡Mierda!

—¡Suéltame! ¿Estás loco? Tengo que llamar a la policía.

—¿Quieres escucharme? ¿Cómo puedes estar tan segura de que era Lexie?

—¿Piensas que no soy capaz de reconocer la voz de mi propia hija? La reconocería en cualquier sitio, en los confines del universo, en los agujeros más oscuros y profundos de la tierra, en cualquier sitio, ¿lo entiendes? Era idéntica a la suya. Mi pequeña... —La voz de Sarah se quebró al tiempo que trataba de desasirse de él.

—Por eso mismo, ¿no lo entiendes? Sarah, cariño, han pasado ya siete años. Es imposible que Lexie tenga la misma voz que entonces. Entonces tenía cinco años. Ahora debería de tener unos... ¿doce? Dudo que incluso tú fueras capaz de reconocerla ahora al hablar.

—Era Lexie. Era Lexie...

Mientras seguía luchando por apartarlo, la verosimilitud de lo que decía su amigo cayó sobre ella como un jarro de agua fría. La voz de Lexie era exactamente la misma. Como si todavía tuviese cinco años.

No podía ser.

—Oh, no. No, no, no. —La lógica aplastante de aquel argumento le causó una punzada en el pecho. Se quedó sin aliento, le flaquearon las rodillas y estuvo a punto de caer desfallecida al suelo; pero los brazos de Jake se lo impidieron.

—Sarah...

—Era ella —repitió. Mientras balbuceaba aquellas palabras, se percató de que se estaba agarrando a un clavo ardiendo—. Era ella. Reconocí su voz. Tenemos que llamar a la policía.

—Sarah. —Jake deslizó un brazo por debajo de las inestables rodillas de su amiga y la alzó en brazos. Sarah se estrechó contra su ancho pecho, jadeando, anonadada al comprobar que era inútil eludir la espantosa verdad—. Fue un sueño —prosiguió Jake, inexorable—. Te estás recuperando de un golpe muy fuerte en la cabeza. Estás tomando analgésicos, por el amor de Dios. Lo que intento decir es que tal vez tu percepción de las cosas en estos momentos no sea muy clara.

Lo que quería decir, con la mayor delicadeza posible, era que no se podía tratar de Lexie. Por mucho que odiase hacerlo, su amiga debía encarar los hechos. La voz era la de una niña pequeña. La de una muchachita de doce años sonaría de otro modo...

—Localizaré la llamada —prometió Jake tras sentarse en el borde de la cama de matrimonio del cuarto de invitados, con su amiga acurrucada en el regazo. Sarah podía sentir la calidez y la firmeza de sus puños por debajo de sus piernas. Su pecho era ancho, musculoso y estaba cubierto por un suave triángulo de vello negro. Sus brazos la seguían sujetando para evitar que saliese corriendo de la habitación—. Llegaré al fondo de este asunto. Pero primero tienes que recuperar el control.

—Era Lexie. —Su protesta se iba debilitando, porque sabía, sabía, que era imposible que su hija de cinco años la llamase después de haber permanecido siete en paradero desconocido. Lo sabía. Pero aun así...

Al recordar su vocecita, el corazón le dio un vuelco.

—No puede haber sido ella, Sarah. —Jake la estrechaba entre sus brazos y trataba de leer en sus ojos lo que su amiga sentía. Acto seguido pronunció en voz alta las palabras que ella se negaba a aceptar.

—Entonces, ¿quién era? —gritó ella, sintiendo cómo el dolor la desgarraba de nuevo. Sarah se incorporó y lo miró como si él tuviese toda la culpa, como si él hiciese que todo aquello resultara imposible—. Si no era Lexie, ¿quién era? ¿Se puede saber?

Su semblante se endureció. Sarah era consciente de que su amigo odiaba tener que decirle aquello.

—Lo más probable es que fuera la llamada de un chiflado.

La llamada de un chiflado. Aquella idea era horrorosa, y hasta monstruosa.

—No —replicó ella. No obstante, mientras su posible verosimilitud empezaba a filtrarse inexorablemente en el mar de dolor, rechazo y esperanza en el que navegaba a la deriva, añadió lastimosa—: ¿Quién haría algo semejante?

—No lo sé. —Jake sacudió la cabeza. A la luz del aplique que había sobre sus cabezas, Jake aparecía tan pálido y ojeroso como podía estarlo un hombre tan atezado como él. Iba despeinado y sin afeitar. El dolor le ennegrecía los ojos mientras apretaba los dientes—. Llevas veinticuatro horas sin dejar de salir en la televisión. Tú misma viste parte del reportaje en el que mencionaron lo que le sucedió a Lexie. Al igual que hicieron en todos los hogares de esta zona. Y eso que nosotros sepamos.

—Sólo un loco sería capaz de hacer una cosa así.

Loca era precisamente como se sentía ella, en lo más hondo, hasta la muerte, con el mismo dolor lacerante que había experimentado durante los días, semanas y meses sucesivos a la desaparición de Lexie. El dolor nunca había desaparecido del todo, pero había ido menguando, se había convertido en una insípida dolencia con la que ella había aprendido a convivir, a superar, a aceptar; de la misma manera que quienes han sufrido una amputación siguen sintiendo punzadas en el miembro que ya no existe. Pero ahora volvía a experimentar la desgarradora angustia de los primeros tiempos, y se estremeció al recibir el impacto.

No podía soportarlo, pero tenía que hacerlo. Ésa era otra de las lecciones que había aprendido en aquella dura escuela de la vida.

Jake la estrechó entre sus brazos como si quisiese que su amiga dejase de temblar.

—El mundo está lleno de locos.

—¿Estás seguro...? —Sarah contestó a su propia pregunta antes incluso de finalizarla, aceptando, por fin, la dura y fría verdad—: Es imposible que fuera Lexie, ¿verdad? Oh, Dios mío, no puede haber sido ella.

—No, no puede haber sido ella —corroboró Jake con calma, y asestó así el golpe de gracia al último resquicio de esperanza de su amiga.

Sarah ya había visto el abismo en anteriores ocasiones, de forma que no le costó nada reconocerlo mientras éste se agrandaba ante sus ojos. Al igual que antaño, se encontró a sí misma temblando a orillas de un infinito pozo de dolor y desesperación, a la espera del consabido incauto que la apartase de allí. Entre jadeos, pugnó por mantener el control de sí misma. Los ojos se le anegaron de lágrimas que empezaron a rodar, cálidas, por sus mejillas. Apretó los labios para no ponerse a chillar como un niño, enterró la cara en el hombro de su amigo, se hundió en él y se concentró en su cálido abrazo, en el consuelo que le procuraba su familiar aroma, en la fuerza muscular que le transmitía su cuerpo. Jake la había ayudado ya en el pasado a superar sus momentos más negros, y ahora ella volvía a aferrarse a él como si fuese la única roca que podía salvarla de ser nuevamente engullida por un mar embravecido.

—Sarah.

Las manos de Jake le acariciaban la espalda para consolarla. Sarah se percató de que estaba temblando como si tuviera una fiebre altísima. Sintió que algo le rozaba el pelo —los labios de él, pensó— y se estrechó aún más contra su cuerpo. Si alguien podía ayudarla a superar momentos como aquél, ése era su amigo... «Gracias, Dios mío, gracias por haberme concedido a Jake.»

—Estoy bien —le dijo, aunque parecía que, al decirlo, tratase de tranquilizarse a sí misma y no a su amigo. Pero no lo estaba, Sarah podía sentirlo en su voz entrecortada, en los temblores que seguían sacudiéndola. Tenía la garganta seca, los ojos le ardían y el dolor que sentía en aquellos momentos, el dolor físico, era completamente distinto y mucho mayor que cualquiera de los que había tenido que sufrir en el pasado.

—Tienes razón: creo que, en este caso, tenemos que llamar a la policía. Les diremos que has recibido la llamada de un perturbado. —Los labios de Jake le rozaban la oreja. Le hablaba remachando las palabras, como queriendo asegurarse de que el mensaje que intentaba trasmitir con ellas penetraba en ella.

—Sí, de acuerdo. —Sarah se esforzaba por sobreponerse, apretaba los dientes para dominar los temblores, intentaba regular la respiración, aminorar los latidos de su enloquecido corazón. Se sentía destrozada. La llamada de un perturbado... Claro, ¿de qué otra cosa se podía tratar? Una broma cruel y terrible. Suspirando lentamente, se forzó a decir—: Tenemos que localizarla.

—Haré todo cuanto esté en mis manos, no te preocupes.

No obstante, Jake parecía titubear. Sarah podía sentir la tensión en su cuerpo, percibía cierta renuencia en su voz, y pensó que debía de haber algo más. Algo más. Haciendo acopio de todas sus fuerzas, inspiró profundamente, enderezó la espalda y apartó la cara del refugio que le ofrecía el hombro de su amigo para mirarlo. Cuando sus ojos se encontraron, Sarah tuvo la certeza de que las malas noticias no se acababan ahí y de que Jake odiaba tener que ser él quien se las comunicara.

—¿Qué pasa?

—Hay algo más que debes saber —le dijo, mientras Sarah se sorbía la nariz y se enjugaba las últimas lágrimas. Jake apretó la boca al verla. Sarah no acostumbraba a llorar y ni siquiera en los primeros tiempos solía hacerlo delante de él; pero, cuando lo hacía, su amigo lo pasaba mal. Jake era sensible para estas cosas.

—Vamos, suéltalo. —Las lágrimas estaban casi dominadas y su voz era más firme.

Jake hizo una mueca.

—Cuando vine esta mañana a darle de comer a *Cielito*, los juguetes que guardas en el armario estaban fuera de la caja y desperdigados por toda tu habitación.

Sarah tardó unos instantes en comprender que su amigo se refería a los juguetes de Lexie. El pulso se le aceleró de nuevo. Respiró profundamente para tratar de controlarlo.

—¿Qué quieres decir?

—La caja estaba volcada y los juguetes estaban esparcidos por la habitación. Pensé que era cosa de *Cielito*.

—¿*Cielito*? —Sarah se paró un segundo a pensar y, acto seguido, negó con la cabeza—. No creo.

—La casa estaba cerrada a cal y canto. Tu dormitorio también. No alcanzo a comprender cómo rayos pudo suceder.

Sarah no había conservado todos los juguetes de Lexie: sólo aquellos que su hija adoraba. Cuando se había mudado del dúplex en el que ella y Lexie vivían, los había guardado en su armario. Que ella supiese, nadie había tocado aquella caja desde entonces.

—Eso es... extraño.

Jake la observaba.

—Sí.

Los juguetes de Lexie por el suelo. La voz de Lexie en el teléfono. Sarah abrió los ojos de par en par. Sintió un escalofrío en la espalda. Pese a todos sus esfuerzos, el corazón empezó a latirle de nuevo enloquecido. ¿Entonces era posible que Lexie hubiese estado en la casa? ¿Estaría tratando de comunicarse con ella? Sarah había oído contar algunas historias sobre espíritus que intentaban entrar en contacto con sus seres más queridos moviendo objetos o haciendo llamadas desde el más allá; y ella y Lexie habían estado tan unidas, tanto, que en caso de que ese tipo de cosas se produjesen de verdad era muy probable que su hija estuviese tratando de llegar hasta ella, de regresar a su lado en una u otra forma. Sólo que, para poder aceptar una cosa así necesitaba creer primero que los fantasmas existían; segundo, que podían ponerse en contacto con los vivos y, por último, lo más difícil de admitir, que Lexie estaba muerta.

Sarah era consciente de que la probabilidad de que su hija hubiese muerto después de todos aquellos años era muy alta; sin embargo, no conseguía hacerse a la idea.

Prefería seguir pensando que Lexie estaba viva en algún lugar. Si bien la razón le hacía pensar algunas veces lo contrario, su corazón, su pobre corazón roto, no estaba dispuesto a abandonar aquella última esperanza. No, mientras Sarah siguiera con vida.

—¿Y bien? —Jake no había dejado de escrutar su semblante.

—Llama a la policía —dijo su amiga, y él asintió con la cabeza.

Jake se dirigió hacia el aparato, cogió el auricular y marcó el número. Sarah oyó que hablaba, pero no descifró ninguna de sus palabras. En lugar de intentarlo, se concentró en repasar mentalmente la voz que había oído por teléfono.

«Mamá, mamá, ven a buscarme. Estoy asustada. Mamá, ¿dónde estás?»

El tono, todas y cada una de las sílabas, recordaban el modo de hablar de Lexie. Incluso la manera de pronunciar la erre. Pero poco importaba hasta qué punto deseaba creer, era imposible que hubiese sucedido.

«Imposible.»

Cuando los agentes Mike Steed y Tyson Dryer llegaron a su casa, Sarah se había calmado ya. Había tenido tiempo más que suficiente de asumir el hecho de que lo más probable era que hubiese sido víctima de una broma de mal gusto. Lo cual no impedía que tuviese el corazón hecho añicos. Pero al menos fue capaz de hablar con los policías sin desfallecer.

Los agentes tomaron nota y, acto seguido, se dispusieron a marcharse; y, si bien se mostraron correctos en todo momento, se comportaron como si lo que le había sucedido a Sarah tuviese la misma gravedad que un golpe en el guardabarros. La posibilidad de que indagaran en profundidad lo acaecido era prácticamente nula. Sarah tuvo la impresión de que, de no haber sido porque Jake era amigo de ellos, ni siquiera se habrían molestado en acudir a su casa. No obstante, como fiscal tenía derecho a un trato deferente. Si se hubiese sentido mejor, se habría enfadado con ellos.

De pronto, lamentó ser una paria para el departamento de policía.

—He llamado a un amigo de la compañía telefónica que me ha prometido que hará todo lo posible por localizar la llamada —le dijo Jake después de que los policías se hubiesen marchado—. Y he dejado el contestador automático que tienes en la cocina listo para grabar en caso de que se produzcan más. Si el teléfono vuelve a sonar, deja que salte el contestador.

Aquella idea bastó para que Sarah volviese a sentirse tensa. Pero asintió con la cabeza.

Ambos seguían en la cocina, donde había tenido lugar la entrevista con los agentes. Sarah estaba sentada a la mesa y Jake se había apoyado sobre la encimera. *Cielito*, cuya expresión de disgusto por la presencia policial en la casa había sido inolvidable, se encontraba ahora en el patio trasero. Pese a estar envuelta en su albornoz blanco y llevar puestos unos calcetines de deporte en los pies, Sarah temblaba todavía de pies a cabeza con demasiada intensidad como para que la causa fuera tan sólo el aire acondicionado. Además, a Jake no parecía molestarle la temperatura aunque siguiese vestido con los mismos pantalones y la misma camiseta que llevaba puestos el día anterior. Antes de la visita de los policías, su amigo le había servido un vaso de leche —desnatada, la única que ella compraba—, y le había ordenado que se lo bebiese obedeciendo a la teoría, pensaba Sarah, de que cualquiera que fuese la sustancia que había en la leche que ayudaba a la gente a conciliar el sueño podía tener un efecto calmante sobre su amiga. El vaso seguía delante de ella, casi intacto.

—¿Cansada? —le preguntó Jake.

Sarah reparó entonces en que tenía ambos codos sobre la mesa y la cabeza apoyada en las manos.

—Sí. —Sarah lo miró. Estaba cansada, tanto física como psicológicamente. La llamada telefónica la había alterado hasta el punto de haberle arrebatado las últimas reservas de energía que le quedaban.

—¿Te vas a acabar la leche?

Sarah miró con repugnancia el vaso casi lleno.

—No.

Jake cogió el vaso y vertió la leche restante en la pila. Sarah lo supo porque oyó el gorgoteo del líquido al caer por la cañería y el tintineo que hizo el cristal al chocar contra la superficie metálica de la pila cuando Jake lo dejó allí. Tenía los ojos cerrados y la cara de nuevo oculta entre las manos, de forma que no podía ver nada. Anhelaba abandonarse al agotamiento físico que le exigía reposo, pero su mente se negaba a cooperar. Aunque su cuerpo se rendía, las ideas seguían agolpándosele en la cabeza.

—Vamos, es hora de acostarse.

Jake estaba detrás de ella y Sarah podía sentir sus manos apoyadas en el respaldo de la silla. Sarah parpadeó y alzó los ojos en dirección a su amigo, luego su mirada se posó en el reloj que había encima de la nevera. Eran las 3.23. Ni siquiera hacía dos horas que había hablado con Lexie —no, con Lexie no— por teléfono. Le parecía mentira que hubiese pasado tan poco tiempo. Para ella había sido una eternidad.

No obstante, lo más importante en ese momento era que seguía siendo de noche. Si se iban a la cama, todavía tenían tiempo de dormir unas tres horas.

Pero, por muy exhausta que Sarah estuviera, pensaba que no iba a ser capaz de dormir.

Lo cual no implicaba que Jake se tuviese que privar de sus propias horas de sueño.

—Está bien. —Haciendo acopio de los últimos restos de capacidad decisoria que le quedaban, se levantó. Al hacerlo, sintió un mareo y una fortísima punzada en la cabeza. O los analgésicos no funcionaban o el efecto de los mismos estaba desapareciendo.

—¿Estás bien?

Jake la miró preocupado. Sarah asintió, enderezó la espalda e hizo entrar a *Cielito*. El perro se introdujo de un salto en la cocina apenas Sarah le abrió la puerta y sacudió el pelo. Al sentir que la salpicaban unas gotas de agua, Sarah reparó en que estaba lloviendo. Se trataba de un ligero aguacero y, con toda probabilidad, no tardaría en escampar.

«*Tears from heaven.*» En misteriosa sintonía con la situación, de repente le vino a la cabeza el título de la canción de Eric Clapton.

—Ve tú primero, yo apagaré las luces —dijo Jake.

Sarah asintió nuevamente con la cabeza y, en silencio, siguió a *Cielito* hasta el vestíbulo. Podía sentir que Jake la miraba preocupado mientras se alejaba, pero le resultaba imposible tranquilizarlo en aquellos momentos. Todo cuanto conseguía hacer era caminar a pequeños pasos y mantenerse en pie, por lo menos hasta llegar a la cama donde por fin podría desplomarse. Luego, una vez entre las sábanas, podría lamentarse y rumiar sobre lo acaecido hasta sacarle todo el jugo; aunque, al mismo tiempo, trataría por todos los medios de echárselo a la espalda. Era consciente de que se iba a pasar las horas que quedaban hasta el amanecer enzarzada en una batalla privada para recuperar el dominio de sus emociones. Le asustaba constatar lo ajena que se sentía ya a la vida normal y corriente que había conseguido reconstruir a costa de tantos esfuerzos.

No podía echarlo todo por la borda por unos juguetes desparramados y la llamada de un perturbado.

Sarah vio que la luz seguía encendida en su dormitorio, y oyó que *Cielito* se precipitaba correteando bajo su cama. Gracias a Dios que el perro estaba allí para acompañarla, pensó. La presencia de otro ser vivo la ayudaría a sentirse menos sola en la oscuridad.

Lexie estaba sola. Sola en medio de la oscuridad y la lluvia.

La idea paralizó a Sarah cuando ésta se disponía a cruzar el umbral de la puerta. El dolor que le causó le hizo rechinar los dientes y, con los ojos cerrados y dejándose caer contra el batiente de la puerta, hizo lo posible por apartarla de su conciencia. Sabía, por amarga experiencia, que ciertas imágenes le impedían funcionar con normalidad.

Tras inspirar profundamente, hizo un esfuerzo para abrir de nuevo los ojos... y miró al teléfono.

El auricular ya no estaba apoyado de lado sobre la mesita de noche. Alguien había colgado.

Sarah sintió que se le encogía el estómago.

Steed y Dryer habían estado en su habitación. Puede que incluso Jake también se hubiese pasado por allí mientras ella hablaba con los policías. Cualquiera de ellos podía haberlo hecho. A fin de cuentas, no había ninguna razón para pensar lo contrario. Se trataba de la llamada de un loco, nada más; y el que la había efectuado había desaparecido en el preciso instante en el que la conversación había finalizado. Dejar el teléfono descolgado no era una buena idea.

Sarah lo sabía. Como también sabía que ahora que Jake

había puesto en marcha el contestador telefónico para grabar las llamadas era mejor que el teléfono estuviese colgado, por si alguien volvía a llamar. En caso de que así fuera, al menos ella podría grabar la conversación y escuchar aquella voz una y mil veces hasta confirmar, tanto a su mente como a su corazón, que no se trataba de Lexie. La memoria no era digna de confianza. Su experiencia como fiscal lo corroboraba. Las declaraciones de los testigos presenciales que, irónicamente, eran las que más solían convencer al jurado, eran las menos fidedignas de todas. Según podía recordar, la voz era la de Lexie. Pero, al igual que la de cualquier otra persona, su memoria tampoco era demasiado digna de confianza.

Lisa y llanamente, así eran las cosas; y a ella no le quedaba más remedio que aceptarlas. Pero, al ver el teléfono colgado, Sarah sintió que el último nexo de unión con su hija se había cortado.

El dolor que sentía era agudo e intenso, como si alguien le hubiese clavado una flecha en el corazón.

Pero no emitió ningún sonido. Se limitó a permanecer allí y lo soportó como había aprendido a hacer, respirando poco a poco, inspirando, espirando, consciente de que lo único que le restaba era sobrellevarlo hasta que, antes o después, cediese del todo, como sabía por propia experiencia que podía llegar a pasar. O hasta que, al menos, menguase ligeramente de manera que ella pudiese volver a la vida normal.

—¿Qué pasa? —le preguntó Jake a sus espaldas.

Sarah se sobresaltó, abrió los ojos y volvió la cabeza para mirarlo. Ni siquiera lo había oído acercarse.

Al tratar de hablar, comprobó que, por el momento, no podía hacerlo; de forma que sacudió la cabeza e hizo un ademán en dirección al teléfono.

Estremeciéndose, Jake miró hacia donde le indicaba su amiga y, al ver el auricular de nuevo en su sitio, comprendió lo que ésta quería decirle. Apretó la mandíbula y sus ojos se volvieron a posar en Sarah. Por lo visto, su aspecto debía delatar toda la aflicción que ésta sentía, porque, al mirarla, los ojos de Jake se ensombrecieron y los labios se le contrajeron.

—Fue la llamada de un loco, Sarah. Lo sabes de sobra.

Haciendo acopio de valor, Sarah asintió con la cabeza.

La boca se le retorció y su expresión dejó bien claro que aquel gesto de asentimiento no había eliminado para nada su preocupación.

—Está bien, está claro que no puedes dormir aquí. —Jake tenía la voz ronca—. Ven, dormirás conmigo.

Sarah inspiró profundamente.

«Dormiré con Jake, así no tendré que estar sola en la oscuridad.»

Al pensarlo, sintió cierta sensación de alivio en el pecho. Asintió repetidas veces con la cabeza y, a continuación, dio media vuelta y se encaminó hacia el dormitorio de invitados.

8

Quince minutos más tarde, Jake tuvo que reconocerse a sí mismo con algo de ironía que dormir con Sarah era, por toda una serie de razones que ni siquiera podía empezar a enumerar, un error. El principal problema era ser el «Mejor Amigo Para Siempre» de una mujer: él era un tío, con todos los instintos normales de un tío; mientras que el dolor, el sentimiento de culpabilidad y a saber qué otras cosas habían convertido a su amiga Sarah en una especie de eunuco. Jake era tan consciente de que ella no lo consideraba en absoluto desde el punto de vista sexual como de su propio nombre.

O al menos lo bastante para no cometer la estupidez de tratar de cambiar ese estado de cosas. La casa estaba a oscuras y en silencio, exceptuando el suave repiqueteo de la lluvia en el tejado y el débil zumbido del aire acondicionado. A través de las rendijas de las persianas se filtraba un ligero resplandor; de forma que, pese a que las luces estaban apagadas, Jake era capaz de distinguir el contorno de algunos objetos como el del arca que había apoyada contra la pared clara que había frente a la cama o el de las curvas de Sarah acurrucada a su lado. Ambos estaban tendidos en la cama del cuarto de invitados y se habían tapado bien (demasiado, para el gusto de Jake; pero al principio su amiga no dejaba de temblar). Por muy agotado que estuviera, las circunstancias lo habían desvelado; de forma que Jake permanecía tumbado de espaldas con la cabeza apoyada sobre un almohadón y un brazo doblado por debajo de la nuca. Si bien se había quitado la camisa y los calcetines, al menos había tenido el tino de mantener puestos los pantalones. Sarah estaba hecha un ovillo a su lado, sin nada encima salvo la camiseta grande que solía ponerse para dormir; había apoyado la cabeza en el hombro desnudo de su amigo y ahora éste la rodeaba con un brazo para consolarla con su proximidad. A pesar de lo mucho que la compadecía, a pesar de que estaba furioso con quien había efectuado aquella llamada para hacer sufrir a Sarah de nuevo —si bien ella estaba siendo muy valiente y no se movía para hacerle creer que dormía, lo cual él sabía que no era así—, la dulce feminidad de su cuerpo estaba empezando a volverlo loco.

Era la primera vez que compartían cama. Jake juró solemnemente, poniendo a Dios por testigo, que no volvería a hacerlo en su vida.

A menos, por supuesto, que hubiese sexo de por medio.

Cosa en la que él ni siquiera se permitía pensar.

«Apártate de mí, Satanás.»

El problema era que, cada vez que ella inspiraba, le llegaba el ligero aroma a flores de su champú. Jake podía oír el ritmo tranquilo de su respiración; sentía que el vello de su pecho la acompasaba. Podía sentir el roce de la suave piel de Sarah, la calidez de la mano que ésta tenía apoyada en su pectoral izquierdo, la blandura de su cuerpo presionando su costado. Aunque, para ser más exactos, lo que en realidad percibía era la menuda y firme redondez de sus senos. Éstos tenían el tamaño, si no de una naranja, de una mandarina; y los pezones estaban flácidos, lo cual indicaba a todas luces que Sarah no lo sentía como hombre. Uno de ellos sobresalía en su caja torácica, justo debajo de la axila, en tanto que el otro estaba apoyado sobre su pecho. Lo que, en su opinión, podía responder muy bien al nombre de tortura personificada. Por si fuera poco, percibía también la hendidura que formaba su grácil cintura, la firmeza de su vientre o la curvatura de sus muslos. Una de las piernas de su amiga yacía sobre las suyas y Jake podía sentir la forma y el calor que emanaba de ella a través de la fina tela de sus pantalones. La conciencia de que dicha pierna estaba desnuda, al igual que todo lo que había bajo aquella camiseta, fue la gota que colmó el vaso. Porque la aterradora verdad era que estaba a punto de tener una erección descomunal y que el mero hecho de tener dificultades de este tipo lo hacía sentirse enormemente culpable.

Sarah lo necesitaba aquella noche como amigo, no como amante.

Lo cual, hablando en plata, era una mierda.

—Jake.

Jake sabía que ella no estaba dormida.

—¿Hum?

—¿Has averiguado algo sobre Lexie últimamente?

Aquello era demasiado para una conversación entre amantes. En su fuero interno, Jake maldijo al bastardo que había hecho aquella llamada, que había vuelto a hacerla sufrir justo cuando él pensaba, suponía, que la herida por fin empezaba a cicatrizar.

—Nada importante. Nada desde aquel programa de televisión en el que alguien afirmó haber visto a una niña pelirroja desayunando con un viejo en Denny que luego resultó ser su abuelo, ¿recuerdas?

Jake notó que ella asentía ligeramente con la cabeza. Sarah seguía inmóvil, demasiado inmóvil, y eso le procuraba a Jake una idea bien precisa de la profundidad de su dolor. Sus brazos la estrecharon con más fuerza, reduciendo si cabe la distancia que aún había entre ellos. Era lo único que Jake podía hacer.

«Maldito hijo de puta.»

—Sabes que si hubiese alguna novedad, te lo habría dicho. —Jake trataba de mantener un tono de voz apacible y sus propias preocupaciones al margen. Sarah estaba molesta, dolida. Lo último que ella necesitaba en ese momento era una ulterior complicación procedente de su mejor amigo—. Esa llamada la hizo un perturbado, Sarah. Tienes que olvidarla.

Al oírla inspirar, pensó que su amiga oponía resistencia. Pero cuando luego exhaló el aire, lenta y profundamente, se dio cuenta de que, en cambio, daba por bueno todo cuanto él había dicho.

—Lo peor es no saber —murmuró ella con voz velada. Jake imaginó que tenía un nudo en la garganta—. No dejo de imaginar que está ahí fuera y que me necesita. —Se detuvo para inspirar—. Es un infierno.

—Sarah... —Sus entrañas se estremecieron al sentir el dolor en su voz. Dolor que, por mucho que quisiese, no conseguía aplacar—. Han pasado ya siete años. Tienes que seguir adelante con tu vida.

—Lo sé. —Sarah jadeaba, le costaba respirar, y Jake era consciente de que estaba intentando dejar de sentir, ahuyentar el dolor—. Sólo que es muy duro. Sobre todo cuando pasan cosas como ésta. ¿Crees que... se puede tratar de algo más que la simple llamada de un loco? ¿Que alguien puede querer vengarse de mí?

—¿Te refieres al departamento de policía de Beaufort? —Su tono era intencionadamente seco. Dado que no tenía otro modo de ayudarla, procuró distraerla con su misma pregunta—. Es posible, pero lo encuentro demasiado sutil viniendo de ellos y, en cualquier caso, llevas siete años tratándolos como un trapo y nadie ha intentado hacerte nada semejante desde entonces. ¿Recuerdas lo enloquecidos que estaban la primera vez que viniste a verme?

—Sí. —La voz de Sarah se dulcificó y Jake supuso que estaba recordando, al igual que él, su primer encuentro.

Seis semanas después de la desaparición de Lexie, Sarah se había presentado de golpe en su oficina, jadeando y supurando determinación por cada uno de los poros de su cuerpo. Jake, entonces recién salido del FBI, acababa de adquirir la agencia de detectives privados de su abuelo, cuyo estado económico era poco menos que ruinoso, y en ese momento se encontraba subido a una silla tratando de clavar de nuevo en una de las desconchadas paredes de su despacho la varilla de una cortina que se había caído. Sarah había dado tal portazo al entrar en el despacho que Jake se había sobresaltado y, al dar instintivamente un paso hacia atrás, se había caído de la silla. Dorothy McAllister, la secretaria *cum* recepcionista *cum* ayudante de unos sesenta años que había heredado de Pops, estaba en algún lugar de la parte posterior del despacho rebuscando entre los archivos; de forma que Jake tuvo que enfrentarse solo a su primer cliente tumbado boca arriba en el suelo, con una silla volcada a sus pies y la mugrienta cortina dorada de poliéster, a la cual se había aferrado al caer, enrollada alrededor de la cabeza.

—Quisiera hablar con la persona encargada del despacho —dijo en tono brusco y autoritario, propio de alguien que estaba acostumbrado a llevar la batuta.

Jake enseguida había adivinado que tenía Graves Problemas, puesto que le había hablado mientras él seguía tumbado a sus pies sin siquiera esbozar una sonrisa ante lo ridículo de la situación. De hecho, ni siquiera parecía advertirla.

—Soy yo. —Tras quitarse la cortina de la cabeza, Jake se puso en pie y le tendió la mano—: Jake Hogan.

—Sarah Mason. —Jake aún recordaba lo guapa que le había parecido entonces, con su larga melena negra cayéndole por los hombros y sus enormes ojos, azules como el mar, clavados en él con una intensidad que resultaba casi aterradora. En aquellos días estaba también algo más rellenita, pero lo justo, ya que seguía siendo esbelta, más que delgada, y las curvas de su cuerpo colmaban los vaqueros y la camiseta amarilla que llevaba puestos en puntos que un hombre nunca pasaría por alto. Recordó que, mientras la parangonaba con un bombón, Sarah pronunció las palabras causantes de que ahora se encontrase en la habitación de invitados de su amiga—. Necesito que me ayude a encontrar a mi hija.

Si había algo a lo que nunca había querido dedicarse era, precisamente, a buscar personas desaparecidas. Los veranos que había pasado ayudando a su abuelo en sus tiempos de instituto le habían dejado muy claro que ese tipo de casos eran poco menos que insignificantes. El dinero y la estabilidad se encontraban en los asuntos de protección a largo plazo, en los contratos gubernamentales y en las investigaciones a gran escala que le encargaban las compañías de seguros; no en los miserables casos de personas desaparecidas, pequeños hurtos o divorcios con los que su abuelo se había ganado el pan y que lo habían llevado al borde de la quiebra. Jake pretendía salvar la agencia y, para ello, era imprescindible darle un giro de ciento ochenta grados.

—La policía... —empezó a decir meneando la cabeza, apesadumbrado por el hecho de no poder ayudarla.

Pero lo cierto es que él también tenía sus problemas como, por ejemplo, una ex mujer criada en el norte del país que le costaba un ojo de la cara en alimentos y que odiaba tanto Beaufort como el hecho de que su marido, el fantástico agente del FBI, se estuviese transformando en un detective de una pequeña ciudad de provincias —a veces hasta llegaba a pensar que lo odiaba también a él—; o un negocio familiar agonizante que le había costado la práctica totalidad de los ahorros que tanto le había costado acumular; o un padre que acababa de enviudar, pasaba por la crisis de la mediana edad diez años más tarde de lo normal y que había liquidado el susodicho negocio para huir a Acapulco con una divorciada reincidente y rica; o un abuelo que estaba teniendo auténticos problemas para asumir la jubilación. Todos esos, junto con una cuenta corriente casi en las últimas, eran los problemas más importantes que lo atenazaban. Los de menor importancia eran demasiado numerosos como para ser mencionados.

Lo cual, dicho en otras palabras, significaba que no era el momento de sucumbir ante un par de enormes ojos azules colmados de desesperación.

—... es el mejor recurso en el caso de personas desaparecidas.

Sarah negó con la cabeza. Jake no pudo por menos que notar —con lo que, esperaba, no fuese sino velada admiración—, que las mejillas ya bronceadas se le teñían de rosa y que los senos se le agitaban imperceptiblemente a causa del brusco movimiento.

De acuerdo, era humano. «Que me disparen.»

—La policía culpa a su padre de la desaparición. Pero no es así, él no lo hizo.

Jake cruzó los brazos por encima del pecho —sin importarle la comezón que todavía sentía en el codo a causa del golpe que se había dado en el suelo— y arqueó las cejas con gesto interrogativo.

—Él no quería tener hijos, y ésa fue precisamente una de las razones del divorcio.

La otra era, tal y como Jake descubriría más tarde, el motivo por el que se habían casado: Sarah se había quedado embarazada cuando tenía diecinueve años y, decidida a procurarle a su futuro hijo la estabilidad que ella misma jamás había conocido, había obligado a su novio a casarse con ella. Lo cual tuvo unas desastrosas consecuencias que, por otra parte, eran más que predecibles. Por lo que Sarah le había contado, la breve convivencia matrimonial —el tipo se había esfumado cuando Lexie debía de tener un año aproximadamente— había sido desde un principio una auténtica batalla campal. El marido de Sarah era un atractivo perdedor, un chiflado que había abandonado la universidad para probar fortuna en los circuitos de carreras de coches. Sarah «la Decidida» había tratado de convertirlo en el padre que, según ella, su hija se merecía.

Si bien Jake estaba a favor de su amiga, ello no impedía que, en ocasiones, sintiese una secreta simpatía por aquel tipo. Él mismo había sufrido en sus propias carnes aquel empeño que algunas mujeres tenían por transformar a quienes las rodeaban.

—La policía cree que, como yo lo perseguía para que me pagase lo que me debía por la niña, él tenía un buen motivo para llevársela. —Sarah pronunció de sopetón aquellas palabras sin dejar de retorcerse las manos, con un tono de voz cada vez más crispado—. Y no dejan de decirme que él no parece en absoluto preocupado por la desaparición de la niña, lo cual no deja de ser un punto a favor de su versión. Dicen también que están siguiendo otras pistas, pero de eso hace ya seis semanas. Mi hija desapareció hace seis semanas. Tengo que probar con otra cosa.

A Jake no le costó adivinar que esa «otra cosa» era, ni más ni menos, que él.

—¿Por qué yo?

A Jake le costaba ocultar la exasperación que sentía al hablar. El hecho se había producido hacía seis semanas; los casos de personas desaparecidas eran los más difíciles y en éste había, además, una niña de por medio. A menos que aquel padre despreocupado hubiese secuestrado realmente a la niña, las posibilidades de que aquel caso tuviese un final feliz eran, si no nulas, casi. Y él no quería tener que decirle a aquella hermosa señora que su bebé no iba a volver jamás.

—Unas compañeras del despacho me han dicho que era usted agente del FBI. Trabajo como pasante en la oficina del fiscal del distrito.

Jake descubrió más tarde que, en realidad, ella acababa de finalizar su primer año en la Facultad de Derecho de la Universidad de Columbia y que sólo había ido a Beaufort para realizar aquella pasantía durante el verano. Luego resultó que había pasado un año buscando a su hija y, una vez licenciada, había vuelto a Beaufort para instalarse definitivamente. Confiando en que se produjese alguna novedad. Confiando en encontrar por fin a Lexie.

Sarah debía de haber leído en su cara que él la iba a rechazar como cliente, porque se inclinó hacia él y le puso una mano en el antebrazo. Una mano suave, bonita, femenina..., con las uñas mordidas hasta quedar en carne viva. Jake se había estremecido al sentirla.

—Por favor, necesito ayuda.

Él siempre había sentido debilidad por las damiselas en peligro. Jake era bien consciente de ello y agradecía a Dios el haber aprendido a combatir aquella inclinación.

—Soy bastante caro —le advirtió para quitársela de encima sin tener que decirle que no—. Un caso como éste le puede costar unos... eh... pongamos diez mil dólares más gastos, sin garantías. Y la mitad por anticipado.

Sarah contuvo el aliento. Su rostro se ensombreció. Su mano soltó el brazo de Jake.

—No dispongo de todo ese dinero —le dijo y, al ver cómo desaparecía de su cara su bonito rubor, cómo apretaba los labios y cómo anidaba en sus ojos una mirada cargada de dolor Jake empezó a hacerse una idea de lo que aquellos seis meses debían de haber supuesto para ella—. Lo máximo que le puedo pagar ahora son quinientos dólares.

Bastaba verla para darse cuenta de que incluso aquellos quinientos dólares suponían un gran esfuerzo para ella, de que iba a tener que guardar cada centavo que ganase, mendigase o pidiese prestado para dárselo a él. Lo único que Jake tenía que hacer era decirle que aquellos quinientos dólares sólo le servirían para pagar un día de sus servicios; y eso implicaba que, a menos que la niña se materializase de repente, iba a ser imposible cumplir con su encargo. Luego ella se marcharía y él se vería libre una vez más para poner en marcha su nuevo negocio.

Pero, lo que en realidad le dijo, lentamente y sin dejar de pensar que era un auténtico idiota fue:

—Bueno, está bien, podemos hacer eso. Tenemos una especie de plan de financiación, ¿sabe?

Al final, ni siquiera se había quedado con los quinientos dólares. Por descontado, tampoco había encontrado a Lexie. El rastro de la niña era ya muy vago para entonces y, a pesar de que él había contado con la ayuda de sus amigos del FBI, la investigación no los llevó a ninguna parte. El departamento de policía de Beaufort se ofendió al ver que Sarah contrataba los servicios de un detective, de forma que fueron a por ella e hicieron un sinfín de averiguaciones para determinar si Sarah había asesinado o no a su hija. Si bien el asunto no prosperó —dado que la policía fue incapaz de encontrar ninguna prueba que demostrase que su amiga no había sido sino una buena madre—, todo aquel lío enturbió aún más si cabe las circunstancias de la desaparición de Lexie. Jake pensaba que la hija de Sarah había sido secuestrada por un maníaco sexual que la había matado pocas horas después de su desaparición. Pasadas setenta y dos horas, las posibilidades de encontrar con vida a un niño desaparecido se reducían casi a cero. Lo mejor que podía pasar era que, un día, alguien se topase con sus restos. Al menos Sarah podría dar por zanjado todo aquel asunto.

En cualquier caso, él jamás dejó de buscar a la niña para tratar de ayudar a su amiga.

—Tengo la impresión de que han sucedido infinidad de cosas —comentó Sarah en la oscuridad, y se revolvió en la cama como si estuviese tratando de encontrar una posición más cómoda.

De repente, Jake se vio catapultado de nuevo al presente, al interior de aquella cama demasiado caliente, con una sacudida que le hizo rechinar los dientes. El tono y los movimientos de su amiga le indicaron que ésta no sólo pensaba ahora en su hija. Por desgracia, aquello no lo sacaba de ningún apuro. La cálida y suave mano que hasta entonces había tenido apoyada en el pectoral se deslizó por el pecho hasta llegar a la mejilla de su amiga, dejando al pasar una estela de fuego. Las piernas de Sarah también se movieron y Jake no pudo por menos que recordar al sentirlas que tenía un bonito cuerpo de mujer prácticamente a horcajadas sobre una de sus extremidades inferiores.

—¿Una infinidad? —repitió Jake con astucia, tratando de ignorar el muslo, el muslo desnudo y ardiente, que trepaba con inocencia por su pierna inflamada mientras dialogaban.

—El robo, el asesinato de Mary, el disparo en mi cabeza, la muerte de Duke-Donald, tú que de repente te encuentras con todos los juguetes de Lexie desparramados por el dormitorio, lo que... ha sucedido esta noche... —Su tono era pensativo y era evidente que no tenía la menor idea de la desazón que estaba causando a su amigo.

El tono vacilante con el que se refirió a la «cosa», que él no tuvo ningún problema en interpretar como la llamada telefónica, le indicó que ésta la seguía obsesionando. Jake se sintió, si cabe, aún más culpable. Pese a la sacudida que sus emociones acababan de sufrir, Sarah era lo bastante adulta como para enfrentarse a su dolor y tratar de encontrar una explicación a lo ocurrido. Mientras tanto él, cuya madurez no superaba la de un fogoso quinceañero, sólo pensaba en acostarse con ella.

—¿Quieres decir que puede haber una relación entre todos esos sucesos?

No era fácil pensar con claridad mientras uno trataba de mantenerse en el buen camino, pensó el inexorable Jake. Sólo esperaba que su amiga no lo encontrase tan torpe como él pensaba que lo estaba siendo en aquellos momentos. La buena noticia era que, al menos, ya no corría el peligro de arruinar la situación, ya que la pierna de Sarah había dejado de ascender hacia la Zona de Peligro; la mala era que, en cambio, se deslizaba hacia abajo.

«Que alguien llame a los bomberos.»

—No lo sé —dijo ella—. ¿Tú qué piensas?

Que si ella no se apartaba de él lo antes posible iba a hacer una excelente exhibición que demostraría la existencia de la combustión espontánea.

—Podría tratarse de meras coincidencias.

—Espera un momento, ¿no eres tú el que siempre dice que las coincidencias no existen?

Puede que sí, cuando estaba en pleno uso de sus facultades mentales. El muslo de Sarah subía otra vez al tiempo que ésta le acariciaba el vello del pecho, como si estuviese haciendo arrumacos a un gato.

«Dios mío.»

Jake exhaló un lento suspiro.

—Me parece un poco forzado conectar el robo con el resto de cosas que han ocurrido.

—¿Eso piensas?

Por el momento, no. A modo de defensa personal, Jake también empezó a moverse: apartó las piernas delicadamente hacia un lado y posó la mano sobre la de su amiga para inmovilizarle los dedos. El hecho de que Sarah ni siquiera se diese cuenta de lo que estaba haciendo o de la reacción que sus gestos estaban provocando en su amigo, revelaba hasta qué punto había vivido ajena a su propia sexualidad.

«Concéntrate, baboso.»

—Si lo que buscas es una conexión entre todo, lo más probable es que el registro de los juguetes tenga algo que ver con la llamada telefónica. Aunque aún no logro entender cómo alguien pudo esquivar a ese perro. —Al menos volvía a ser capaz de enlazar dos frases coherentes.

—Tú dijiste que alguien me disparó intencionadamente.

—Puede que intencionadamente. —Menos mal, por fin le resultaba más fácil pensar. No mucho, pero sí algo. El muslo de Sarah seguía aplastándole el suyo, pero ya no estaba tan arriba—. El que lo hizo podría haber apuntado a los tipos del supermercado, recuerda.

—O a mí.

—Incluso en el caso de que así fuera, no significa que exista una relación entre el disparo y la llamada telefónica.

—No, pero tampoco significa que no la haya. —Su tono era pensativo—. Esa llamada fue muy cruel. El que la hizo quería herirme.

Los puños de Sarah empezaron a hacer presión por debajo de las manos de su amigo. Al moverse, sus uñas le rozaron ligeramente la piel y sus dedos rastrillaron el vello que le cubría el pecho. Sarah volvió a cambiar de posición y deslizó de nuevo su maldito muslo hacia la parte superior de la pierna de Jake, que tuvo que cerrar bien la boca para evitar que se le escapase un gemido. Sólo esperaba que ella lo bajara una vez más durante, más o menos, el minuto que necesitaba para abrir la boca y contestarle.

—Eso no significa que tenga que ser por fuerza alguien que te conoce. Puede tratarse de cualquiera que haya visto la historia de Lexie en la televisión. —A pesar de sus esfuerzos, él mismo podía sentir la tensión que delataba su voz. De repente se percató de que todos sus músculos estaban tensos; de hecho, se percató de que estaba tumbado en la confortable cama de su amiga, más tieso que un palo—. O incluso alguien que oyó mencionar tu nombre y recordó lo que te había pasado. Cuando Lexie desapareció, todos los medios hablaron de ello.

Si había justicia en este mundo, él debía de estar ganándose el cielo gracias a sus nervios de acero.

—¿Pretendes decirme que todo lo que ha sucedido a lo

largo de estos dos últimos días no es sino una serie de acontecimientos inconexos?

Aunque tenía los ojos clavados en el techo para apartar de su mente la reacción física que la mujer que tenía a su lado le estaba causando, Jake no podía por menos que sentir que ella lo estaba mirando. Su error consistió en devolverle la mirada.

Sarah había apoyado la cabeza en el hombro de su amigo, y la tenía inclinada hacia arriba para poder mirarlo a la cara. Sus ojos eran como dos pozos oscuros en su pálido rostro ovalado. Jake podía ver la suave pendiente que formaban sus pómulos y la airosa curva de sus labios.

Que se encontraban a pocos centímetros de los suyos. Ojalá el Señor se apiadase de él: la cálida respiración de Sarah le acariciaba los labios con la delicadeza de una pluma.

Quería besarla. Jamás había deseado algo con tanta intensidad. La ferocidad de aquel sentimiento lo dejó pasmado. Se dio cuenta de que su corazón latía enloquecido. La mano que tenía apoyada en el hombro de Sarah se puso rígida, y ésta no fue la única parte de su cuerpo a la que le sucedió semejante cosa. Hasta el punto de llegar a dolerle.

Todo cuanto tenía que hacer era bajar la cabeza...

—¿Jake? —Sarah lo miraba con los ojos entornados.

«Mierda.»

Para frenar el descenso de su rostro tuvo que hacer acopio de todo el autocontrol de que era capaz. Seguía rígido, rechinando los dientes, con los ojos cerrados para huir de la tentación, concentrado en controlar su respiración, en controlar sus impulsos.

«No puedes hacerlo. Ahora no. Eres su única familia. No tiene a nadie más.»

—¿Estás bien? —La mano de Sarah se apoyó en su pecho dejando sobre él una huella que parecía marcada a fuego y, una vez más, la pierna de su amiga inició la atormentadora ascensión por su muslo.

—Hum. —De alguna manera, en alguna parte, Jake fue capaz de encontrar la fuerza necesaria para mantener la boca, las manos y toda su persona en el lugar que correspondía, y salir de la cama.

—¿Adónde vas? —le preguntó ella, mientras los pies de Jake tocaban el suelo y él abandonaba de un brinco el colchón.

—Al cuarto de baño —consiguió responderle con voz ahogada y, con lo que él consideraba un gesto de auténtica caballerosidad, se alejó resuelto de ella sin darse la vuelta.

Jake permaneció en el baño un buen rato. Ya de regreso, se sentía otra vez listo para afrontar, al menos, cualquier tipo de preguntas. Pero, por fortuna, su amiga estaba completamente tapada y respiraba suavemente de espaldas a la puerta; lo cual, en apariencia, significaba que se había quedado dormida.

Entonces Jake se aproximó con cautela a la cama y se tumbó de espaldas sobre la colcha, mirando de reojo el bulto torneado que tenía a su lado. Si él permanecía sobre la colcha y ella debajo, poco importaba ya que su amiga se diese la vuelta y se acurrucase contra su cuerpo.

Pero Sarah no se movió y él tampoco tardó en quedarse dormido.

Lo despertó una presión sobre su cuerpo. Cálida e íntima, le rozaba las nalgas y a continuación se las oprimía, lo cual le hizo recordar que no estaba solo en la cama.

Todavía aturdido por el sueño, Jake pensó en un primer momento que Danielle estaba tratando de excitarlo; pero luego supo que no podía tratarse de ella.

De golpe recordó con quién había pasado la noche y se quedó de una pieza. Al instante vio que se encontraba de cara a la ventana, que la luz del sol penetraba en esos instantes por las rendijas de las persianas y que estaba tumbado de lado en uno de los bordes de la cama, por lo que tenía ante sí la vasta extensión del colchón vacío y las sábanas revueltas donde debería estar Sarah.

Así pues, alguien estaba detrás de él y le acariciaba el trasero a través de los pantalones. Alguien que, a todas luces, no sentía excesiva simpatía por él.

—¿Sarah?

Ella siempre decía que le gustaba su culo...

Aunque todo aquello le parecía muy extraño, volvió la cabeza esperanzado para ver lo que tenía a sus espaldas. Entonces vio una cabeza negra y lisa apoyada sobre el colchón. La imagen se completó con un hocico cuadrado y curioso que olfateaba frenético entre sus nalgas.

¡Guau!

—¡Maldito perro! —gritó Jake, levantando un pie y cayendo de espaldas en medio de la cama.

Cielito también se asustó, retrocedió de un salto y gruñó, mostrando unos colmillos que no tenían nada que envidiar a los de *Tiburón*.

Ambos se miraron. Pero *Cielito* ganó la partida ya que, mientras la mirada de Jake era silenciosa, el perro la intensificaba con unos gruñidos capaces de poner la piel de gallina. A medida que la cólera del animal iba en aumento y sus gruñidos se iban haciendo cada vez más amenazadores, Jake empezó a pensar que aquel cruce de miradas asesinas con *Cielito* no era, tal vez, la cosa más sensata que había hecho en su vida. Pero Jake no era de los que se rinden en combate, faltaría más; en el pasado había sido jugador de fútbol, marine y agente del FBI: un guerrero nato y probado. Infundirse ánimos era algo que jamás hacía.

Por otra parte, *Cielito* era un perro enorme, con un carácter endiablado, un buen puñado de dientes... y en esos momentos se interponía entre Jake y la puerta.

Al verse enfrentado a aquella especie de perro del Hades que le enseñaba los colmillos, Jake hizo la única cosa posible: gritó «¡Sarah!» a pleno pulmón.

9

—Señoría, lamento tener que decirlo, pero en este caso nos enfrentamos a un fiscal que se deja llevar por el ímpetu. Conoce usted a la señora Mason tan bien como yo y sabe, por tanto, hasta qué punto puede ser demasiado agresiva cuando se trata de asuntos relacionados con violencia ejercida sobre las mujeres. Aducimos que, en este caso, la señora Mason se ha equivocado: los hechos no sostienen la acusación. Y contamos con el testimonio de un experto en el tema para probarlo.

Pat Letts, la costosa abogada defensora de Mitchell Helitzer, tendió la prueba sobre las manchas de sangre al juez Amos Schwartzman, sentado a su mesa de la sala D del Tribunal de Beaufort, popularmente llamado por los abogados, los policías y el resto del personal que trabajaba en él, la Cúpula del Trueno.

Socia del bufete de abogados Crum, Howard & Gustafson, Letts era una rubia de unos treinta años, que casi alcanzaba el metro ochenta de estatura con sus zapatos de diez centímetros de tacón y cuya despampanante figura quedaba resaltada por el minivestido de punto, ajustado y de color verde de lima que se adhería a sus curvas como una segunda piel. Su señoría, un tipo rollizo con aire de anciano venerable, una calva reluciente y un par de gafas, tenía fama de sentir debilidad por las mujeres. De hecho, en esos momentos tenía los ojos casi fuera de las órbitas mientras se extasiaba contemplando a la abogada defensora que se encontraba de pie junto a Sarah y frente a él.

—¿En eso basan ustedes su propuesta de sobreseimiento del juicio? —le preguntó el juez Schwartzman.

Letts asintió con la cabeza.

—Sí, señoría.

El juez Swartzman se ajustó las gafas sobre la nariz y bajó la mirada para echar un vistazo al documento que tenía sobre la mesa. Letts lanzó a Sarah una mirada penetrante al tiempo que esbozaba una sonrisa de satisfacción. Sarah, que a veces coincidía con ella en el gimnasio al que ambas acudían, era plenamente consciente de que su contrincante, sabedora de que al juez Swartzman se le iban los ojos detrás de los bombones como ella, se había vestido expresamente así para sacar el mayor partido posible a la situación.

«Mierda, debería haber pensado en ello.» Pero no se le había ocurrido; aquella mañana tenía tanta prisa que el mero hecho de haber salido vestida de casa podía considerarse ya una gran hazaña y, en cualquier caso, ella no tenía ni un vestido de punto tan chillón ni una figura tan despampanante como la de su colega para lucir.

—¿Quieren ustedes entonces que el juicio quede anulado sin prejuicios? —Eso significaba que no podría ser revisado más adelante. El juez Swartzman miró a Letts por encima de la montura de sus gafas al efectuar la pregunta.

—Sí, señoría.

Letts sonrió al juez. Sarah observó que se había puesto también más maquillaje de lo habitual, incluso un pintalabios de un rojo intenso; y que se estaba aprovechando al máximo de su *sex-appeal*.

«Está bien, tanto en el amor como en los juicios, todo vale.»

—Señoría, nosotros también contamos con el testimonio de un experto que pondrá en entredicho las conclusiones del testigo de la defensa referentes a la importancia de las manchas de sangre.

Sarah deslizó a su vez sobre la mesa del juez el documento que contenía la oposición a los argumentos de la defensa y que había redactado a toda prisa. Dado que en su estado no podía resultar, lo que se dice, atractiva, al menos podía tratar de valerse de él para obtener un poco de compasión. Su vestido era de poliéster negro (una ayudante del fiscal no podía permitirse ropa cara como, por ejemplo, los vestidos de mil dólares que solía lucir Letts), largo hasta la rodilla, e iba acompañado de un par de sencillas medias y de un par de zapatos de tacón bajo, también negros. Lo cual hacía que en esos momentos resultase difícil encontrar algo menos excitante que ella. Además, en el espejo se había visto delgada, pálida, cansada y, gracias al arañazo de la barbilla y al esparadrapo imposible-de-ignorar que llevaba detrás de la oreja parecía además la víctima de un crimen que podía dar gracias a Dios de encontrarse en la sala del tribunal aquel día. Sarah se llevó rápidamente una mano al esparadrapo y puso ojos de pena sin importarle las punzadas que sentía en la herida al tocarla.

—Lamentablemente, todos sabemos que en el condado de Beaufort se ha producido una escalada de crímenes violentos y que aquellos que se cometen contra las mujeres son los que más han aumentado. La oficina del fiscal del distrito se ha visto inundada por este tipo de casos. En contra de lo que afirma la abogada de la defensa, nuestro departamento no presenta cargos contra nadie a la ligera, especialmente en un supuesto como éste. La muerte de Susan Helitzer está siendo objeto de gran atención por parte de los medios de comunicación. Dada la violencia con la que se produjo la misma, la falta de testigos y las cuestiones que plantea el caso, la oficina del fiscal del distrito podría ser acusada de negligencia si no analizase con todo lujo de detalles las circunstancias que concurrieron en el momento de su fallecimiento. Por eso, tras haber realizado una meticulosa investigación, hemos llegado a la conclusión de que contamos con los elementos necesarios para probar que su marido la asesinó. Esa misma razón nos lleva a solicitar a su señoría que rechace la petición de sobreseimiento del proceso que ha planteado la defensa.

Sarah había captado la atención del juez; de forma que decidió aprovechar aquel momento y se llevó una mano temblorosa a la herida, al tiempo que hacía una mueca de profundo dolor. Su señoría la miró comprensivo. Letts, en cambio, lo hizo con desdén, y Sarah se regodeó de aquella breve victoria.

«¡Chúpate ésa, Jessica Rabbit!» Letts no tardó en contraatacar.

—Todo el mundo está de acuerdo en que la muerte de Susan Helitzer fue una terrible desgracia. Su familia, incluido su desconsolado marido Mitchell... —quien, haciendo gala de su carácter dominante, estaba sentado en la mesa de la defensa a pesar que su presencia en el tribunal esa mañana no era legalmente necesaria—, está destrozada. Pero fue un accidente. Si leen ustedes el informe que redactó nuestro testigo, el doctor Norman Seaver que, como la acusación sabe, es un conocido experto en la materia, descubrirán que el modo en que se produjeron las manchas de sangre demuestra que la víctima murió al caer por las escaleras. —Letts aprovechó que el juez Swartzman la miraba para abanicarse la cara como si de repente sintiese un calor insoportable y desabrocharse el botón superior de la chaqueta, de manera que el canesú de encaje blanco que llevaba debajo quedase a la vista. Después añadió en voz baja—: Vaya, qué calor hace aquí.

El juez le sonrió.

—Pues sí.

«No me digas...»

—Señoría, nuestro experto es el doctor Edward Kane, de la Universidad de Carolina del Sur, quien ha testificado ya ante este tribunal en numerosas ocasiones. No creo que la señorita Letts pretenda poner en duda sus conocimientos —dijo Sarah. De hecho, el informe que tenía el juez ante sus ojos lo había redactado la misma Sarah durante la febril hora y media que había precedido a la apertura de la sala. Para hacerlo, se había basado en la información que le había procurado por teléfono el ayudante del doctor Kane ya que éste, cosas del destino, se encontraba disfrutando en ese preciso momento de un crucero por el Caribe y era imposible localizarlo. Pero el doctor Kane era su experto y Sarah sabía que estaba preparado para testificar; además, no era necesario que los jueces estuviesen al corriente de todo—. Lo que solicitamos es que se nos conceda la oportunidad de llevar el caso ante un jurado. Dejemos que sean los ciudadanos del condado de Beaufort los que decidan si la muerte de la señora Helitzer fue o no un accidente.

Al ver que el juez la miraba de nuevo, Sarah se tambaleó hacia un lado, como si quisiese darle a entender que el dolor de cabeza que sentía le hacía incluso perder el equilibrio, y se aferró a la mesa del magistrado. Se rascó el esparadrapo con los dedos intentando acentuar con ello su aspecto demacrado. Lo cual, por otra parte, no requería un gran esfuerzo. Pese a los litros de cafeína y adrenalina que tenía en el cuerpo y de la buena dosis de recto empeño por hacer justicia que la vigorizaba, Sarah se sentía destrozada. Por si fuera poco, trataba de ignorar el terrible dolor de cabeza que la atenazaba.

—¿Se encuentra usted bien, señora Mason? —le preguntó preocupado el juez en voz baja y frunciendo el ceño.

Sarah asintió valerosamente con la cabeza. Además de hacer todo lo posible por obtener su compasión, Sarah jugaba con el hecho de que el juez Swartzman era lo bastante astuto como para captar la otra parte de su mensaje: «El electorado nos observa. Y no creo que quiera usted echar a perder una ocasión como ésta.»

Sarah esbozó una leve sonrisa.

—El mero hecho de que me encuentre hoy en esta sala debería bastar para que usted entendiese hasta qué punto considero que este caso tiene que ir a los tribunales, señoría —dijo Sarah para asegurarse de que el mensaje llegaba a su destino—. Los médicos querían que permaneciese en el hospital un día más. Pero yo he querido venir para hacerle entender que la muerte de Susan Helitzer fue un asesinato a sangre fría.

—Señoría... —empezó a decir Letts, indignada.

El juez le ordenó callar con un ademán de la mano.

—Estoy listo para dictar sentencia —dijo—. La solicitud de sobreseimiento queda rechazada. El proceso seguirá adelante.

A continuación, dio por concluido el asunto con un golpe de mazo.

«Sí.» Sarah hizo un gesto de triunfo.

La dactilógrafa estiró sus dedos entumecidos, los alguaciles se apresuraron a hacer entrar a un nuevo acusado en la sala, uno de los ayudantes del juez mantuvo con éste una conversación en voz baja, y el público desalojó la sala y la volvió a llenar. «Es como el cambio de guardia en Buckingham Palace», pensó Sarah mientras se encaminaba a recoger sus cosas. Letts, cuyos ojos habían perdido toda expresión, lanzó a Sarah una mirada desdeñosa y se dio media vuelta para hablar con su cliente, cuyo rostro, ya de por sí subido de color, estaba ahora completamente encendido en honor a la sentencia. Ahora que estaba de pie, Sarah reparó en que Mitchell Helitzer era tal vez unos centímetros más bajo que su abogada, aunque el hecho de ser tres veces más corpulento que ella los igualaba en algún modo. A sus cuarenta y siete años, Mitchell Helitzer era una especie de bulldog con una cabellera pelirroja y rizada y un aire de matón que lo hacía parecer mal vestido a pesar de que su traje color gris perla le debía de haber costado un ojo de la cara. Según había podido saber Sarah por el informe de la autopsia, su mujer era muy menuda. De forma que era impensable que hubiese podido defenderse del ataque de su fornido marido.

—Me gustaría saber lo que sales ganando con esta especie de caza de brujas —le preguntó Helitzer a Sarah cuando ambos se cruzaron en la puerta batiente que separaba el estrado del público.

Estaba furibundo y lanzó a Sarah una mirada iracunda con sus ojos azules de cerdito. Sarah recordó de golpe las fotos de la autopsia de su mujer y consideró por unos momentos la posibilidad de golpearlo en la cabeza con su maletín, pero su orgullo profesional se lo impidió. Además, tarde o temprano sería suyo. La pena de muerte o la cadena perpetua le harían de seguro mucho más daño que un simple mamporro en la cabeza.

—Justicia para Susan —le respondió Sarah al tiempo que Letts le decía escandalizada:

—¡Mitch! ¡Cierra el pico!

Agarrándolo del brazo, lo empujó por la puerta y lo arrastró pasillo arriba.

Sarah fue en pos de ellos.

—Debes saber que tenemos la intención de pedir un aplazamiento del proceso —le dijo Letts, volviendo la cabeza mientras se aproximaban al final del pasillo.

—Pelearemos por eso. Estamos listos para acudir a juicio —le replicó Sarah.

Lo cual era casi cierto. Sarah se había visto obligada a interrumpir su trabajo habitual para asumir este caso, heredado junto con el resto de cosas de las que se ocupaba John Carver, y poder preparar la sesión que estaba programada. El anterior supervisor no había sido, lo que se dice, demasiado metódico en su trabajo; de forma que Sarah se había visto obligada a repasarlo prácticamente todo, desde los informes forenses hasta las entrevistas con los testigos, y a corregir innumerables errores. Y eso, unido al resto de cosas que conllevaba la asunción de su nuevo puesto, había implicado por parte de Sarah un gran esfuerzo para preparar este juicio. Cosa que, por otra parte, no le había importado demasiado dado que, tal y como le hacía notar siempre su amigo Jake, su vida privada era, en aquellos momentos, inexistente. El juicio se celebraría en quince días, a contar desde el lunes, y para entonces todas las piezas del puzle debían estar en su sitio. En caso de que no fuese así, estaba dispuesta a improvisar para conseguirlo.

—Perfecto, nosotros no lo estamos —le atajó Letts y, valiéndose de Helitzer, que había vuelto también la cabeza para mirar a Sarah, empujó las puertas batientes de caoba que daban acceso al vestíbulo como ariete personal.

—Es agradable ver que todos te quieren —le dijo una voz al oído cuando Sarah se disponía ya a seguirlos.

Sarah se sobresaltó. No obstante, no le hizo falta darse la vuelta para adivinar de quién se trataba: Jake. Debía de haber estado todo el tiempo en el pasillo, observando lo que sucedía a su alrededor.

Sintiéndose tan ridícula como un niño al que han pillado haciendo novillos, sólo que en su caso era más bien al contrario, Sarah empujó la doble puerta con su amigo a la zaga. El silencioso ambiente de la sala del tribunal fue sustituido por la algarabía del vestíbulo. Las paredes de éste estaban forradas en pino oscuro y la luz que entraba a raudales por los ventanales que había a ambos extremos del mismo quedaba difuminada por las ondulaciones de los cristales de más de cien años. Había una ala más moderna, pero esta parte del tribunal, de diseño clásico, era anterior a la guerra civil. Su antigüedad añadía *gravitas* a los cientos de procedimientos que tenían lugar cotidianamente entre sus cuatro paredes, pero la iluminación era pobre y el aire acondicionado funcionaba sólo de vez en cuando. Sarah pasaba tanto tiempo en el edificio que el olor a moho que reinaba en su interior, y que ningún perfume era capaz de borrar por completo, había acabado por resultarle tan familiar como el aroma del café; además, había llegado a conocer todos y cada uno de sus grietas y rincones. Cada uno de los cuatro pisos estaba integrado por el cuadrado que formaban cuatro amplios vestíbulos conectados entre sí. La sala D se encontraba en el segundo piso. El suelo de mármol tenía el lustre que suelen conferir los numerosos años de uso reiterado; razón por la cual las multitudes que se desplazaban por él arrastraban los pies en lugar de avanzar a grandes zancadas sobre su superficie. Sarah solía pensar que aquél era un buen sitio para efectuar el tipo de encuestas a las que tan aficionados eran los políticos, pues resultaba imposible imaginar una mayor variedad de ciudadanos de Carolina del Sur, metidos todos en el mismo sitio y al mismo tiempo. En efecto, personas de ambos sexos y de todo tipo de raza, edad y condición social se daban cita para enfrentarse entre los muros de la Cúpula del Trueno.

—¿Por qué no estás trabajando? —le preguntó Sarah, fiel a la teoría que afirmaba que la mejor defensa era siempre un buen ataque.

Cuando lo había dejado esa mañana poco después de las 6.00, al salir de casa, Jake roncaba como un bendito, tumbado sobre la colcha en el otro extremo de la cama. Estaba echado de espaldas con las manos bajo el almohadón, y sus prominentes hombros desnudos estaban encorvados como si tuviese frío. Sarah había tenido la delicadeza de taparlo con una colcha antes de dejarlo allí para dirigirse al despacho, cosa a la que él, Sarah era bien consciente, se habría opuesto de plano. Desde entonces, Jake había tenido tiempo de afeitarse, de darse, con toda probabilidad, una ducha, y de ponerse una americana beige, una camisa azul clara y una corbata y unos pantalones azul marino, lo que hizo suponer a su amiga que había pasado por su casa antes de dirigirse al tribunal.

—Estoy de servicio. Esta mañana tengo que testificar para Morrison en el caso Price. Aunque más bien debería ser yo quien te preguntase por qué no estás en casa. —Jake caminaba al paso de su amiga.

No acostumbraba a sucederle, pero aquella vez a Sarah le molestó su presencia. Porque tenía que acudir a un sitio que prefería que él desconociese. Y tenía que estar allí —echó una rápida ojeada a su reloj— en poco más de cuatro minutos.

«Por supuesto.»

Sarah se encogió de hombros.

—Ayer por la noche, cuando te fuiste al cuarto de baño, decidí que esa llamada debía de haberla hecho alguien que está tratando de hacerme perder la calma. Si lo hago, ellos ganarán la partida y como esa idea no me gusta nada, aquí estoy, dando a entender que no me afecta.

En ese momento fueron engullidos por la marea de gente que se precipitaba hacia la doble y florida escalinata que comunicaba los cuatro pisos, y aceleraron el paso para seguirla.

—¿Cómo va tu cabeza? —La tensión que delataban tanto los labios como los ojos de Jake dio a entender a Sarah hasta qué punto su amigo desaprobaba que ella se encontrase ese día en el tribunal y en aquellas circunstancias. Por desgracia para él, ella no necesitaba su autorización—. ¿O acaso la bala que te metieron y la contusión que te produjiste al caer entra dentro de la categoría de cosas que no te afectan?

Aferrándose al pasamanos de acero, Sarah siguió a la fila de gente que bajaba por las escaleras. Con una ágil maniobra, Jake logró colocarse a su lado.

—Me duele —admitió ella—. Pero no creo que el dolor fuese distinto si me hubiese quedado en casa; además, necesitaba venir para asegurarme de que la petición de sobreseimiento no era aceptada.

Entre muchas otras cosas, que Sarah no estaba dispuesta a revelar.

—Por cierto, has hecho un buen trabajo —le dijo Jake. En ese momento llegaron al fondo de la escalera y Sarah se apartó de la multitud que se dividía para pasar por los detectores de metales. Jake fue en pos de ella. Sarah lo miró. Los ojos de Jake brillaban al devolverle la mirada—: Estoy preocupado por ti, lo reconozco. Por un momento pensé que te ibas a desmayar delante de Schwartzman.

—Gracias —le respondió ella, y se concedió a sí misma una fugaz sonrisa.

Si bien ambos sabían que lo de Sarah había sido puro teatro, hablar de ello en el vestíbulo del tribunal donde cualquiera podía oírles no era lo que se dice una buena idea. La comunidad legal de Beaufort se nutría básicamente de chismorreo, y, con el juicio de Helitzer a punto de empezar, Sarah no estaba dispuesta a perder el favor del magistrado.

—¡Eh, Sarah, el otro día te vi en televisión! ¡Menuda hazaña! —les dijo una voz a sus espaldas.

Sarah miró en derredor y divisó a Ray Welch, un joven abogado que trabajaba para el bufete de categoría media Bailey & Hudson, agitándole la mano mientras se introducía en el ascensor que había al otro lado del vestíbulo. En el edificio sólo había cuatro, que eran además muy viejos, crujían y estaban siempre abarrotados; de forma que la gente que pasaba buena parte de su tiempo en el tribunal había dejado de usarlos hacía ya tiempo y ahora subía y bajaba por las escaleras.

—Gracias —le respondió ella, mientras se detenía y arrimaba la espalda a la pared para esquivar a la multitud que pasaba.

Jake se paró ante ella y, cuando Sarah alzó los ojos para mirarlo, se percató de que su amigo estaba frunciendo el entrecejo.

—Sabes que cabe la posibilidad de que haya alguien ahí fuera que quiera matarte —le dijo al oído para que nadie más los pudiese oír—. Por eso me quedé ayer por la noche en tu casa, ¿recuerdas? ¿Y cómo me lo agradeces? Primero me dejas a merced de una especie de fiera y, a continuación, te dejas ver por este maldito tribunal, el sitio que cualquier persona medianamente inteligente elegiría si quisiese dispararte.

Sarah miró con disimulo hacia la puerta que había al otro lado del vestíbulo y que daba acceso a la pequeña escalera posterior que conducía a los sótanos. Necesitaba llegar a ellos en menos de —su mirada se posó en el enorme reloj que colgaba de la pared de enfrente— tres minutos. Preferiblemente, sin Jake.

—Si alguien quiere dispararme, el Tribunal es, con toda probabilidad, el lugar más seguro donde refugiarse —le replicó entre dientes—. El edificio cuenta con detectores de metales, ¿recuerdas? —Sarah lanzó una significativa mirada a las entradas bien vigiladas—. No se admiten pistolas.

Jake frunció el entrecejo. Sarah supo entonces que se había anotado un tanto.

—¿Así que *Cielito* te causó problemas? —prosiguió Sarah, sin dejar que su amigo se recuperase y retomara el tema.

—En absoluto —replicó Jake, aunque su tono de afabilidad no concordaba con su iracunda mirada—. A menos que consideres un problema el hecho de que me ladrase durante veinte minutos y me impidiese abandonar la cama después de haberme despertado olfateándome el culo. Tuve que tirarle la colcha por encima y echar a correr para poder salir de casa.

Sarah abrió los ojos desmesuradamente al imaginarse la escena y soltó una risita. Una auténtica risita infantil, de esas que rara vez salían de su garganta desde tiempos inmemoriales. Los rasgos de Jake se suavizaron al verla y el detective esbozó una sonrisa a su pesar.

—Deberías reírte más —le dijo. Acto seguido, la sonrisa se desvaneció de sus labios y añadió, bajando la voz—: Sarah, te estás destrozando en este lugar. Tienes que dejar de correr de un lado para otro como una loca en la medida de lo posible.

Sus miradas se cruzaron, y Sarah leyó en la de su amigo que éste había entendido la verdadera razón de que ella hubiese acudido al tribunal como si se tratase de un día cualquiera: el trabajo era la única cosa que la ayudaba a olvidar a Lexie. Si no se mantenía ocupada, si aminoraba el ritmo de aquella loca carrera que embotaba su mente y maltrataba su cuerpo hasta dejarla al borde del agotamiento, la pena volvería a penetrar en su corazón y lo haría estallar en mil pedazos.

Pero no estaba dispuesta a hablar de ello, ni siquiera con Jake. Puede que en un remoto futuro, cuando el dolor ya no fuese tan desgarrador; pero, desde luego, ahora no.

—Tengo que trabajar —le dijo, alzando desafiante la barbilla—. Para eso me pagan.

Jake apretó los labios. Cuando estaba a punto de responder a su amiga, el teléfono móvil sonó. Jake lo sacó de su bolsillo y puso ceño al ver el número que aparecía en la pantalla, pero respondió:

—Hogan.

—Tenemos problemas, colega —dijo una voz al otro lado de la línea.

Sarah apenas podía entender las palabras que salían por el aparato a causa del bullicio que los rodeaba, aunque enseguida comprendió que el autor de la llamada era Pops, Phil Hogan, el abuelo de su amigo. Nadie más llamaba a Jake «colega».

Jake exhaló un suspiro y miró a Sarah. Si bien su abuelo tenía ya ochenta y seis años, la palabra «jubilación» no parecía formar parte de su vocabulario. A pesar de la artritis y de los ocasionales momentos en los que se comportaba como el anciano que realmente era, tenía la agilidad propia de un hombre con la mitad de sus años y seguía dedicando unas cuarenta o cincuenta horas semanales a trabajar para la agencia que había fundado.

—¿Qué pasa? —le preguntó Jake con resignación.

—Begley está tratando de arrebatarnos el contrato de seguridad para la DVS —dijo Pops—. A menos que...

Sarah no oyó el resto, porque aprovechó aquel breve momento de distracción de su amigo para alejarse de él.

—Tengo que irme —dijo a modo de despedida, acompañando sus palabras con un ligero ademán de la mano, y a continuación se sumergió en el remolino de gente que abarrotaba el vestíbulo con la presteza de un pez que acaba de escapar al anzuelo.

Jake se dio la vuelta y frunció el entrecejo pero su amiga se dejaba arrastrar ya por la multitud, huyendo de él. Sarah sabía que a Jake no le gustaría nada lo que estaba a punto de hacer y que, de saberlo, la reñiría hasta dejarla sorda.

Por el amor de Dios, todavía se estaba recuperando de un disparo en la cabeza, de una contusión cerebral y de un par de noches extremadamente traumáticas. No veía motivo alguno para tener que añadir a todo ello el sermón de su amigo.

La escalera posterior no era muy frecuentada, por lo que Sarah descendió sola por ella. Una vez abajo empujó la pesada puerta de metal que conducía al nivel inferior de la Cúpula del Trueno. Entró en un pasillo en el que se encontró con más gente que corría ajetreada de un lado para otro —la gente siempre parecía tener prisa en el tribunal— y saludó al pasar a un abogado que conocía. El sótano era enorme, con las paredes de piedra caliza y un perenne olor a moho que ninguna de las tentativas que se habían hecho para reducir la humedad habían conseguido eliminar. En el pasado se usaba exclusivamente como almacén pero, a medida que la población de Beaufort había ido en aumento y el resto del edificio se había ido quedando más y más pequeño, se habían ido instalando en él despachos y oficinas para paliar las necesidades de espacio. Durante los años ochenta las autoridades habían encargado a un constructor la reestructuración total del mismo, con vistas a dar un carácter definitivo a la ampliación. El resultado fue una conejera con habitaciones idénticas las unas a las otras, en su mayor parte sin ventanas, y separadas por unos angostos pasillos iluminados por luces de neón que se cruzaban entre sí y que constituían una especie de laberinto para cualquiera que se adentrase en ellos sin saber muy bien adónde iba. Por fortuna, Sarah lo sabía y por eso no se sorprendió demasiado al ver a una mujer huesuda con una melena de un rojo cuando menos sorprendente que se balanceaba ante sus ojos. Iba vestida con una camiseta de tirantes rosa chillón, una minifalda negra, unas medias finas casi transparentes, también negras, y unos zapatos con tacones de vértigo. Las cuentas metálicas del bolso que llevaba al hombro tintineaban a cada paso que daba. Parecía haberse perdido.

—Eh, Crystal —dijo Sarah resignada al llegar tras ella.

—Sarah. —Crystal se dio la vuelta con un garbo cuando menos sorprendente, dada la altura de sus tacones, y Sarah tuvo una visión completa de su más que generoso escote. Su tarjeta de presentación podría rezar más o menos así: «Crystal doble D.»; y era evidente que creía a pies juntillas en el lema «ya que lo tienes, enséñalo». Lo que, en el caso del juez Schwartzman habría funcionado a las mil maravillas pero, por desgracia, el magistrado que se ocupaba de su caso era Liz Wessel—. He buscado el despacho 39, como me dijiste, pero supongo que alguien se olvidó de poner los números en las puertas.

—Están encima del timbre.

Sarah le indicó con el dedo la pequeña placa de latón que había encima de los timbres instalados junto a cada puerta cuando había ordenado cerrarlas bajo llave por motivos de seguridad. El número grabado en ellas era pequeño y difícil de descifrar a causa de la mortecina luz. Sarah no los había visto hasta entonces, probablemente porque sabía moverse a la perfección por aquel sótano.

—¿Cómo es posible que no lo haya visto? —dijo Crystal con cierto retintín en la voz.

Tras observar con ojo crítico las dotes más que abundantes de su clienta, Sarah tuvo una especie de revelación y se quitó la chaqueta. Al hacerlo se quedaba tan sólo con la blusa blanca de manga corta que llevaba puesta; lo cual no era, precisamente, el modo en que le gustaba presentarse ante Liz Wessel, quien exigía que la gente acudiese al tribunal vestida con cierto decoro. En este caso, sin embargo, Crystal necesitaba la chaqueta mucho más que ella, por lo que Sarah estaba dispuesta a hacer un sacrificio.

—Pareces helada —le dijo mintiendo mientras se la ofrecía—. ¿Por qué no te la pones?

Crystal la miró como si Sarah se hubiese vuelto loca.

—Supongo que bromeas, aquí dentro debemos de estar a más de treinta grados.

Sarah suspiró. De nada servía tratar de tener cierto tacto.

—Escucha, el juez que nos recibe ahora es una mujer, ¿lo entiendes? Creo que las cosas irán mejor con ella si te tapas un poco.

Crystal bajó los ojos ceñuda, y a continuación miró de nuevo a Sarah.

—Vaya, así que se trata de una de esas envidiosas. —Sarah asintió con la cabeza rezando por que las cámaras de seguridad no estuviesen grabando aquella escena, de forma que alguien pudiese emplearla en su contra durante un juicio posterior—. No hace falta que lo sea. Si le gustan puede hacérselas ella también. El par sólo cuesta cinco mil dólares. Los jueces ganan mucho dinero y se pueden permitir... —Se interrumpió al ver la mirada de Sarah—. Está bien.

Crystal cogió la chaqueta y se la puso. Le sentaba bastante bien y Sarah se dio cuenta de que, sin contar la nada desdeñable excepción de la doble D, ella y Crystal eran más o menos de la misma talla. Una vez resuelto aquel pequeño objeto de distracción, Sarah podía concentrarse de nuevo en el resto de su clienta. Crystal debía de rondar los treinta y cinco años, tenía los ojos marrones, y una tez muy morena que no pegaba mucho con su melena pelirroja. El arco que formaban sus cejas era cuando menos sorprendente, además tenía la nariz chata; y los labios, bajo el estrato de pintalabios rosa chillón que los cubría, eran finos. El aire de no andarse con tonterías hacía que resultase atractiva. Parecía una mujer que había visto muchas cosas, que había hecho también muchas, y que vivía para lamentar la mayor parte de ellas.

—Espera —dijo Crystal, cuando Sarah se disponía a llamar al timbre del despacho 39.

—¿Qué pasa? —Sarah se quedó con el dedo pegado al botón.

—Alguien me llamó anoche al trabajo y me dijo que abandonara la ciudad porque, de no hacerlo, lo iba a lamentar.

Sarah se estremeció. El recuerdo de su llamada le formó un nudo en la garganta, por lo que lo apartó de su mente. Al parecer, la noche anterior, la luna había fomentado ese tipo de llamadas acosadoras.

—¿Reconociste la voz?

Crystal negó con la cabeza.

—No.

—¿Podría tratarse de alguien relacionado con este caso? Crystal asintió con la cabeza.

—Creo que se trataba de uno de los policías.

—¿Tienes alguna prueba?

Crystal volvió a sacudir la cabeza.

—No.

El semblante de Crystal se había vuelto a crispar y su mano derecha se abría y se cerraba convulsivamente sobre la hebilla del bolso. Era evidente que aquella llamada la preocupaba.

Sarah le lanzó una significativa mirada.

—¿Estás pensando en abandonar la ciudad? —Si su testigo de cargo estaba a punto de poner pies en polvorosa, ella tenía que saberlo.

—No quisiera tener que hacerlo. Me acaban de contratar en Godfather's, que en teoría era un «bar para caballeros», pero que en realidad era el local número uno de *striptease* de la ciudad, y me pagan mucho. —El delgado rostro se le iluminó con una sonrisa—. Además, tengo un nuevo novio.

—Me parece muy bien. —Sarah se recuperó del sobresalto—. Trabajas de camarera, ¿no es eso?

—Sí, sí.

Una pareja de secretarias pasaron junto a ellas charlando animadamente sobre la nueva temporada televisiva. A Sarah le pareció entender que ambas esperaban deseosas la serie *Mujeres desesperadas*.

—Yo también la veo —comentó Crystal, mientras ambas se alejaban por el pasillo—. Es muy buena.

—¿De verdad? —Sarah solía pasar los domingos por la noche preparándose para el lunes—. Escucha, ya sabes que puedes dejar esto si quieres. Todavía no hay nada definitivo.

Crystal apretó los dientes en un gesto de obstinación.

—¿Y permitir que salgan impunes de todo esto después de lo que me hicieron? Ellos me «violaron». Puede que yo no sea miembro de la Junior League como algunas de las mujeres que trabajan aquí, pero eso no quiere decir que no tenga derechos. Yo también soy una persona.

Eso era precisamente lo que le había dicho Sarah cuando Crystal la abordó hacía ya tres semanas durante una de sus clases de Mujeres Contra las Agresiones Sexuales y le contó lo que le había sucedido la noche anterior. Además, aquélla seguía siendo la verdad y Sarah estaba dispuesta a hacer todo cuanto estuviese en su mano para ayudar a Crystal a ejercer sus derechos. El único problema era que Crystal vivía en un mundo completamente diferente al suyo. Un mundo en el que los policías esgrimían un enorme poder y en el que a las mujeres como su clienta se las consideraba disponibles. Sarah le había explicado de antemano las consecuencias que su demanda iba a tener para ella, y con el paso de los días se estaban materializando. Pero, dado que Crystal no se había arredrado por ello y estaba dispuesta a continuar, Sarah quería hacer todo lo posible por ayudarla. Aunque de vez en cuando no pudiese por menos que acalorarse.

—¿Estás segura? —Sarah se lo preguntó por última vez, con el dedo rozando ya el timbre.

—Sí, estoy segura.

De acuerdo. Sarah llamó entonces y, a continuación, ambas entraron en el despacho de la jueza Wessel.

—De forma que usted solicita una orden de alejamiento, ¿no es así?

La jueza Wesel, una mujer delgada de unos cincuenta años, pelo castaño y ojos azules, miró a Sarah ligeramente ceñuda. Cuando acabase con ellas tenía que acudir a una de las salas del tribunal y por eso se había puesto ya la toga negra. Por el momento, sin embargo, seguía sentada tras la mesa de nogal que presidía su despacho. Su joven ayudante la esperaba impaciente en la puerta. Sarah y Crystal estaban de pie frente a la mesa. Crystal no dejaba de agitarse inquieta mientras Sarah trataba de ignorar el tintineo que hacía el bolso de su clienta al moverse. Sarah acababa de explicarle a la jueza los motivos de su solicitud, sin olvidar mencionarle la llamada telefónica que Crystal había recibido la noche anterior, y confiaba en que la expresión sonriente de la magistrada fuese una señal de que ésta estaba dispuesta a concederles lo que pedían.

—Sí, señoría. —La solicitud de una orden de alejamiento era habitual en casos como el de Crystal. Lo que no era tan habitual era la identidad del sujeto que debía mantenerse alejado a unos diez kilómetros del testigo de cargo.

—¿Tiene usted alguna prueba de que el oficial McIntyre ha acosado a la señorita Stumbo?

—Disponemos de una fotografía, señoría. La señorita Stumbo la sacó hace tres días desde la ventana delantera de su casa. —Sarah le tendió la imagen de ordenador impresa que su clienta le había dado.

—La hice con mi cámara digital —dijo Crystal orgullosa.

A pesar de que la foto había sido sacada de noche, la luz de una de las farolas de la calle permitía distinguir con toda claridad un Mustang negro aparcado junto a un contenedor metálico en lo que, por lo visto, era una zona donde podían instalarse las caravanas. Por desgracia, no era posible identificar a la persona que estaba sentada en el asiento del conductor. Aparentemente se trataba de un hombre con el pelo negro y engominado hacia atrás; pero era imposible distinguir sus rasgos, ya que los cristales del vehículo estaban ahumados.

—Soy incapaz de afirmar que esta persona sea el oficial

McIntyre, y dudo que usted pueda hacerlo —le dijo la jueza a Sarah en tono cortante.

—¿Ve usted la matrícula? —Sarah señaló la imagen con el dedo—. La he ampliado. —Cuando decía esto, tendió una nueva foto impresa a la jueza. La hoja estaba ocupada por la matrícula de un coche. Si bien la imagen no era demasiado nítida, era posible descifrar el número que figuraba en ella—. Se trata del coche del oficial McIntyre. ¿Ve usted? Aquí tiene el certificado del Departamento de Automóviles que lo corrobora.

La jueza Wessel la miró y asintió con la cabeza.

—Ya veo. —La jueza apretó los labios y frunció el entrecejo mientras observaba los papeles que Sarah le había dejado sobre la mesa. Acto seguido se los devolvió—. Está bien, concederé la orden aunque imagino que usted también es consciente de que el oficial McIntyre podía tener una razón más que legítima para estar en ese lugar. No obstante, no toleraré el menor gesto de intimidación a un testigo.

—Gracias, señoría —dijo Sarah mientras la jueza se levantaba.

En tanto su señoría hablaba con su agobiado ayudante, Sarah introdujo los documentos en su cartera y sacó a Crystal del despacho antes de que ésta pudiese hacer, decir o revelar algo (incluso cualquiera de las dos cosas) que pudiese predisponer en su contra a la jueza que, con toda probabilidad, presidiría el tribunal donde se celebraría el juicio en el que ella era testigo de cargo.

Sarah había aprendido ya hacía tiempo a tener siempre presente que quienquiera que hubiese asegurado que los tribunales eran sólo una parte de la vida tenía razón a medias, porque en realidad eran sólo una parte escenificada de la vida. Tanto el juez como el jurado veían sólo aquello que los abogados presentaban ante sus ojos. Uno de los trucos para tener éxito en un proceso consistía en dar una versión impecable de la víctima. En este caso, era necesario que Crystal y ella tuviesen una pequeña conversación sobre el guardarropa de su clienta antes de asistir al juicio.

—Haré lo posible por que McIntyre reciba la orden hoy mismo —le prometió Sarah a Crystal cuando ambas se dirigían hacia las escaleras. Sarah se había vuelto a poner su chaqueta y Crystal tintineaba una vez más al caminar.

—Eso lo mantendrá alejado de mí, ¿verdad? —le preguntó Crystal a Sarah mientras ésta mantenía abierta la puerta que daba acceso a la escalera.

Un hombre que entraba en ese momento lanzó una mirada de admiración a los atributos de Crystal. Cuando ésta le sonrió coqueta, el tipo casi tropezó con Sarah.

—Oh, perdone —se disculpó, notando sólo que Sarah estaba también allí cuando ésta se apartó de su camino. Sarah exhaló un suspiro mientras el tipo se alejaba sin dejar de parpadear, e hizo salir a su exuberante clienta por la puerta de un empujón.

—Sí, así es —contestó Sarah retomando el hilo de la conversación.

O así debería ser. Sarah sabía por experiencia que las órdenes de alejamiento jamás habían impedido que quienes realmente querían acosar a una víctima lo hiciesen, lo cual no quitaba que fuesen un instrumento de gran utilidad. En caso de que se incumplieran, por ejemplo, los abogados podían conseguir sanciones más fuertes, como la cárcel. No obstante, a veces ni siquiera eso servía para ayudar a la víctima. En el caso de Crystal, sin embargo, el hecho de que McIntyre fuese un policía y de que, con toda probabilidad, se estimase su trabajo, debería jugar a su favor. Si violaba la orden podía enfrentarse a una suspensión de su cargo, así como a pasar una buena temporada en la cárcel.

—¿Crees que puedo conseguir una también contra mi casero?

—¿Qué? ¿Por qué?

—No le he pagado el alquiler. Escucha, todo esto ha afectado realmente a mis ingresos. He tratado de explicarle que me violaron, pero cada vez que vuelvo a casa se pone a aporrear mi puerta apenas han pasado quince minutos. Esta mañana, por ejemplo. Tuve que esperar a que se marchase para poder salir. Tal vez podrías conseguir una de esas órdenes de aleja-no-sé-qué para él; así me dejaría en paz hasta que reúna el dinero que le debo.

Sarah volvió a suspirar. En ese momento subían con cierta dificultad por las escaleras. O al menos Sarah lo hacía con una cierta dificultad. A medida que iba pasando el día, se daba cuenta de que le fallaba su habitual energía. Además del dolor de cabeza, le dolían también las rodillas y las piernas le flaqueaban. Se sentía muy débil. De no haber sido por la barandilla, quizá no habría sido capaz de llegar hasta el primer piso.

—Las órdenes de alejamiento no sirven para los caseros —dijo pensando que lo que necesitaba era más cafeína. Mucha más.

—Pero sí para los policías, ¿verdad? ¿Para todos los policías o sólo para él?

Crystal llegó a lo alto de la escalera y empujó la puerta para salir. Sarah la siguió, y suspiró aliviada para sus adentros. La ascensión y la conversación con su clienta habían tenido efectos devastadores sobre ella.

—Sólo para él —le respondió mientras echaba un vistazo al abarrotado vestíbulo y comprobaba, reconfortada, que Jake no estaba por allí—. ¿Por qué lo preguntas, acaso hay más policías que te molestan?

—He visto más coches, algunos aparcados delante del sitio donde trabajo. —Crystal se encogió de hombros—. Sólo saqué la foto del de McIntyre porque tenía la cámara a mano.

—La próxima vez que veas otro, saca una foto. Y llámame.

Entonces sonó el móvil de Sarah, que la policía le había devuelto aquella misma mañana en una bolsa hermética junto con el resto del contenido de su bolso, confiscado como prueba. Sarah se sentía algo perdida sin el móvil, así que se había metido el teléfono en el bolsillo de la chaqueta y había guardado en el interior del maletín la cartera, el maquillaje y el resto de cosas, al menos hasta recuperar el bolso. Había silenciado el teléfono antes de entrar en la sala del tribunal y ahora éste vibraba tratando de llamar su atención. Sarah lo sacó y frunció el entrecejo al ver el número que aparecía en la pantalla.

—Lo siento, tengo que responder —le dijo a Crystal, quien siguió andando y se despidió de ella con un ademán de la mano—. Hola —contestó Sarah.

10

—He pensado que deberías saberlo—le dijo Jake al otro lado de la línea—. Tenemos una buena pista sobre el tercer atracador.

—¿Ah, sí? —Sarah se detuvo y se apoyó en la pared arrimando bien el teléfono para poder oír mejor.

—Se trata de un amigo de la infancia de los otros dos, un tal Floyd Parker. Donald Coomer y Maurice Johnson iban con él a todas partes. La hermana de Johnson asegura que se encontraba con ellos media hora antes del robo.

—¿Dónde la encontraste?

—En el hospital. Johnson sigue en estado crítico, y los suyos no se separan de su lado.

—¿También estaba allí ese amigo? ¿Alguien lo ha interrogado?

—Está trabajando. En el taller Big D's. Han enviado un coche patrulla a buscarlo.

—Gracias a Dios. —Sarah sintió una gran sensación de alivio. Pese a sus desesperados intentos por excluir la posibilidad de que hubiese alguien en libertad dispuesto a asesinarla, le aliviaba pensar que el tipo que le había metido la bala en la cabeza ya no andaba suelto. Por si acaso, decidió intentarlo una vez más—. En cualquier caso, ¿dónde estás?

—Voy hacia el despacho. ¿Y tú?

—Sigo en el tribunal.

—¿Tienes intención de quedarte ahí?

—Un poco más. Creo que estaré aquí hasta las dos, más o menos, y luego tengo que pasar un momento por el despacho. Cuando acabe lo que tengo que hacer allí, volveré a casa.

Jake resopló.

—¿Ah, sí? ¿A qué hora: a las siete, a las ocho? ¿Un viernes por la noche? A ver qué te parece esto: en honor a la herida de guerra que llevas en la cabeza pasaré por ahí a eso de las cinco y media y nos iremos a cenar. Algo nutritivo. El sitio lo eliges tú.

—Eres un sol. —Sarah esbozó una sonrisa a su pesar. No obstante, de repente recordó—: Espera un minuto. Olvidas las chuletas de cerdo.

—Oh. —Por el modo en que lo dijo, Sarah se dio cuenta de que su amigo las había olvidado por completo—. Le diré a Danielle que ha sucedido algo.

—¿Otra vez? Le va a encantar.

Mientras sacudía la cabeza, Sarah sintió tener que privarse de una cena con su amigo. Desde que se había producido el robo, había hecho un pequeño inventario de las cosas que realmente le importaban en esta vida y se había dado cuenta de que las mismas se reducían a tres: Jake, su trabajo y *Cielito*. En algunas ocasiones, la compañía de su amigo la hacía sentirse realmente feliz. Tan feliz como podía serlo después de la desaparición de Lexie. De no haber sido por Jake, le habría sido difícil superar la noche anterior. Después de la llamada que había recibido, necesitaba ante todo calor, apoyo y contacto humano. Por eso se había aferrado a Jake con desesperación, al sentir que él era la única ancla que le quedaba en un mundo que se desintegraba a su alrededor; y después, cuando las aguas habían vuelto a su cauce, se había encontrado de nuevo sana y salva en el acogedor puerto que formaban sus brazos. Cuando Jake había abandonado su cama para ir al cuarto de baño, la sensación de pérdida y, sí, de abandono había recorrido su cuerpo como una salvaje oleada. Pero también había sido una señal de advertencia. Depender de su amigo para alcanzar la estabilidad emocional era un error de posibles consecuencias devastadoras. Porque, al final, la amarga experiencia le había enseñado que todos estamos solos en este mundo. Jake era una muleta, y en lugar de apoyarse tanto sobre él tenía que aprender a sostenerse por sí misma.

Ésa era la razón de que se hubiese hecho la dormida cuando su amigo había regresado a la cama. Sarah se había sentido reconfortada y mimada entre sus brazos, y el mero hecho de saber que él estaba allí y que compartía con ella el dolor y la congoja que sentía como, por otra parte, nadie más podía hacerlo, le había ayudado a superar lo peor de su agonía. Pero ése era precisamente el problema: se trataba de su dolor y su congoja. Su amigo no podía ni siquiera llevar parte de la carga que le correspondía a ella. Nadie podía. Eso era algo que ella tenía que echarse a la espalda.

—Lo entenderá —dijo Jake—. Es una chica muy comprensiva.

—Supongo que no lo dirás en serio. —Sarah recordó que, de todas formas, tenía cosas que hacer al acabar el trabajo. Cosas importantes como... esto... trabajar más. Y lavar la ropa—. Ve a comerte tus chuletas de cerdo y no te preocupes por mí. Yo tengo algunos asuntos pendientes.

—¿Como qué?

—¿Quieres saberlo? —Sarah se sintió observada y al alzar la mirada vio que Larry Morrison se dirigía hacia ella con Ken Duncan a sus espaldas como si fuese la cola de una cometa—. Tengo que dejarte.

—Sarah —de repente el tono de Jake se había tornado serio—. No olvides que puedes seguir en peligro hasta que Floyd Parker se encuentre bajo custodia y quede efectivamente identificado como el autor del disparo. Ten cuidado, ¿de acuerdo?

—Sí, lo tendré. —A Sarah le daba mala espina el modo en que Morrison la miraba—. Hablaremos más tarde.

Colgó, volvió a guardar el teléfono en el bolsillo y se encaminó hacia su jefe.

—Sarah.

—Hola, jefe. —Detrás de Morrison, Duncan la miraba preocupado.

«Ay, ay, algo flota en el ambiente.»

Morrison miró a lo lejos y, acto seguido, volvió a posar sus ojos sobre Sarah.

—¿Me acompañas?

Morrison la agarró por un brazo y Sarah se encontró caminando junto a él en la misma dirección por la que acababa de llegar, hacia el extremo del pasillo donde estaban las escaleras que conducían al sótano. Sarah pensó que su jefe se dirigía allí porque en aquella zona del vestíbulo la masa de gente procedente de la entrada y de los detectores de metales era menor, de forma que era más fácil hablar sin ser oídos.

—¿Qué pasa? —Que Morrison la acorralara de aquella manera nunca significaba nada bueno, por lo que la tensión le retorcía el estómago.

—Primero te daré la buena noticia. ¿Recuerdas el tipo que te disparó? Puede que sepamos de quién se trata.

—Ya lo sé.

Morrison la miró frunciendo el entrecejo.

—Veo que estás bien informada. Yo me acabo de enterar. ¿Se puede saber quién te lo ha dicho?

—Nadie.

—No importa —dijo Morrison en tono seco—. Me lo puedo imaginar —carraspeó—. En cualquier caso, acabo de hablar con Amperman, del departamento de policía, y me ha dicho que en ese momento estaban metiendo a ese individuo en el coche patrulla. Está ya bajo custodia y es muy probable que se trate del tipo que buscamos. Si bien no es todavía definitivo, creo que ahora puedes respirar más tranquila.

—Ésa era la buena noticia —dijo Sarah, mirándolo precavida—. ¿Y cuál es la mala?

—Pat Letts me llamó hace un rato. Quiere que te apartemos del caso Helitzer. Asegura que tus prejuicios sobre su cliente son injustos y que está dispuesta a solicitar al juez que te separe del caso.

Sarah resopló y su estómago se relajó. Aquello era pura

rutina, formaba parte del juego de ajedrez al que se aplicaban de continuo los abogados defensores y los fiscales.

—Está furiosa porque el juez ha rechazado su solicitud de sobreseimiento.

—Ya me lo han dicho. —Morrison la miró con cierta dulzura—. De hecho, acabo de hablar también con el juez Schwartzman, quien me ha puesto al corriente de todo. Dice que no tienes muy buen aspecto y comparto su opinión. Duncan se ocupará hoy de tus casos para que puedas ir a casa, ¿entendido?

—¿Qué? —Sorprendida, Sarah se paró en seco y lo miró como si no pudiese creer lo que estaba oyendo. Los viernes había siempre muchísimo trabajo y ella tenía siempre un montón de cosas que hacer. Además...—. ¡No!

Morrison hizo lo propio. Su mirada era ahora autoritaria. Duncan, que la observaba por encima del hombro de Morrison, le sonrió comprensivo sin que su jefe lo viese.

—He dicho que te vas a tomar el resto del día libre. Y también el fin de semana. Y no quiero verte por la oficina hasta el lunes, como muy pronto. De lo contrario, estás despedida.

—¿Qué? —Sarah estaba segura de que su jefe fanfarroneaba.

—Ya me has oído, el lunes por la mañana como muy pronto.

—Pero si tengo una infinidad de cosas que hacer...

Morrison la atajó, agitando amenazadoramente el índice en dirección a Sarah.

—Acéptalo, Sarah. Necesitas tomarte un respiro. Hazlo. Es una orden.

Mientras Sarah protestaba, Morrison la miró con severidad y dijo:

—Hablo en serio. —Y acto seguido se fue a hablar con el juez Jefferson Prince, quien acababa de subir del sótano, y lo saludó con una palmada en la espalda. Sarah recibió a Duncan, que había permanecido a su lado, con una mirada furibunda.

—Eh, no es culpa mía —protestó él, retrocediendo un paso y alzando apresuradamente la mano que tenía libre—. Me limito a obedecer órdenes, eso es todo.

El edificio donde Jake tenía el despacho, y también el domicilio, era quizá la más anodina de las abigarradas casas victorianas de tres pisos que formaban un semicírculo alrededor de las enormes mansiones blancas del centro histórico. La construcción era de color amarillo claro, con las contraventanas blancas y un porche profusamente decorado. La puerta delantera estaba pintada de azul, para alejar el mal de ojo, y en ella había clavada una pequeña placa de peltre de las dimensiones establecidas por el ayuntamiento. En ella se podía leer «Hogan & Sons Investigations». Poco importaba que Jake, el actual propietario, no tuviese hijos sino sólo una hermana que vivía en Atlanta con una hija de dieciséis años. La agencia había sido fundada hacía cincuenta y dos años por su abuelo, quien, dándole aquel nombre, conservaba la esperanza de que su sufrida mujer, ahora fallecida, le diese como descendencia todo un equipo de baloncesto masculino. Y como se trataba de un hombre que no renunciaba fácilmente a sus sueños, cuando Jake le había sugerido que cambiaran el nombre por el de «Hogan Investigations», él había contestado: «De eso nada. Ya te encargarás de hacerle honor.»

A lo que Jake le había contestado:

—Pues ya puedes esperar sentado, Pops.

No obstante, Jake tenía la impresión de que su abuelo lo había hecho. Figuradamente hablando, por supuesto.

Ahora, mientras se adentraba en la zona asfaltada compartida con el dentista que tenía su estudio en la casa de al lado, retocada también al estilo victoriano y pintada de azul celeste, vio aparcada al fondo la Harley roja y sacudió la cabeza. Pops, que acumulaba docenas de multas por exceso de velocidad, y a quien Jake había amenazado con retirarle el coche infinidad de ocasiones; que no sabía usar un teléfono móvil; que se negaba a tocar un ordenador; que todavía se sentía perplejo ante el vídeo que poseía desde hacía ya diez años y que nunca había sabido programar... Pues bien, hacía un par de meses, ese Pops se había comprado una moto último modelo con todos los adelantos técnicos para celebrar su ochenta y seis cumpleaños.

—Es como la que llevé durante la guerra —le dijo a Jake, cuando vio que éste se quedaba patidifuso al verla—. Bueno, aquélla no era roja. Tampoco era nueva. Y no tenía todas esas cosas electrónicas. Y no era tan cara.

Jake rezaba casi cada hora desde entonces.

—Bueno, ¿qué es esa historia del vídeo? —le preguntó a Dorothy mientras cruzaba la pequeña y moderna recepción, que antes era el vestíbulo y el salón delantero de la casa y que un decorador había renovado para él pintando las paredes de color gris perla y amueblándolo con piezas también grises y negras, en dirección a la zona más espaciosa de despachos en la parte trasera.

Al igual que la agencia, Dorothy era toda una institución en Beaufort, y Jake la había heredado de su abuelo. Si bien aseguraba tener setenta años, Jake sospechaba que tenía por lo menos cinco más y que llevaba trabajando para Hogan & Sons treinta y dos. Dorothy siempre se recogía el pelo blanco en un moño bajo que era, ante todo, práctico; llevaba gafas de montura plateada y su cara regordeta tenía la cantidad de arrugas que, en justicia, le correspondían. Era oronda como una tetera, afable como una abuelita y sentía una especial predilección por lo que los habitantes de Beaufort denominaban «vestidos de andar por casa», consistentes en unas prendas de rayón de manga corta largas hasta la pantorrilla y con vistosos estampados de flores que ella solía completar con unos cómodos zapatos de lazos. Viuda desde hacía veinte años, tenía dos hijos que por aquel entonces rondaban ya los cuarenta, y no había faltado ni un solo día al trabajo desde que Jake se había hecho cargo de la agencia.

—Tendrás que preguntárselo a él —le dijo, señalando las puertas correderas de cristal que daban a un porche de madera (una de las mejoras que Pops había introducido en la casa, junto con la transformación en dúplex de los dos pisos superiores, en los que Jake vivía ahora, y que había efectuado cuando la ciudad todavía consentía ese tipo de obras) sin apenas apartar los ojos del modernísimo Mac que había aprendido a manejar con la misma inexorabilidad con que hacía el resto de cosas.

Por el severo tono de aquella voz, Jake imaginó que la secretaria desaprobaba algo que su abuelo había hecho. Conteniendo el suspiro que le habría gustado exhalar —tanto los cuatro empleados de mayor antigüedad como los veinte restantes le hacían sentir a veces que, en lugar de un negocio, se encontraba al frente de una guardería infantil— se dirigió hacia el porche.

Entonces Jake se paró en seco, con la mano ya en el cierre de la puerta y la nariz a escasos milímetros del cristal.

Danielle estaba sentada en la barandilla, con su larga melena rubia recogida en una atractiva cola de caballo, y su moreno y musculoso cuerpo embutido en los pantalones cortos de lycra y el top deportivo que normalmente utilizaba para trabajar. Teniendo en cuenta que Danielle era monitora de aerobic en el gimnasio, no resultaba tan extraño.

Pops estaba sentado en una de las cuatro sillas de metal con almohadones que habían adquirido junto a la mesa de cristal y a la sombrilla azul chillón que completaban el mobiliario de la terraza. Estaba recostado en la silla de forma que las dos patas delanteras de la misma se encontraban a escasos centímetros del suelo, y en la parte inferior de la barandilla había apoyado las botas (desde que se había comprado la Harley no llevaba otro tipo de calzado, ni siquiera en los días de más calor). Sobre la mesa había una gran bolsa de golosinas, abierta y al alcance de cualquiera. Mientras Jake lo miraba, Pops sacó una de la bolsa y la tiró distraído por encima de la barandilla.

A Jake le rechinaron los dientes.

—Viejo estúpido —aseveró Dorothy.

El sentido de lealtad familiar le impidió a Jake mostrar su conformidad con el comentario. En voz alta.

Jake empujó la puerta y se adentró en el bochorno propio de las mañanas del «Low Country», como llamaban a los condados costeros de Carolina del Sur. Un par de robles gigantes que al menos debían de llevar allí cincuenta años antes de que construyeran la casa, unían sus ramas por encima del cenagoso jardín posterior de la misma; lo cual, unido al musgo español que colgaba de ellas, procuraba una buena sombra en la zona de la terraza donde estaba sentado Pops. Danielle, en cambio, se tostaba alegremente al sol a escasos pasos de él. Al oír el traqueteo que producía la puerta, una garza alzó el vuelo y se elevó en el límpido cielo azul. Más allá de la terraza, pasaba el canal que unía ambas costas. Al contemplar sus aguas turquesas en calma, Jake no pudo por menos que recordar los días de infancia que había pasado pescando junto al anciano, delgado pero nervudo, que le sonreía sin el menor atisbo de arrepentimiento mientras tiraba otra golosina por la barandilla.

—Eh, viejo.

—¡Jake!

Danielle se bajó risueña de la barandilla sin importarle que, al hacerlo, se le pudiese clavar alguna astilla en una de sus partes más interesantes, y lo saludó con un abrazo entusiasta y un beso. Jake le devolvió tanto lo uno como lo otro, aunque con algo menos de entusiasmo. Hacía ya dos semanas que sentía ese desasosiego que la experiencia le había enseñado a atribuir al momento en el que había que dar por zanjada una relación. Danielle era guapa, cariñosa y estaba llena de energía y... puede que se tratase de eso. Puede que tuviese demasiada energía. Se pasaba la vida organizando cosas: un plan, algo divertido para hacer juntos; mientras que Jake lo único que deseaba algunas veces era tumbarse en el sofá y mirar la televisión.

—Creí que te había dicho que no les dieras de comer a los caimanes —le dijo Jake, volcando la irritación que le producía aquella apatía en su abuelo. Danielle seguía colgada de su cuello en tanto que él, distraído, le rodeaba la cintura con el brazo.

—No estoy dando de comer a los caimanes —replicó Pops, mientras arrojaba otra golosina al agua—. Estoy dando de comer a *Molly*.

Aunque tenía a Danielle pegada a él como una lapa, Jake consiguió llegar a la barandilla justo a tiempo de ver cómo la golosina era engullida por el caimán de unos tres metros que holgazaneaba al sol sobre el camino de cemento conducente a la plataforma donde estaba amarrada su barca de pesca. El animal estaba tan cerca de ellos que le hubiese bastado estirar el cuello unos cuantos centímetros para poder apoyar la cabeza en el escalón más bajo de los tres que llevaban a la terraza.

—Es muy tranquilo —dijo Danielle.

Jake miró sombrío por encima de su hombro.

—Maldita sea, Pops...

—*Molly* no es un caimán. —Pops cogió otra golosina—. Es de la familia.

El chasquido que produjeron al cerrarse aquellas mandíbulas de casi un metro de largas acabó por sacar de quicio a Jake.

—Si ese caimán se come a otro perro...

Su advertencia no era infundada. El verano anterior, una de las pacientes de Big Jim, el dentista que tenía su estudio en la casa de al lado, había ido al médico acompañada de su perro de lanas y, preocupada por el peligro que suponía dejar a un animal dentro del coche con aquel calor, lo había atado a un árbol mientras entraba un segundo en la consulta para recoger unas radiografías. Al salir, la correa seguía allí, junto con unas cuantas bolas de pelo de color albaricoque; pero del perro no había ni rastro. En vista de aquello, la dueña había referido histérica a la policía que había visto la cola de un enorme caimán sumergirse en el agua.

Por otro lado, la nueva enfermera de Big Jim le había contado a la policía que el viejo que trabajaba en la agencia de detectives de al lado daba de comer a los caimanes como si se tratase de animales domésticos. Cuando la policía lo había interrogado, Pops había afirmado que «él no les daba de comer como si fuesen mascotas, aunque reconocía que les echaba algo de vez en cuando». Lo cual supuso una citación judicial por sustentar un peligro público; además de una amenaza de demanda por parte de la propietaria del animal, que había solicitado los servicios de Sarah, y la adquisición de un nuevo perro de lanas.

Desde entonces, Jake había prohibido terminantemente a su abuelo que echase comida a los caimanes, ya se tratara de *Molly* o de cualquier otro, en las proximidades de la agencia. Si algo no necesitaba el negocio era ese tipo de hostilidades, o la posible responsabilidad que se pudiese derivar de ello. En cualquier caso, él no quería que las cosas empeoraran.

Pero Pops hacía oídos sordos.

—Jamás me he creído ese cuento. —Pops bajó los pies de la barandilla y los dejó caer en el suelo con un ruido seco—. Cualquiera podría habérselo llevado. O puede que, simplemente, se escapase. Si yo fuese un perro y tuviese una dueña tan remilgada como ésa, me apresuraría a poner pies en polvorosa.

Dado que no era la primera vez que le tocaba escuchar las teorías de su abuelo sobre la desaparición del perro, Jake se limitó a hacer una mueca de desaprobación y cogió la bolsa de golosinas de la mesa por toda respuesta. Danielle, que había escuchado la conversación boquiabierta, se aferró aún más si cabe al cuello de su amigo mientras lanzaba una mirada inquieta al caimán, cuyos colmillos amarillos eran ahora más visibles y cuyos ojos dorados y saltones observaban detenidamente a Jake con un cierto brillo demoníaco en la mirada.

Jake tuvo la tentación de espantarlo, pero se abstuvo de hacerlo porque estaba casi seguro de que no serviría de nada: sabía por propia experiencia que cuando un caimán se niega a moverse, no hay persona en el mundo capaz de hacerle cambiar de idea. A menos que uno recurra a la dinamita, cosa que él, por desgracia, no tenía.

—Está mirando las golosinas. —Pops se puso en pie y se

desentumeció, llevándose las manos a la espalda y flexionando los brazos. El abuelo de Jake medía alrededor de metro setenta y cinco de estatura, aunque él no cesaba de repetir que cuando era joven era tan corpulento como su nieto y que sólo el paso de los años le había hecho perder altura, y tenía la energía de un hombre de cuarenta años. Jake incluso había llegado a pensar que en eso lo superaba con creces. Era además tan calvo como una bola de billar, y tenía la piel curtida como el cuero y con más arrugas que una tortuga. La moto plateada que llevaba estampada en la camiseta corriendo a todo gas reflejaba la luz del sol cuando se movía. Bajo ella figuraba escrita la frase «Locos al Volante». Llevaba, además, unos Levi's de pernera ancha agujereados en las rodillas por los que había pagado una buena cantidad de dinero. Porque si algo no se podía decir de Pops era que no iba a la moda.

—Si sigues enseñándole la bolsa en ese modo lo vas a tener aquí en menos que canta un gallo —le advirtió su abuelo.

—Oh, Dios mío, me estás asustando. —Danielle hizo un aspaviento. Sus brazos apretaron con más fuerza el cuello de Jake y se apretó aún más contra su amigo. Jake miró con escepticismo a su abuelo pero, por si acaso, se metió la bolsa de golosinas en el bolsillo de la chaqueta.

—Bueno, ¿qué te trae por aquí esta mañana? —le preguntó a Danielle en un tono que quizá podía resultar un tanto brusco.

Tenérselas que ver con dos animales asesinos en el curso de una misma mañana era, tal vez, más de lo que un hombre en su sano juicio podía soportar. Por no hablar del tipo de personas que los rodeaban. Así pues, no era sorprendente que se sintiese algo indispuesto. Era muy probable que la crispación que sentía no tuviese nada que ver con Danielle. Cabía la posibilidad de que estuviese relacionada más bien con caimanes que se dedicaban a engullir golosinas o con perros que mostraban sus afiladísimos colmillos... y con Sarah. Era innegable que a todo ello había que añadir también la preocupación que sentía por su amiga.

—Anoche hice un pastel de piña. Lo iba a llevar al trabajo para ofrecérselo a los demás, pero luego me acordé de lo mucho que te gustó el último que hice; así que pensé pasar un momento por aquí para dejártelo.

—Vaya, gracias —le dijo Jake, y sintió que lo estrangulaba con aquellos brazos mientras le dedicaba la mejor de sus sonrisas.

El problema con Danielle era que no sólo era ardiente y buena en la cama, sino que, además, sabía cocinar de maravilla. Ante semejante combinación, cualquier hombre con un poco de sentido común habría pensado de inmediato en comprar un par de anillos de oro y en firmar una hipoteca.

Jake apenas pudo evitar estremecerse al pensarlo. Con aire de quien no quiere la cosa, apartó el brazo de la cintura de Danielle y retrocedió, desasiéndose de ella y apoyándose contra la barandilla al mismo tiempo. Para completar su fuga tendría que haberse sentado en ella, pero la imagen de sí mismo sentado-de-espaldas-al-caimán-con-una-bolsa-de-golosinas-en-el-bolsillo le bastó para desechar la idea.

El desastre subsiguiente habría dado a su apodo, «Bollito Dulce», un nuevo significado.

No, mejor no hacerlo. Jake permaneció en pie y lanzó una mirada de precaución al caimán, que no se había movido de su sitio.

—El pastel estaba muy bueno. —Pops se relamió al recordarlo—. Me he comido un buen trozo.

—Gracias —la respuesta de Danielle iba acompañada de una sonrisa de modestia. Ahora sólo tenía una mano apoyada sobre uno de los hombros de Jake, cosa que éste consideró un adelanto.

—Es una gran cocinera —dijo Jake, arrancando de lo más hondo de sí mismo el entusiasmo que tanto le costaba sentir en aquellos momentos. Porque Jake era consciente de que, a diferencia de él, Danielle sólo pensaba en anillos de oro e hipotecas. Mientras que él sabía ya que nunca se casaría con ella. Ni ahora, ni en seis meses ni nunca.

—Hablando de cocina —dijo Danielle—. He hecho también pastel de maíz y puré de manzanas para acompañar a las chuletas de cerdo. Tengo judías verdes, y puedo hacer macarrones con queso si quieres.

—Vaya, eso parece un banquete —dijo Pops mientras la boca de Jake, que a todas luces estaba en esos momentos desconectada de su mente, se llenaba de saliva.

Danielle miró a Pops con unos ojos castaños que recordaban a los de *Bamby*.

—Tú también puedes venir.

Pops sonrió.

—Encantado —dijo y, a continuación, lanzando una maliciosa mirada a su nieto, añadió—: No te preocupes, me marcharé pronto.

Haciendo un esfuerzo, Jake consiguió apartar la tentadora imagen de los macarrones con queso de su mente el tiempo suficiente para hacer balance. Danielle había cambiado su táctica inicial consistente en sexo, sexo y más sexo, por la máxima según la cual, el camino más corto para llegar al corazón de un hombre —y al anillo de oro— era el estómago. Jake no negaba que podía tener razón, pero mientras siguiese habiendo un McDonald's abierto en este mundo, él podría resistir el asalto.

—El caso es que... —empezó a decir. Danielle frunció el entrecejo y soltó su hombro antes incluso de que él hubiese terminado de hablar.

—¿Ocurre algo? —preguntó en tono meloso. Demasiado meloso. Un tono que no se correspondía con la cólera que en esos momentos reflejaban sus ojos. Maldita sea, si las mujeres de su vida conseguían anticipar la frase antes incluso de que él abriese la boca, tal vez eso significaba que la estaba usando demasiado.

—Sí. —Jake trató de disculparse, pero al oírse a sí mismo tuvo la impresión de que sonaba más bien cohibido—. ¿Qué puedo decir? Últimamente tengo mucho trabajo.

—Eso es. —Danielle se puso muy tiesa y, con las mejillas encendidas y un ligero temblor en la coleta, le espetó—: Ya está bien, estoy harta de que el trabajo esté siempre antes que yo. O me pones a mí en primer lugar de una vez, o hemos acabado.

Pops abrió la boca para intervenir, pero se detuvo al ver la mirada de no-te-metas-en-esto-o-te-mato que Jake le lanzó.

—Esta noche no puedo. —Una vez más, falló en su objetivo al tratar de disculparse. El modo en que Danielle cerró los puños sobre sus caderas no dejaba lugar a dudas—. Si pudiese, lo haría.

—Está bien. —Danielle se precipitó hacia la puerta, gritándole sin volverse—: Está bien. Por lo que a mí concierne, hemos acabado.

La puerta corrediza traqueteó de nuevo al abrirse y golpeó con tal fuerza contra el marco que incluso Dorothy, que seguía trabajando en su mesa, dio un brinco en la silla y miró a Danielle pasmada. Danielle se detuvo en el umbral para lanzar una mirada asesina a Jake.

—De todas formas, eres demasiado viejo para mí —le espetó y, a continuación, cruzó la oficina sin siquiera dirigirle una palabra a Dorothy, que la miraba boquiabierta. Al llegar a la entrada de la recepción, Danielle se paró en seco, se irguió y se dio media vuelta. Luego se encaminó hacia la repisa que había al otro lado del despacho y que servía para colocar el material de oficina, cogió la bandeja para pasteles que, de una forma u otra, había ido a parar allí, y volvió a lanzar una nueva mirada asesina a Jake—. Y, además, me llevo el pastel —añadió furibunda, mientras volvía a cruzar el despacho y salía de él.

Unos segundos más tarde, el portazo de la puerta principal anunciaba que Danielle había abandonado definitivamente la casa. Jake puso cara pensativa al mismo tiempo que la fuerza del impacto hacía repiquetear los cuadros de las paredes.

—Maldita sea —dijo Pops tras unos minutos de silencio sepulcral—. Supongo que nos podemos olvidar de esa cena.

—Eso parece. —Jake trató de que no se notase el alivio que sentía.

—¿Alguno de los dos puede decirme qué demonios ha pasado? —preguntó Dorothy.

—Creo que Jake se ha quedado sin amiguita.

—Bueno. —Dorothy se agitó como una gallina irritada que se apresura a salir en defensa de uno de sus polluelos. Su mirada se cruzó con la de Jake y sacudió la cabeza—. Si quieres saber mi opinión, estarás mejor sin ella. Lo menos que se puede decir de una chica que se dedica a ir por ahí en ropa interior es que no es, precisamente, modesta. Y no diré más.

—Las chicas de su edad van vestidas así —objetó Pops—, y a mí no me parece mal. Alegra un poco la vista, maldita sea. Dotty, cariño, te estás haciendo mayor.

—Al menos yo tengo el sentido común de saberlo, en lugar de ir por ahí vestida como una quinceañera —le replicó Dorothy a todas luces enojada—. Y en cuanto a las miraditas que les echas a esas crías, que podrían ser tus nietas... Bueno, lo único que puedo decir es que deberías avergonzarte.

Pops parecía asombrado.

—¿Qué? ¿Me estás diciendo que yo le he echado miraditas a esa muchacha? Jamás. Bueno, reconozco que alguna no la pude evitar. Quiero decir, cuando la tienes ahí delante, mirándote a los ojos, ¿qué otra cosa puedes hacer?

Dorothy apretó los dientes al oír lo que, en opinión de Jake, era un modo demasiado temerario de decir la verdad. La secretaria había enrojecido y su cuerpo parecía estar aumentando de volumen.

—¿Lo ves? —dijo—. ¿Lo ves? Eres un...

—Espera. —Alzando las manos como si fuera un árbitro en medio de un partido de baloncesto, Jake los interrumpió antes de que la discusión degenerase en una auténtica batalla campal—. Basta ya, vosotros dos. Danielle es mi problema, no el vuestro. Además, aquí se trabaja, ¿os acordáis? Dorothy, necesito el informe sobre los antecedentes de Floyd Parker lo antes posible. Yo...

—Está en tu escritorio —le interrumpió ella sin dejar de lanzar miradas aviesas a Pops—. Justo encima de los informes sobre los antecedentes de Donald Coomer y Maurice Johnson que te conseguí ayer mismo. Si miras tu bandeja de asuntos pendientes, encontrarás también una copia del vídeo de seguridad del supermercado donde está grabado el momento en el que dispararon a Sarah y todos los vídeos de seguridad que he podido obtener sobre la zona de la cárcel en la que murió Donald Coomer, en caso de que quieras echar un vistazo.

A veces, Jake tenía la inquietante sospecha de que Dorothy sería capaz de llevar adelante la agencia sin la ayuda de nadie. Y en aquellos momentos, la sospecha estaba llegando al punto de convertirse en certeza.

—Buen trabajo —le dijo, intentando no parecer desarmado—. Ah, bueno, ¿y el informe sobre las huellas dactilares que encontraron en el cable eléctrico con el que se colgó Coomer?

—También lo tienes ahí, en la carpeta que lleva su nombre. —Dorothy se inclinó por debajo de su escritorio y a continuación se incorporó con el bolso en la mano—. Si no te importa, creo que me iré a comer algo.

—Esto... No. Ve si quieres.

Jake sabía que se lo preguntaba por pura cortesía. Cuando tu secretaria te conoce desde los siete años, casi parece que eres tú el que trabaja para ella y no al contrario. Con las mejillas todavía encendidas en manera poco natural, Dorothy asintió con la cabeza y se puso de pie.

Batiéndose en lo que figuradamente se podría denominar una retirada precipitada, Jake cerró las puertas correderas y se volvió para mirar a su abuelo, quien, a través del cristal, contemplaba a Dorothy mientras se alejaba como si no la hubiese visto en su vida.

—¿Se puede saber qué es lo que le he dicho? —se lamentó, alzando los ojos para mirar a su nieto.

Jake hubiera podido darle una pista, pero tratar de inculcar algo de tacto en su abuelo venía a ser algo así como intentar espantar al caimán que, en esos momentos, disfrutaba de una siestecita de media mañana.

—Ni idea —le respondió, apartando el episodio de su

mente y centrándose por fin en el trabajo—. ¿Has conseguido localizar la llamada que recibió Sarah ayer por la noche?

Pops hizo una mueca.

—Charlie... —Uno de sus compinches, y también empleado de la agencia— está haciendo un buen trabajo, pero todavía no ha sacado nada en claro. La llamada la hicieron desde un móvil registrado en la isla Edison perteneciente a la señora Linda Tanner; muy agradable, por cierto. Por lo visto, no usaba a menudo el aparato y no lo había echado de menos hasta que la llamé para preguntarle por él. Dice que no recuerda haberlo utilizado después del lunes por la noche, cuando cree que se lo dejó en el coche. Supongo que lo perdería o que alguien se lo robó. En cualquier caso, nada de esto ayuda a identificar al autor de la llamada.

Jake exhaló un suspiro y se dejó caer en la silla que Pops había dejado libre. Tendría que haberse imaginado que sería imposible localizar la llamada, por descontado; o al menos a la persona que la había realizado. La vida nunca era tan sencilla.

—¿Existe alguna posibilidad de que ella o alguien de su familia tengan algo que ver con la llamada? —le preguntó desesperanzado.

Pops negó con la cabeza.

—No creo. Ella es la típica ama de casa de clase alta, con un marido médico, dos niños, refinada...

Jake cerró los ojos por un minuto. Al quedarse allí sentado, en aquella atmósfera tan cargada y húmeda en la que casi se podía nadar y con el olor a fango y a plantas arremolinándosele en sus orificios nasales, de repente se percató de lo cansado que estaba. Hacía dos noches que apenas dormía y empezaba a notarlo.

—¿Sarah está molesta? —le preguntó Pops.

Jake tuvo que hacer un esfuerzo para abrir los ojos y poner de nuevo su mente a pleno rendimiento. Pops, que se había sentado al otro lado de la mesa, tenía las manos cruzadas sobre la cintura y la mirada pensativa y perdida en el horizonte.

—Te lo puedes imaginar.

—Sí, es terrible. —Pops sacudió la cabeza con pesar.

Jake no tenía ganas de hablar de ello en aquel momento, así que volvió a preguntarle por el trabajo.

—¿Qué ha pasado entonces con DVS?

Pops lo miró y se encogió de hombros.

—Se han cabreado porque Austin —un tipo de unos veintidós años que acababa de entrar en la agencia y que seguía pareciendo necesitar toda la formación que se le pudiese procurar— soltaba de buenas a primeras a todos los atracadores que pillaba.

DVS era una enorme cadena de droguerías con innumerables tiendas en todo el sur de Estados Unidos, por lo que conseguir el contrato de protección de sus locales habría supuesto un buen golpe para la agencia. Pero DVS pertenecía a un particular muy meticuloso a la hora de hacer negocios que había exigido que «Hogan & Sons Investigations» se ocupara durante un mes de la seguridad de uno de sus locales, a modo de prueba. Prueba que Austin, por lo visto, acababa de echar a perder.

—¿Por qué lo hacía?

—Por lo visto le daban pena. —Pops sonrió de repente—. Ya verás como te gusta ese crío. Tiene un corazón de oro.

—¿Lo has despedido? —Jake conocía de antemano la respuesta. El papel de malo siempre le tocaba a él.

—No, claro que no, está ahorrando dinero para el doctorado. —Pops volvió a apoyar los pies en la barandilla y reclinó la silla—. No te preocupes, el contrato con DVS es nuestro.

—¿Te puedo preguntar cómo lo has conseguido? —Jake casi tenía miedo de oír la respuesta.

—Les he dicho que si firman con nosotros el contrato trabajaremos gratis en toda la cadena durante los primeros tres meses.

—¿Qué? —Jake dio un brinco en la silla y miró aterrorizado la cara de su abuelo. El hecho de que Pops se hubiese visto al borde de la quiebra siete años antes y hubiese tenido que recurrir a él obedecía a una razón. En opinión de Jake, la agencia perdía dinero a chorros. Y éste era, precisamente, uno de los motivos—. Maldita sea, Pops, ¿tienes idea de...?

Su móvil sonó. Lo llevaba en el bolsillo, bajo la bolsa de golosinas que Jake sacó y dejó caer sobre la mesa para coger el aparato antes de que, quienquiera que estuviese llamando, colgase.

—Hogan.

—¿Jake? Soy Austin.

Jake lanzó una penetrante mirada a su abuelo. El estómago se le encogió, pues temía lo peor.

—¿Sí?

—Ya sabes que tenía que ocuparme de vigilar a la señora Mason en el tribunal, ¿no? —No, Jake no lo sabía. En realidad era Dave Menucchi, un septuagenario amigo de Pops y uno de los agentes más antiguos y de mayor confianza de la agencia, el encargado de vigilar a Sarah aquel día. Para tranquilidad de Jake. Y debía hacerlo con la mayor discreción; lo cual implicaba que nadie, ni siquiera Sarah, debía percatarse—. Bueno, pues... esto... no la encuentro.

11

—¿Que no puedes encontrarla? —Jake miró entornando los ojos a su abuelo, quien había apoyado los codos sobre la mesa y se inclinaba hacia él, escuchando con evidente preocupación.

—Subí tras ella desde el sótano y luego ella se paró a hablar con dos hombres en el vestíbulo. No quise seguir andando y pasar por delante para evitar que me reconociera, ¿entiendes? De forma que entré en el cuarto de baño de hombres. Cuando salí, ella se había marchado ya; pero yo estaba tranquilo porque sabía que tenía que presentarse en la sala a aquella hora. Sólo que no lo hizo. En su lugar había otro tipo ocupándose del caso. Creo que ya no está en el edificio. —Austin se calló y Jake casi podía sentirlo sudar al otro lado de la línea—. Lo siento, Jake. ¿Qué quieres que haga?

El escalofrío de miedo que recorrió la espalda de Jake era prematuro, y él lo sabía. Sarah podía estar en un millón de sitios. El problema era que a su amiga le habían sucedido tantas cosas últimamente que Jake tenía los nervios de punta.

—No te muevas de ahí hasta que yo llegue. Déjame ver si puedo localizarla en otro sitio.

Jake apagó el teléfono y, tras mirar ceñudo a su abuelo, que a todas luces había oído toda la conversación, apretó el botón que lo conectaba directamente con el número de Sarah.

—Si no me equivoco, te dije que le ordenaras a Dave que no perdiese de vista a Sarah.

La conexión se realizó. El teléfono de su amiga sonó en su oído.

—Tuve que mandar a Austin en su lugar. DVS no quería que Austin volviese.

Jake gruñó. Acto seguido oyó el mensaje del contestador automático de Sarah: «Hola, vuelve a llamar más tarde.» Sin darle tiempo a acabar, se puso de pie de un salto y se precipitó hacia la puerta.

—Creí que habías dicho que Sarah no corría peligro. —Pops se había levantado también, al parecer tan preocupado como Jake—. ¿Quieres que te acompañe?

—No, ve a interrogar a esos testigos del caso Helitzer, tal y como habíamos previsto para esta tarde. —A continuación, y para evitar que su abuelo se inquietase inútilmente, añadió—: No creo que realmente se encuentre en peligro, pero tampoco quiero correr el riesgo de equivocarme. Te llamaré cuando la encuentre.

Camino de la puerta, Jake cogió el revólver de su escritorio, por si acaso.

—Ese hombre debería estar en casa —dijo Crystal, sentada en el asiento de copiloto del coche de Sarah, mientras chupaba el caramelo de menta que ésta le había dado. Había levantado una pierna y ahora se estaba masajeando el pie mientras hablaba. Su zapato de tacón de aguja yacía ladeado en el suelo—. Tengo que estar en el trabajo a las cinco. La noche del viernes es estupenda en Godfather's.

—¿Crees que podrá arreglarlo? —le preguntó Sarah.

Se refería al novio de Crystal y al coche de ésta que, tal y como Sarah había descubierto al salir desconsolada del tribunal, se había averiado en el aparcamiento para minusválidos frente al edificio. Mientras bajaba por las escaleras de éste había visto a Crystal en compañía de dos desconocidos —transeúntes que, deslumbrados a todas luces por su generoso escote, se habían detenido a ayudarla— que habían levantado el capó para controlar el motor de un viejo Lincoln amarillo claro. Sarah se había parado junto a ellos para ver qué pasaba y, a consecuencia de ello, ahora se encontraba llevando a Crystal a casa para que ésta pudiese, o, al menos eso esperaba, despertar a su novio que, presumiblemente, seguía durmiendo (dondequiera que estuviese, e hiciese lo que hiciese en ese momento; el caso era que el novio no contestaba al teléfono, por lo que Crystal había deducido que debía de seguir durmiendo a pesar de ser ya mediodía) y volver con él al tribunal para que le arreglase el coche.

—Ya lo ha hecho antes —dijo Crystal, mordiendo los restos del caramelo. Un débil aroma a menta invadió el coche. Crystal se masajeaba y movía los dedos del pie, primorosamente pintados—. Lo único que me preocupa es que la grúa se lo haya llevado de allí para cuando volvamos.

Su preocupación estaba más que justificada. En el espejo retrovisor del coche, Crystal había colgado la etiqueta para minusválidos que le habían dado cuando se había roto una pierna; y ésta había expirado hacía ya mucho tiempo. Bastaría con que un policía tuviese el suficiente interés —o la vista— por leer las fechas que figuraban en la misma, para que Crystal perdiese su coche. Sarah confiaba en que dicho policía no existiese. O, al menos, que el coche no permaneciese allí el tiempo suficiente para acabar llamando la atención.

—Te sugiero que la próxima vez que tengas que venir al tribunal aparques detrás del edificio. Es gratis.

Crystal negó con la cabeza.

—En ese lado hay demasiados coches patrulla. Y, por si no te has dado cuenta, últimamente los policías no sienten especial predilección hacia mi persona.

—Ya lo he notado —dijo Sarah, pero se abstuvo de añadir que ella misma estaba experimentando también aquel fenómeno.

Crystal se quitó el otro zapato, cambió de posición y empezó a trabajar el otro pie.

—Me paso catorce horas al día de pie —le explicó a Sarah al ver que ésta la miraba de soslayo—. Me duelen siempre.

Sarah no se molestó en aconsejarle que usara zapatos de

tacón bajo. Llevaba demasiado tiempo con ella como para no saber que el resto de mujeres consideraban los tacones de diez centímetros una parte esencial de ellas mismas.

—Debe de ser terrible —dijo, en lugar de eso.

Crystal se echó a reír y asintió con la cabeza.

En ese momento se encontraban circulando por la I-21, a unos veinticuatro kilómetros al oeste de Beaufort; habían dejado atrás las ciudades dormitorio que rodeaban la ciudad y ahora se dirigían hacia Burton. Unos cuatro kilómetros antes, justo cuando los centros comerciales empezaban a ser reemplazados por supermercados, largos escaparates y establecimientos que vendían tractores John Deere, habían abandonado la carretera principal y embocado una angosta carretera que cruzaba, en un primer momento, campos de tabaco para luego adentrarse en los bosques del Low Country. En los mismos crecían, codo con codo y entre enmarañados arbustos de hierba cana cubiertos de diminutas flores blancas, pinos, palmas enanas y plátanos de casi siete metros de altura. Algo más adelante, la carretera se bifurcaba. El camino de la izquierda proseguía por el interior del bosque, mientras que el de la derecha salía de nuevo a cielo abierto y cruzaba las vías del tren, encastradas en un lecho de grava blanca que relucía con el sol.

—¿Por dónde voy? —preguntó Sarah.

—Por la derecha.

Sarah obedeció y frenó al llegar junto a las vías, a duras penas indicadas con una pequeña señal de peligro. Tras mirar a ambos lados, las cruzó con precaución. Cuando llegaron a lo que Sarah consideró literalmente el lado malo de éstas, pudo ver el *camping* casi de inmediato. Las caravanas debían de ocupar una extensión de unas cuarenta hectáreas de llanura y estaban ordenadamente alineadas. La mayoría de ellas tenía delante un coche viejo o una camioneta y un buen número de accesorios como piscinas de plástico o parrillas de gas. El calor que desprendían los tejados colectivos de la pequeña comunidad de metal formaba un neblinoso velo que ascendía hacia el cielo. Si bien el cartel que había a la entrada rezaba «El

Paraíso», Sarah dudaba que nadie, ni siquiera Crystal, pudiese sentirse realmente así en aquel entorno. Ella misma había pasado su adolescencia en un campamento semejante llamado «Rayo de Sol» y jamás había experimentado en él nada de lo que aquel nombre parecía implicar.

Sarah aún podía recordar a la perfección el interior de la caravana donde había vivido: la puerta principal de aluminio conducía directamente a la sala de unos diez metros cuadrados, con las paredes recubiertas de paneles de pino falso y dos ventanas de celosía, una enfrente de la otra, por las que apenas entraba la luz. En la sala había una televisión, un sofá de *tweed* naranja, un sillón de felpa marrón y una mesa con cuatro sillas para comer. A la derecha de la sala se encontraba la habitación de su madre, con el espacio justo para una cama de matrimonio y una cómoda abarrotada con las botellas de perfume que ésta solía coleccionar. A la izquierda había una diminuta cocina alargada, la habitación que hacía las veces de baño y lavandería y, por último, el dormitorio de Sarah. Las paredes de éste también estaban cubiertas de paneles de madera y en él sólo cabía una cama. Pero Sarah había colgado unas cortinas amarillas en ambas ventanas, había cubierto la cama con la colcha del mismo color que había comprado a un vecino y había colgado unos estantes para colocar en ellos sus libros de bolsillo, los únicos que se podía permitir. Sus abigarradas tapas, alineadas en la pared, habían trocado aquella especie de agujero en un lugar confortable y acogedor. Sarah había pasado horas y horas sumergida en aquellos libros y ellos le habían dado a conocer un mundo que en nada se parecía al de «Rayo de Sol». Le habían mostrado un tipo de vida que no consistía tan sólo en alcohol, peleas, divorcios y angustia constante para llegar a final de mes. De forma que Sarah había acabado por desear que su vida fuese así con la intensidad con la que un niño hambriento anhela la comida.

Con su padre en paradero desconocido, ella y su madre se habían mudado a aquella caja de hojalata, tal y como solía llamarla con desdén cuando tenía doce años. Comparada con la desvencijada pero espaciosa granja del condado de Saunty en la que habían vivido con el tercer marido de su madre y los dos hijos de éste los dos años anteriores, aquella caravana era un cuchitril. Pero al menos ya no tenía que presenciar las peleas entre su madre y su padrastro; lo cual Sarah había considerado toda una ventaja. Además, el campamento se encontraba a las afueras de Columbia, la capital del estado, ciudad que a Sarah, crecida en el campo, le había parecido enorme por aquel entonces. Incluso había un autobús que la llevaba hasta el colegio, un auténtico refugio donde empezaba a destacar por sus notas. Su madre seguía emborrachándose al menos una vez por semana —su bebida preferida era el vodka con naranja; por eso Sarah seguía hoy en día sin poder soportar el olor del zumo de esta fruta—; pero ésa había sido, precisamente, una de las constantes en la vida de Sarah y ella había aprendido ya a convivir con aquel tipo de situaciones. Les hacía frente metiendo a su madre en la cama cuando se la encontraba desplomada en el suelo, preparando la mezcla de zumo de tomate y vodka que su madre prefería cuando se despertaba gimiendo, acudiendo a trabajar (a tiempo parcial en la droguería que había junto al instituto y más tarde, cuando ya era mayor, como camarera) y al colegio, y refugiándose en sus libros cuando la realidad le resultaba insoportable, cosa que sucedía a menudo. Incluso casi a los cuarenta, edad que su madre esteticista tenía cuando vivían en «Rayo de Sol», ésta sólo seguía pensando en divertirse: el alcohol y los hombres eran las dos cosas más importantes de su vida. Por ese motivo Sarah había decidido desde bien pequeña desechar ambas cosas siempre que le fuese posible.

Cuando Sarah se encontraba en su primer año de bachiller, Candy —como su madre quería que su única hija la llamase— conoció a Jim Lowe. Lowe era un hombre serio, un predicador laico y un déspota carismático que trabajaba de cuando en cuando montando y reparando tejados. Candy se casó con él, lo instaló en la caravana con ellas y no tardó en quedar sometida por completo a él. Si bien Candy dejó de beber, la vida en «Rayo de Sol», que hasta entonces había resultado soportable, se convirtió en un auténtico infierno.

Lowe se encaprichó de su nueva hijastra y cuando Sarah le contó a Candy que su padrastro había tratado de tocarla, que la rozaba «casualmente» apenas podía y que, incluso, había tratado de besarla, ésta se puso de parte de su nuevo marido y acusó a su hija de provocarlo.

Tres meses antes de terminar el bachiller, Sarah se fue a vivir sola. Abandonó la caravana y se mudó a la ciudad. Alquiló una habitación a una pareja de ancianos, que había transformado la enorme casa medio en ruinas que poseían en una residencia para los estudiantes de la Universidad de Carolina del Sur. Trabajando en dos sitios a la vez, consiguió costearse sus gastos hasta acabar el bachiller. Gracias a sus buenas notas y a la comprensión de sus profesores logró, además, ahorrar algo de dinero para poder acudir en otoño a la Universidad de Carolina del Sur. Sarah seguía viendo a su madre de vez en cuando, pero la lealtad inquebrantable que ésta demostraba por su último marido empañaba sus relaciones. Candy le pedía una y otra vez que dijese la verdad y pidiese disculpas a Lowe. De hacerlo, todo quedaría olvidado. Sarah se sentía dolida al ver cómo su madre elegía deliberadamente no creer en sus palabras; pero no podía hacer nada. A sus dieciocho años, Sarah era ya lo bastante pragmática como para tratar de olvidar todo aquello y seguir adelante con su vida de la mejor manera posible.

Entonces apareció en escena Robby Mason. Un fanfarrón corpulento y pelirrojo, de risa fácil y con el encanto de tres hombres a la vez. Aunque tenía dos años más que Sarah, el servicio militar había retrasado su entrada en la universidad, por lo que también era un estudiante de primer año. Sarah se enamoró perdidamente de él por primera vez en su vida. En Navidad estaba ya embarazada, en febrero Robby había cumplido con su deber y se había casado con ella y, dos días después de que Sarah cumpliese los diecinueve, nacía Lexie.

Entonces la vida de Sarah cambió para siempre. Cuando por primera vez sostuvo en brazos al bebé pelirrojo y vio aquellos ojos azules idénticos a los suyos, se hizo una promesa: Lexie iba a disfrutar de una vida mejor que la que ella misma o Robby habían tenido. Sarah había regresado al instituto con ese propósito en la cabeza y, a partir de entonces, había dedicado todo el tiempo que no pasaba allí o en el trabajo a la recién nacida. Consternado al ver que la mujer que antes lo adoraba se había convertido en una resuelta madre, Robby empezó a buscar la diversión en otros sitios hasta que, un día, después de decirle a Sarah que ya no se sentía a gusto y que no estaba preparado para ser padre, la había abandonado. Sin más. Pasada la primera impresión, lo que más le había dolido a Sarah era que su hija iba a crecer, al igual que ella, en un hogar destrozado. Sarah no podía hacer nada para que Robby regresase y además, si tenía que ser sincera consigo misma, de no haber sido por Lexie tampoco lo deseaba demasiado. La llama que había entre ellos se había apagado definitivamente cuando Sarah se había dado cuenta de que él no estaba dispuesto a renunciar a sus diversiones por el bien de Lexie, o de ella misma. Obligada, así pues, a sacar adelante a su hija sin la ayuda de nadie, Sarah se había puesto manos a la obra: acabó el bachiller y después fue aceptada por la Facultad de Derecho de la Universidad de Carolina del Sur, una hazaña de la que se había sentido muy orgullosa, hasta el punto de que le había asegurado a su pequeña Lexie que, a partir de entonces, la vida iba a ser para ellas mucho mejor de lo que jamás se habían podido imaginar. Un año más tarde, Sarah estaba ya considerada como una de las alumnas más brillantes de su clase. Sus notas eran excelentes y su compromiso moral era, tal y como le había dicho uno de sus profesores, extraordinario. Razón por la cual Sarah había obtenido el codiciado periodo de prácticas pagadas en el despacho del fiscal del distrito del condado de Beaufort el verano siguiente a su primer año de universidad... y motivo por el que ella y Lexie se habían trasladado a pasar allí el verano en el que Lexie había desaparecido.

Pero Sarah no podía, no quería pensar en eso. No en ese momento. No había motivo alguno para abrir de nuevo aquella herida. Ahora tenía que concentrarse en conducir por aquel angosto camino de grava que rodeaba el campamento de caravanas; en respirar relajadamente; en el chorro de aire frío que sentía en los brazos —a causa del calor húmedo se había quitado la chaqueta y se había quedado tan sólo con su blusa blanca de manga corta—, en el aroma a menta, y en los movimientos rítmicos que hacía la mujer que tenía sentada al lado masajeándose los pies.

En pocas palabras, tenía que circunscribirse al presente.

—Oh, mira, ahí está Eddie. —La excitación que delataba la voz de Crystal arrancó las últimas telarañas del pasado de la mente de Sarah, mientras ésta aparcaba junto a la abollada caravana que su clienta le había indicado.

A todas luces vigorizada por la visión de su novio, Crystal se irguió en su asiento y se puso los zapatos, en tanto que Sarah veía salir por la mampara de la caravana a un hombre en camiseta de tirantes y bermudas negras de nailon, como si hubiese sido alertado por el crujido que causaban los neumáticos al aplastar la grava. Con la puerta todavía golpeando a sus espaldas, el hombre se detuvo en la especie de terraza que había ante la caravana, con los puños sobre las caderas y la mirada clavada en el coche. Crystal sonrió a Sarah casi con timidez.

—Bueno, gracias por haberme traído.

Sarah asintió con la cabeza. El novio de Crystal la había dejado un poco sorprendida. Sarah se había imaginado que su clienta saldría con algún mafioso engominado o con alguien más al estilo hip-hop. Pero ese tipo era al menos diez años más joven que ella y no había nada ostentoso o llamativo en él. Ni siquiera se parecía a uno de esos buenos chicos del Sur adictos a la cerveza con los que Sarah habría podido relacionar a Crystal en su defecto. El sujeto en cuestión debía de tener unos veinticinco años, lucía una melena sucia y rubia que le llegaba hasta los hombros y una palidez cadavérica en la cara que hacía pensar si ésta habría visto alguna vez la luz del sol. Medía alrededor de metro ochenta de estatura y no era particularmente musculoso. Y, además, estaba ese aire de bicho-recién-salido-de-debajo-de-una-roca que inquietaba un poco a Sarah. Si a ello se añadía, por otra parte, el-ansia-porcomplacer que Crystal demostraba desde que lo había visto, era inevitable preguntarse por el tipo de relación que debía de haber entre ellos.

—Eddie no parece muy contento —comentó Sarah en un tono lo más cauteloso posible mientras Crystal asía la manilla de la puerta—. ¿Estás segura de que no tendrás problemas?

—Sí, lo más probable es que se esté preguntando quién viene conmigo en el coche. No le gusta que vaya por ahí con desconocidos. —Crystal abrió la puerta y se apeó del vehículo—. Si fueses un hombre estaría muy cabreado. Se pone muy celoso cuando piensa que estoy con otro. Bueno, siempre y cuando no se trate de trabajo, claro está. Porque entonces es sólo algo profesional.

Sarah se sentía una estúpida, pero no podía por menos que experimentar el deseo de proteger a su clienta. Debía de ser por el campamento: de alguna manera, aquel espantoso lugar las hermanaba. Sarah quería que Crystal volviese al buen camino. Puede que aquella mujer hubiese cometido algunos errores en su vida, pero ahora estaba haciendo todo lo posible para superar los obstáculos que el destino había ido poniendo a su paso y para rehacer su vida con las únicas herramientas de que disponía, y eso era todo lo que cualquiera de ellos podía hacer.

—Tienes mi número —dijo Sarah—. Llámame en caso de que McIntyre o cualquier otro agente te moleste. O si... pasa alguna cosa.

—Sí, lo haré.

Crystal cerró la puerta y echó a correr por la grava en dirección a Eddie, que seguía mirando el coche con el ceño fruncido. Sarah dio marcha atrás por el estrecho sendero que conducía a la caravana. Tras subir al primero de los dos escalones de cemento que conducían a la terraza, Crystal se dio media vuelta y agitó una mano en dirección a Sarah. Eddie la escrutaba todavía con los ojos entornados a través del parabrisas.

La malignidad que había en su mirada hizo que Sarah se estremeciese.

«Tal vez el parabrisas refleje la luz y no pueda ver que soy una mujer —pensó Sarah—. Tal vez crea que le ha salido un rival. O tal vez sea tan sólo un imbécil.»

Saltándose a la torera el principio según el cual había que conceder-siempre-a-los-desconocidos-el-beneficio-de-la-duda, Sarah se decidió por la última de las posibilidades.

Al alejarse, miró por el espejo retrovisor para ver el modo en que aquel tipo saludaba a su clienta. Por su expresión, esperaba que la riñera, o que la agarrara violentamente por el brazo, o incluso que le diese una bofetada. Pero no pudo ver nada de eso, en parte porque las nubes de polvo blanco que levantaban los neumáticos al rodar por la grava le obstaculizaban la vista. Al parecer, ambos se limitaron a intercambiar unas cuantas palabras sin acaloramiento alguno y después entraron en la caravana.

Y Sarah tuvo que recordarse a sí misma una vez más que, dejando a un lado su condición de víctima, el resto de la vida de Crystal no le concernía. Una de las cosas que uno debía aprender cuando era fiscal era a no involucrarse personalmente con las personas a las que debía representar. En la vida había muchos problemas, muchas necesidades, y uno no podía cargar con todas ellas y seguir funcionando con normalidad. Sarah era plenamente consciente de ello, pero aun así en ocasiones le costaba recordar que tanto los casos de los que se encargaba como las personas relacionadas con ellos eran tan sólo parte de su trabajo, y nada más.

Incluida Crystal.

Mientras se alejaba del campamento y volvía a adentrarse en la I-21, Sarah comprobó que era casi la una. En circunstancias normales, e esa hora debería haber estado lista para presentarse ante el juez Prince y oponerse a una propuesta de la defensa que pretendía eliminar pruebas en el caso de un incendio premeditado. Pero Duncan había acudido en su lugar y, por primera vez en muchos años, Sarah tenía tiempo libre a su disposición y nada programado con el que ocuparlo.

En el pasado se habría sentido excitada ante la perspectiva de tener toda una tarde para ella sola. El problema era que el tiempo se había convertido ahora en su peor enemigo. Éste le otorgaba la oportunidad de rumiar, de reconsiderar, de remover una y otra vez en su mente detalles que era mejor dejar enterrados en ella. Incluso ahora, cuando conducía en medio del tráfico, un semirremolque la adelantaba traqueteando y una caravana con una barca detrás se ponía delante de ella, y cada vez que miraba por el espejo retrovisor veía bailar al ritmo de una música silenciosa a un quinceañero pelirrojo y con el pelo pincho, Sarah tenía que hacer esfuerzos para no volver a pensar en la llamada de Lexie. No, la de Lexie no. La llamada de alguien que tampoco podía pronunciar la palabra asustada. De alguien que tenía el mismo defecto de pronunciación de su hija.

¿Que posibilidades había de que así fuera?

Probablemente muchas más que el hecho de que Lexie, que ahora debería tener doce años, estuviese todavía viva y la llamase, con la misma voz que tenía cuando desapareció.

Sobre todo porque, dado el síndrome de búsqueda que solían padecer todos los padres con un hijo desaparecido, era posible —seguro no, pero en cualquier caso posible— que hubiese atribuido a aquella voz la misma entonación que durante tanto tiempo había anhelado volver a oír.

Oh, Dios mío, ¿sería ésa la explicación? ¿Había oído la palabra asustada pronunciada de aquel modo porque deseaba creer que era Lexie quien la llamaba?

Al pensarlo, se le hizo un nudo en la garganta.

Déjalo ya, se ordenó a sí misma e hizo un esfuerzo por apartar su mente de todo aquello y por concentrarse en otra cosa. El caso Helitzer. Sí, eso era, algo que requería toda su atención. Si quería ganarlo, debía presentarse ante el tribunal con todos los cabos atados. La prueba forense era, al mismo tiempo, una ayuda y un problema. Por cada experto que pudiese encontrar dispuesto a jurar que tanto la posición en la que habían encontrado el cuerpo de la víctima como la profundidad y la forma de las heridas en la cabeza indicaban que no se podía tratar de una caída accidental, la defensa presentaría otro dispuesto a afirmar lo contrario. Los pelos que habían encontrado en el cuerpo de la mujer pertenecían a su marido; pero dado que, precisamente, se trataba de su marido, la defensa podía alegar que no había nada extraño en el hecho de que éstos estuviesen allí. Además, había también otros pelos en el cuerpo de Susan, y algunos de ellos seguían todavía sin identificar. Por si fuera poco, en las uñas de la víctima no había restos de tejido humano, lo cual indicaba que ésta no había luchado contra su agresor y debilitaba aún más la evidencia que resultaba del informe forense. Sarah pensaba que Susan no había visto llegar el golpe, que su marido se había acercado a ella por detrás y que la había atacado sin previo aviso. Según ella, el móvil inicial (seguía buscando una razón de más peso antes de presentarse ante el tribunal) era que la pareja había peleado por la amiguita de Helitzer (en este punto lo tenía acorralado, ya que la tipa en cuestión estaba dispuesta a testificar) y Susan lo había amenazado con dejarlo. Puesto que la amenaza parecía ir en serio, Helitzer la había golpeado. Para encuadrar bien el caso, para asegurarse de que el jurado interpretaba como ella quería la evidencia que les iba a presentar, tenía que encontrar algún tipo de prueba que demostrase que Mitchell Helitzer había sido violento con su mujer, o con cualquier otra en el pasado. Hasta el momento no había dado con nada, pero Jake y su agencia no habían dejado de interrogar a quienes conocían a Helitzer desde niño para ver si descubrían algo que ella pudiese llevar ante el juez. Así que todavía no había perdido la esperanza de encontrarlo.

No obstante, a menos que se descubriese algo realmente determinante, las posibilidades de ganar o perder el caso eran idénticas. Para hacer justicia a Susan Helitzer, iba a tener que poner toda la carne en el asador. Que la defensa cometiese algunos errores y que ella tuviese, además, un poco de suerte era, con toda probabilidad, más de lo que podía esperar; pero, en cualquier caso, ambas cosas serían bienvenidas.

El coche que transportaba al niño danzarín aceleró hasta ponerse a su izquierda y la distrajo. Antes de que la hubiese adelantado del todo, Sarah volvió a mirar pensativa por el espejo retrovisor.

Al hacerlo, se quedó pasmada.

Un coche patrulla se acercaba a ella a toda velocidad. Aunque no daba la impresión de que pretendiese que el coche de Sarah se hiciese a un lado, sino más bien que su conductor tenía mucha prisa por llegar a algún sitio. Lo que, sin embargo, le puso a Sarah la piel de gallina fue la identidad del conductor: Brian McIntyre. Dado que su compañero seguía suspendido de su cargo hasta que el gran jurado decidiese si proseguía o archivaba la causa de violación que ella tenía la intención de presentar a la semana siguiente, el oficial iba solo en el coche.

Resultaba indudablemente sospechoso que el policía se encontrara tan lejos de la zona donde solía hacer su ronda y procediera, además, de aquella en la que Crystal vivía. ¿Se habría dado una vuelta por «El Paraíso»?

«Intento de intimidación a un testigo», fue la frase que de inmediato le vino a la mente aunque, por supuesto, no podía probarlo. Ni siquiera tenía una cámara con la que sacarle una fotografía en caso de que tuviese que probar en un futuro lo que el agente podía o no estar haciendo. Lo mejor en esos momentos era llamar a su propio despacho y dejar un mensaje en el contestador automático sobre lo que estaba sucediendo. Al menos, así quedaría grabada la presencia de McIntyre en aquel punto remoto de la I-21, con la fecha y la hora exactas.

Sarah rebuscó con una mano entre los dos asientos antes de recordar que se había dejado el móvil en el bolsillo de la chaqueta y que tanto ésta como su maletín se encontraban en el maletero.

Lo cual eliminaba la posibilidad de realizar la grabación.

En cualquier caso, aquello era lo de menos. Una foto tomada desde la ventanilla de un coche no bastaba para probar que McIntyre estaba acosando a Crystal; como tampoco bastaba la grabación en el contestador que constataba el hecho de que lo tenía detrás en la I-21. A fin de cuentas, tenía tanto derecho a estar allí como cualquiera de los coches que circulaban por ella.

Sin ir más lejos, el mismo derecho que Sarah.

Incluso en el caso de que hubiese recibido ya la orden de alejamiento —lo cual no era posible, dado que no había pasado suficiente tiempo—, no se encontraba dentro del perímetro de diez kilómetros que la misma establecía. Sus sospechas, unidas a la presencia del policía en la I-21, no bastaban para acusarlo de nada y mucho menos para pedirle a la jueza Wessell que lo metiese entre rejas.

Mientras el coche patrulla se acercaba a ella, Sarah llegó impotente a la conclusión de que no podía hacer nada. Excepto observarlo por el espejo retrovisor.

McIntyre le pisaba ya los talones en ese momento, vestido de uniforme, y tan cerca de ella que Sarah podía ver todos los detalles de su cuerpo hasta la cintura, punto a partir del cual el salpicadero le entorpecía la vista. McIntyre era un hombre alto y enjuto, con unos ojos marrones de sabueso y un peinado que delataba aquello que, precisamente, trataba de ocultar —el hecho de que el agente se estaba quedando calvo—; y Sarah no había reparado en él hasta que Crystal acusó a su compañero de haberla violado. Desde entonces, Sarah se había enterado de muchas cosas sobre él y la mayor parte de lo que había sabido resultaba, cuando menos, inquietante. Los rumores apuntaban a que él y su compañero, Gary Bertoli, eran poco más o menos como hermanos. Ambos solían trabajar en las zonas más problemáticas de la ciudad, en los alrededores de los bares y de los locales nocturnos del centro; y en la calle se los consideraba, según palabras textuales de uno de sus confidentes, «un par de arrogantes bastardos». Al igual que Bertoli, McIntyre estaba casado y tenía hijos. Y a diferencia de Bertoli, quien todavía estaba bajo los efectos de la suspensión, McIntyre no parecía tener el sentido común necesario para mantenerse alejado de la víctima antes de que ésta presentara —o no— la acusación contra ellos.

Un enorme autobús suburbano plateado pasó como un relámpago por su izquierda y Sarah, movida por el impulso más que por otra cosa, viró hacia el carril de adelantamiento y se puso detrás de él. Cuando el autobús regresó de nuevo al carril de la derecha, Sarah se vio obligada a pisar el acelerador para mantener la velocidad. El rugido del tráfico que circulaba por la autopista la ensordecía. Su Sentra tembló ligeramente como si tratase de no arredrarse ante aquel monstruo que tenía delante. Los dientes de Sarah rechinaron cuando volvió a mirar por el espejo retrovisor: a pesar de su instintivo intento de alejarse de él, McIntyre seguía todavía a sus espaldas; a escasos milímetros de su guardabarros. Si frenaba, McIntyre se le echaría encima.

Sarah podía verlo con toda claridad a través del espejo y estaba casi segura —no del todo, pero casi—, de que él también podía verla; de que sabía perfectamente quién estaba al volante del coche que seguía tan de cerca; de que, de hecho, aquello era una persecución en toda regla.

La pregunta era: ¿para qué?

De repente, una idea acudió a la mente de Sarah: Brian McIntyre había sido uno de los primeros policías en llegar al lugar de los hechos cuando le habían disparado.

A continuación, la asaltó una retahíla de frenéticas preguntas: ¿y si la teoría sobre el tercero que disparó fuese errónea? ¿Y si Floyd Parker, cuya detención la había hecho sentirse más segura, no tuviese nada que ver con el disparo?

¿Y si McIntyre la seguía ahora con la intención de volverle a disparar? ¿O de hacer cualquier otra cosa —como, pongamos por caso, provocar un accidente de coche—, para atentar contra su vida?

Sarah sintió que el corazón le latía enloquecido. Los hombros se le agarrotaron. Tenía la boca seca. El volante vibró bajo sus manos cuando éstas lo aferraron con fuerza. Le había bastado volver a mirar por el retrovisor para confirmar sus sospechas: McIntyre conocía de sobra al ocupante del vehículo que tenía delante.

Sus ojos se cruzaron en el espejo por un instante que, no obstante, fue más que suficiente para confirmar sus temores. Él sabía que se trataba de ella, se podía leer en su cara.

Sarah respiró hondo, apretó los dientes y se volvió a concentrar en la carretera.

En ese momento, encastrada entre un conductor de unos

dieciocho años a su derecha y la estrecha franja de hierba de la mediana que era todo cuanto la separaba del tráfico que circulaba en dirección contraria a su izquierda, Sarah se dio cuenta de que no tenía escapatoria. Fuese lo que fuese lo que McIntyre había planeado, por el momento ella no podía hacer nada por impedírselo. Sólo le quedaba seguir conduciendo. Si frenaba de golpe, si aminoraba la marcha, McIntyre chocaría con ella. Y si chocaban, su Crown Victoria empotraría el coche mucho más ligero de Sarah contra el enorme autobús que tenía delante o contra el contenedor metálico del semirremolque que circulaba traqueteando a su derecha, o la haría saltar al otro lado de la vía por donde se circulaba en dirección contraria.

En cualquiera de los tres casos, las posibilidades de salir sana y salva eran más bien escasas.

Y esto podía ser, de hecho, lo que McIntyre pretendía.

Porque el punto crucial era que sin fiscal, el caso se cerraba. Bastaba un simple golpecito en el guardabarros trasero para que Bertoli quedase libre de cargos.

Sarah sintió que el sudor le empezaba a caer por la frente. El muro de acero del semirremolque que tenía a la derecha se difuminó en una inmensidad plateada mientras que la mediana que tenía a su izquierda se fue estrechando hasta convertirse en una línea verde. Sin dejar de mirar el autobús suburbano que tenía delante, Sarah se concentró en el volante mientras el cuentakilómetros se aproximaba a los ciento treinta; lo cual suponía una velocidad excesiva para una carretera como aquélla. Catastrófica, en caso de accidente. E implicaba superar el límite en casi treinta kilómetros.

¿Se podía saber dónde se metía la policía de tráfico cuando uno la necesitaba?

Sarah se maldijo a sí misma por haber olvidado que tenía el teléfono móvil en el bolsillo de la chaqueta en el momento en que la había metido en el maletero. Aparte de encender los intermitentes, cosa que, según ella, no podía servir de mucho en aquellas circunstancias, no tenía modo alguno de pedir auxilio. En medio de aquella carretera reluciente y abarrotada estaba tan sola como en una persecución a través de un bosque desierto a altas horas de la noche.

En una de las miradas que dirigía sin cesar al retrovisor, sus ojos se volvieron a encontrar con los de McIntyre. El guardabarros del policía casi rozaba el suyo, de forma que hasta un ligero toque en el freno bastaría para que ambos coches chocasen de inmediato. Ella lo sabía... y él también.

El modo burlón con el que miró a Sarah, durante la fracción de segundo que ésta se permitió apartar los ojos de la carretera, y la sonrisa de regocijo que había en su cara no dejaban lugar a dudas.

McIntyre sabía que ella estaba asustada y eso le producía risa.

Al constatarlo, Sarah se enfureció. Se irguió en el asiento y alzó la barbilla. Tanto si iba a morir como si no, le plantaría cara.

Sarah levantó una mano de forma que el oficial la pudiese ver, y a continuación hizo un gesto obsceno con un dedo

«Los que vamos a morir te saludamos, imbécil.»

Al observar su reacción por el retrovisor observó satisfecha que había conseguido borrarle la sonrisa burlona de la cara.

El autobús se dispuso entonces a adelantar al semirremolque. Sarah lo siguió y, al hacerlo, vislumbró un pequeño espacio vacío entre el morro del camión y el coche que circulaba delante de éste. Justo lo que necesitaba, Sarah aferró una vez más el volante y, conteniendo el aliento, viró hacia la derecha para introducirse en él, quedando prácticamente encajada entre los dos vehículos. El semirremolque tocó ruidosamente el claxon a modo de protesta. McIntyre pasó por su lado como un relámpago.

Y perdió a su presa.

Los músculos de Sarah se relajaron al ver que el coche patrulla desaparecía en la distancia, pegado al autobús.

Cuando, quince minutos más tarde, Sarah se detuvo en el semáforo en rojo que había en la esquina del Quik-Pik, todavía no había dejado de temblar. El supermercado había abierto de nuevo sus puertas. Dado que era viernes por la tarde y estaban en agosto, mucha gente había salido pronto de trabajo y se disponía a abandonar la ciudad para pasar fuera el fin de semana, pese a que las previsiones del tiempo habían anunciado precipitaciones semejantes a la de la noche anterior; de forma que el supermercado estaba abarrotado. El vaivén de clientes que cruzaba la puerta era constante. La gasolinera estaba llena de coches que repostaban para el viaje. Otros estaban aparcados delante del escaparate, cuyo cristal había sido ya reemplazado hasta el punto de que los habituales carteles con las ofertas colgaban ya de él: la caja de doce Pepsi-Colas a 3,99 dólares; helado a cincuenta céntimos al adquirir cuatro kilos; se vende lotería del sábado por la noche.

Si bien la policía seguía analizando el cuerpo de Mary, las palabras de homenaje a la empleada habían sido ya borradas del cartel que había en el exterior del establecimiento, y en su lugar volvía a figurar de nuevo en letras negras la lista con los precios de la gasolina.

La vida seguía su curso, como siempre.

Sarah se preguntó quién trabajaría ahora en la caja. ¿Conocería a Mary? Imposible saberlo. ¿Tendría miedo de morir a manos de un atracador, como su anterior compañera? En caso de que así fuera, la necesidad de ganarse la vida superaba sin duda aquel temor.

Porque, nos guste o no, todos tenemos que comer.

Y hablando de comer, Sarah no estaba muy segura de que hubiese comida para perro en su casa, o comida para ella; pero también sabía que jamás sería capaz de volver a entrar en ese supermercado en su vida.

Lo cual la convertía en clienta oficial del establecimiento de Kroger.

El semáforo se puso en verde y Sarah atravesó el cruce deseosa de poner la mayor distancia posible entre ella y el Quik-Pick. Al pasar por delante del restaurante chino Wang's Oriental Palace, echó una ojeada al callejón donde el día anterior había visto a la otra superviviente de aquella terrible noche. Pero éste estaba ahora vacío, exceptuando el contenedor y los girasoles, las ambrosías y los abrojos, que se balanceaban mecidos por la brisa.

Cuatro manzanas más y llegaría a casa temprano por primera vez en su vida, tratándose de un viernes.

El reloj del salpicadero le indicaba que ni siquiera eran las dos. Sarah tenía ante sí un montón de horas que ocupar. Llevaba el *dossier* de Helitzer en el maletín; de forma que podría trabajar en casa sobre él o sobre el caso Lutz, que también se encontraba allí dentro, o hacer algunas llamadas, o...

Sarah se percató entonces de que la idea de entrar en su casa la atemorizaba aún más que la de hacerlo en el Quik-Pik.

La mera idea de cruzar el umbral de la puerta principal le encogía el corazón como si un gigante lo estrujase entre sus manos. Le iba a resultar imposible acallar la voz de Lexie o, mejor dicho, la voz que había oído durante aquella maldita llamada. Sarah sentía la necesidad de abrir la caja de juguetes que había en su armario para ver si faltaba alguno, para ver si en su interior había algo que pudiese arrojar luz sobre lo sucedido.

Pero también se veía incapaz de volver a ver esos juguetes. Al menos, no por el momento.

El dolor podía aflorar de nuevo con demasiada facilidad.

De repente, giró a la derecha en el siguiente cruce. Aquél era el momento más oportuno para comprobar dónde vivía Angela Barillas.

12

Los apartamentos Beaufort Landing eran de propiedad pública, lo que en otras palabras significaba que la condición principal para poder vivir en ellos era ser pobre. Se trataba de veinte edificios idénticos de obra vista construidos separadamente sobre un terreno llano de unas dos hectáreas de extensión. Ciento veinte familias los abarrotaban, cubriendo sus balcones con ropa tendida, amontonando bicicletas en los vestíbulos y llenando a rebosar los contenedores de basura. Un número mucho más reducido de coches medio destrozados ocupaba el aparcamiento. Los edificios estaban separados por unas tiras de hierba quemada que formaban entre ellos una especie de rejilla. Unos cuantos arbustos color mostaza yacían desperdigados aquí y allá. En la zona no había ni un solo árbol.

Era verano, de forma que los niños estaban de vacaciones. Parte de ellos debía de encontrarse en los centros de día que los acogían, otros se habrían marchado a un campamento, y algunos debían de tener simplemente un lugar mejor adonde ir además de aquella abrasadora isla situada en el centro del distrito residencial y comercial cuyo nivel social era incluso inferior al del modesto vecindario donde había transcurrido la infancia de Sarah. No obstante, el bullicioso parque infantil estaba abarrotado de niños; por lo que Sarah no perdió la esperanza de dar con su presa.

Tras aparcar el coche, se apeó de él.

Al instante se vio envuelta por una oleada de calor húmedo, como si un conocido excesivamente afectuoso la hubiese abrazado de repente. Un grupo de nubes plomizas se amontonaba en la distancia, como montañas en el confín del cielo azul, y en el aire parecía flotar ya el exceso de humedad que presagiaba por lo general la llegada de la lluvia. Sarah entornó los ojos, cegada por el resplandor que producían los coches aparcados, y sintió una punzada en la cabeza que le hizo recordar el efecto pasajero de los analgésicos. Las rodillas le temblaban, y cuando se detuvo un instante para recuperar la estabilidad, sintió que la habitual capa de sudor empezaba a cubrirla y que la ropa parecía habérsele pegado a la piel. La fuerte sensación de calor le recordó que seguía llevando puestas las medias, los zapatos de tacón bajo, y la falda y la blusa con los que había acudido al tribunal. Dado que no tenía ropa de repuesto y que tampoco valía la pena quitarse las medias, se encaminó de igual forma hacia el parque infantil que se encontraba en el centro del complejo.

El traqueteo de las ventanas o el ruido que hacía algún que otro coche al pasar se entremezclaban ocasionalmente con los chillidos de los niños. Sarah percibió el olor a alquitrán caliente y también a suavizante de ropa —alguien debía de estar haciendo la colada en las proximidades— mientras doblaba la esquina del edificio más cercano. Titubeó al ver la escena que se presentó ante sus ojos. Las franjas de hierba convergían en un modesto rectángulo. En lugar de las docenas de niños que el bullicio le había hecho imaginar, se encontró tan sólo con unos quince, la mayor parte de los cuales debía de tener menos de diez años. El grupo estaba integrado por niños de ambos sexos y de diferentes razas que trepaban por una torre de metal, se balanceaban en los chirriantes columpios o se dedicaban a hacer hoyos en un trozo de tierra que, por el aspecto de los agujeros que había ya en él, hacía mucho tiempo que había dejado de servir para el propósito para el que fue originariamente creado. Dos niñas se esforzaban por mantener en movimiento un balancín con aire de estar en las últimas. Un niño se arrojó de espaldas por el tobogán gritando que la plancha de metal del mismo estaba demasiado caliente. Como no podía ser menos, llevaba bermudas, al igual que todos sus compañeros. Bajaba sin dejar de patalear en el aire, tratando, a todas luces, de no quemarse las piernas.

Sarah se dio cuenta de que no había árboles como tampoco había adultos en la plaza. Tal vez vigilasen a los pequeños desde el interior de las casas, mirándolos por las ventanas.

Para su sorpresa, Sarah divisó a Angela Barillas casi de inmediato. Estaba sentada sola en uno de los bancos de metal que había alrededor del parque infantil, destinados a los adultos que, en teoría, deberían acompañar a sus pequeños.

Ese día la niña llevaba una camiseta gris una o dos tallas más grandes que la suya y un par de holgados pantalones de color morado. Estaba sentada con las piernas cruzadas y la cabeza inclinada, de forma que la melena castaña le caía hacia delante y le tapaba la cara. Tenía un libro abierto en el regazo.

La emoción que a Sarah le producía ver a cualquier niña pequeña le llevaba, por lo general, a tratar de evitarla. Pero una niña con un libro en las manos era ya demasiado... La imagen le resultaba tan familiar que se le hizo un nudo en la garganta y estuvo a punto de dar media vuelta y salir corriendo.

Al igual que ella cuando era niña, Lexie adoraba los libros. Desde el momento en que su hija fue lo suficientemente mayor como para entenderlos, Sarah le leía todas las noches un cuento antes de irse a la cama. El favorito de ambas era *Winnie the Pooh*. Sarah se burlaba de su hija y la llamaba «Tigre», porque la pequeña se pasaba la vida brincando llena de entusiasmo. El nombre también hacía referencia a sus rizos pelirrojos; pero, como ya por aquel entonces a Lexie no le gustaba el color de su pelo, Sarah nunca se lo mencionó.

Poco antes de que la niña desapareciese, Sarah había tratado de enseñarle a leer con esos mismos libros y el resultado había sido alentador.

El recuerdo era doloroso, pero Sarah no se arredró y permaneció donde estaba.

Tras respirar hondo, se sentó en el banco junto a Angela, procurando dejar un mínimo espacio entre ellas. La niña alzó la vista del libro, y al reconocerla la miró con asombro ¿o tal vez era terror?

—Hola. —Sarah se preparó para la posibilidad de que la niña saliese corriendo de nuevo espantada—. ¿Te acuerdas de mí? Soy Sarah.

—¿Eres un fantasma? —La voz de Angela era poco menos que un susurro. Sus ojos estaban ahora desmesuradamente abiertos.

Sarah negó con la cabeza.

—No, claro que no. En cualquier caso, ¿has oído hablar alguna vez de fantasmas que vayan por ahí con la cabeza cubierta de esparadrapo? —Sarah se llevó la mano a la cabeza—. ¿O que se aparezcan en los parques a plena luz del sol?

Aunque la niña no había dejado de mirarla con desconfianza, Sarah se percató de que había conseguido tranquilizarla.

—Te dispararon. Lo vi. Como a Mary, pero ella murió.

—Yo no he muerto, como puedes ver, y esto es sólo esparadrapo.

Sarah vio que el rostro de la niña se relajaba y que ésta estaba dispuesta a creer en su palabra. Pero si pensaba que, por el mero hecho de convencer a aquella pequeña escéptica de que no era un fantasma, iba a conseguir mejorar la relación entre ellas se equivocaba, porque la niña la miraba ahora ceñuda.

—Entonces, ¿qué es lo que quieres? —le preguntó en un tono tan hostil como su semblante.

—Sólo quería asegurarme de que ayer llegaste bien a casa. Tu hermana (la niña que llevabas en brazos es tu hermana, ¿verdad?), parecía pesar mucho.

—Pesa una tonelada. —Sarah debía de haber tocado un tema con el que la niña se sentía absolutamente de acuerdo, porque parte de su animadversión desapareció. Angela echó una ojeada a los niños cubiertos de tierra que seguían cavando. Al seguir su mirada, Sarah reconoció entre ellos a la hermana menor de Angela—: Tengo que vigilarla. Mamá dice que es mi «responsabilidad».

—¿Cómo se llama? —le preguntó Sarah haciendo todo lo posible por que no se interrumpiese aquella amigable conversación.

—Sophia.

—¿Cuántos años tiene?

—Tres. —Angela la miró de nuevo por un momento y, acto seguido, frunció el ceño al recordar el motivo de su enfado—. ¿Por qué no ayudaste a Mary la otra noche en la tienda?

La sonrisa de Sarah se desvaneció. Con la franqueza de un niño, Angela le había espetado sin más rodeos aquello que le preocupaba, dejando a Sarah desconcertada.

—No sabía cómo hacerlo —le respondió, pasado el momento que le llevó decidir que sólo podía decir la verdad—. Estaba muy asustada y no veía el modo de ayudarla.

El entrecejo de Angela se suavizó un poco.

—Yo también estaba asustada. —Mirando de nuevo a su libro, suspiró—: Quería mucho a Mary, era muy buena. ¿Por qué la mataron?

Sarah sacudió la cabeza. No sabía responder a esa pregunta.

—Es muy duro ver morir a las personas que queremos.

Angela asintió solemne con la cabeza.

—Algunas veces nos regalaba cosas de la tienda. La noche en que entraron los hombres malos estaba allí para pedirle que me diese un poco de mortadela y pan, porque en casa no había nada para comer y Sergio tenía hambre. Ya sabes cómo son los niños —añadió con afectuoso desdén.

—¿Sergio es uno de tus hermanos?

—Sí. Tiene cinco años. Lizbeth siete. Yo, nueve, y Rafael, diez. Rafael suele cuidar de Sergio; y yo, de Lizbeth y Sophia. Esa noche Rafael estaba enfermo. Por eso fui yo a la tienda.

—¿Tu madre no estaba en casa?

Angela negó con la cabeza.

—Estaba trabajando en el restaurante. Trabaja casi todas las noches en Wang's, hasta las doce. De día lo hace en la droguería. Viene a casa entre un trabajo y otro y nos prepara la cena. Y a veces, si no tiene tiempo, coge algo de comida de Wang's y nos la saca a la puerta metida en una bolsa de basura, para que nadie sepa qué es. Dice que si se enteran la despedirán. —Angela se encogió de hombros—. Es duro ser mayor. Hay que ganar mucho dinero para pagar el alquiler, la comida y todas las demás cosas para la casa.

—Lo sé.

Se callaron por un momento mientras miraban jugar a los niños. Una ráfaga de viento les agitó el pelo e hizo ondear la ropa tendida. Sarah agradeció aquella breve tregua en el bochorno reinante, aunque supo identificarla como señal inequívoca de que se avecinaba la lluvia. En esos momentos, las nubes se agolpaban más altas que nunca en el horizonte y se movían ya hacia el interior, lo que no dejaba lugar a dudas.

—Cuando sea mayor buscaré un trabajo y ayudaré a mi madre, así no tendrá que trabajar tanto.

Las palabras de la niña conmovieron a Sarah. Si bien Angela carecía a todas luces de cosas materiales, no se podía negar que recibía todo el afecto que necesitaba. Sarah se prometió que, en el futuro, antes de llamar negligente a la madre de Angela se lo pensaría dos veces.

—Tu madre estaría muy orgullosa de oírte decir eso.

—¿Sabes? No tiene a nadie que la ayude. Estamos los cinco solos.

—¿Dónde está tu padre?

—Oh, nos abandonó hace ya mucho tiempo. Igual que el padre de Sergio y Sophia. Mamá dice que, por ella, se pueden ir con viento fresco y que no quiere volver a saber nada de hombres.

Bien por ella. A Sarah estaba empezando a gustarle aquella mujer, a la que no había visto en su vida.

—Hola, Angie, ¿has visto a Serge?

Un muchacho delgado se acercó corriendo al banco y se detuvo delante de ella, apoyando las manos en las caderas e inclinándose hacia delante mientras trataba de recuperar el aliento. Sarah no podía asegurarlo, pero el chico tenía el mismo pelo castaño, la misma piel atezada y la misma complexión esbelta que Angie, por lo que cabía suponer que se trataba del mayor de los hermanos Barillas. ¿Cómo había dicho Angela que se llamaba? ¿Rafael? Y tenía diez años.

—¿Lo has vuelto a perder? —Angela parecía más disgustada que preocupada. Tras doblar la página que estaba leyendo, cerró el libro. Sarah vio que se titulaba *Corazón de tinta* y supuso, con una punzada de dolor, que debían de haberlo publicado recientemente. Ella, la niña que lo había leído todo, jamás lo había leído. Como tampoco su hija Lexie, a la que también le encantaban los libros. Mientras reparaba en la injusticia de aquel hecho, Angela desdobló sus delgadas piernecitas y saltó al suelo—. Ya sabes que no puedes perderlo de vista ni un minuto. Mamá te arrancará la piel si se entera de que lo has perdido.

—No se ha perdido. —Sin dejar de jadear, Rafael se incorporó y se irguió completamente; lo que hizo que su cabeza quedase a la altura de la de Sarah, quien, no obstante, seguía sentada—. Estábamos echando una carrera y se me escapó. Eso es todo. Para ser tan pequeño, corre muy deprisa.

Lo dijo en un tono que expresaba a la vez envidia y admiración.

El semblante de Angela era ahora de desaprobación.

—Ya sabes que no puedes correr, tienes asma, ¿recuerdas?

Estrechando el libro contra su pecho, recorrió el parque con la mirada en busca de su hermano.

—Bueno, se supone que tú tampoco deberías hablar con desconocidos —replicó Rafael, mirando a Sarah con un ceño de desconfianza—. Eh, ¿no es ésta la señora que nos perseguía el otro día? ¿La que dijiste que estaba muerta?

—Hola, Rafael. —Sarah pensó por un momento en levantarse, pero se abstuvo para evitar que los niños se asustasen—. Soy Sarah, y, como ves, no estoy muerta.

—Mira, lleva esparadrapo en la cabeza —le dijo Angie a su hermano, como si quisiese ayudar a Sarah a convencerlo.

Sarah sonrió al niño. Rafael seguía escrutándola como si

no acabara de creerse que ella aún formaba parte del mundo de los vivos.

«Anotación personal: comprar lo antes posible algo de colorete.»

—¡Aquí está! —Angie señaló con el dedo el edificio de apartamentos que se encontraba justo frente a ellos. Sarah vio que una puerta se cerraba de golpe. Un instante después, una carita traviesa se apretaba contra el cristal que había en lo alto de ella.

—¡Sergio! —Rafael echó a correr en aquella dirección. Sarah supuso que acto seguido se produciría una persecución.

—¡No debes correr! —le gritó Angie a su hermano. Aun en el caso de que Rafael la hubiese oído, éste no le hizo el menor caso. Angie sacudió la cabeza, en un remedo de lo que podría considerarse un gesto adulto de desaprobación, y miró nuevamente a Sarah—. ¿Quieres algo más? Porque ahora nos tenemos que marchar. Es hora de que Sophia duerma un poco.

¿Qué podía decir que no resultase demasiado torpe... o indiscreto?

—¿Tienes comida en casa? Puedo ir a comprar algo si quieres. —Está bien, aquella sugerencia era tanto torpe como indiscreta. La mera idea de que Angie y sus hermanos no tuviesen nada que llevarse a la boca la inquietaba.

Angie negó con la cabeza mientras se acercaba a su hermana.

—Es viernes. Mamá irá a comprar.

«El viernes es día de paga», pensó Sarah mientras se apresuraba a acomodar su paso al de la niña.

—Me gustaría que fuésemos amigas, Angie. Ambas hemos pasado juntas por una mala experiencia, ¿sabes? Tal vez podamos sacar algo bueno de ella.

Angie la miró de soslayo. De nuevo parecía desconfiar. Era evidente que la advertencia que le hacía su madre para que no hablase con desconocidos le rondaba por la cabeza. Madre inteligente, hija inteligente.

—Sí, vale. —El tono de Angie sonaba falso. Sarah se dio cuenta de que la niña no veía la hora de deshacerse de ella. Tal vez temiese que su madre se enterase de que había estado hablando con una desconocida y ello le causara problemas. O quizá no pudiese evitar relacionar a Sarah con la muerte de Mary. En cualquier caso, ambas llegaron a la zona donde los niños hacían hoyos, que no era propiamente un recinto de arena, sino más bien una franja de hierba donde éstos, por lo visto, habían empezado a agujerear la tierra en algún momento indeterminado del pasado, y se detuvo junto a la hermana, que excavaba con una pala entre montones de tierra—. Vamos, So. Es hora de marcharnos.

Sophia alzó la mirada con la pala rebozada de barro suspendida en el aire. Era un angelito con la cara completamente embadurnada, los ojos del color y la forma de una nuez, y una pelambrera rizada que le llegaba hasta los hombros. Tenía la camiseta rosa cubierta de manchas y uno de los bolsillos delanteros de sus bermudas de rizo azul se había desgarrado y le colgaba de un lado. Iba descalza y sus piececitos regordetes estaban llenos de mugre.

Al verlos, Sarah recordó los pies de Lexie. Su hija adoraba ir descalza en verano. Al igual que los de la hermana de Angela, también eran rollizos y solían estar muy sucios...

El corazón le dio un vuelco.

Por eso evitaba a las niñas, porque le recordaban a su hija en mil detalles, cada uno de ellos capaz de romperle el corazón.

—No —le contestó Sophia, rebelde, y arrojó la pala. Ésta salió volando sin causar daño alguno; pero Angela, con el aire de una madre exasperada, se agachó y cogió a su hermana en brazos—. ¡No, no, no y no! —gritaba Sophia, sin dejar de patalear.

Angela sujetaba el libro y a la niña con la facilidad de alguien habituado a hacerlo. Sacó un chupete de algún lugar indeterminado y se lo metió a Sophia en la boca. El artilugio permaneció en vilo unos momentos, pero luego Sophia lo apretó con los labios y volvió a reinar la paz.

—Dile a tu madre que hemos hablado, ¿quieres? Y también que la llamaré por teléfono —le dijo a Angela, mientras ésta se encaminaba ya hacia su casa. Dada la mala disposición que la niña mostraba hacia ella, no era demasiado seguro que el mensaje llegase a su destinatario; pero Sarah sentía la impelente necesidad de marcharse de allí. Las dos niñas, el libro de una y las mejillas regordetas, los pies descalzos y la rabieta de la otra, le recordaban demasiado lo que había perdido—. Adiós, Angela; adiós, Sophia.

Ninguna de las dos le respondió. Angela casi había llegado al edificio en el que había entrado su hermano, con Sophia en la cadera. Sarah tuvo el presentimiento de que la niña no tardaría en olvidarse de ella.

—¡Lizbeth! ¡Tenemos que volver a casa! —gritó Angela volviendo la cabeza; y la tercera hermana, que trepaba en esos momentos por las barras del parque y de cuya presencia Sarah no se había percatado hasta entonces, se acercó corriendo hasta ellas. Lizbeth era una versión en miniatura de la propia Angela.

Sarah las contempló hasta que las tres desaparecieron en el interior del edificio, entonces dio media vuelta y se dispuso a marcharse. Una nueva ráfaga de viento recorrió los edificios, levantando a su paso las hojas de periódico que había en uno de los contenedores más próximos, que alzaron el vuelo como gaviotas. A medida que las nubes cargadas de lluvia se iban acercando, procedentes del mar, el día se iba oscureciendo en sintonía con su propio estado de ánimo. Los últimos dos días se había sentido muy frágil, sobre todo psicológicamente. Como el agua sobre la piedra, los recuerdos de Lexie habían ido erosionando poco a poco las defensas que tan arduamente había ido construyendo a lo largo de aquellos años. Si no tenía cuidado, si no volvía a erigir aquellos muros y evitaba a su pobre corazón cualquier nuevo trauma, el resultado podía ser desastroso. Volvería a quedarse sin nada que la protegiese contra el dolor que todavía palpitaba en lo más profundo de su ser y que, según temía ya, jamás dejaría de hacerlo.

Un coche patrulla circulaba por el extremo más alejado del aparcamiento. Sarah lo miró con desconfianza mientras se aproximaba a su Sentra. Era la primera vez que se ponía tensa por el mero hecho de ver un vehículo de la policía.

Bienvenida al otro lado de la ley, se dijo a sí misma con ironía aunque tardó escasos segundos en descartar la posibilidad de que se tratase del coche de McIntyre. Era prácticamente imposible que la hubiese seguido y, además, aquel vehículo no era el suyo. No, en aquel caso se trataba de un mero coche patrulla destinado a tranquilizar a los habitantes del complejo y a inquietar a los posibles delincuentes que rondasen el mismo. Ajeno a la inquietud que pudiese provocar en ella.

El aparcamiento se iba llenando poco a poco a medida que llegaba la gente que había salido pronto del trabajo para empezar antes el fin de semana. Una robusta mujer de unos cincuenta años, vestida con una especie de uniforme azul, pasó resoplando enojada junto a Sarah y se encaminó hacia los edificios. Una mujer sudamericana algo más joven se apeó de un Taurus verde y, a continuación, abrió una de las puertas posteriores del vehículo para sacar a un niño de allí. Un negro de elevada estatura detuvo su Blazer en el punto más alejado del aparcamiento sin dejar de mirar el coche patrulla, lo que a todas luces denotaba que en el pasado había tenido alguna que otra experiencia desagradable con la policía. El oficial debió de percibir su temor, porque dirigió su coche hacia él con intención de hablarle.

Sarah estaba tan distraída contemplando todo aquel ir y venir que sólo lo vio después de haber abierto el coche con la llave y cuando asía ya la manilla.

Un dedo, o algo semejante, había garabateado una palabra en la fina capa de polvo que cubría la ventanilla del conductor: «Igor.»

Al verlo, Sarah sintió una punzada en el pecho.

Se quedó paralizada, con la mirada clavada en aquel nombre. Los ojos desmesuradamente abiertos; el corazón enloquecido; el estómago en los pies. El mundo daba vueltas a su alrededor.

Las llaves se le resbalaron de la mano y golpearon el suelo con un leve ruido metálico.

Igor era el nombre en clave que ella y Lexie habían elegido, la palabra de consuelo secreta a la que acogerse en caso de que alguien intentase llevarse a la niña. Nadie más, aparte de ellas dos, la sabían.

Y ahora estaba allí, escrita en la ventanilla de su coche.

Sarah ni siquiera se había dado cuenta de que sus rodillas flaqueaban hasta que se desplomó sobre el ardiente asfalto junto al coche.

13

La policía no atribuyó demasiada importancia a la palabra garabateada sobre la ventanilla del coche de Sarah. Ni siquiera por el hecho de que se tratase de aquella palabra, o cuando Sarah les recordó la desaparición de Lexie y les explicó su significado. Y no porque tuviesen algo contra ella, o porque estuviesen enojados y quisiesen hacerle pagar su intención de abrir un proceso por violación contra dos de sus agentes. Aquel asunto, simplemente, no les interesaba.

Lo que les inquietaba, por el contrario, era que mientras ellos se enfrentaban al colapso de Sarah y a las histéricas preguntas que habían seguido a continuación, el negro que conducía el Blazer había aprovechado la ocasión para poner pies en polvorosa. Y, en su opinión, eso sí que podía guardar relación con algún crimen.

Si ella no se hubiese valido de toda su influencia como ayudante del fiscal del distrito, no habrían hecho nada. Gracias a su puesto, había conseguido que enviasen a dos detectives que ella conocía al lugar de los hechos, que fotografiasen la ventanilla, que buscasen huellas dactilares en el lado izquierdo del coche y que interrogasen a algunos de los residentes del complejo.

Nadie sabía nada.

—Y tampoco lo dirían, si lo supieran —le dijo el detective Carl Sexton, mientras la unidad criminal móvil se disponía a abandonar el lugar.

Las bolsas que le rodeaban los ojos azules le conferían el

aspecto de un sabueso; pero, desde las profundidades lagrimosas de los mismos, la miraba con simpatía. Sexton tenía el pelo cano, una barriga incipiente, y medía alrededor de metro setenta y cinco de estatura. Apenas le quedaba un año para retirarse y era, además, padre de tres hijas ya mayores; lo que, en opinión de Sarah, explicaba su actitud de aquella tarde. Habían trabajado juntos en numerosas ocasiones, y ella sabía que era un hombre del que podía fiarse. Más aún, no parecía estar molesto con ella por el asunto de Crystal.

—Puede haberlo hecho uno de esos chiquillos que jugaban por aquí y que no tenga nada que ver con la desaparición de su hija. —Su compañero, la detective Janet Kelso era una atractiva morena de unos cuarenta años. Kelso apoyó un brazo en el capó y se inclinó para hablar con Sarah, que se encontraba sentada en el asiento posterior del coche patrulla observando cómo la policía hacía su trabajo—. O...

Su mirada se posó significativamente sobre las manos de Sarah, que ésta tenía entrelazadas en el regazo. Cuando las miradas de ambas mujeres se cruzaron, Sarah se percató de que su posición confería cierta sensación de poder a los detectives, ya que al estar sentada se veía obligada a alzar los ojos cada vez que hablaba con ellos. Ella misma se había valido de esta argucia en más de una ocasión durante los interrogatorios a testigos. Pero, en aquellos momentos, se sentía tan exhausta que le faltaba la energía necesaria para recuperar su posición de poder, para lo cual le habría bastado salir del coche y ponerse en pie.

—Ya se lo he dicho, yo no escribí esa palabra en la ventanilla —repitió hastiada—. ¿Por qué iba a hacerlo?

Kelso se encogió de hombros.

—Sólo quería despejar todas las dudas. —Al menos Sexton tuvo la delicadeza de conferir un tono de disculpa a sus palabras.

—Quienquiera que lo haya hecho debe de ser la misma persona que llamó anoche a mi casa. La que se hizo pasar por mi hija.

Una vez más, Sarah tuvo que padecer aquella historia.

Aquella llamada, que para ella había sido como una sacudida, constituía para la policía poco más de un par de frases en un informe que, con toda probabilidad, ni siquiera habría sido redactado. Cuando lo fuese quedaría impreso en una de los cientos de páginas que solía generar el fin de semana y que, con toda probabilidad, acabaría enterrada bajo uno de los montones de asuntos por resolver. A menos que ella se empeñara en que no fuera así. Como tenía intención de hacer.

—Investigaremos también sobre eso. —El tono de Sexton era consolador. Su compañera, en cambio, parecía impacientarse.

—¿Ha considerado la posibilidad de que las medicinas que toma para el dolor le estén produciendo esas alucinaciones? —Pese a su expresión, la pregunta de Kelso no era impertinente. Mirando significativamente el esparadrapo y sabedora de lo que Sarah había tenido que sufrir recientemente, Kelso se había limitado a preguntar por la medicación que Sarah se estaba tomando. Y ésta le había contestado con franqueza. Lo cual, pensaba ahora, había sido un error. Aunque la verdad era siempre la verdad, sin importar adónde condujese. Al menos Kelso estaba considerando todas las posibilidades—. Cuando mi hermana estuvo tomando codeína por prescripción del médico, veía lobos en el cuarto de baño.

—La llamada está grabada —le hizo notar Sarah.

—Sí, pero no lo que se dijo durante la misma.

—No, eso no; es cierto.

La furgoneta de la unidad criminal pasó ante ellos camino de la salida del aparcamiento en el preciso instante en que una gota de lluvia caía en el suelo junto a los pies de Kelso. Un trueno retumbó por encima de sus cabezas, más semejante a un gruñido amenazador que a un verdadero estruendo.

—Vaya. —Kelso miró al cielo.

—Maldita sea —dijo Sexton al ver caer más gotas, que fueron a estrellarse contra el hombro y la mejilla de Kelso y chocaron amenazadoras contra el asfalto—. Y yo que quería ir a jugar al golf después del trabajo.

Los dos agentes a los que pertenecía el coche patrulla en

el que Sarah estaba sentada, volvieron apresuradamente a él.

—Aquí ya no queda nada por hacer —dijo uno de ellos, mientras Sexton los miraba.

Sin mediar más palabra, ambos se introdujeron en el coche con la evidente intención de evitar la lluvia que empezaba a caer con ritmo lento pero constante sobre sus cabezas. El conductor, un joven recién graduado en la academia de policía cuyo nombre Sarah no lograba recordar, se volvió para mirarla a través de la red que separaba la parte delantera del coche de la trasera.

—¿Quiere que la llevemos a algún sitio, señora?

Aquel «señora» llamó la atención de Sarah. Se trataba de un joven imberbe de unos veintiséis o veintisiete años; así que, como mucho, debía de tener cinco más que ella. Entonces, ¿qué edad aparentaba ella en aquellos momentos?

Sarah se sentía avejentada, consumida, destrozada por el dolor. Por lo visto, todo aquello se reflejaba en su cara.

—No, gracias.

Sarah inspiró profundamente y se apeó del coche. Las gotas de lluvia la salpicaron como si fuera un trozo de carne que se sala antes de echarlo a la parrilla. El aire olía a tierra mojada. Sarah volvió a inspirar con fuerza haciendo un esfuerzo por reorientarse en el momento actual. Era consciente de que seguía en estado de shock, de que el hecho de seguir anclada en el pasado y en aquello que le había sucedido a Lexie le impedía ver el presente con claridad. Sexton y Kelso habían retrocedido para que pudiese salir del coche. A continuación, Sexton cerró la puerta del vehículo y lo despidió agitando la mano mientras éste se ponía en marcha.

El coche se alejó con un chirrido de neumáticos. Al mirar a su alrededor, Sarah se percató de que el grupo que se había formado en el aparcamiento se estaba dispersando también a toda prisa a causa de la lluvia. Era evidente que daban por finalizado el espectáculo y que no tenían intención de quedarse a la intemperie bajo el chaparrón.

A Sarah no le quedaba, pues, sino ir a recuperar su coche. Aunque no estaba muy lejos, la distancia que la separaba de él le pareció inmensa. La lluvia había arreciado empapándole el pelo y la blusa, y ahora se deslizaba como lágrimas por sus mejillas.

Lágrimas del cielo. Al pensarlo, sintió que un cuchillo se le clavaba en las entrañas.

Cuando llegó junto a la puerta del conductor, la palabra «Igor» resultaba ya casi ilegible: en parte, borrada por los polvos que había usado la policía para detectar huellas dactilares y, en parte, porque la lluvia la barría ahora completando la obra. Sarah vio cómo las gotas se deslizaban por el cristal borrando la letra I, a continuación la g, la o... Sus ojos se anegaron en lágrimas.

«No.» No tenía intención de llorar. Otra vez, no.

Haciendo acopio de todo su ánimo, se enjugó los ojos y tragó saliva para deshacer el nudo que se le había formado en la garganta.

—¿Estás segura de que no quieres que te llevemos, Sarah? —Al levantar la mirada, Sarah se percató de que Sexton y Kelso estaban empapados a su lado, soportando el chaparrón, y se sintió un poco mal por ello—. Uno de nosotros puede llevarte el coche a casa. No hay ningún problema.

—No; estoy bien, gracias.

Al menos su voz era firme, mucho más firme de lo que ella misma se sentía. Sus manos demostraron la misma fortaleza al asir la manilla de la puerta, que se encontraba bajo un «Igor» ya indescifrable, y abrirla. A menos que estuviese dispuesta a creer que su hija era un espíritu, un fantasma que trataba de ponerse en contacto con ella desde el Más Allá, tanto aquello como la llamada telefónica no podía sino ser obra de una persona. Una mente malvada, morbosa y retorcida que pretendía abrir una vieja herida.

Si se amilanaba, si se abandonaba de nuevo al dolor, ellos ganarían. Ahora bien, Sarah no estaba dispuesta a darles ese gusto.

Sarah entró en el coche, pero mantuvo la puerta abierta dado que Sexton y Kelso seguían allí sin dejar de mirarla. Aparte de ellos, la zona de aparcamiento estaba ahora completamente vacía. Todos habían desaparecido en el interior de los edificios.

—Daré prioridad absoluta a esas huellas dactilares. —Sexton se vio obligado a alzar la voz para que ésta se pudiese oír por encima del repiqueteo que producía la lluvia. El pelo se le iba pegando rápidamente a la cabeza, la chaqueta gris de su uniforme estaba llena de salpicaduras de los hombros para abajo, y su cara relucía con el agua.

—Nunca se sabe, tal vez encontremos algo —le dijo Kelso en un tono que denotaba la incredulidad de la detective. A continuación, miró a su compañero—. ¿Nos vamos?

—Sí.

Tras sonreír levemente a Sarah, Kelso se precipitó hacia el coche patrulla con la cabeza gacha para protegerse de la lluvia.

—Haremos todo cuanto esté en nuestras manos —dijo Sexton—. Imagino lo duro que debe de ser para ti.

—Te lo agradezco.

Sexton asintió con la cabeza y salió corriendo en pos de Kelso. Sarah cerró la puerta del coche y metió la llave en el contacto. El interior del vehículo estaba sorprendentemente oscuro y su ropa empapada emanaba cierto olor a humedad. Sarah puso en marcha el motor, encendió los faros e hizo retroceder el coche. A continuación metió la primera y siguió a Sexton y Kelso hasta el exterior del recinto. Tras poner en marcha el limpiaparabrisas, condujo con los ojos clavados en el maletero del coche patrulla que circulaba delante de ella. El suave chasquido de las escobillas sobre el cristal, el apacible ruido que hacía la lluvia al caer y el chapoteo de los neumáticos en el agua contribuían a crear un ambiente íntimo y relajante. Pero, dado que el estado de Sarah le impedía percibir cuanto sucedía a su alrededor, aquella atmósfera no contribuyó en modo alguno a calmar sus nervios. Por si fuera poco, no podía evitar abarcar con la visión periférica los últimos restos de la palabra Igor, que la lluvia arrastraba a su paso.

Tardó un poco en darse cuenta de que seguía a ciegas las

luces traseras del coche de Sexton y Kelso. En lugar de girar a la derecha para salir del aparcamiento, lo cual hubiese sido el modo más rápido de llegar a su casa, se había desviado hacia la izquierda. Al recuperar la conciencia, Sarah se sintió como quien acaba de despertar de un sueño, y se dio cuenta de que el shock que había sufrido debía de haber paralizado sus procesos mentales durante cierto tiempo. Se encontraba ya en las proximidades de la zona histórica, camino del centro de la ciudad. Pese a que todavía quedaban algunas horas para el anochecer, la lluvia lo había anticipado con un prematuro crepúsculo. Las luces estaban encendidas en algunas de las mansiones blancas que poblaban la zona, y los inmensos robles que jalonaban las calles se mecían con el viento haciendo entrechocar el musgo que colgaba de sus ramas. La lluvia enturbiaba la luz de los faros de los coches que circulaban en dirección contraria, camino de las afueras de la ciudad.

Al constatar dónde estaba, Sarah se percató de que no había llegado hasta allí siguiendo a los dos agentes, sino guiada por su subconsciente. Un rayo iluminó de repente la calle. Se dirigía al lugar que, por lo general, trataba de evitar a toda costa: Waterfront Park.

El sitio donde Lexie había desaparecido.

La necesidad de ir allí era compulsiva. Sarah sentía que, en algún modo, Lexie debía de estar en aquel lugar, aunque la razón le dijese que era imposible. Lexie no estaba en Waterfront Park, no había vuelto a aquel lugar desde aquel soleado día de julio, siete años atrás, en el que había desaparecido a las cinco y media de la tarde; y jamás volvería allí. Pero aquel parque era el último sitio en el que ambas habían estado juntas y por eso la atracción que ejercía sobre ella era irresistible.

La llamada de teléfono, los juguetes desparramados, la palabra «Igor» garabateada en la ventanilla, todo tenía su origen en Waterfront Park. Puede que se tratase tan sólo de una broma de mal gusto; o, por el contrario, que obedeciese a un motivo más oscuro, como la venganza o... Bueno, eso era precisamente lo que tenía que descubrir.

El problema era que, si rechazaba la idea de que todo lo

que estaba sucediendo obedecía a una especie de comunicación telepática con su hija, la conclusión era ineludible: aquellos sucesos eran obra de una persona viva —que con toda seguridad debía de conocer o haber conocido a Lexie en un momento próximo a su desaparición, o incluso después.

Lexie y ella habían acordado usar la palabra «Igor» como contraseña tres semanas antes de la desaparición de la niña.

El síndrome de búsqueda podía ser el causante de que a ella le hubiese parecido que la persona que había efectuado la llamada pronunciaba la palabra asustada con el mismo defecto que su hija. Cualquiera, incluido *Cielito*, podía haber sacado los juguetes de la caja. Pero «Igor»... Quienquiera que hubiese escrito esa palabra en la ventanilla tenía que haberse enterado de ella de boca de la misma Lexie. Porque Sarah jamás se lo había contado a nadie.

¿Se lo habría contado Lexie a su secuestrador?

La idea era aterradora. Y, a la vez, estimulante. Porque abría la posibilidad de que el causante de todos aquellos sucesos supiese lo que le había sucedido a su hija y de que tal vez ella, Sarah, pudiese encontrarlo.

Porque abría la posibilidad de que —«te lo ruego, Dios mío»— hasta pudiese encontrar a Lexie.

Poco importaba dónde estuviese su hija ahora, o lo que hubiese podido ocurrirle. A lo largo de aquellos años, Sarah había llegado a la conclusión de que era mejor saber las cosas que no saberlas, ya que el desconocimiento la condenaba a una terrible existencia a medias para el resto de su vida.

Si bien se trataba de una posibilidad muy remota, era también la única que había tenido en todos aquellos años.

Sexton y Kelso debían de haberse desviado en algún momento, porque ya no circulaban delante de ella. No importaba. Sarah podía ver ya el azul añil de la bahía de Beaufort. Sobre la superficie normalmente en calma del agua ondulaban ahora unas crestas blancas como volantes de encaje. Las barcas para la pesca del camarón se balanceaban en los amarres del muelle público. Otras embarcaciones se aproximaban a la costa huyendo de la tormenta.

Sarah embocó Bay Street y, pocos minutos después, aparcaba en la curva que había frente a Waterfront Park. Al bajar del coche, se percató de que el chaparrón se había trocado en una débil llovizna. Dado que sólo faltaban diez minutos para las seis de la tarde y que a partir de esa hora el aparcamiento era gratis, Sarah no tuvo que introducir ninguna moneda en el parquímetro.

Aquel día se había celebrado en el parque un acontecimiento especial: el *picnic* que marcaba el final de la temporada de béisbol infantil. Cuando Lexie y ella llegaron, el Festival Acuático Anual del condado de Beaufort se encontraba en pleno apogeo; por lo que tuvieron que dejar el coche en el aparcamiento municipal y caminar un par de manzanas rodeadas por la alegre multitud que se dirigía al mismo sitio que ellas. Mientras se acercaban al parque, tenía lugar un espectáculo de esquí náutico acrobático y el público contemplaba y aplaudía a los participantes. A continuación, el programa preveía carreras de tortugas, un concierto al aire libre y, por último, el desfile de la Reina de Carolina y de las Bellezas de las Islas, con el que concluirían las celebraciones previstas para aquella noche.

Ajena por completo a la lluvia, Sarah atravesó la calle desierta y luego pasó entre los dos pilares de ladrillo que marcaban el acceso al parque. Lexie y ella habían entrado por el mismo sitio aquella tarde. El día en cuestión había sido bochornoso y soleado, y la gente se agolpaba en las extensiones de césped que se alineaban junto al paseo marítimo. Ahora, en cambio, llovía, y el cielo estaba encapotado. La brisa proveniente de la bahía meció las frondas de las palmas enanas que crecían en hilera a lo largo del sendero y llenó el aire con el aroma salobre que emanaba de los barcos pesqueros que se deslizaban por el agua camino de sus amarres. En el parque no había nadie, o por lo menos Sarah no pudo verlo.

La primera regla para resolver un crimen era seguir las pruebas hasta las últimas consecuencias. Sarah tenía la intención de retomar la historia desde el principio.

Pretendía repetir sus movimientos de aquel día, y, en la

medida de lo posible, también los de Lexie, con la intención de analizarlos bajo una nueva luz. ¿Quién había en el parque aquel día que pudiese tener ahora una razón para herirla como lo estaba haciendo?

Se trataba de una perspectiva diferente que abría una nueva, aunque remota, puerta a la esperanza. Si conseguía establecer la relación, podría —era una simple posibilidad— descubrir el camino que por fin la condujese hasta Lexie.

Por aquel entonces, Sarah tenía veinticuatro años y estaba muy delgada, aunque la camiseta roja, la minifalda vaquera y las sandalias que llevaba puestas aquel día demostrasen que no carecía por completo de curvas. La piel atezada, el brillo de sus ojos azules, la negra melena que le caía sobre los hombros y la sonrisa siempre en los labios hacían que resultase muy atractiva. Los hombres se volvían a su paso para contemplarla y, pese a que ella no tenía tiempo que perder con ellos, en el fondo se sentía orgullosa de la admiración que despertaba. Si bien la situación que le iba a tocar vivir en el futuro no podía haber sido más espantosa, en ese momento no tuvo ningún presentimiento, ninguna premonición de que su mundo estaba a punto de estallar en mil pedazos. Aquel día se sentía pletórica, convencida de que, a pesar de las dificultades por las que había pasado en un principio, se movía en la dirección adecuada. Lexie había revolucionado su vida y Sarah aún podía recordar el sentimiento de plenitud que había experimentado al cruzar la calle con su hija de la mano. Una vez sanas y salvas en la acera, Lexie se había soltado porque ya por aquel entonces se consideraba mayor y no quería que la cogiese cuando iban por la calle. Ambas habían recorrido juntas el sendero que conducía al pabellón donde iba a tener lugar la entrega de premios. Sarah era una de las madres que se habían ofrecido voluntarias para ayudar en la organización. Todos debían llevar un plato y, durante la comida, estaba previsto el pase de una cinta con los momentos estelares de la estación. Después se procedería a la entrega de los trofeos.

—Mami, ¿por qué no hemos podido traer a *Cielito*? —le había preguntado su hija mientras brincaba a su lado.

Lexie sabía de sobra la respuesta, porque ambas habían discutido sobre ello ya durante aquel día; pero a su hija le gustaba hablar y, además, adoraba al perro. Desde el preciso instante en que su hija lo había sacado de entre la camada de aterrorizados cachorros que la Sociedad Protectora de Animales había colocado intencionadamente (Sarah era sarcástica sobre este punto: si algo no necesitaba una madre soltera y ocupada como ella era, precisamente, otro cachorro) delante de la tienda de comestibles, ésta se había convertido en un auténtico ídolo para el animal.

¿Cuántas veces había pensado Sarah que si aquel día hubiese aceptado llevar con ellas a *Cielito* las cosas habrían sido muy distintas? Enormemente distintas. Ya por aquel entonces, *Cielito* no era un perro con el que se pudiera bromear y habría seguido a Lexie mientras ésta se alejaba brincando por el parque. Si *Cielito* las hubiese acompañado aquel día, como Lexie pretendía, su hija no habría desaparecido.

Si..., si... Palabras inútiles.

—Porque hay mucha gente —le había contestado Sarah.

Era la misma respuesta que le había dado antes, y que con toda probabilidad volvería a darle antes de que finalizase el día. Su alegre y extrovertida hija era también muy testaruda. El tono de Sarah fue, como ella no podía por menos que reconocer ahora, un tanto seco porque, en su opinión, aquel día ya habían discutido demasiadas veces sobre aquel tema. Por si fuera poco, hacía mucho calor; le preocupaba el trabajo que se había tenido que llevar a casa y que debía de estar listo antes del lunes; y tenía que hacer malabarismos para transportar la molesta carga que llevaba a cuestas y que consistía en una bolsa con el equipo para nadar de Lexie, otra con el regalo de agradecimiento para el entrenador, y un recipiente de plástico con su contribución a la comida: ensalada ya revuelta y aliñada. Un tanto escasa, desde luego; pero Sarah no tenía tiempo de cocinar y tampoco suficiente dinero para pagar los platos de comida preparada que llevaban otras madres. Si a ello se añadía la tendencia que tenía Lexie a salir corriendo y el hecho de que el parque estuviese abarrotado, lo cual dificultaba aún más, si cabe, que no se perdiese de vista... Sí, tenía que reconocer que en ese momento se sentía bastante estresada.

Sarah se reprochaba ahora haber pasado los últimos momentos con su hija preocupada por esas nimiedades.

—Eh, pequeña, ¿quieres uno? —Un payaso se acercó a Lexie con un montón de globos chillones en la mano. A su disfraz, que consistía en una poblada peluca negra, maquillaje en la cara, una nariz roja y un traje multicolor, no le faltaba detalle. El hombre miró a Sarah, quien se apresuró a acortar la distancia que había entre ella y su hija para protegerla—. Sólo cuesta un dólar.

—No, gracias —le respondió Lexie antes de que Sarah pudiese decir nada porque, pese a su corta edad, sabía ya que no contaban con demasiado dinero extra para ese tipo de cosas. Acto seguido se había puesto a brincar de nuevo, más alegre que nunca, por el sendero que Sarah recorría en aquellos momentos.

Sarah sintió una punzada de dolor al recordarlo. A Lexie le habría encantado que le comprase aquel globo. Pero, entonces, ahorrar un dólar era para Sarah mucho más importante.

Si pudiese revivir el pasado, le compraría a su hija todos los globos del mundo.

Pero si algo doloroso había aprendido a lo largo de aquellos años era que en la vida las cosas sólo suceden una vez.

Sarah recordaba perfectamente aquel payaso y volvió a repasar su imagen por enésima vez. Él había sido precisamente una de las primeras personas en las que pensó Sarah cuando llegó al convencimiento de que su hija había desaparecido. Más tarde, tanto la policía como ella misma, o la agencia de detectives de Jake, habían hecho averiguaciones sobre el tipo en cuestión, sin poder llegar a determinar, sin embargo, que hubiese tenido algo que ver con lo sucedido. Y, a menos que hubiese cambiado de nombre, había salido por completo de la vida de Sarah.

De forma que ésta dejó correr el recuerdo y se concentró en otra cosa.

—¡Lexie!

Unos instantes después, su hija había sido saludada calurosamente por su amiga Ginny, que jugaba también al béisbol; mientras sus compañeros de equipo, Todd y Andrew pasaban por delante de ellas como si no las hubiesen visto en su vida. Si bien el equipo en el que jugaba Lexie era mixto, los niños y las niñas de cinco y seis años tenían tantas dificultades para mezclarse como el agua y el aceite. Para entonces, habían llegado ya al pabellón y se habían visto rodeadas por el resto de padres presentes aquel día: los de Ginny, los de Todd o los de Andrew..., todos los niños habían acudido al menos con uno de ellos y, la mayoría, con los dos. Sarah habló prácticamente con todos, mientras los adultos preparaban las mesas y los niños jugaban.

Los padres también habían sido investigados y por eso Sarah no pensaba en ellos en ese momento. Lo que trataba de hacer al entrar en el pabellón era recordar la gente que había en sus alrededores aquel día.

El pabellón, con las dimensiones de un campo de baloncesto, era uno de los tres que había en el parque, y el equipo de béisbol lo había reservado para celebrar el final de la temporada. Una plancha de metal verde, sostenida por cuatro pilones también metálicos, hacía las veces de tejado. En cambio, el suelo era de cemento, y el centro estaba ocupado por dos filas de mesas y bancos de metal. La construcción carecía de paredes. El pabellón resultaba ahora sombrío, y en el aire flotaba el olor a humedad de la lluvia procedente de la bahía. En el silencio sólo se escuchaba el repiqueteo de la lluvia contra el tejado, el susurro de las hojas; y, en la distancia, el ruido que hacían las olas al romper en la angosta franja de arena de la playa. Aquel día, en cambio, el recinto era una algarabía de conversaciones y risas, el calor era abrasador y en el aire flotaba un aroma delicioso a comida. Fuera del pabellón, una multitud, que más tarde la policía estimaría en unas mil personas, abarrotaba el parque. La marea de gente que pasaba por delante del recinto era incesante. En su mayor parte eran residentes de Beaufort, pero también había forasteros. Turistas que habían acudido para participar en las celebraciones. Participantes en las diferentes exhibiciones, familiares, conocidos. Vendedores. Podía haber sido cualquiera.

Toda esta masa había dificultado desde un principio la individuación de posibles sospechosos.

Sarah cerró los ojos y trató de recordar, de visualizar de nuevo la escena, de fijar aquella multitud en su mente para poder, quizás, identificar a alguien en ella que antes se le hubiese pasado por alto.

No tardó en llegar a la conclusión de que era imposible. Todo cuanto conseguía recomponer era una inmensa masa amorfa de color y movimiento en la que nadie destacaba particularmente. Como, por otra parte, siempre había sucedido.

Al abrir los ojos, Sarah se percató de que respiraba aceleradamente y tenía el estómago encogido. Miró a su alrededor y vio la mesa donde había colocado su ensalada entre budines de queso, pasteles de melocotón, galletas de jamón y cazuelas de judías verdes. Aquel día tenía hambre y al ver toda aquella comida se le había hecho la boca agua. Sin embargo, ahora el recuerdo de todo aquello era doloroso.

Mientras, estando en pie junto a aquella misma mesa, hablaba con la madre de Ginny, Lexie le había tirado de la manga.

—Emma ha traído un pastel.

Sarah casi se estremeció al recordar las palabras de Lexie. La madre de Emma había decidido matar dos pájaros de un tiro celebrando el cumpleaños de su hija durante la ceremonia de la entrega de premios. Cuando colocó la tarta sobre la mesa y empezó a encender las velas, los niños la rodearon excitados. Fue entonces cuando Lexie le pidió permiso para coger un trozo de tarta.

Y Sarah, que Dios se apiade de ella, le había dicho que sí.

Diez minutos después se dio cuenta de que la había perdido de vista. Sarah había llenado un par de platos de comida y había ido a buscarla en el grupo de niños que celebraba el cumpleaños para que se sentasen juntas a comer.

Pero Lexie no estaba allí.

La madre de Emma recordaba haberle dado un trozo de pastel.

Emma recordaba que Lexie le había dicho: «Yo también cumpliré seis años dentro de nada.»

Todd la había visto casi fuera del pabellón con el plato prácticamente vacío y arrojando migas de torta a un par de ávidas gaviotas.

Después de eso, nada. Nadie la había vuelto a ver.

Incredulidad, pánico, gélido terror: al recordar la progresión de emociones que había experimentado a medida que resultaba cada vez más evidente que Lexie se había perdido, Sarah sintió una opresión en el pecho. Aquel día el parque estaba abarrotado de gente que deambulaba por los senderos, descansaba sobre la hierba, o se apiñaba en el paseo. En medio de todo aquel gentío, ¿cómo era posible que nadie hubiese visto alejarse a Lexie —engañada, a la fuerza, o de algún otro modo—, y desaparecer?

Pero nadie, al menos nadie dispuesto a admitirlo, lo había hecho.

Sarah la había buscado sola en un primer momento, dando vueltas por el pabellón mientras gritaba su nombre. Después se habían añadido a ella el resto de los padres, el personal de seguridad del parque, la policía. Como en una pesadilla, el festival había proseguido indiferente en torno a ellos. Los gritos de los participantes en la carrera de tortugas se habían entremezclado con los de Sarah, mientras ésta cruzaba el parque de un extremo a otro llamando a su hija.

Al atardecer, Sarah tuvo que enfrentarse a la espantosa realidad: su hija había desaparecido.

Pero entonces no había medido el alcance de aquella tragedia. No había caído en la cuenta de que «desaparecida» significaba «desaparecida para siempre». No había comprendido que, siete años más tarde, seguiría buscándola, y que todos los esfuerzos por encontrarla —los barcos que habían dragado la bahía, la avalancha de publicidad y la acción combinada de la policía, el FBI, ella misma y Jake— no iban a servir de nada.

Era como si Lexie hubiese sido borrada de la faz de la tierra... Hasta que se produjo la llamada de la noche anterior, y alguien escribió la palabra «Igor» en la ventanilla de su coche.

Al sentir la lluvia en la cara, Sarah se dio cuenta de que había salido del pabellón y de que ahora caminaba por el sendero de cemento que conducía a la bahía. Éste era, precisamente, el primer punto en el que había buscado, apartando frenética a su paso a un grupo de adolescentes que se atiborraban de cerveza, a una risueña pareja de unos veinte años y a una madre que empujaba un cochecito con una sombrilla roja. Mientras rehacía su recorrido de aquel día, mientras las palmas enanas se balanceaban y susurraban a ambos lados del sendero, y las luces del parque se iban encendiendo a su paso, y la lluvia la empapaba al arreciar de nuevo, los recuerdos afluían a su mente. Vívidos recuerdos en los que excavaba con la misma intensidad con que un arqueólogo se arrojaría sobre la tumba aún intacta de un faraón.

Un hombre con un delantal a rayas rojas y blancas y un carrito, que vendía perritos calientes y rosquillas: Sarah trató de recordar sus rasgos sin conseguirlo. Otro hombre, a todas luces un mendigo, inclinado sobre un contenedor de metal y hurgando en su contenido: nada le resultaba familiar en él. Una cámara en marcha que le había hecho mirar en derredor y descubrir que tanto ella como un grupo de uniformadas animadoras estaban siendo filmadas para la posteridad. Sarah sólo podía ver media cara del tipo que estaba filmando, dado que por aquel entonces todavía había que mirar por el objetivo para hacerlo; pero nada en aquel poblado bigote negro que coronaba unos labios pequeños y fruncidos le procuraba algún indicio.

No obstante, algo revoloteaba en los márgenes de su conciencia, fuera de su alcance.

¿De qué se trataba? Sarah trató de dilucidarlo; sin embargo, cuanto más se esforzaba por hacerlo, tanto más esquivo se tornaba el recuerdo.

Para entonces se encontraba ya junto a la verja metálica que restringía el acceso a la playa. Sarah se percató de que había llegado junto a ella cuando la misma le cerró el paso. La lluvia seguía resbalándole sin cesar por el cuerpo, fría y con un gusto ligeramente salado. Sarah se concentró en el suave murmullo que producía al caer. Estaba completamente empapada, por lo que la brisa procedente del mar la hizo estremecerse. Parpadeó para apartarse las gotas de los ojos y cruzó los brazos para conservar el calor de su cuerpo mientras contemplaba la bahía. En la distancia, una hilera de luces marcaba el punto donde se encontraba la orilla opuesta. El agua estaba tan oscura que casi parecía negra, y la claridad del cielo no era mucho mayor. Las olas habían aumentado de tamaño. Un rayo vaciló a lo lejos. La tormenta que los había amenazado durante todas aquellas horas se aproximaba a toda velocidad.

—Lexie —susurró Sarah bajo la lluvia, rodeada por toda aquella lobreguez. Su voz era el pálido reflejo de la agonía que retorcía sus entrañas—. Lexie, ¿dónde estás?

Entonces, sin previo aviso, vio por el rabillo del ojo que un hombre se precipitaba hacia ella por detrás. Casi al mismo tiempo, una mano le agarró el brazo. Arrancada de golpe de su ensueño, Sarah se sobresaltó, lanzó un grito y forcejeó para desasirse.

14

—Pero ¿qué demonios estás haciendo?

Aunque parecía enfadada, el tono familiar de aquella voz borró el temor que había causado en Sarah la repentina aparición. Dejó de revolverse y miró la cara en sombras del hombre que tenía a su lado.

—Dios mío, me has dado un susto de muerte. —Sarah apretó una mano contra el pecho. Debajo, podía sentir los latidos de su corazón. Respiró hondo tratando de calmarse.

—¿Que te he dado un susto de muerte? ¿Sabes cuánto tiempo llevo buscándote? ¿Se puede saber por qué no contestabas al móvil?

Jake seguía aferrándole el brazo. Sarah no se había dado cuenta del frío que tenía hasta que sintió el calor que desprendía la mano de su amigo sobre su piel. La luz de la farola que había a lo lejos le permitió ver su palidez y la expresión adusta de su boca. Tenía los ojos entornados, para protegerse de la lluvia que los azotaba, procedente de la bahía. Sarah se percató de que ésta caía ahora con mucha fuerza. Ambos tenían que gritar para poder oírse.

—Está en el maletero de mi coche —le explicó Sarah en tono de disculpa. A continuación cayó un nuevo rayo, mucho más cerca que el anterior, seguido de un trueno. Sarah miraba a su amigo fijamente, con los ojos muy abiertos. Tenía que decirle algo de vital importancia para ella. El deseo de hablar era tan apremiante, que las palabras se agolpaban en su garganta—. No te vas a creer lo que ha pasado, Jake. Alguien escribió «Igor», la contraseña que usábamos Lexie y yo, en la ventanilla de mi coche.

—Te he oído. —El tono de su amigo era severo. Su mano le aferraba todavía el brazo—. Me lo contarás luego en casa. Si tú no tienes el suficiente sentido común para guarecerte de esta lluvia, yo sí.

—Pero Jake...

—Vamos.

Jake volvió la espalda a las ráfagas de lluvia procedentes de la bahía y se precipitó en el sendero por el que había venido, arrastrando tras de sí a su amiga. Sarah no opuso resistencia. Apenas podía expresar lo contenta que se sentía de verlo. Si hubiese sido capaz de pensar con normalidad, si no hubiese estado tan obsesionada por su hija, habría sacado el teléfono del maletero del coche y lo habría llamado nada más encontrar aquella palabra escrita en la ventanilla. Pero la policía había acudido al lugar de los hechos y el estado de shock en el que ella se encontraba era tal que sólo había podido asegurarse de que los agentes levantaran acta e investigaran sobre lo sucedido. El problema era que nadie podía ayudarle a reflexionar sobre todo aquello como su amigo. Por desgracia, Jake caminaba en esos momentos a toda prisa, como si no viese la hora de abandonar aquel parque, y ello no facilitaba precisamente ningún tipo de conversación. Mientras corría a su lado, se dio cuenta de que las piernas le flaqueaban. El suelo mojado y los tacones no la ayudaban a acomodar su paso al de su amigo. Sarah se desasió de su mano y se detuvo. Jake se volvió para mirarla.

—¿Qué pasa? —le preguntó.

—¿No puedes ir más despacio?

—Lo siento.

Jake la esperó y echó nuevamente a andar, aminorando la marcha para que su amiga lo pudiese seguir sin dificultad. Pasado un momento, Sarah se cogió de su brazo y se estrechó contra él. Jake llevaba puesta una camisa arremangada sin corbata y unos pantalones oscuros. La camisa estaba empapada y Sarah podía sentir el calor que desprendían sus músculos turgentes a través del tejido mojado. La lluvia también la había calado a ella y, por primera vez, Sarah se dio cuenta de que estaba temblando.

—¿Has venido aquí a buscarme? —le preguntó.

—No, da la casualidad de que estaba cerca... —Jake le lanzó una sarcástica mirada—. Claro que he venido a buscarte. Desde que saliste del tribunal no he hecho otra cosa que remover cielo y tierra. Por curiosidad, ¿me puedes explicar por qué te cuesta tanto entender que tal vez tu vida se encuentre en peligro?

—Han cogido a Floyd Parker. Me lo dijo Morrison.

—Sí, bueno, ¿también te dijo que ese tipo tiene una estupenda coartada? A menos que todo el coro de la iglesia baptista de Mt. Zion esté mintiendo, él no te disparó. Mientras se producía el robo fue a recoger a su madre a los ensayos del coro, todos los presentes aseguran haberlo visto allí.

Sarah sintió náuseas.

—Oh.

—Eso es, oh.

En esos momentos pasaban por delante del pabellón. La lluvia había arreciado y formaba un velo plateado que los separaba del mundo que los rodeaba. Las palmas enanas, como altos y erizados centinelas, se alineaban a ambos lados del camino, y el resplandor de las farolas que iluminaban el parque tenía una blancura casi fantasmal. Más allá, la oscuridad era absoluta y resultaba imposible distinguir nada. Al mirar por el rabillo del ojo, Sarah vio que algo se movía. Tras mirar en derredor se percató de que, después de todo, aquella noche no había estado tan sola como creía. Un hombre, que bebía de algún recipiente cogido de una mesa, estaba sentado en uno de los bancos en penumbra del pabellón. Era evidente que había tratado de refugiarse de la lluvia. Parecía mirarles, aunque era imposible asegurarlo. En el lado izquierdo de la construcción, otra figura corría hacia la playa protegiéndose con un periódico, con la cabeza gacha y los hombros encogidos, como tratando de evitar que la lluvia lo mojase. Era imposible ver bien sus rasgos, lo único seguro era que se trataba de un hombre. Más allá de la entrada del parque, Sarah divisó un todoterreno oscuro que atravesaba la calle. A modo de guadañas plateadas, sus faros cortaban la oscuridad reinante y aprisionaban en su resplandor la fuerza perpendicular del aguacero.

Sarah se percató de que, en caso de que efectivamente alguien pretendiera matarla, acababa de darle una ocasión de oro. También se percató de que, ahora que Jake estaba con ella, se sentía completamente a salvo. Lo cual, bien pensado, no dejaba de ser una estupidez; porque entre las muchas virtudes de su amigo no estaba la de ser a prueba de balas.

—¿Cómo me encontraste? —le preguntó ella mientras cruzaban la entrada del parque.

El Sentra de Sarah estaba justo enfrente. Jake había aparcado su Accura detrás.

—Morrison me llamó después de que la policía lo avisara. Por lo visto, le dijeron que una de sus ayudantes era víctima de una crisis nerviosa.

Sarah se paró en seco, enojada. Las ráfagas de lluvia que empujaba el viento se arremolinaban alrededor de ella, brillando a la luz halógena de las farolas, pero Sarah no parecía percatarse de ello.

—No es cierto. Fui a ver a Angie Barillas (es una niña encantadora, Jake, y creo que se ha dado cuenta de que lo único que pretendo es ayudarla a ella y a su familia) y cuando regresé al coche vi que alguien había escrito la palabra «Igor» en mi ventanilla.

Jake retrocedió unos pasos hacia ella, la cogió por el hombro y echó a andar de nuevo.

—Eso fue lo que me contó Carl Sexton. Dijo también que parecías aterrorizada por ello.

—Porque Lexie y yo éramos las únicas que sabíamos esa contraseña.

El tono de Sarah era apremiante. Luego obedeció al silencioso ademán de su amigo, se apresuró a colocarse a su lado y ambos cruzaron la calle. Sus pisadas resonaban al unísono sobre el asfalto mojado. Jake parecía algo más tenso de lo habitual y no dejaba mirar con cautela a su alrededor. Sarah comprendió que trataba de asegurarse de que nadie los estuviese siguiendo con la intención de pegarles un tiro, y se estremeció. Ahora que sabía que quien le había disparado seguía en libertad, Sarah volvía a sentirse nerviosa. Y, de no haber estado tan preocupada por las posibles implicaciones de que aquella palabra hubiera aparecido escrita en su coche, su inquietud habría sido mayor.

—¿Qué te hace estar tan segura? —le preguntó Jake.

Sarah lo miró muy seria mientras se acercaba a su coche.

—Jamás se lo he dicho a nadie. ¿No lo entiendes? Quienquiera que haya escrito esa palabra tuvo que saberla de boca de Lexie. Puede que la niña se la dijese a su raptor.

Ambos se detuvieron ante la puerta del conductor. Sarah estaba de espaldas a ella y lo miraba parpadeando, molesta por las gotas de agua que le entraban en los ojos. Jake frunció el entrecejo. La lluvia seguía cayendo con fuerza sobre ellos, repiqueteando en el techo del coche y salpicando en la acera. La luz de la calle iluminaba sólo la cara de Sarah. La de Jake estaba en penumbra.

—¿De forma que piensas que quien se llevó a Lexie y quien escribió esa palabra en tu coche son la misma persona?

El tono severo de su voz no dejaba lugar a dudas. A la mortecina luz de las farolas, Sarah se percató de que la mirada de Jake se había ensombrecido y de que las cejas casi se le llegaban a juntar por encima de los ojos.

Sarah asintió con la cabeza.

—Eso es.

—Si así fuese (nota que digo si porque, gracias a Dios, pienso que hay otras posibles explicaciones), espero que te des cuenta de que el bastardo que se llevó a tu hija debe de estar siguiéndote e intentando asustarte o hacerte daño, lo cual podría suponer un peligro para ti si no lo ha supuesto ya, en caso de que se trate del tipo que te disparó en el Quik-Pik. ¿Ahora ves por qué pasear sola por un parque desierto no es, lo que se dice, una excelente idea?

Jake casi se había echado a gritar al concluir la pregunta

sin dar tiempo a Sarah a responder. En lugar de hacerlo, le quitó las llaves de la mano, pulsó el botón para abrir el coche, y la condujo hasta el lado del copiloto. La lluvia caía a raudales, pero a ninguno de los dos parecía importarle: ambos estaban ya calados hasta los huesos y un poco de agua más no iba a empeorar su estado.

—¿Qué...?

Jake la atajó.

—Entra. Te llevaré a casa.

Sarah se introdujo en el coche y, al hacerlo, cayó en la cuenta de lo bien que se estaba al abrigo de la lluvia. Jake cerró la puerta. Sarah se sacudió el agua de la cabeza y, acto seguido, se pasó las manos por el pelo para apartarse los mechones mojados de la cara. El esparadrapo, que se había despegado a causa del agua, se le quedó enganchado en los dedos. Sarah lo miró asombrada. Estaba completamente empapado y ya no servía para nada, de forma que Sarah lo dobló y lo metió en la pequeña bolsa de basura que solía llevar en el suelo del copiloto. A continuación bajó la visera para verse la herida en el espejo. Comprobó sorprendida que el pelo se la cubría casi por completo y que, en cualquier caso, se le veía menos sin aquel enorme vendaje. Cuando Jake abrió la puerta del conductor y se dejó caer en el asiento de al lado, empapando si cabe aún más que ella la tapicería de cuero falso, Sarah volvió a subir la visera, olvidó el estado de su cabeza y miró a su amigo frunciendo el entrecejo.

—¿A qué otra explicación te refieres? —le preguntó sin rodeos.

El interior del coche estaba oscuro y olía a humedad, debido a la lluvia y a que ambos tenían la ropa mojada. Jake estaba muy cerca de ella, ocupando más espacio del que le correspondía, como solía ser habitual en él. Daba la impresión de que aquel pequeño coche los envolvía y la lluvia los cobijaba, aislándolos del resto del mundo.

Jake la miró exasperado. Tenía la cara mojada y el pelo chorreando.

—Para empezar, puede que Lexie se lo dijera a alguien

antes de desaparecer. Reconozco que no tengo una gran experiencia en lo que concierne a niñas de cinco años; pero no creo que, en cualquier caso, sean el tipo de personas que saben mantener un secreto. Puede que la persona a la que se lo dijo antes de desaparecer tenga ahora algo contra ti. O puede que esa misma persona se lo contase a otra, o a la policía, por lo que dicha palabra podría figurar ahora escrita en alguna de los cientos de páginas a los que el caso ha dado lugar. Maldita sea, cualquiera puede haberse enterado a estas alturas.

Sarah no pudo por menos que plegarse ante la lógica de aquel razonamiento. Inspiró profundamente mientras el pequeño rayo de esperanza que se había encendido en su interior se apagaba de golpe. Abrió la boca para rechazar lo que, no podía por menos que admitir, era una hipótesis mucho más plausible que la suya. Pero, antes de que pudiese decir nada, Jake sacó una pistola de la cintura e, inclinándose por encima de ella, la metió en la guantera.

—¿Por qué llevas la pistola?

Al principio, Jake solía ir armado. Pero luego, a medida que el calor, la relativa ausencia de delitos en Beaufort y los años pasados como agente de policía iban quedando más y más lejos, Jake se relajó, fue dejando de llevarla, y, en los últimos dos años ya no la cogía prácticamente nunca.

—Bueno, no sabría decirte, tal vez me entren ganas de disparar un par de tiros bajo la lluvia.

Su sarcasmo no fue bien recibido. Sarah lo miró entrecerrando los ojos mientras él ponía en marcha el coche y, tras echar una rápida ojeada a su amiga, encendía la calefacción. El chorro de aire que salió por las aberturas del ventilador era, claro está, frío, y Sarah se estremeció al sentirlo. A pesar de la lluvia, la temperatura exterior debía de superar los veinte grados; pero eso no evitó que se sintiese aterida al cruzar los brazos, hasta el punto de que casi le castañeteaban los dientes.

—No veo qué necesidad hay de ser sarcástico.

—¿Por qué no? Puede que me sienta así.

Jake enfiló la calle, hizo dar media vuelta al coche y avanzó por donde ella había venido. Los faros del vehículo iluminaron la verja del parque y una amplia extensión de césped al pasar.

—Escucha, lamento que te preocuparas por mí.

Jake se echó a reír. El tono de su risa era, sin embargo, más bien sombrío. Sarah apretó los labios. En cualquier caso, se alegraba de ver a su amigo, le reconfortaba saber que éste la había estado buscando. Su obsesión por descubrir lo que le había pasado a Lexie le había impedido darse cuenta del peligro que ella misma podía estar corriendo. En aquellas circunstancias, era un alivio saber que podía contar con Jake. Poco importaba que éste se mostrase ahora malhumorado; Sarah estaba dispuesta a soportar su enfado hasta que se le pasase. Después, tal vez pudiesen resolver juntos aquel asunto.

—¿Qué vas a hacer con tu coche? —le preguntó, procurando adoptar un tono indiferente.

—Pasaré a recogerlo más tarde.

Jake frenó en el cruce y, a continuación, embocó la I-21. En esos momentos, por la carretera circulaban pocos coches, y la mayoría de ellos se dirigía hacia las afueras de la ciudad.

—Me dijeron que Morrison te había dado la tarde libre.

—Me dijo que me la tomara, sí. No es lo mismo. Según él, el juez Schwartzman le había dicho que yo no tenía buen aspecto.

—Una persona sensata, el juez. —Su amigo seguía pareciendo irritado. Estaba tan empapado como ella. Le brilló el pelo cuando los faros de un coche que circulaba en dirección contraria iluminaron el interior del Sentra. El cuello de su camisa se había reblandecido y la amplia pechera de la misma colgaba ahora flácida de sus anchos hombros. La desabrida expresión de su boca le indicó a Sarah que la rabia no se le iba a pasar así como así. Jake la miró—. ¿No se te ocurrió en ningún momento seguir el consejo de Morrison y volver a casa para recuperarte de un par de días cuando menos agotadores, como habría hecho cualquier persona medianamente inteligente?

De haber tenido la energía suficiente, Sarah se hubiese envarado para mostrarle su enojo; pero, dado que carecía de ésta por completo, recurrió a las palabras.

—Basta ya, no soporto más esa actitud. Tal vez deberías dar media vuelta, coger tu coche y dejar que volviese a casa con el mío. Sola.

Jake soltó una nueva y lúgubre carcajada.

—Ni pensarlo, cariño. Además, debes saber que a mí tampoco me vuelve loca la tuya.

Se encontraban ya en el centro histórico. Algunas de las mansiones blancas que había en el mismo estaban iluminadas, y los robles que jalonaban ambos lados de la carretera goteaban hasta el punto de que casi parecían estar llorando. Jake rodeó un carruaje vacío que se dirigía apresurado a alguna parte, probablemente un establo donde poder guarecerse de la lluvia. El chaparrón ahogaba el repiqueteo de los cascos del caballo, de forma que Sarah casi no los pudo oír.

—¿Adónde fuiste después de salir del tribunal? —le preguntó Jake.

—El coche de Crystal se estropeó y la llevé a casa.

—¿Crystal?

—Crystal Stumbo, la he ayudado a conseguir una orden de alejamiento contra Brian McIntyre esta misma mañana. —Jake apretó los dientes. Sarah contaba ya con la desaprobación de su amigo. Por suerte, su visto bueno no era necesario—. Vive en las afueras, cerca de Burton, en un campamento de caravanas. Casualmente, o no, McIntyre se encontraba también por allí con su coche patrulla y me persiguió hasta la ciudad.

Al oírla, Jake sintió deseos de fulminarla con la mirada.

—¿Qué pasó entonces?

—Circuló durante un rato pegado a mi coche. Demasiado, corría como un loco y había mucho tráfico. Lo hizo adrede, te lo aseguro, trataba de asustarme. O de amenazarme. Pero al final conseguí esquivarlo y no tuvo más remedio que adelantarme. Pensándolo bien, a fin de cuentas, la cosa no tuvo tanta importancia.

—¿De verdad?

—Te lo aseguro.

—¿No será el mismo McIntyre que, según tú, podría haberte disparado? Oh, espera: dado que es el único con ese apellido en el departamento, tiene que tratarse de él, por descontado. Puedo imaginarme que llevarlo pegado a tus talones en medio de la carretera no tiene tanta importancia.

Esta vez, Sarah hizo caso omiso del sarcasmo de su amigo.

—Bueno, al menos no me disparó. —Se detuvo mientras los recuerdos fluían a su mente—. Además, puede que sea sólo una coincidencia, pero nunca se sabe, en el aparcamiento donde encontré esa palabra escrita en la ventanilla también había un coche patrulla.

—Da la sensación de que hoy tenías a tu club de fans en plena efervescencia.

Sarah lo miró de través. Resultaba más que evidente que Jake estaba irritado. Pese a las condiciones climáticas, conducía muy deprisa, con una especie de rabia controlada, y el Sentra se deslizaba bajo la lluvia a través de los charcos que inundaban la carretera. Jake estaba ceñudo, tenía los ojos entornados y una expresión de dureza en la boca.

Dado que quería evitar a toda costa la discusión que su amigo trataba de provocar, Sarah no le respondió. En ese momento llegaron al cruce con el Quik-Pik. A todas luces, el establecimiento seguía haciendo su agosto, a pesar de los recientes acontecimientos y de la lluvia. Los coches que abarrotaban su entrada y la gasolinera, o el mismo interior iluminado de la tienda, daban fe de que la vida jamás se detiene.

Jake se adentró en Davis, y por fortuna el supermercado quedó a sus espaldas.

—¿Sabes? —dijo de repente Jake—, empiezo a estar harto de tu falta de ganas de vivir.

Esta vez, Sarah sí que se puso rígida, y sus ojos se posaron en su amigo.

—¿Qué?

Jake la miró con severidad.

—¿Acaso piensas que no sé lo que se te pasa por la cabeza? No puedes soportar la idea de que tu hija haya desaparecido y de que tú, sin embargo, sigas teniendo toda una vida por delante. De forma que estás haciendo todo lo posible para no disfrutar de ella.

Sarah se quedó boquiabierta y lo miró furibunda.

—Estás loco. No sé de qué me hablas.

—¿De veras? Está bien, empecemos por la parte más evidente. El miércoles alguien te pega un tiro en la cabeza y la policía tiene que apostar un agente a la puerta de tu habitación para evitar que quienquiera que lo haya hecho trate de repetir su hazaña. El jueves estoy tan preocupado por ti que incluso te llevo en coche a casa desde el hospital y paso la noche contigo para evitar que alguien trate de quitarte de en medio. El viernes, después de una noche infernal, te deslizas fuera de la cama con las primeras luces del amanecer y te escabulles de casa sin protección alguna. Me obligas a seguirte hasta el tribunal, donde, de acuerdo, es muy probable que te encuentres a buen recaudo. Cuando por fin puedo exhalar un suspiro de alivio, haces todo lo posible por mejorar la situación hinchándole las narices al mayor número de gente posible, y a continuación desapareces sin decir una palabra. Entonces te esfuerzas por procurar a quienquiera que esté tratando de liquidarte la oportunidad de oro de hacerlo, hasta que por fin vuelvo a dar contigo. Sola en medio de un parque desierto. Si eso no es una demostración de ganas de morir, dime entonces qué es.

—Un... una serie de desgraciados acontecimientos —balbuceó Sarah. Hasta entonces no había considerado las cosas de aquella manera.

Jake resopló y embocó el sendero que conducía al garaje de Sarah. Bajo la lluvia y con las luces apagadas, la casa tenía una apariencia lúgubre, deprimente, incluso siniestra. La idea de que *Cielito* la esperase dentro era reconfortante pero, aun así, Sarah se alegró de poder contar con la presencia de Jake. Aunque éste la estuviese exasperando.

—Repasemos ahora el resto de tu vida. —Jake aparcó, apagó el motor del coche y las luces y se volvió para mirarla—. ¿Qué tipo de vida social tienes? ¿Tienes novio? ¿Sales de vez en cuando con alguien?

Sarah le lanzó una mirada asesina y no se molestó en contestarle.

Jake prosiguió despiadado.

—Está bien, dejemos eso. ¿Cuál es la última película que has visto?

—*Scary Movie* —le respondió y, acto seguido, deseó no haberlo hecho. Recordaba con todo detalle la ocasión: ambos la habían visto juntos en casa de su amigo mientras ella se atiborraba de palomitas de maíz, caramelos, helado y bebía Coca Cola Light.

—¿Y eso fue cuándo? ¿El verano pasado? ¿Hace entonces un año?

Sabía que se tenía que haber callado.

—¿Y qué? He estado muy ocupada.

—Ya, ya. ¿Te acuerdas de cuando íbamos a pescar algunos domingos por la mañana? ¿Por qué dejaste de venir?

—Para poder dormir.

—Tonterías. Te divertías y eso te resultaba intolerable, por eso dejaste de venir. Sarah no puede divertirse.

—Eso no es cierto.

—¿No lo es? En ese caso dime, ¿tienes algún hobby? ¿Algo que te interese en especial? ¿Sigues los espectáculos de la tele?

—Veo las noticias —«Cuando tengo tiempo», añadió Sarah para sus adentros.

—Sí, claro. —Su respuesta estaba cargada de desdén—. ¿Has leído algún libro últimamente?

«Maldita sea», Jake la conocía demasiado bien. No era justo. Leer había sido en el pasado su forma de evasión, los libros eran lo que más le gustaba en este mundo. Desde que Lexie había desaparecido, no había vuelto a abrir uno.

Lo más grave fue que a él no le hizo falta mirarla a la cara para adivinar la respuesta.

—Está bien, olvida también eso —dijo, al ver que ella no contestaba—. No sales con nadie, no vas al cine, no tienes hobbies, no miras la televisión, no lees. ¿Puedes explicarme qué haces para divertirte?

—Pero yo me divierto. —Hasta ella misma se percató de que su tono era defensivo—. Trabajo. Juego con *Cielito*. Yo...

—Venga, Sarah, estás hablando conmigo, ¿recuerdas? Te conozco. No te he preguntado qué haces cuando no trabajas, sino qué haces para divertirte.

Jake acababa de meter el dedo en la llaga. Sarah carecía de vida social, y él lo sabía. Como también sabía que no hacía gran cosa para divertirse.

—Tengo un trabajo muy absorbente...

—Diversión, estoy hablando de diversión.

Jake se estaba pasando de la raya y ella estaba empezando a perder la paciencia.

—Bueno, podría dedicarme a jugar a los bolos —le espetó—. O tal vez podría seguir tu ejemplo y adoptar como pasatiempo la persecución y caza de muñequitas rubias.

Sarah se apeó del coche y se dirigió a su casa. En el interior del vehículo había conseguido entrar en calor y el aire de la calefacción la había secado un poco, pero apenas puso el pie fuera de él la lluvia volvió a empaparla.

«Maldita sea.»

—Tal vez deberías hacerlo. —Jake le había dado alcance y ahora le gritaba prácticamente en la oreja—. Al menos, sería mejor que la vida que haces ahora.

—No veo que haya nada malo en mi vida.

Sarah subió a su pequeño porche, abrió la mampara y sólo entonces recordó que Jake tenía las llaves de su casa. Al lanzarle una mirada fulminante por encima del hombro, vio que su amigo había adelantado una mano para intentar introducir la llave en la cerradura. Sarah giró la llave y, cuando la puerta se abrió, se precipitó aliviada en el vestíbulo. Jake la siguió y, en tanto ella encendía la luz, cerró la puerta. *Cielito* los saludó con el consabido ladrido y Sarah le acarició la cabeza mientras el perro miraba iracundo a Jake quien, no precisamente por casualidad, iba dejando un rastro de agua en el parqué de su amiga.

—¿Nada malo?

—No —le respondió Sarah sin siquiera volverse mientras se dirigía al cuarto de baño para coger algunas toallas. Al embocar el pasillo se detuvo y le gritó—: Claro que no, maldita sea.

Pasados unos instantes, regresó con dos toallas grandes y se las arrojó a Jake deplorando en silencio el estado en el que estaban dejando el suelo. Después se encaminó hacia la cocina mientras se secaba el pelo para hacer salir a *Cielito*. Al ver el chaparrón que estaba cayendo, el perro se paró en seco en el porche trasero. Sarah cerró la puerta y se volvió. Jake estaba en medio de la cocina, con una toalla alrededor de los hombros y concentrado en liberarse de sus zapatos mojados. Al mirarlo de arriba abajo, Sarah vio que se había formado un charco a su alrededor.

—Voy a darme una ducha —le dijo, dando por zanjado el tema, y se dirigió al cuarto de baño.

—¿Crees que no hablo en serio? —Jake salió de la cocina en pos de ella y le cogió un brazo, obligándola a detenerse—. ¿Necesitas más pruebas? Echa una ojeada a tu alrededor.

Sarah lo miró iracunda y se desasió de él. Jake estaba muy próximo a ella, al alcance de la mano, tan cerca que Sarah se veía obligada a alzar los ojos para mirarlo. El pasillo era estrecho por lo que, cuando retrocedió, su espalda rozó la pared lisa y blanca, dejando una marca en ella.

—Oye, si tienes algún tipo de problema con mi casa, te invito cordialmente, más que cordialmente, de hecho, a irte a la tuya.

—¿No notas nada al mirarla? Yo sí: no hay cuadros en las paredes, ni cortinas, ni alfombras en el suelo. —El tono de su voz se iba elevando—. Los muebles son baratos. Es fea. Incómoda.

—¿Estás criticando mi decoración? —le preguntó Sarah, ultrajada.

Jake resopló.

—¿Decoración? No me vengas con ésas. Tú no has decorado nada. Te limitaste a adquirir lo mínimo indispensable para amueblar este sitio. Compraste adrede lo más barato y feo que encontraste. Todos los muebles marrones, en un estado lamentable... —se interrumpió, cogió la toalla que llevaba alrededor de los hombros y la agitó ante Sarah—, maldita sea, hasta esta toalla está desteñida.

—Me gustan los tonos tierra —le respondió Sarah entre dientes—. Demándame si quieres por eso.

—¡Qué te van a gustar! —Jake la miró de arriba abajo—. Mira tu ropa. Vistes como una mujer que te dobla la edad. Nunca llevas nada de color, o bonito o, por el amor de Dios, sexy. Toda tu ropa es negra o gris o...

—Los llaman colores neutros —le atajó Sarah a punto de estallar—. Y resultan muy prácticos para ir a trabajar. ¿Qué pasa, ahora resulta que eres un experto en ropa femenina?

—No —le dijo Jake—, pero la primera vez que te vi llevabas una camiseta de color y una minifalda vaquera que dejaba a la vista tus piernas. Todavía lo recuerdo porque te sentaban muy bien. Y tu apartamento... ¿recuerdas cómo era tu apartamento? ¿El apartamento en el que vivíais Lexie y tú? Yo, sí.

—Detente —le advirtió Sarah—. No sigas.

—Era amarillo, tenía las paredes amarillas. De una tonalidad pálida y suave que hacía que te sintieras en casa apenas entrabas por la puerta. El sofá era viejo, lo reconozco, pero le echaste encima una colcha roja y el efecto era alegre y acogedor. También había cortinas, alfombras, cuadros en las paredes, libros en las estanterías, fotografías enmarcadas, flores en la mesa, y hasta una maldita planta en la ventana de la cocina.

—Las flores eran de plástico y la planta estaba medio muerta. —Sarah sintió que se le encogía el corazón, tenía que hacer esfuerzos para seguir respirando. El dolor que sentía al tratar de conjurar las imágenes que Jake estaba evocando era insoportable.

—Puede que lo fuesen, pero ahora mismo eso no importa. Lo que importa es que el sitio donde entonces vivías era un verdadero hogar, y no un mausoleo como éste. Entonces te vestías bien, resultabas atractiva. Desde que Lexie desapareció, da la impresión de que tratas de negarte a ti misma todo aquello que pueda procurarte placer. Ni siquiera comes, por el amor de Dios.

—¿Y qué si es así? —gritó Sarah, a punto de sucumbir—. ¿Por qué no te metes en tus asuntos? ¿Qué tienes tú que ver con todo esto?

—Esto —le respondió él en tono apremiante.

Acto seguido la empujó contra la pared, le rodeó el cuello con una mano y cubrió la boca de su amiga con la suya.

15

Por un momento, la impresión la dejó paralizada. Sarah apoyó sus manos sobre el pecho de Jake, como si tuviese intención de apartarse de él, pero no lo hizo. Los labios de su amigo, fríos cuando rozaron los suyos, se caldearon apenas sus bocas se unieron. Jake la besó con anhelo, con ardor; su boca se hundió en la de ella al tiempo que su lengua se deslizaba entre sus labios entreabiertos —a causa del asombro que le producía aquel beso, pensó Sarah quien, de otra forma, no conseguía explicarse por qué los tenía así—. La cabeza de Sarah vaciló mientras él le acariciaba el interior de la boca con la lengua. Jake olía a lluvia y a aire libre y Sarah podía sentir la aspereza de su barba mal afeitada sobre su piel. Su amigo se había inclinado sobre ella y la aplastaba con todo su peso contra la pared. Sarah sintió de repente lo fuerte y robusto que era. El calor que emanaba de su cuerpo le atravesaba la ropa empapada y penetraba en ella cuando la tocaba. Con un sentimiento de incredulidad rayano en lo irreal, Sarah comprendió que él la deseaba.

La mano de Jake descendió suavemente por su cuerpo y apretó con avidez la delicada curva de su pecho. Sarah podía sentir a través de su blusa la potencia, el calor que desprendía.

Al sentir la presión que la palma ejercía sobre su seno, Sarah apretó los puños sobre la camisa de Jake.

Pero no lo rechazó.

Jake alzó ligeramente la boca, lo suficiente para que Sarah pudiese respirar, pudiese comprender lo que estaba sucediendo e individuase la avalancha de sensaciones que crispaban sus nervios. Los ojos de Sarah ascendieron poco a poco por el grueso cuello de su amigo y se posaron sobre aquel rostro firme y atezado que le resultaba tan familiar. Sarah vio entonces que él también tenía los ojos abiertos. Cuando sus miradas se cruzaron, el aire que los rodeaba pareció cargarse de electricidad por un instante. Los ojos de él eran negros, estaban entornados y ardían de deseo; Sarah nunca los había visto brillar en un modo tan intensamente viril. Los de ella... ¿cómo podía saberlo? Tal vez reflejaban sorpresa, incredulidad, la sensación de que el mundo que la rodeaba estaba quedando sin remedio fuera de control.

Aquello no estaba previsto. No podía estar sucediendo. Se trataba de Jake, de su amigo, de su compañero.

Y no de su amante.

—Bésame tú, Sarah. —Su voz era grave, ronca, ligeramente trémula. Sarah nunca había oído a su amigo hablar en aquel tono. Jake rozó la boca de ella con la suya, acarició provocador con su lengua el labio superior de Sarah, dejó caer un beso delicado y ardiente sobre la comisura de sus labios, después volvió a alzar apenas la cabeza.

Sarah lo miró sin parpadear, hipnotizada por la batalla que se estaba produciendo en su interior entre la marea de sensaciones que recorría verticalmente su cuerpo y la fuerza de la emoción, el recuerdo y la costumbre que la habían unido a su amigo durante todos aquellos años.

—Bésame, maldita sea.

El cálido aliento de Jake rozó como una pluma los labios mojados de Sarah. Su boca se apoyó de nuevo sobre la de su amiga con delicadeza.

Al sentir que la mano de su amigo se le empezaba a mover por el pecho, Sarah tembló e inspiró profundamente. Jake levantó la cabeza. Sus miradas se volvieron a cruzar, al tiempo que él empezaba a acariciarle el pezón con el pulgar por encima del sujetador. El cuerpo de Sarah respondió al instante: sus pezones se endurecieron y ella sintió que un ardiente estremecimiento la sacudía.

Sarah abrió los ojos asombrada.

El estallido de pasión que aquella inequívoca muestra de deseo había provocado en su amigo le había encendido la mirada. Jake la volvió a besar.

Al sentir su boca, Sarah notó esta vez que todo le daba vueltas. Jake la besó con avidez, con ansia, con apremio. Sarah cerró los ojos y se aferró a su camisa como si se tratase de una cuerda salvavidas. Y dejó que la besara, sin resistirse pero sin responder, mientras su mente negaba a su cuerpo algo de lo que éste se había privado durante innumerables años. Hacía tanto tiempo que no había tenido ningún tipo de contacto sexual, que no había experimentado ningún tipo de estímulo de ese tipo, que el mero hecho de sentir la boca de Jake en la suya, su mano sobre su pecho, o su cuerpo empujándola contra la pared, fue como una especie de revelación. Ardía de deseo y el inmenso placer que ello le producía la asombraba.

La boca de Jake se separó de la suya y empezó descender por su cuello. Sarah sintió flaquear sus rodillas al percibir la cálida y húmeda presión que ejercían en él los labios de Jake, los besos sutiles que depositaba en su delicado cuello. Se estremeció levemente y Jake, al oírla, murmuró algo incomprensible con la boca todavía pegada a su piel. Su mano, cálida y segura, se deslizó por debajo de la blusa de Sarah, de su sujetador, y, una vez allí, acarició sensualmente la piel de su amiga, todavía mojada. Sarah conocía bien su mano: tenía la palma ancha, los dedos largos y era dueña de una habilidad más que probada. Y ahora, esa misma mano oprimía y acariciaba su pecho desnudo.

Sarah se quedó sin aliento. Su corazón latía acelerado. Las piernas no la sostenían. En un abrir y cerrar de ojos, la agradable palpitación que había sentido hasta ese momento se transformó en una irrefrenable y ardiente sacudida.

«Sí, oh, sí», pensó enfervorizada mientras sentía que sus músculos parecían deshacerse y la pasión aligeraba su cabeza.

Como si hubiese oído la respuesta, Jake oprimió con más fuerza su seno. La piel de Sarah era suave como la seda y seguía estando fría a causa de sus vestidos mojados. La mano de Jake, por el contrario, despedía calor y resultaba ligeramente áspera al tacto. Los pechos de Sarah eran pequeños, blandos, maleables. La mano de su amigo era lo bastante grande como para poder cubrirlos por completo, lo bastante fuerte como para resultar inolvidablemente masculina, obstinada en su deseo…, pero delicada. Sarah podía sentir la punta de su pezón turgente contra su palma. El placer que ello le producía casi tenía la intensidad del dolor y le hacía desear más, necesitar más.

Necesitaba a Jake.

Jake alzó la cabeza y la besó en la boca. Una, dos veces. Con dulzura. Con arrebato.

—Bésame, Sarah —susurró sin despegar la boca de la suya.

«Lo estoy deseando, Dios mío, lo estoy deseando.»

Pero no se lo dijo. Sarah ansiaba hacer lo que le pedía su amigo; le habría gustado poder arrojarse a su cuello, estrechar su cuerpo contra el de él, rendirse al ardor que los invadía como jamás habría sido capaz de imaginarse. Hasta el punto de que le flaqueaban las rodillas, la cabeza le daba vueltas y su cuerpo se consumía de pasión.

«No puedo…»

La pérdida, el dolor, el amor, la lealtad y la contención se arremolinaron en su mente antes de quedar resumidas en esas dos palabras. Apenas formuladas, su cuerpo se cerró de nuevo al placer.

—No. —Su rechazo fue rápido e impelente. Sarah ladeó la cabeza y empujó a Jake.

En alguna parte de la casa, tan remota para ellos como si el sonido hubiese provenido de un lejano planeta, sonó el teléfono.

Sarah casi no lo oyó durante el breve momento en el que siguió mirando a su amigo. Con la respiración entrecortada, trataba de recuperar el control de sí misma, de enfriar sus sentidos. Jake seguía casi pegado a ella, hasta el punto de que Sarah podía apoyar la mano en su pecho al alzarla. Los brazos le colgaban a ambos lados del cuerpo, tenía las manos abiertas y jadeaba. Su mirada era todavía ardiente, sus mejillas estaban encendidas y el deseo que a todas luces seguía sintiendo se podía palpar en el ambiente.

¡Ring!

El teléfono. Esta vez Sarah sí que se percató de que sonaba. Era la primera vez que lo hacía desde que Lexie... no, Lexie no... desde que aquella traumática llamada la había sacado de la cama.

Galvanizada por aquel timbre —¿y si era Lexie... la misma persona... la que llamaba?—, Sarah apartó a Jake de un empujón y se precipitó en la cocina.

—No lo toques —le gritó su amigo. El tono áspero de su voz, el leve matiz colérico que había en la misma, reflejaba lo que acababa de suceder entre ellos—. Deja que responda el contestador.

Sarah tuvo que hacer un esfuerzo sobrehumano para no coger el auricular. Permaneció en pie junto al teléfono, jadeando, con la mano suspendida sobre la superficie lisa del aparato que se encontraba en el banco de la cocina, mirándolo como si pudiese atravesarlo con la mirada.

«Lexie... ¿Y si se trata de Lexie?»

De nada servía en esos momentos que ella fuese perfectamente consciente, consciente, de que la voz de niña que la había turbado tanto no podía ser la de su hija. Su corazón, ese pobre estúpido, se negaba a aceptarlo.

El contestador se puso en marcha después de sonar dos veces más. Con el corazón en un puño, Sarah escuchó a su propia voz rogando a quienquiera que hubiese al otro lado de la línea que le dejase un mensaje.

—Le llamo de la consulta del doctor True. Queríamos recordarle que tiene que pasarse por aquí para ponerle las inyecciones a *Cielito*.

El mensaje proseguía pero Sarah no oyó lo que venía a continuación. Dejando caer la mano, se dio media vuelta y se alejó del teléfono con el corazón desgarrado. Había confiado en que se tratase de nuevo de Lexie —o, mejor dicho, de la voz que asemejaba a la de su hija—. Sabía que era una idiota al desear algo que ella misma consideraba irreal, algo que le había causado ya mucho dolor; pero, por engañoso que pareciese, no podía dejar de sentir aquella llamada como el único vínculo real que había tenido con su hija desde hacía siete años.

Jake la miraba desde la puerta de la cocina. Pese a que estaba calado hasta los huesos e iba descalzo, Sarah no pudo por menos que constatar que su aspecto era imponente. Pensó a la vez que, de no haber estado él allí, se habría sentido mucho más perdida.

Sus miradas se cruzaron. El recuerdo del ardoroso beso flotaba aún entre ambos.

—Jake... —dijo Sarah titubeante, mientras trataba de encontrar las palabras capaces de reparar lo sucedido entre ellos. Porque Sarah se sentía titubear, insegura de sí misma, de él. Comprendió, eso sí, que quería recuperar a su amigo. Aquel hombre de semblante desabrido y ojos iracundos no tenía nada que ver con él.

—Olvídalo —le interrumpió Jake antes de que ella pudiese ni tan siquiera entrever cuáles eran las palabras que necesitaba—. Besarte fue un error, ¿de acuerdo? No debería haberlo hecho. Unas cuantas horas de sueño, pocas, y un par de interminables días de estrés es todo cuanto necesitas para olvidarlo.

—Pero... —Su instinto la empujaba a hablar, a intentar suavizar la tensión que se había generado entre ellos, a hacer todo cuanto estuviese en su mano para que su relación volviese a ser la de antes.

—Te he dicho que lo olvides. —Jake dio media vuelta y le lanzó una mirada fugaz por encima de su hombro—. Dúchate, cámbiate de ropa y mete unos cuantos vestidos y lo que necesites en una bolsa. Pasaremos el fin de semana en mi casa.

—¿En tu casa? —Sarah frunció el ceño y salió de la cocina en pos de él. Jake estaba usando la toalla que había agitado previamente ante ella para secar el parqué. Ni que decir tiene que aquél no era el momento más adecuado para recordarle que lo normal era usar un mocho para ese tipo de cosas, de forma que Sarah se abstuvo de hacerlo—. ¿Por qué? Yo tengo...

—Porque estoy cansado —le atajó él—. Necesito dormir. Y tú también. Y aquí no vamos a poder hacerlo mientras tú sigas saltando como un gato escaldado cada vez que suena el teléfono, y tengas a tu alrededor todos esos recuerdos de Lexie y de lo que ha pasado.

Sarah sabía perfectamente a qué se refería su amigo: el teléfono de su habitación, al que seguía mirando como si fuera el único nexo de unión con su hija; los juguetes que había en la caja del armario, con los que todavía no se había atrevido a enfrentarse; y un sinfín de cosas más. Tenía razón, claro que tenía razón, pero no por ello dejaba de resultarle dolorosa la idea de salir de aquella casa en la que, de improviso, Lexie parecía vivir de nuevo. Era como si los años que había pasado aprendiendo a sobrellevar la dolorosa realidad de lo que había ocurrido se los hubiese llevado el viento, y la herida causada por la desaparición de su hija se hubiese vuelto a abrir.

Jake se incorporó balanceando la toalla mojada entre las manos. Ahora era Sarah la que lo observaba desde la puerta de la cocina. Tanto las luces de la misma como las del vestíbulo estaban encendidas, pero el sitio donde estaba él, el mismo donde la había besado, permanecía a oscuras. De forma que Sarah no podía descifrar su semblante.

—Bueno —le dijo vacilante, porque las cosas entre ellos habían cambiado y ella, por primera vez en muchos años, no sabía muy bien cómo tratarlo—, puedes ir a descansar a tu casa y yo me quedaré aquí. Tengo a *Cielito*. No me sucederá nada malo. Y... y... —acababa de recordarlo, y se asombró al comprobar el disgusto que aquel hecho le producía—..., en cualquier caso, te esperan para comer chuletas de cerdo.

Sarah esbozó una sonrisa. Que no fue correspondida. Jake sostuvo la mirada de su amiga por unos segundos, sus ojos resultaban sombríos e inaccesibles en la oscuridad del vestíbulo, a continuación dio media vuelta y se dirigió al baño. Cuando, pasado un momento, volvió a salir de él, ya no llevaba la toalla en las manos. Sarah pensó que debía de haberla echado en la canasta.

—Danielle me ha dejado esta mañana. —Su tono era tan inexpresivo como su cara.

Sarah se quedó boquiabierta. Jake había tenido un mal día. Ahora comprendía por qué parecía tan irritado cuando lo vio. Su enojo no tenía nada que ver con ella. Cosa que, por un lado, le hizo sentirse mejor y, por el otro, estúpidamente peor.

Jake apretó los dientes, encolerizado. La miró con los ojos entornados.

—Date una buena ducha, Sarah, por favor.

—De acuerdo. Vete a casa y métete en la cama. Y no te preocupes por mí.

—Está bien. Ya que me marcho, ¿te importaría dejarme en paz y darte esa maldita ducha?

Su estado de ánimo no había mejorado mucho cuando llegaron a casa de Jake. Eran casi las nueve, seguía lloviendo, aunque no tanto como antes, y la noche avanzaba a pasos agigantados. Los coches circulaban por la carretera —dado que era viernes por la noche y la gente había salido para cenar, ir al cine o al centro comercial, éstos eran numerosos— con los faros encendidos. *Cielito*, que olía fuertemente a perro mojado, iba sentado en medio del asiento trasero y se balanceaba a cada curva a la vez que demostraba un interés poco menos que vital por la comida que Sarah sujetaba en el regazo. Jake conducía en silencio mientras que Sarah, cuyos intentos por entablar una conversación desde que había salido de la ducha habían sido irremediablemente abortados por los secos monosílabos de su amigo, le lanzaba de vez en cuando alguna que otra mirada de soslayo. La radio estaba puesta a todo volumen. Dado que su amigo casi nunca la encendía mientras conducía, Sarah interpretó aquel gesto como una evidente señal de que él se negaba a hablar con ella.

«Está bien, como quieras.»

—Coge la comida, el perro, y yo me ocuparé del resto —le dijo cuando se adentró en el aparcamiento que había junto al edificio donde vivía.

El resto consistía en la pequeña maleta que Sarah había cogido para pasar la noche; su cartera, que había recuperado del maletero de su coche junto con el teléfono móvil, ahora sano y salvo en el bolsillo del impermeable que se había puesto encima de la camiseta y los vaqueros; y la bolsa de plástico con los Friskies y los platos de *Cielito*. Al hablar de comida se refería a la cena, resultado de una rápida visita al McDonald's. Recordando que su amigo la había acusado de no comer, Sarah había procurado que la viese mordisquear una patata frita tras otra a partir del momento en que había depositado las bolsas en su regazo, donde permanecieron durante todo el trayecto para proteger su contenido del apetito de *Cielito*. Por si fuera poco, había pedido además una hamburguesa con todo el relleno, y un paquete de fritura además de la ensalada que normalmente solía tomar como guarnición.

«Y luego dice que no como.»

Para subrayar ulteriormente hasta qué punto Jake se equivocaba con ella, la camiseta que llevaba puesta era de color rosa chicle y tenía estampada en el pecho una corona enorme con las palabras «La Reina del Descaro» escritas en rojo. Está bien, no podía por menos que reconocer que la misma se la habían regalado sus compañeros de despacho por Navidad a modo de broma, y que puede que nunca se la hubiese puesto hasta entonces, y que hasta había tenido que revolver todo su armario para encontrarla; pero, lo que resultaba innegable era que su color no se podía describir precisamente como neutro.

«¡Ja!»

Puesto que a *Cielito* no le gustaba demasiado la lluvia, pudieron entrar en el edificio sin que éste olfatease todas y cada una de las piedras y briznas de hierba que había alrededor del mismo, como solía hacer cada vez que visitaba algún sitio por primera vez. Claro que, una vez dentro, sacudió su repugnante pelo, salpicando al hacerlo toda la entrada y causando que Jake hiciese una mueca de disgusto.

—Lo siento.

Sarah no pudo por menos que sonreír. Al margen de lo que en ese momento sucedía en su vida, la relación amor-odio que existía entre *Cielito* y su amigo era una inagotable fuente de diversión. Jake ignoró aquella sonrisa, exceptuando, quizá, la mirada severa que le dirigió al verla, y Sarah se encontró caminando a sus espaldas a través de los despachos a oscuras de los dos primeros pisos en dirección al apartamento de su amigo, que se encontraba en el tercero. Al igual que el resto del edificio, el apartamento había pertenecido en su día al abuelo de Jake, que había vivido en él durante el período posterior a la muerte de su mujer. Tras vender la agencia a Jake y anunciar a los cuatro vientos que se retiraba, Pops se había mudado a una urbanización para jubilados y el apartamento había sido alquilado. Luego, cuando Jake perdió su casa a raíz del divorcio —casa que su mujer vendería inmediatamente después para marcharse a Chicago—, se instaló en él. Sarah sospechaba que había permanecido allí todos aquellos años por pura inercia, ya que la agencia iba a las mil maravillas y con lo que ganaba en ella podía permitirse un sitio mejor. Pero cuando le preguntó por ello, Jake se limitó a contestarle que el apartamento era cómodo y que no necesitaba nada más grande. Lo cual hizo pensar a Sarah que, tratándose de un hombre, lo único que quería era ahorrarse el cambio cuando nada lo obligaba a hacerlo.

—Te estás portando como un idiota, ¿sabes? —le dijo Sarah pasados quince minutos sin que Jake le dirigiese la palabra y durante los cuales habían entrado en su apartamento, habían colocado las bolsas del McDonald's sobre la mesa y habían comido mientras miraban el telediario que, en opinión de Sarah, cumplía la misma función que la radio del coche. O, al menos, él había devorado un Big Mac con patatas fritas como si no hubiese comido en años mientras sorbía ruidosamente una Coca Cola gigante. Ella, por su parte, empezaba a sentir algo de angustia a causa de toda la grasa que había tenido que ingerir en el coche para demostrar a su amigo algo de lo que, con toda probabilidad, él ni siquiera se había dado cuenta, de forma que dio un solo mordisco a su hamburguesa y picoteó en su ensalada. La mera visión de las patatas fritas le producía náuseas.

Jake apartó los ojos del televisor lo justo para mirarla.

—¿Ah sí?

«Venga, ahora es el momento. Ha utilizado dos sílabas para responder.»

—No entiendo por qué estás tan alterado. Como no tengo el don de leer la mente, me temo que tendrás que contarme lo que te pasa. ¿Estás enojado por lo de Danielle? ¿O enfurecido porque no me derretí entre tus brazos cuando me besaste?

Jake frunció el entrecejo.

—Estoy cansado, eso es todo.

Jake volvió a concentrarse en la televisión, donde en ese momento comentaban el precio de las acciones. Sarah conocía a Jake lo suficiente como para atreverse a apostar lo que fuese a que su amigo no consideraba aquel programa, lo que se dice, fascinante. No obstante, no se perdía detalle intencionadamente.

—Tonterías. Estás loco. Estás así por lo del beso, ¿verdad? No se trata de Danielle.

Jake la volvió a mirar. Esta vez, su expresión indicaba a las claras que, en caso de que ella hubiese sido un mosquito, él habría disfrutado aplastándola.

—En algo tienes razón: no eres capaz de leer la mente. —De nuevo la sorna. No obstante, a Sarah le daba igual: con tal de que hablase, podía seguir así cuanto quisiera.

Frunció los labios, pero perseveró:

—Me pillaste desprevenida, ¿lo entiendes? Lo último que me esperaba era que me besases. Nos conocemos desde hace siete años y nunca lo habías hecho.

El semblante de su amigo se iluminó en parte al brillar una chispa de humor en sus ojos.

—¿Qué puedo decir? Siempre hay una primera vez para todo.

—Por eso mismo tienes que entender que no te rechacé. —Éste era justo el punto que Sarah quería aclarar. Al mirar la cara de Jake, vio que ésta volvía a adoptar una expresión seria, y se apresuró a añadir—: Es sólo que... que yo me preocupo por ti. Y tú te preocupas por mí. Como amigos. Y eso me parece muy, muy especial, y no quiero perderlo.

Jake resopló.

—¿Cuántos años tenemos? ¿Cinco? Ni que estuviéramos todavía en la guardería. Fue un beso, ¿lo entiendes? El primer beso en siete años, ¿quieres dejar de hacer una montaña de eso?

—Lo haré si tú también lo haces.

—Puede que un beso signifique mucho en tu vida, cariño, pero en la mía...

Jake se encogió de hombros, su voz se fue apagando, pero el significado de sus palabras estaba muy claro: él había dado y recibido muchos besos durante esos años. Cientos, calculó Sarah insegura. No, puede que miles. Sarah hizo un repaso mental de sus novias y descubrió con pesar que aquello no la divertía en absoluto.

—Bueno, eso arregla las cosas —dijo con acritud.

—No estarás celosa, ¿verdad?

—¡No! —le respondió Sarah enojada.

—Sólo era una pregunta.

Jake volvió a encogerse de hombros y robó un par de patatas fritas del montón de Sarah —ya se había comido todas las suyas—, las engulló, apuró su Coca Cola y volvió a centrarse en la televisión. Sarah lo observaba encolerizada, pero se limitó a suspirar para sus adentros. Poco importaba lo que le dijese, su amigo no iba a dar el brazo a torcer. Era evidente que estaba mucho más afectado por lo que había ocurrido entre ellos de lo que estaba dispuesto a reconocer.

No obstante, Sarah volvió a intentarlo.

—Mírame, soy yo, ¿me conoces? Y no tú. Esto no tiene nada que ver con el hecho de si me excitaste o no, si es eso lo que te molesta. Es sólo que... que no me gusta tener... relaciones sexuales con cualquiera. Incluso contigo.

Aquel amago de franqueza tuvo un resultado distinto del esperado y no ayudó a restablecer los lazos de confianza e intimidad que antes los unían, tal y como Sarah había esperado.

—Estoy bien, ¿de acuerdo? ¿Recuerdas la conversación que tuvimos sobre el hecho de que te estás privando de cualquier tipo de placer? Bueno, pues esto no es sino un primer ejemplo. Y por cierto, ya que hablamos de ello, creo que la diferencia entre un beso insignificante y una relación sexual es más que evidente.

Sarah pasó por alto estas últimas palabras y lo miró iracunda.

—Que no me apresurara a quitarme la ropa y a saltar dentro de la cama apenas me besaste no quiere decir que no sea capaz de abandonarme al placer. No sabes hasta qué punto soy capaz de experimentarlo. —Al darse cuenta de lo que estas palabras podían dar a entender, se apresuró a añadir—: De otra manera.

Jake apretó los labios.

—Si sigues repitiéndotelo una y otra vez tal vez acabes por creértelo. —Jake se levantó—. Bueno, fin de la discusión. Voy a ducharme.

Sarah lo contempló exasperada mientras salía de la habitación. Dado que Jake no tenía ropa de recambio en casa de Sarah, y que la de ella era demasiado pequeña para él, Jake todavía no se había cambiado. Aunque para entonces ya debía de haberse secado, lo más probable era que su ropa siguiera estando fría y húmeda, y que por eso él no se sintiese muy a gusto con ella todavía puesta, y que ello fuese la causa de su repentino e irreprimible deseo de darse una ducha.

Como también era probable que las ranas llegasen un día a criar pelo.

Lo único que pretendía Jake era tener la última palabra en aquella discusión.

—Reconócelo, no tienes razón —le gritó ella.

Jake volvió la cabeza y la miró por encima de su hombro.

—Bonita, la camiseta —dijo—. ¿La has sacado del baúl de los recuerdos sólo por mí?

A continuación soltó una carcajada y desapareció por la puerta de su dormitorio, mientras Sarah lo miraba iracunda.

El dormitorio de Jake, junto al guardarropa y el baño de éste, ocupaba el ala sur del apartamento. La sala, el comedor y la cocina se encontraban en el centro. Una habitación más pequeña, otro cuarto de baño y un diminuto estudio completaban el conjunto. El apartamento había sido amueblado por el mismo decorador que se había ocupado de los despachos de la agencia. El resultado era acogedor, a la vez que masculino, y consistía básicamente en una mezcla de negros y blancos, con intensos toques de rojo. Y, sí, había alfombras, cuadros y cortinas en los sitios adecuados, cosas de las que su casa, inútil negarlo, carecía por completo.

La cuestión era, sin embargo, que Jake había recurrido a un decorador, lo que en materia de detalles y accesorios, era deshonesto. Y, además, ella había estado ocupada. Realmente ocupada. Y sólo porque ella misma no hubiese contratado los servicios de un gurú de la decoración eso no significaba que —¿cómo había dicho su amigo?— se estuviese negando deliberadamente a sí misma cualquier posible fuente de placer.

¿O sí?

Sin esperarlo, por su mente volvieron a pasar aquel ardiente beso y las sensaciones que el mismo había despertado en ella. El shock inicial no había tardado en trocarse en excitación, anhelo, deseo. Pero, pese a que su cuerpo había sufrido aquella feroz embestida, su mente se había negado a satisfacerlo.

¿Qué podía significar eso?

Con toda probabilidad, nada que quisiese analizar con detenimiento.

A menos que estuviese dispuesta a reconocer que Jake tenía razón.

Melancólica, Sarah pasó a *Cielito*, que era casi tan indiscriminado como Jake a la hora de elegir su comida, los restos de hamburguesa y de patatas fritas. Acto seguido se comió un par de hojas más de lechuga y, dado que su amigo ya no se encontraba allí y que, por tanto, no hacía falta seguir esforzándose por impresionarlo, arrojó las sobras de ensalada a la basura.

No era cierto que no quisiese comer, arguyó mentalmente para defenderse. Simplemente, el atracón de patatas fritas había sido un desacierto. Y tampoco se podía decir que se estuviese negando a sí misma el placer del sexo. Lo que pasaba era que no estaba segura de desear que éste volviese a formar parte de su vida, en particular en ese momento, en el que los acontecimientos parecían estar precipitándose. Por si no bastase, Jake era además su mejor amigo y la relación que había entre ambos era demasiado importante para ella como para arruinarla. Por último, jamás se habría imaginado aquello de Jake. Tal y como le había dicho, la había pillado desprevenida. Si hubiese intuido algo antes, quizá su respuesta habría sido distinta. En cualquier caso, y tomando prestada una de las habituales excusas de su amigo, había tenido un día muy estresante.

Sarah se desplazó hasta el sofá —bonito y amplio, tapizado con una tela que imitaba el ante de color gris marengo y unos mullidos almohadones rojos a cada lado— y se acurrucó en él, con el mando a distancia en la mano para ver la televisión. Como no podía ser menos, tratándose de Jake, ésta era de plasma, grande, estaba colgada de la pared y contaba con los últimos adelantos técnicos.

Aunque a ella no le interesasen demasiado las imágenes que aparecían en su pantalla o lo que en ella se decía.

Mejor olvidar por un momento el malhumor de Jake, el beso y el giro que había experimentado su amistad a raíz del mismo. Ahora tenía que concentrarse en la persona que había escrito «Igor» en la ventanilla de su coche. La pregunta era: ¿quién podía haber hecho semejante cosa? ¿Estaría Jake en lo cierto? ¿Podía ser que la palabra secreta que ella y Lexie habían compartido estuviese escrita en alguna parte? Jake tenía copias de casi todos los documentos relacionados con la desaparición de su hija: los expedientes de la policía y los del FBI, las conclusiones de sus propias averiguaciones, fotos, cintas de vídeo y registradoras; todo excepto las pruebas forenses, prácticamente inexistentes. Sarah los había leído tantas veces que había llegado a saberse algunos fragmentos de memoria, lo cual no quitaba que, tal vez, hubiese podido pasar algo por alto. Jake conservaba sus expedientes, incluido el de Lexie, en el piso de abajo, en una habitación que antaño había sido un dormitorio y que ahora estaba abarrotada hasta el techo de papeles.

¿Podía ser que hubiese omitido alguna parte en la que alguien revelaba a uno de los investigadores aquella palabra secreta?

El único modo de comprobarlo era volver a revisarlo todo. Sarah se puso en pie, arrojó el mando a distancia sobre el sofá y se precipitó escaleras abajo antes incluso de haber adoptado alguna decisión. Con *Cielito* trotando a sus espaldas, llegó al piso de abajo y, una vez allí, cogió todos los documentos que era capaz de transportar y que componían una auténtica montaña de carpetas llenas a rebosar de folios. Y eso no era todo, ya que la documentación era cuatro veces más voluminosa, sin contar las fotos y los vídeos; pero Sarah pensó que, si trabajaba metódicamente, podría releerlo todo en unas cuantas horas. Justo cuando, tras depositar las carpetas que transportaba en sus brazos sobre la mesa vacía del comedor y apilar éstas en diferentes montones, estaba a punto de sumergirse en la lectura página por página de las mismas, Jake salió del cuarto de baño.

Al verla, se paró en seco a medio camino de la mesa y frunció el entrecejo.

—¿Se puede saber qué estás haciendo?

—Repasar la documentación sobre Lexie para descubrir si en alguna parte figura que la palabra «Igor» era nuestra contraseña.

—Creo que ganarías tiempo encargando eso a mis empleados.

Sarah se detuvo para mirarlo. Jake se dirigía descalzo hacia ella, vestido con una vieja camiseta gris y un par de vaqueros. Estaba despeinado y tenía el pelo ligeramente mojado a causa de la ducha que acababa de darse, una barba incipiente le oscurecía las mejillas y la barbilla y aparecía algo ojeroso. La camiseta de algodón dejaba en evidencia su amplio pecho, y los vaqueros hacían resaltar sus largos y poderosos muslos. Sarah tuvo la impresión de que, por primera vez, empezaba a mirarlo como algo más que un simple amigo y no pudo por menos que reconocer que era muy atractivo.

Arrebatador, incluso.

Se percató de que aquel pensamiento la turbaba y atribuyó su malestar a lo que, en su opinión, era sin duda la causa: «todo por culpa de ese maldito beso».

Porque aquel beso lo había cambiado todo. Aquel beso había introducido un elemento nuevo en algo que, hasta entonces, se había asemejado a una bonita relación entre hermanos. Un ligero desasosiego, una sensación desconocida, una tensión apenas perceptible flotaba en el ambiente.

Sarah decidió que no tenía tiempo para eso por el momento.

—No me fío de ellos —concluyó, y a continuación se sentó y abrió una de las carpetas. Nada más hacerlo, vio la hoja que ella y un montón de voluntarios más habían hecho circular durante los días y las semanas subsiguientes a la desaparición de Lexie. La fotografía de su hija ocupaba la parte central del folio.

Sarah no pudo evitar hacer una mueca de dolor y cerrar los ojos.

—Maldita sea, Sarah.

Jake debía de haberse percatado del efecto que aquello había producido en ella, porque se acercó a su amiga y se detuvo de pie junto a su silla. «Contrólate», se dijo a sí misma Sarah con rabia, y abrió los ojos en el preciso instante en que su amigo arrojaba al aire el folio, apartando de su vista la foto de Lexie. En su lugar, Sarah se encontró con las copias de las fotografías del parque, seis en cada página, y trató de expeler suavemente el aire que había contenido para que su amigo no la oyera. Las fotografías habían sido sacadas unos días después de la desaparición de Lexie, de forma que no eran demasiado relevantes y por eso Sarah las hizo a un lado de inmediato.

—Supongo que eres consciente de que no se trata de Lexie, ¿verdad? —le espetó Jake con severidad. Su amigo seguía de pie a su lado, pero Sarah no se molestó en alzar la vista. No tenía ganas de ver en sus ojos la compasión que, sin duda, sentía por ella—. Es evidente que aquí está sucediendo algo terrible que, sin embargo, no tiene nada que ver con tu hija en sí misma. Su desaparición es tan sólo el arma de la que alguien se está valiendo para hacerte daño.

—¿A quién te refieres? —A ciegas, Sarah pasó una nueva página. Seguía sin mirar a su amigo. Al igual que no quería ver la piedad en sus ojos, tampoco quería que él percibiese el dolor que había en los suyos—. Y ¿por qué?

—No lo sé. Lo que es indudable es que el fantasma de tu hija no está tratando de ponerse en contacto contigo... Sí, lo sé, te conozco demasiado bien, sé que lo has pensado. Pero no es así, en estos momentos nos estamos enfrentando a alguien que está vivo y que respira con toda normalidad. Alguien que podría haberte disparado y que podría seguir buscando la oportunidad de matarte. Que, sin duda, está sacando provecho de tu tragedia para obtener lo que quiere. Puede tratarse tanto de alguien que te odia como de alguien que tiene algo que ganar con todo esto. Una persona relacionada con uno de tus malditos casos, por ejemplo, como Stumbo, Helitzer. O alguien al que le hayas buscado las cosquillas en el pasado. —Se detuvo, y a continuación añadió, burlón—: La verdad es que, pensándolo bien, puede tratarse de todo un ejército.

Sus palabras hicieron que Sarah alzase por fin la mirada y que incluso le dedicase una irónica sonrisa.

—Vaya, gracias.

Jake la miraba apesadumbrado. Se inclinó sobre ella —alto, robusto, con apariencia de no arredrarse ante nada— sujetando con una mano el respaldo de la silla.

—Descansa esta noche, Sarah. No va a pasar nada, aunque lo dejes estar para mañana. —Su tono era ahora dulce, casi engatusador.

Sarah se sintió tentada por unos instantes. Sacarse aquel

problema de la cabeza por un momento, relajarse con él, ver la televisión... Llevaban mucho tiempo sin hacerlo.

Pero no podía. Aquello era superior a sus fuerzas.

Poco importaba que estuviese de acuerdo con el modo en el que Jake explicaba lo que estaba sucediendo o que la lógica le dijese que, en esencia, aquello no tenía nada que ver con Lexie: su corazón opinaba exactamente lo contrario. Y cada segundo que pasaba sin buscar por todos los medios la verdad era un segundo desperdiciado.

—Escucha, nadie podía saber lo de «Igor» —le dijo—. Estoy casi segura. Si encuentro algo aquí que pruebe lo contrario, te daré la razón y lo olvidaré. De no ser así...

Su voz se fue apagando y su mirada se posó de nuevo en los papeles que tenía delante: el resumen mecanografiado de la declaración de un testigo que aseguraba encontrarse en el parque cuando Lexie había desaparecido. Estaba grapado en lo alto a la auténtica transcripción del interrogatorio. Sarah se dio cuenta de que iba a tener que leérsela toda para asegurarse de que no se le pasaba nada por alto. Conteniendo un suspiro, pasó la hoja que contenía el resumen, y empezó a leer.

Si mediar más palabra, Jake se sentó al otro lado de la mesa, cogió la siguiente carpeta que había encima del montón y la abrió.

Sarah pudo constatar una vez más que su amigo era capaz de hacer cualquier cosa por ella. Era reconfortante ver que, al margen de lo que pudiese suceder entre ellos, Jake nunca dejaría de apoyarla.

Dos horas más tarde seguían todavía con ello. Lo peor era que, pese a haber considerado un sinfín de posibilidades, repasado los hechos una y otra vez y discutido sobre ello, no habían sacado en claro nada nuevo.

—Está bien, basta ya. —Jake acababa de leer una carpeta, y extendió los brazos para cerrar aquella en la que su amiga estaba trabajando.

Sarah sintió deseos de protestar pero, al comprobar que la vista le fallaba ya hasta el punto de que seguía viendo la última hoja que había leído incluso después de haber cerrado la carpeta, decidió que era hora de parar. Si no podían poner en ello sus cinco sentidos, era inútil que siguiesen adelante. Sarah observó apesadumbrada que ni siquiera habían llegado a leer la mitad de los documentos que había subido del archivo. Al pensar en todo el material que les esperaba en el piso de abajo, se amilanó.

Aquello les iba a llevar toda una vida, y no sólo no tenían garantía alguna de encontrar lo que buscaban, sino que las posibilidades de que ello sucediese eran mínimas.

—A la cama —dijo Jake tajante mientras se levantaba.

Sarah miró a Jake a su pesar. Dado lo que había sucedido entre ellos, aquella palabra estaba cargada de connotaciones. Sorprendiéndose a sí misma, Sarah pensó que debía de estar demasiado cansada como para reaccionar con dureza y trató de apartar de su mente las confusas imágenes —la boca de él en la suya, su mano en su pecho, su cuerpo musculoso contra el suyo, la instintiva respuesta de ella— que se arremolinaban ahora en su interior. Pero Jake debía de haber visto aquella turbación reflejada en sus ojos —maldita sea, aquel hombre la conocía demasiado bien—, porque sus ojos se ensombrecieron y apretó los labios.

—Ya casi es medianoche —prosiguió él—. Estoy exhausto.

Sarah se había puesto ya en pie —comprobando al hacerlo, sin sorprenderse demasiado, que la cabeza le daba vueltas y que los pies le fallaban—, cuando él se metió las manos en los bolsillos, giró sobre los talones y dijo:

—Entonces, ¿qué haces? ¿Duermes conmigo?

16

Por unos instantes, Sarah se limitó a mirarlo a través de la mesa, ligeramente pasmada, estaba segura, pero luego recordó que, efectivamente, la noche pasada había dormido entre sus brazos.

Sólo que, desde entonces, habían cambiado muchas cosas.

Entonces él le sonrió, con aquella sonrisa gradual, sesgada y encantadora que no le había dedicado en mucho tiempo.

—Supongo que, por el modo de mirarme, la respuesta es «no» —le dijo, y entonces Sarah cayó en la cuenta de que le estaba tomando el pelo.

Sarah le sonrió también aliviada. Que volviera a hacer uso de su sentido del humor indicaba que las cosas se estaban arreglando entre ellos. Al menos ya no parecía estar enfurecido con ella.

Cielito, que hasta entonces había estado durmiendo a los pies de Sarah, se levantó también, se desentumeció y miró a su ama.

—¿Quieres salir? —le preguntó Sarah. Al ver que los ojos del perro brillaban entusiastas, le dijo a Jake—: Tengo que sacarlo.

—Yo lo haré.

Sarah se dirigía ya hacia la correa, que se encontraba en la mesa frente al sofá. *Cielito*, sabedor de cómo funcionaban las cosas, permanecía a su lado.

—¿Tú? —Sarah miró escéptica a su amigo, mientras cogía la correa y la ataba al collar de *Cielito*.

—¿Acaso ves a algún otro estúpido suicida en los alrededores?

Sarah se echó a reír.

—¿Harías eso por mí? —le preguntó parpadeando ostensiblemente.

—No hay muchas cosas que yo pueda hacer por ti —le dijo con ironía, e hizo una mueca mientras tomaba la correa de manos de su amiga. A continuación miró a *Cielito*, que en esos momentos se restregaba contra las piernas de Sarah. El perro le devolvió la mirada y torció el hocico en un gesto que, si bien no llegaba a ser un rictus de desprecio, poco le faltaba—. Aunque tengo que reconocer que esto amplía un poco el abanico de posibilidades.

—Te acompañaré.

Jake negó con la cabeza.

—Tú te quedas aquí, no vaya a ser que haya alguien ahí fuera con ganas de pegarte un tiro.

Sarah sintió que se le encogía el estómago.

—¿Lo crees de verdad?

—No sé. Si alguien te encuentra aquí es porque te ha estado siguiendo y, en ese caso, cabe preguntarse si se trata de la misma persona que te disparó. Difícil decirlo, pero ése no es precisamente el tipo de cosas sobre las que me gusta equivocarme. —Jake se encaminó hacia la puerta y se detuvo al alcanzar el extremo de la correa de *Cielito*, que permanecía firmemente plantado en su sitio—. Claro que, si realmente hay alguien interesado en matarte, tú le serviste la ocasión en bandeja esta tarde, cuando fuiste a pasear sola por el parque. El hecho de que sigas con vida no deja de ser una buena señal; pero no hay que olvidar que, a diferencia de algunos, incluso el asesino más sanguinario puede negarse en ocasiones a tener que deambular por ahí bajo un chaparrón como el que ha caído hoy.

Sarah le lanzó una aplastante mirada.

—Cállate ya, Jake.

Jake la miró con sorna, y a continuación sus ojos se posaron en el objeto inamovible que tenía al otro lado de la correa.

—Vamos, *Cielito*.

Mirando a su ama, *Cielito* se puso en marcha de mala gana permitiendo que Jake se encaminase de nuevo hacia la puerta.

Sarah tuvo de repente una espantosa idea.

—¿Crees que pueden haberme seguido hasta aquí? —Al pensar que alguien podía estar acechándola fuera en esos momentos, o siguiéndola adondequiera que ella fuese, el corazón se le aceleró. Se consideró una estúpida por no haber pensado antes en ello.

—Eso espero —le respondió Jake muy serio, mientras sujetaba el picaporte de la puerta con una mano y volvía la cabeza para mirarla de soslayo—. He apostado dos personas ahí fuera para que vigilen la casa. Si alguien te ha seguido lo cogeremos. —Jake abrió la puerta y a continuación miró a *Cielito*, quien escrutaba anhelante a su ama, antes de volver a alzar los ojos en dirección a Sarah—. Quédate aquí hasta que vuelva, ¿de acuerdo?

Sarah asintió con la cabeza sin decir nada. *Cielito*, por lo visto, percibió la repentina tensión que flotaba en el ambiente, porque su rictus se hizo aún más pronunciado. Lo suficiente como para dejar a la vista el brillo de sus amenazadores colmillos.

—Está bien —dijo Jake volviendo a bajar la mirada. El tono de su voz se elevó en media octava hasta casi alcanzar el falsete más falso que Sarah había escuchado desde la interpretación de Jack Nicholson en *El Resplandor*—. Así me gusta, *Cielito*. Vamos, pequeño.

Pese a las circunstancias, Sarah no pudo por menos que sonreír.

Cielito lo miró dejando bien claro las pocas ganas que tenía de salir; no obstante, permitió que lo escoltasen fuera de la habitación.

Sólo estuvieron fuera quince minutos pero Sarah, a quien la espera le había resultado interminable, saltó del sofá apenas los oyó entrar. Era evidente que seguía lloviendo. Aunque Jake estaba seco de cintura para arriba —Sarah supuso que debía de haber cogido un paraguas para protegerse—, las gotas de lluvia le habían salpicado los pantalones. *Cielito* tenía el pelo empapado y olía a mojado pero, aun así, no se sacudió. Sarah se imaginó que lo habría hecho en el piso de abajo, en el vestíbulo de la agencia, como antes.

—¿Alguna novedad? —le preguntó Sarah a su amigo, mientras éste le tendía la correa. Sarah la desenganchó del collar y acarició la cabeza del perro. *Cielito* exhaló un suspiro antes de dirigirse a la cocina, donde le esperaba su cuenco de comida y de agua.

Jake negó con la cabeza.

—No. Escucha, quiero que sepas que no tienes nada de qué preocuparte. Mis hombres están vigilando la casa y, además, he conectado la alarma. Por si eso no bastase, tienes también a esa especie de bestia en la habitación. De forma que puedes dormir como un bebé. —Jake pareció esbozar una sonrisa—. Incluso sin mí.

Jake volvía a tomarle el pelo, pero Sarah estaba demasiado contenta de ver que su relación volvía a ser la de antes como para enfadarse con él.

—Eres el mejor, Jake.

—Cuidado o me alteraré de nuevo. —Su tono era seco. Jake se dirigió al sofá, cogió el mando a distancia y encendió la televisión. Luego volvió la cabeza para mirarla por encima del hombro—. Vete a la cama, Sarah.

Sarah obedeció. La cama de matrimonio que había en el dormitorio de Jake era muy cómoda y la habitación también era acogedora. Su desteñido camisón —azul claro, largo hasta la mitad del muslo y decorado con la imagen de un gatito que dormía— era suave y su cuerpo ya se había amoldado a él. *Cielito* estaba debajo de la cama y el sonido de su respiración la reconfortaba. La lluvia repiqueteaba dulcemente contra los cristales. Tanto la alarma como el hecho de que Jake hubiese apostado a algunos hombres fuera de la casa la tranquilizaban. Pero lo que de verdad le hizo sentirse lo bastante segura como para abandonarse en brazos del sueño fue el hecho de que su amigo estuviese cerca. Todo lo que tenía que hacer era llamarlo para que él corriese a su lado. Bastaría un grito, un ruido demasiado alto o fuera de lo normal, y él se precipitaría a socorrerla.

Así que, aliviada, recurrió a su habitual mantra y se quedó dormida. Llegaron entonces los sueños, como de costumbre. Por lo general, Sarah no solía recordar nada al despertarse, pero a veces se levantaba reconfortada y eso le hacía pensar que tal vez Lexie la había visitado en el curso de alguno de ellos. No obstante, en ocasiones se descubría llorando al abrir los ojos, lo que le daba a entender que debía de haber revivido la desaparición de su hija mientras dormía. Aquella noche, en cambio, se despertó con un alarido.

Permaneció inmóvil un buen rato, tumbada de espaldas en la cama, aferrando las sábanas con los puños oprimidos contra el pecho, con la mirada perdida en lo alto. Su respiración se aceleró. ¿Por qué se había despertado? Fuese lo que fuese, la había arrancado del sueño con aquel grito. Estaba segura de que Jake no tardaría en llegar. Mientras su respiración se calmaba y su corazón iba recuperando su ritmo habitual, aguzó la atención para ver si oía los pasos apresurados de su amigo en el pasillo. La habitación seguía a oscuras, en silencio. Nada se movía. Nadie —Jake— entró en ella. *Cielito* seguía durmiendo bajo la cama, su respiración era regular y tranquila. Cuando acabó de despertarse por completo, Sarah comprendió que había tenido una pesadilla. Una pesadilla lo suficientemente terrible como para hacerle gritar en sueños. A pesar de la confusión, recordaba vagamente que un ser con un solo ojo la perseguía y que, cuando se volvía, se lo encontraba justo en la cara, emitiendo un zumbido...

Una cámara. Un hombre con una cámara. En el parque. Filmándola muy de cerca poco después de que Lexie desapareciese, mientras ella estaba ya fuera de sí aunque sin haber perdido del todo la esperanza de recuperar a su hija, y un grupo de animadoras vestidas de grana y blanco ejecutaba su espectáculo a sus espaldas.

Después de la desaparición de Lexie, la policía había conseguido un sinfín de horas de vídeo, grabadas en el parque a lo largo de ese día. El público que había participado en la fiesta había respondido masivamente a su llamamiento, aportando innumerables tiras de película. Sarah lo sabía porque las había visto todas, buscando en vano algún indicio que pudiese conducirla hasta su hija. Pero no habían servido para nada.

El caso era que, sin embargo, no recordaba haber visto ningún primer plano de su cara, mirando con ojos desmesuradamente abiertos la cámara mientras el grupo de animadoras hacía cabriolas a sus espaldas.

Aquella película tendría que haber estado en el archivo y el hecho de que no fuese así era muy significativo. Tal vez. Aunque tal vez no.

Quizás estuviese allí y a ella se le hubiese pasado por alto, o también podía ser que la hubiese visto y se hubiese olvidado. Después de todo, hacía ya muchos años que había visto aquellas películas. Y, por aquel entonces, lo que le interesaba no era, por descontado, su imagen delante de unas cuantas animadoras. Durante aquellos años había olvidado por completo al hombre de la cámara hasta que, la noche anterior, había deambulado por aquel parque con la memoria en un gran estado de agitación.

Pero, al pensarlo ahora, tras despertarse de aquel sueño que sólo alcanzaba a recordar a medias, tenía la impresión de que aquel hombre había demostrado un excesivo interés por ella el día de la desaparición de Lexie. Y por lo visto aquello había llamado la atención de su subconsciente, de forma que ahora éste le devolvía los hechos bajo la forma de un sueño. Un sueño que la había aterrorizado hasta el punto de que se había despertado gritando.

La pregunta que había que hacerse era: ¿la habría filmado a ella aquel hombre y no a las animadoras? Y, en caso de ser así, ¿por qué? La explicación que se filtraba desde su subconsciente la llenó de angustia: ¿era tal vez posible que aquel hombre, tras haber hecho desaparecer a Lexie, hubiese querido grabar su reacción?

Probablemente no. Por supuesto que no. Su imaginación le estaba jugando de nuevo una mala pasada, como, por otra parte, había hecho ya en innumerables ocasiones desde la desaparición de su hija. Aun así, no podía quitarse de la cabeza la imagen de aquel tipo con la cámara: se trataba de un hombre maduro, de altura media, fornido, y dueño de una boca pequeña y fruncida coronada por un poblado bigote negro. Eso era todo. El único otro detalle que alcanzaba a recordar era aquella maldita cámara ocultando el resto de su cara.

Pero al menos era mucho más de lo que había visto en el pasado. Si ese tipo tenía de verdad algo que ver con la desaparición de Lexie —Sarah estaba dispuesta a hacer cualquier cosa con tal de averiguarlo, aun a sabiendas de que la probabilidad de dar con algo era, cuando menos, remota—, al menos ahora disponían de un buen punto de partida. En el pasado sólo habían contado con unos cuantos indicios insignificantes; era la primera vez que tenían algo más sólido. De forma que, por remota que fuese aquella posibilidad, ya era algo.

Sarah procuró controlar la excitación que la iba invadiendo.

La primera cosa que había que hacer era volver a ver todas las cintas para asegurarse de que no había pasado por alto la película en la que salía aquel grupo de animadoras saltarinas.

Sarah se deslizó fuera de la cama y se encaminó sigilosamente hacia la sala. El reloj digital que había sobre el televisor marcaba las 3.16 de la madrugada. Aunque no debía de haber dormido mucho más de tres horas, Sarah se sentía pletórica de energía.

Los objetivos, como la esperanza, solían producir ese efecto en las personas.

Las cintas estaban en el piso de abajo. No iba a poder dormir hasta que no las volviese a ver. Por fortuna, y a diferencia de las carpetas, no era necesario repasarlas todas ya que en las mismas figuraba una etiqueta con el nombre de la persona que las había realizado —lo que permitía descartar ya de antemano a todas las mujeres—, el momento en el que había empezado la grabación —lo cual eliminaba a todas aquellas que hubiesen sido efectuadas con posterioridad a las seis menos cuarto de la tarde— y el lugar aproximado que aparecía filmado en las mismas.

Moviéndose con sigilo —no fuera a ser que su amigo se precipitase para rescatarla al oír un ruido inesperado, pensó con ironía— se dirigió escaleras abajo y buscó entre las cintas. Al acabar la selección de las mismas, se quedó sólo con ocho. Apagó la luz y las llevó al piso de arriba. Una vez en el apartamento, las colocó sobre la mesita que había delante del sofá y se detuvo por un momento para recuperar el aliento. En la miríada de sonidos nocturnos que flotaban en el apartamento, era posible distinguir dos ronquidos enfrentados: uno era el de Jake; el otro, el de *Cielito*. Meditando sobre la particular experiencia que había tenido sobre una de las preguntas más importantes de esta vida —si una persona grita en el interior de un apartamento y nadie la oye, ¿se puede afirmar que, efectivamente, ha emitido algún ruido?— se encaminó hacia la habitación de Jake, que, con toda probabilidad, éste había dejado abierta para oír si su amiga lo necesitaba, lo cual, a todas luces, no había servido para nada. Se detuvo a escuchar su ronquido un momento más y a continuación cerró la puerta con delicadeza para no despertarlo. Entonces volvió a la sala, cogió la cinta más corta —la duración de las mismas oscilaba entre siete minutos y una hora— e hizo un terrible descubrimiento.

La enorme, fantástica y ultramoderna televisión de su amigo sólo aceptaba DVD.

Por un instante, fue presa de un terrible desaliento. Recordó con añoranza su vieja y miserable televisión, dotada de un vídeo irremediablemente pasado de moda. En ella habría podido ver las cintas sin ningún tipo de problemas; pero, aun así, desechó casi de inmediato la posibilidad de llevarlas a su casa acompañada de *Cielito*. La advertencia que le había hecho su amigo de que alguien podría estar tratando de asesinarla había hecho mella en ella, y, cuando no estaba bajo los efectos de la presión emocional, todavía era capaz de razonar. Entonces recordó la pequeña televisión que había en el cuarto del segundo piso donde Dorothy se retiraba la mayor parte de los días para ver sus seriales mientras comía. Tenía sistema VCR. Sarah cogió a toda prisa las cintas y se precipitó escaleras abajo.

El cuarto se encontraba a la derecha del archivo. Era muy pequeño y, dado que era el sitio donde descansaba la secretaria, había escapado a las artes del decorador. Una de sus paredes estaba dedicada en exclusiva a una especie de armaritos de cocina y a una repisa para el televisor. En él también había una nevera, un microondas y una pila. Las paredes estaban pintadas de azul claro y frente a los armaritos había un sofá floreado con un espejo en forma de concha sobre él. En el extremo más alejado había una mesa con cuatro sillas donde Dorothy, acompañada de quienquiera que quisiese unirse a ella, solía comer. Unas cortinas, también azules, cubrían la única ventana.

Sarah encendió la luz, metió la primera cinta en el vídeo, puso el volumen al mínimo para no despertar a Jake (pese a que la triste experiencia le decía que no había muchas posibilidades de que eso sucediese) y se instaló en el sofá para verla.

En la película aparecían dos niños jugando con una pelota de playa. El pabellón se podía ver a lo lejos, pero, como había sido filmada a la altura de los pequeños —el cámara debía de haberse acuclillado o arrodillado—, en la cinta casi sólo se veían imágenes de éstos. Incluso las figuras que había al fondo estaban cortadas por la cintura.

En la segunda cinta aparecía un perro persiguiendo un disco volador en las proximidades del sendero que unía el pabellón con la playa. Allí se distinguían algunas personas al fondo, aunque aparentemente ninguna de ellas revestía particular interés. Sarah pensó que detendría la imagen y las observaría una a una más tarde, confiando en poder distinguir entre ellas al hombre que la había filmado.

La tercera cinta había sido filmada en el interior del pabellón por un familiar de Andrew, un niño que jugaba en el mismo equipo de béisbol de Lexie. Ni que decir tiene que la película consistía básicamente en una sucesión de imágenes del pequeño, y Sarah la recordaba a la perfección: durante los meses siguientes a la desaparición de Lexie la había visto al menos una docena de veces ya que en la misma salía por breves instantes su hija. Un breve *flash* de un par de coletas pelirrojas con lazos azules que saltaban por detrás del niño y que desaparecían en un abrir y cerrar de ojos.

Sarah la quitó apenas se dio cuenta de que se trataba de ésta, pero no fue lo bastante rápida y aquella fugaz imagen volvió a encogerle el corazón.

La reemplazó de inmediato con otra película y se arrellanó de nuevo en el sofá al mismo tiempo que aparecía en la pantalla la imagen de una mujer joven comiéndose un perrito caliente y saludando con la mano. La...

—Sarah, por el amor de Dios, son las cuatro de la mañana.

La repentina aparición de Jake en la puerta de la sala sobresaltó a Sarah. Sus pies descalzos, acurrucados por debajo de su cuerpo en el sofá, cayeron al suelo de golpe. Jake tenía el pelo enmarañado, los ojos inyectados en sangre y sólo llevaba puesto el par de vaqueros. Sus anchos y musculosos hombros casi ocupaban el marco de la puerta, y su amplio pecho desnudo aparecía cubierto por un triángulo de vello negro. Hacía tiempo que Sarah no había visto a su amigo sin camisa y le llamó la atención que, a pesar de su abominable dieta, su cuerpo siguiese siendo atractivo. Aunque no tenía los músculos muy marcados, su cintura seguía conservando la línea.

Era evidente que ahora que el genio había salido de la botella iba a resultar imposible volver a meterlo en ella: la palabra que de inmediato le vino a la mente al verlo fue «sexy». Sarah apenas podía creer lo ciega que había estado hasta aquella noche. Para ella, él siempre había sido sencillamente Jake: un brazo fuerte sobre el que apoyarse, una mente aguda a la que someter sus necesidades cuando hacía falta, un compañero con el que salir, alguien que conocía, alguien con el que, sin duda, podía contar en cualquier caso.

Durante años había sido su única familia y ahora se sorprendía de no haberlo contemplado jamás de forma objetiva.

¿Cómo podía no haberse dado cuenta hasta entonces de lo atractivo que era?

Consternada, Sarah pensó de repente que su amigo tenía razón: desde que Lexie había desaparecido, el dolor la había aislado por completo del mundo circundante. Le había apartado de los aspectos más importantes de la vida.

Sarah debía de haberse quedado con las pupilas clavadas en él mientras experimentaba esta profunda revelación, ya que Jake, tras echar una rápida ojeada a lo que su amiga estaba viendo, se interpuso entre ella y la tele, cruzó los brazos y la miró iracundo.

—Esto es enfermizo, ¿lo sabes?

—¿El qué? Sólo estoy mirando...

Jake la atajó.

—Sé de sobra lo que estás mirando. ¿Acaso crees que no he visto ya esas cintas lo suficiente como para reconocerlas de inmediato? —Jake exhaló un profundo suspiro y su voz se dulcificó levemente—. ¿Puedes explicarme qué es lo que tratas de encontrar en ellas ahora?

En el trozo de pantalla que todavía quedaba visible por detrás de Jake, Sarah pudo ver que la mujer, tras finalizar su perrito caliente, lanzaba besos a la pantalla.

—Recordé algo de repente —le explicó Sarah, evocándolo otra vez mientras su amigo apagaba la televisión apretando el botón con más énfasis del que requería aquella sencilla operación. Sarah decidió dejar para más tarde las afirmaciones de su amigo sobre su propia vida; antes tenía que hablarle de lo que ya consideraba un auténtico descubrimiento—. Poco después de desaparecer Lexie, mientras corría de un lado a otro como una loca buscándola, un hombre me estuvo filmando. Un grupo de animadoras actuaba a mis espaldas, pero el tipo me enfocaba a mí, estoy casi segura. Quiero ver si esa cinta está aquí, porque en el supuesto de que no lo esté...

El mero hecho de contárselo a su amigo excitó de nuevo a Sarah.

—¿Te he dicho ya que son las cuatro de la madrugada?

—le interrumpió Jake con un gruñido—. Te fuiste a la cama a medianoche.

—No estoy cansada —le replicó Sarah impaciente—. Jake, escucha, yo...

—Está bien, estoy exhausto. ¿No se te ocurre nunca que pueda estarlo? Estoy tan exhausto que casi veo doble.

—Entonces vuelve a la cama, sólo quiero ver...

—Tú también deberías estar cansada. Es más, tendrías que estar agotada. Si sigues así, vas a acabar por matarte.

—No soy tan frágil. Yo...

Jake entrecerró los ojos y apretó la mandíbula mientras la escuchaba. Acto seguido, la interrumpió con brusquedad.

—No me vengas con ésas. ¿Te has mirado al espejo últimamente?

Jake se inclinó sobre ella, le tendió la mano y la ayudó a levantarse. A continuación, con ambas manos apoyadas sobre sus hombros, le hizo dar media vuelta y la obligó a contemplarse en el espejo que había delante del sofá. Jake parecía enorme y muy moreno a sus espaldas, y Sarah pensó que, sin duda, aquélla era la causa por la que ella parecía tan demacrada. Estaba despeinada y el pelo le caía hacia atrás desde la cara, por lo que la herida era apenas visible; pero Sarah estaba convencida de que el hecho de que éste fuese negro como la tinta le confería a su piel aquella palidez poco menos que cadavérica. En cuanto a sus ojeras casi moradas, bueno, tenía que reconocer que llevaba algo de tiempo sin dormir. ¿Y la prominencia de sus pómulos? La comida no se había encontrado entre sus prioridades en los últimos tiempos, tenía que admitirlo. De hecho, ahora que lo pensaba, no había desayunado. ¿O lo que se había saltado era la comida?

Jake tenía razón. Su aspecto era frágil. Pero no por ello iba a reconocerlo, eso sería como darle nuevas armas a su amigo.

En lugar de eso, alzó la barbilla.

—¿Y qué?

Sus miradas se cruzaron en el espejo. Jake apretó las manos sobre los hombros de Sarah. El azul pálido de su camisón las hacía parecer muy morenas y masculinas. Su tamaño ponía en evidencia lo endebles que eran sus hombros. Jake estaba tan próximo a ella que Sarah podía sentir su fortaleza cuando rozaba su espalda. De repente cayó en la cuenta de que su amigo iba sin camisa y empezó a sentir un cierto ardor en su interior que esperaba fuese sólo debido al calor que le transmitía el cuerpo de su amigo.

Cualquier otra posible explicación venía a añadir a todo aquello una nueva complicación que, en ese momento, ella estaba muy lejos de necesitar. Sarah se desasió de las manos de Jake y se volvió para mirarlo. Como medida de precaución, y también porque de repente cayó en la cuenta de que no llevaba nada bajo el camisón y de que, apenas unas cuantas horas antes, él le había acariciado los senos, cruzó los brazos y lo miró ceñuda.

Jake le sostuvo la mirada.

—Estás agotando tus últimas fuerzas, si sigues así vas a tener un colapso. Y, en ese caso, ¿de qué le servirás a Lexie o a los demás..., eh?

Sarah no había pensado en ello.

Suavizó el ceño y se humedeció los labios.

—Lo único que pasa es que en todos estos años nunca me he sentido tan cerca de descubrir cómo se produjo la desaparición de Lexie. Al ver a ese tipo con la cámara en sueños me acordé de haberlo visto de verdad en el parque. Recuerdo algunos de sus rasgos de forma que, a menos que me equivoque, podemos incluso contar con una pequeña descripción física de él. Por eso necesito ver esas cintas. Si la que él filmó no se encuentra entre ellas, entonces...

—Mañana seguirá sin estarlo. Vamos, Sarah. Puede que tú no necesites dormir, pero yo sí; y te aseguro que no lo podré hacer mientras sigas aquí abajo pegada a la televisión.

Mientras Sarah trataba de defenderse del sentimiento de culpabilidad que, a todas luces, él estaba tratando de hacerle experimentar, Jake emitió un sonido de impaciencia. La cogió de una mano y la arrastró hasta el pasillo, apagando todas las luces al pasar por delante del interruptor.

—Las cintas... —protestó Sarah, mirando hacia atrás.

—Confía en mí. No se moverán de ahí.

El vestíbulo estaba prácticamente a oscuras, iluminado tan sólo por el tenue resplandor que entraba por la puerta entreabierta del apartamento, por lo que sólo era posible distinguir algo en la parte superior de las escaleras que unían ambos pisos.

Jake se detuvo al llegar a ellas y, como un pescador que tira del hilo, atrajo a su amiga a su lado, le soltó la mano y le indicó con un ademán que empezase a subir.

Pese a sus esfuerzos por no someterse a él, el sentimiento de culpabilidad había hecho mella en ella. Sarah empezó a subir en silencio aun sabiendo que estaba demasiado tensa para poder dormir. El problema era que Jake, sin embargo, no lo estaba. Habría preferido quedarse en el piso de abajo mirando las cintas, pero se metería en la cama y permanecería en ella mirando al techo por su amigo. Al menos con eso conseguiría que se volviese a dormir.

—Siento haberte despertado —se sinceró, al entrar de nuevo en el apartamento de Jake. Éste acababa de cerrar con llave la puerta y la volvía a mirar ceñudo. Sarah bostezó abriendo mucho la boca deliberadamente y se encaminó hacia la lámpara que había junto al sofá y que se había dejado encendida—. Tienes razón. Estoy cansada. Hasta mañana.

—Espera un momento. Vuelve a decirlo. —Suavizó ligeramente el ceño mientras se acercaba a ella descalzo.

—¿Que estoy cansada? —Sarah buscaba a tientas el interruptor para apagar la lámpara.

—No, me refiero a la frase de antes: tienes razón. Creo que es la primera vez que te la oigo decir.

—Oh.

Jake estaba ahora muy cerca de ella. Sarah alzó la mirada, abarcando con ella los ojos castaños y entornados de su amigo, sus pestañas pobladas, la barba incipiente que le ensombrecía la barbilla, la severidad que todavía se percibía en el rictus de su boca, su recio cuello, sus hombros anchos, su pecho amplio y velludo que se iba afinando hasta alcanzar unas caderas fuertes y unas poderosas piernas enfundadas en un par de vaqueros desgastados. A pesar de que Jake le resulta-ba tan familiar como su propia imagen, de repente tenía la impresión de que quizá no lo conocía tan bien como pensaba.

La idea era excitante.

Al darse cuenta de que lo deseaba, se sintió levemente confusa. Quizás el hecho de haber reconocido lo cerrada que había estado durante todos aquellos años a sus emociones contribuyese a que ahora empezase a sentirlas de nuevo.

Una vez más, había que atribuir aquella conmoción al maldito beso de Jake.

«Éste no es momento para recuperar el tiempo perdido», se dijo a sí misma; lo cual no impidió que el pulso se le acele-rase cuando él se detuvo frente a ella. Como medida de pre-caución, cuando sus dedos encontraron por fin el pequeño interruptor lo soltaron de inmediato y Sarah se incorporó, dejando caer la mano junto al costado. Si algo no resultaba conveniente en aquellos momentos era, con toda probabili-dad, quedar sumidos en la oscuridad. Al menos, hasta que ella se cerciorase de su reacción a aquel repentino despertar psicológico.

—¿Y bien? —Jake cruzó los brazos sobre el pecho dan-do muestras de estar esperando algo.

Sarah constató, como si se tratase de algo completamen-te nuevo para ella, que sus brazos estaban muy morenos y eran musculosos. Sin perder tiempo, alzó la vista para mirar-lo a la cara.

—Está bien. Tienes razón. —Sarah se percató de que, a causa de la agitación que sentía, casi le había espetado aque-llas palabras. Exhaló un suspiro y abandonó la lucha que has-ta entonces había mantenido contra sí misma. El problema era que tanto Jake como ella habían sido siempre honestos el uno con el otro. Dejar de serlo ahora no era justo para ningu-no de los dos—. La verdad es que me gustaría poder decirte muchas otras cosas, sólo que tengo miedo que luego se te su-ban a la cabeza.

Jake la miró precavido.

—¿De qué cosas me estás hablando?

—Ya lo sabes. Todas las que me dijiste cuando discutimos antes. Creo que el tema tenía que ver con el hecho de que yo ya no sé divertirme.

—No, es cierto —corroboró él como si el mero recuerdo de aquello bastase para volver a encolerizarlo—. Trabajas día y noche, no duermes como, por ejemplo, ahora, tú...

Sarah lo interrumpió mientras lo miraba con los ojos entornados.

—Está bien, he captado el mensaje. —A continuación añadió—: ¿Puedo preguntarte algo?

—¿Por qué tengo la impresión de que la pregunta va a ser de las que llevan carga de profundidad?

Sarah ignoró su comentario.

—¿Por qué me besaste? Y no vuelvas a contarme eso de que tuviste un día difícil. Quiero saber la verdad.

Jake apretó los dientes mientras la miraba con cautela.

—No podrás soportar la verdad, cariño.

Le había contestado con ligereza, como si se tratase de una mera broma, pero a Jake no le iba a resultar tan fácil eludir la pregunta de su amiga con una frase como ésa: Sarah no se la iba a dejar pasar así como así.

—Quiero saber por qué me besaste, Jake. —Sarah trató de leer la respuesta en sus ojos—. Merezco saberlo.

Jake no le contestó. Su boca se retorció en un irónico rictus. Acto seguido, hizo algo cuando menos sorprendente: tomó las manos de su amiga entre las suyas, se las llevó a la boca y besó una después de otra. Sarah se quedó pasmada al ver cómo apoyaba los labios en su suave y pálida piel. Aquél era precisamente el tipo de gesto romántico del que jamás habría pensado que Jake era capaz. Por eso la deslumbró. El pulso se le aceleró. Se quedó sin aliento. El ardor de aquellos besos la estremeció.

Sarah alzó los ojos buscando los de su amigo. Por encima de sus manos entrelazadas, la mirada de Jake era ardiente y penetrante.

—¿Sabes? —dijo—. Tal vez me estoy cansando de que sólo seamos buenos amigos.

17

—¿Se debe eso al hecho de que me consideres un auténtico quebradero de cabeza? —consiguió preguntarle Sarah, tratando de parecer indiferente al tiempo que sentía que el corazón le empezaba a latir a toda velocidad en el pecho.

—Así es. —La seriedad de su amigo contrastaba con los besos que acababa de depositar en sus manos—. Sabes que me estás matando, ¿verdad?

—¿Podrías ser algo más específico? —Al llegar a ese punto, el corazón se le aceleró aún más—. ¿A qué te refieres cuando dices que te estoy matando? ¿Al hecho de no dormir, a los continuos problemas, o...?

—A todo eso —le atajó él con voz ronca—. Además del hecho, y esto es lo más importante, de que estoy loco por ti.

Sarah sentía ya el corazón en la garganta. Las manos de ambos seguían unidas, pero habían bajado los brazos. Los ojos de Jake se habían oscurecido hasta el punto de parecer casi negros. Sus labios estaban crispados.

Sarah se quedó de repente sin aliento. Apenas podía creer que fuese ella la que escuchaba aquellas palabras de boca de su amigo. Aquello era demasiado bonito para ser verdad. Hacía mucho, mucho tiempo que no le sucedía algo tan extraordinario.

Lo mejor, sin embargo, era ser cauta; como una abuelita que se pone un par de patines por primera vez en muchos años.

—¿Se puede saber a qué te refieres en concreto?

—¿Quieres que te haga un esquema? —Jake hizo una mueca y sus manos apretaron las de Sarah—. Está bien, tú ganas, quiero que nuestra relación cambie. Quiero invitarte a cenar, llevarte al cine, en mi barca o de vacaciones conmigo. Qué demonios, ya que hablamos con franqueza déjame que te lo diga sin tapujos: quiero acostarme contigo. Eso es lo que quiero. Sólo que hay un problema: tú. Antes ni siquiera me devolviste el beso que te di.

El corazón de Sarah latía ya enloquecido. En un abrir y cerrar de ojos, el aire se había cargado de electricidad.

—Eso tiene remedio —dijo, sosteniéndole la mirada.

Los ojos de Jake resplandecieron; ardientes, amenazadores, temibles. Al verlo, Sarah sintió que el corazón le daba un vuelco. Se le secó la boca. Su respiración se aceleró.

—¿De verdad?

—Sí.

Entonces, sin soltar sus manos, sin que sus cuerpos se rozasen pero sintiendo ya el deseo que los devoraba entre ellos, Jake se inclinó sobre Sarah y la besó. Fue un beso delicado, apenas una caricia con los labios, como el roce de las alas de una mariposa.

Con un estallido, el deseo invadió el cuerpo de Sarah: su piel se abrasaba cuando Jake la tocaba, sus huesos se derretían.

Sarah se percató de que seguía teniendo las pupilas clavadas en las de su amigo. Y lo que pudo ver en ellas mientras las miraba la dejó sin aliento y volvió a acelerarle el pulso. Los ojos de Jake estaban entornados e inflamados de deseo. Pero eso no era todo. Más allá de las llamas, más allá de la atracción, delataban también una cierta vulnerabilidad.

La mera idea de que Jake —siempre tan fuerte, tan vigoroso, tan capaz; siempre con la respuesta lista a cualquier pregunta que ella o quienquiera pudiesen hacerle; siempre tan circunspecto, tan firme, tan fuerte— se sintiese vulnerable a causa de ella rompió la última de las cadenas que la habían mantenido encerrada en su cárcel de dolor durante tanto tiempo.

Sarah cerró los ojos y dio un paso hacia delante, de forma que sus senos se estrecharon contra el pecho de él, del que sólo la separaba la tela de su camisón, y sus muslos se rozaron. Al sentir el calor y la dureza del cuerpo de Jake, sus pezones se tensaron. Se le encogió el estómago. Algo en su fuero interno se aceleró y empezó a latir con fuerza.

Entonces lo besó.

Durante sólo un instante, como si tratase de comprender lo que estaba sucediendo, Jake se quedó inmóvil mientras los labios de Sarah hacían presión sobre los suyos y su lengua acariciaba el interior de su boca. Después, murmuró algo ininteligible sin separar sus labios de los de ella y la estrechó entre sus brazos, aplastando los senos de Sarah contra su pecho, alzándola de puntillas, fundiendo sus cuerpos hasta formar uno solo. A continuación la besó, como si no pudiese resistir el ansia de paladear el sabor de su boca.

«Me encantan tus besos.» El pensamiento emergió entre la bruma que empañaba en esos momentos la mente de Sarah. ¿Lo habría dicho en voz alta? Sarah no alcanzaba a saberlo. Estaba tan aturdida, tan impresionada, tan sorprendida de sus propios sentimientos, que no se atrevía a asegurarlo.

Pero, sin importar que lo hubiese hecho o no, Jake seguía besándola; besos ardientes y profundos que estremecían todo su cuerpo, que hacían que la cabeza le diese vueltas y que las rodillas le flaqueasen. Sus labios eran firmes y cálidos; su boca, apasionada y exigente; y Jake, tal y como Sarah percibió con una mezcla de excitación y desagrado, sabía valerse de ambos con habilidad. Sus brazos la estrechaban con las palmas extendidas en su espalda, y Sarah pudo sentir los latidos de su corazón en sus senos. O, a decir verdad, tal vez fuesen los de su propio corazón. Estaba tan deslumbrada que no alcanzaba a saberlo.

«Es Jake», pensó aturdida mientras rodeaba el cuello de su amigo con sus brazos y le devolvía el beso con toda la pasión que había reprimido a lo largo de aquellos años; mientras exploraba su boca a la par que Jake hacía lo mismo con la suya, quizá con algo de torpeza pero consumida de anhelo y de deseo.

Aquella explosión de pasión era, si cabe, aún más increíble tratándose de él. ¿Quién le iba a decir que él, su compañero de siempre, su viejo colega, su amigo del alma, iba a hacer que un día se sintiese de aquel modo?

Los labios de Jake abandonaron los suyos y empezaron a resbalarle por el cuello. Turbada, Sarah respiró hondo y el oxígeno que penetró entonces en su cuerpo le hizo recuperar por un instante la conciencia. La situación se estaba precipitando de un modo que no había previsto; jamás se habría imaginado que la excitación podía ser tan grande...

—¿Te das cuenta —murmuró al oído de su amigo mientras éste depositaba un beso en el delicado punto donde el cuello se unía con los hombros— de que tal vez estamos arruinando para siempre una buena amistad?

Jake se detuvo, inspiró, y a continuación alzó la cabeza para mirarla. Sus brazos la soltaron ligeramente, permitiendo que Sarah pudiese apoyarse de nuevo en sus pies. Los ojos de Jake ardían de pasión. Sus mejillas estaban encendidas. Apenas podía respirar, su pecho subía y bajaba a una velocidad superior a la normal. Dejándose llevar por el impulso, Sarah acarició su pecho, cálido, musculoso, imponente, descubriendo al hacerlo que Jake estaba también empapado de sudor.

«Dios mío, qué hombros tan anchos y musculosos. ¿Cómo no me habré dado cuenta antes?»

—¿Sabes? Ése es un riesgo que no me importa correr.

Sarah jamás lo había oído hablar con un tono tan grave y bronco. A pesar de que sus ojos todavía brillaban de deseo, Jake la estaba mirando con detenimiento. Sarah se percató de que estaba calibrando su reacción ante lo que estaba sucediendo entre ambos.

Lo bueno de Jake era que Sarah podía estar segura de que éste haría siempre lo posible por cuidarla.

La seguridad de que ella podía rechazarlo en cualquier momento, de que podía alejarse de él y de que él no haría nada para impedírselo, de que no le guardaría rencor por ello, de que, de hecho, le facilitaría la huida, alejó los últimos restos de pánico que hasta entonces habían intentado mantenerla aferrada a su conciencia. Se trataba de Jake y, por eso mismo, estaba dispuesta a seguir adelante.

—A mí tampoco —dijo, mientras deslizaba sus manos con deliberada sensualidad por los hombros de su amigo y las volvía a juntar en su nuca.

Los ojos de Jake adquirieron la tonalidad de la obsidiana al mirarla.

Sarah se puso de puntillas y lo volvió a besar.

Jake inspiró ruidosamente cuando sus bocas se unieron y estrechó a Sarah entre sus brazos. No obstante, permaneció inmóvil por un momento, dejando que ella lo besara, que los labios de su amiga oprimieran los suyos, que los lamieran, mientras ella se apretaba contra su cuerpo. Entonces cambió de postura, obligando a Sarah a apoyar la cabeza contra su hombro y a tener que colgarse de él para mantener el equilibrio, y a continuación se apoderó de aquel beso con una habilidad tal que Sarah sintió vértigo. El cuerpo de Jake se iba crispando, y le transmitía anhelo, pura necesidad. Sarah podía percibir la tensión en los músculos del cuello, de los hombros. Entonces le acarició su cálido cuello, la espalda, introdujo sus dedos por los rizos de su nuca y se irguió hacia delante de manera que sus senos quedaron aplastados contra su pecho. Jake deslizó una mano por la espalda de Sarah hasta llegar a una de sus nalgas y, acto seguido, la oprimió contra él. Sarah sintió entonces la prueba inequívoca de su deseo y emitió un leve gruñido.

—Dios mío, Sarah.

Jake alzó la cabeza. Sarah abrió los ojos a tiempo de ver cómo su amigo la sacudía como si tratase de aclarar sus ideas. A continuación, deslizó un brazo por debajo de las rodillas de ella y la alzó.

Jake empezó a caminar con ella en brazos. En aquel momento, sus ojos eran como el azabache y su semblante se había ensombrecido. Su respiración entrecortada delataba hasta qué punto la deseaba. Desesperadamente.

Y ella tenía que reconocer que le sucedía lo mismo.

—Jake —dijo, más por la sorpresa que le producía que se tratase de su amigo, de ella, de lo que estaban haciendo, que por cualquier otro motivo. Sarah había rodeado el cuello de Jake mientras éste seguía caminando con ella en brazos como si no pesase nada. En dirección a su habitación, constató Sarah al mirar en derredor y quedarse sin aliento.

—Sarah. —Pese a la ansiedad que reflejaba su semblante, Jake consiguió dedicarle una leve sonrisa—. No te estarás arrepintiendo ya, ¿verdad?

Habían llegado a la puerta de su dormitorio. Éste, a diferencia de la sala, iluminada con un suave resplandor incandescente, se encontraba en penumbra. Jake tuvo que ponerse de medio lado para poder atravesar el umbral y fue entonces, cuando su amigo realizó aquella torpe maniobra, cuando pasó con solemnidad de la luz a la oscuridad, cuando Sarah se percató de que lo que estaba a punto de hacer era una barbaridad, algo imposible, algo que poblaba de peligros, escollos y hasta un nuevo motivo de dolor el paisaje que se extendía ante sus ojos. El pánico volvió a apoderarse de ella, clavando sus gélidas garras en su conciencia, susurrándole que se detuviese mientras aún estaba a tiempo.

Si se acostaba con Jake, su relación —por no hablar de su propia vida— cambiaría para siempre.

—Oh, qué demonios —dijo entonces en voz alta, más para acallar el miedo que para responder a su amigo—. Hagámoslo.

—Bien pensado —comentó él, antes de echarse a reír.

Devorándola con los ojos, la volvió a besar, firme, resuelto, mientras atravesaban el umbral y se adentraban en la penumbra de la habitación. Unos segundos más tarde, cuando Jake la depositó en la cama y se tendió a su lado, el deseo ahuyentó por completo aquel último instante de vacilación.

Al mismo tiempo que Jake arrojaba la colcha al suelo y deslizaba sus manos por debajo de su camisón, Sarah fue reparando en la blandura del colchón, en las sábanas en desorden, en el cálido aroma a su amigo que desprendían los almohadones.

Su beso fue lento, sensual, hipnótico. Las palmas de Jake ascendieron por sus muslos, sus caderas, sus costillas, hasta llegar a sus senos, dejando un rastro de fuego a su paso, haciendo que el cuerpo de Sarah se estremeciese, se arquease al mero contacto con sus manos, como cuando se acaricia un gatito. Jake siguió besándola y acariciándola hasta que Sarah se estremeció. Entonces él le subió el camisón hasta las axilas.

—¿Por qué no te lo quitas? —le susurró, mientras la besaba en la oreja e introducía la lengua en ella para bucear en el delicado remolino a la par que sus dientes le mordisqueaban el lóbulo.

Privada por unos instantes de la palabra, Sarah inspiró profundamente y accedió a su deseo levantando los brazos por encima de su cabeza e incorporándose un poco para que Jake pudiese liberarla de aquella prenda.

Y se quedó desnuda.

Jamás en su vida se había sentido tan turbada como en aquel instante, al pensar que se encontraba desnuda en la cama en compañía de Jake.

Un calor abrasador recorrió su cuerpo al sentir la fría caricia del aire acondicionado en su piel desnuda, el suave roce de las sábanas en su espalda, o el peso de la mirada de su amigo deslizándose por sus miembros. La habitación estaba a oscuras, pero no lo suficiente como para impedir que se viesen. Los ojos de Jake saltaban de un lugar a otro, rozando al pasar las cremosas esferas de sus pequeños senos, cuyos pezones aparecían oscuros y puntiagudos a la tenue luz; recorriendo la delicada curva que formaban su cintura y sus caderas; abarcando el delta de terciopelo negro que tenía entre sus piernas; deslizándose a lo largo de sus esbeltas piernas.

—Eres preciosa —le dijo.

—Gracias —le respondió ella, considerando que era lo único que podía decir, y cerró los ojos.

Jake rodó sobre ella, aplastándola contra el colchón. Al sentir su cadera balancearse sobre la suya y su pierna deslizarse entre las de ella, Sarah se percató de que Jake seguía llevando puestos los pantalones vaqueros.

La idea de que ella estuviese desnuda y él no le hizo sentir un ligero vahído. Se estremeció excitada. Jake volvió a besarla. Ella le rodeó entonces el cuello con los brazos y le devolvió el beso con anhelante abandono. Rozó con sus labios la cara de su amigo, besó su mandíbula, su garganta, notando al hacerlo el ligero sabor salado de su piel y la aspereza de la barba que cubría sus mejillas y su barbilla. Su amplio pecho, ligeramente mojado ahora y cubierto de vello, resultaba muy viril y Sarah adoraba el efecto que éste producía en sus senos. Su ancha espalda estaba asimismo caliente y empapada, y la piel de sus largos y gruesos músculos, que se doblaban al sentir sus caricias, era brillante y suave. Jake se hundió sobre ella resuelto, ardiendo de deseo, y le acarició los senos, el cuerpo, que se estremeció abrasado al sentir el empuje de su larga y musculosa pierna.

Cuando la boca de Jake abandonó la suya para posarse en su garganta, Sarah le clavó las uñas en los hombros, apretó con ambas piernas la de su amigo y abrió los ojos tratando de respirar.

—Dios mío, qué hábil eres —consiguió decir con una voz razonablemente normal mientras el muslo de Jake se balanceaba entre los suyos y su boca dejaba un rastro de fuego en su clavícula antes de ascender arrastrándose por la grácil curva de su seno derecho que la mano de él sostenía ya para prepararlo.

Al oírla, Jake levantó la cabeza. Sus ojos la miraron ardientes en la oscuridad. Sarah apenas pudo ver sus labios moverse cuando respondió.

—No sabes hasta qué punto, cariño —le contestó con voz enronquecida.

Sarah se percató de que, a pesar de su gravedad, en el tono de su amigo había también una cierta ironía. Acto seguido, Jake le besó el pezón mientras sus manos descendían por su estómago dispuestas a bucear entre sus piernas.

A Sarah le dio un vuelco el corazón. El estómago se le encogió. Sus piernas trataron de cerrarse instintivamente, pero el muslo de Jake estaba firmemente clavado en ellas y Sarah no pudo hacer nada. Cuando su mano llegó hasta ella, su voluntad cedió. Permaneció inmóvil, jadeando, con los ojos cerrados, estremeciéndose al sentir el placer turbador, creciente y casi increíble que le producían los dedos de Jake mientras descubrían sus más recónditos rincones, mostrándole al hacerlo los secretos que éstos escondían en su interior, y su boca abrasaba sus senos.

«¿Cómo puedo haber vivido sin todo esto?», se preguntaba una y otra vez su aturdida mente.

Cuando Jake abandonó sus senos y empezó a deslizarse por debajo de su estómago, Sarah abrió los ojos. Se estremecía, debilitada por el deseo, y su cuerpo sentía una apremiante necesidad. Su corazón latía enloquecido y el ritmo de su respiración estaba tan alterado que en esos momentos le hubiera resultado imposible mantener cualquier tipo de conversación inteligente. Aferrada a sus hombros, Sarah murmuró una protesta inconexa; pero, bien porque no la hubiese oído, o porque no tenía ganas de obedecerla, Jake hizo caso omiso de sus palabras. Las manos de Sarah apretaron fuertemente las sábanas y sus dedos se hundieron en el colchón, mientras Jake, fuera ya del alcance de ellas, le abría las piernas y empezaba a besar el interior de sus muslos.

El cuerpo de Sarah se tensó. Sorprendida por el ardoroso estremecimiento que aquello le producía, Sarah se arqueó al contacto con aquella boca tan excitante y gritó.

Su boca la inflamaba. Sus labios y su lengua se movían con destreza y determinación. Jake la lamió, sosteniéndola delicadamente con sus manos, deslizando éstas hasta aferrar sus nalgas e inmovilizándola con ellas para poder proseguir. Sarah sentía que su cuerpo ardía, se crispaba, se deshacía mientras él le mostraba lo placentero que podía ser rendirse a su anhelo. Sus besos la obligaban a moverse, a gemir enloquecida de deseo.

Entonces él se apartó.

Jadeando, estremeciéndose, y sin poder dejar de mover brazos y piernas, Sarah abrió los ojos y al hacerlo vio el robusto cuerpo de su amigo de pie junto a la cama.

—¿Jake? —Su voz temblaba mientras trataba de distinguir algo en la penumbra. El deseo que sentía era demasiado fuerte, lo necesitaba... El débil sonido metálico que produjo una cremallera al abrirse le indicó que su amigo se estaba quitando los pantalones.

—Un minuto.

Por un momento lo vislumbró desnudo —«Jake desnudo»— y sus ojos se abrieron al notar que era imponente, que estaba bien dotado para ser más exactos, y que en esos momentos estaba inflamado de deseo. A continuación oyó cómo se abría un cajón y al ver lo que hacía Jake comprobó que, una vez más, su amigo se preocupaba por ella.

Poco importaba la ligera irritación que sintió al constatar que su amigo guardaba los condones en su mesita de noche, listos para cualquier posible eventualidad. Prefirió dejarlo para otra ocasión, cuando estuviese menos excitada.

—Le he dado vueltas durante meses —le dijo mientras regresaba a la cama. Su tono áspero le secó la garganta.

—¿Meses? —murmuró ella distraída, mientras la pierna de Jake se volvía a deslizar entre las suyas. Sólo que ahora ésta estaba desnuda como el resto de su cuerpo, sus músculos eran cálidos y firmes, su vello la abrasaba al rozarla, e iba acompañada de algo más. Sus piernas, suaves y flexibles ahora, se separaron para recibir el cuerpo de Jake. Con el corazón enloquecido, Sarah se estremeció de deseo al pensar en lo que estaba a punto de suceder entre ellos.

—Puede que años. Tengo la impresión que desde siempre.

Cuando Jake se dejó caer sobre ella su cuerpo estaba ya tan dispuesto, lo anhelaba de tal modo, que Sarah lo rodeó con brazos y piernas y se arqueó hacia él en el momento preciso, sin poder contener por más tiempo la pasión que la devoraba. Él la besó entonces, con afán, con ansia, aumentando al hacerlo su turbación, y a continuación entró en ella, imponente, ardoroso, inflamándola.

Aquello era tan extraordinario que Sarah apenas podía dar crédito. Aferrándose a él, gritó. Jake volvió a hundirse en ella, lenta, profundamente, con la evidente intención de hacerle experimentar hasta el menor detalle de aquella exquisita sensación.

—Jake —gimió ella, impresionada por lo familiar que le resultaba aquel nombre. «Jake dentro de mí», pensó incrédula, y a la vez emocionada. Clavando sus uñas en la espalda de él y alzando su cadera, lo besó con un abandono cuya ferocidad era nueva para ella.

Jake la estaba penetrando, con firmeza, con rapidez, la besaba con arrebato, acariciándole el cuerpo, acompasando su ritmo al de ella, balanceándola sobre el colchón, haciéndola enloquecer, obligándola a gritar una y otra vez.

—Sarah —gruñó entre dientes al llegar al final—. Sarah, Dios mío —mientras se hundía en ella, con una serie de acometidas tan salvajes y profundas que Sarah, sacudida, trémula, llegó al orgasmo.

Sin previo aviso, el mundo explotó en el interior de sus párpados cerrados con una infinidad de brillantes y multicolores bolas de fuego y su cuerpo tembló abrazado al de su amigo al mismo tiempo que recordaba de nuevo que era con Jake con quien estaba compartiendo aquel momento; que era Jake el que estaba desnudo y con ella, sobre ella, en ella, y que aquello la hacía sentirse infinitamente mejor que en el nirvana.

—Sarah —volvió a mascullar él con ferocidad al sentir el cataclismo que estaba viviendo su amiga. A continuación se adentró de nuevo en ella por última vez hasta que, estremeciéndose, obtuvo su propio alivio.

Sarah seguía flotando, perdida en aquel delicioso espacio en sombras, cuando él, tras besarla, se apartó de ella, se levantó de la cama y desapareció. Mientras Sarah se sobreponía, abría sus párpados cargados y constataba que la cama estaba vacía y que ella se estaba quedando helada sin la presencia de su amigo a su lado, Jake volvió a entrar en la habitación y la tapó con la colcha que antes había desechado, para que no se enfriase a causa del aire acondicionado.

—¿Me has echado de menos? —le preguntó, deslizándose a su lado en la cama y tapándose también.

—Hum —murmuró ella, a la vez que le daba un rápido beso en la boca, en lugar del franco sí que habría debido responderle, y se acurrucó contra su cuerpo mientras el brazo de Jake la estrechaba contra él.

Su amigo olía tan bien, era tan agradable, tan familiar, tan seguro y, a la vez tan diferente, tan atractivo, que Sarah no pudo por menos que cerrar los ojos y entregarse al éxtasis que ello le producía. Permanecieron así durante un rato, él tumbado de espaldas y con la cabeza de Sarah apoyada en su hombro, con el brazo de su amiga alrededor de su pecho y su pierna plegada en lo alto de sus muslos. Sarah experimentó entonces una sensación de *déjà vu* y cayó en la cuenta de que ambos ya habían estado así antes, la única otra vez en la que habían dormido juntos, sólo que ahora era diferente porque ambos estaban desnudos, y lo habían hecho, y eso cambiaba las cosas y hacía que resultasen extrañas entre ellos.

Habían dejado de ser tan sólo buenos amigos.

—¿Y ahora qué?

Los ojos de Sarah se abrieron desmesuradamente al pensarlo. El pánico amenazó con apoderarse de nuevo de ella. La mano con la que acariciaba distraída el pecho de su amigo se detuvo en seco y Sarah echó la cabeza hacia detrás para poder verle la cara. Aquella cara, tan querida y familiar, que, de repente, le parecía también la de un extraño.

Jake la miró de reojo.

—No sé, pensaba que, tal vez, podrías subirte encima de mí...

—¿Qué?

Sarah se quedó tan sorprendida que, por un momento, lo miró parpadeando. Entonces reparó en la curva que formaban sus labios —la misma que había visto ya infinidad de veces sin darse cuenta de lo atractiva que resultaba aquella media sonrisa suya, tan característica— y se dio cuenta de que le estaba tomando el pelo. De nuevo.

Lo que, por otra parte, entraba dentro de la normalidad.

—No bromeo.

—Ni yo tampoco. —Para probar lo que decía, la cogió

por la cintura y la alzó hasta colocarla encima de él, donde la dejó tumbada sobre su pecho con las piernas enredadas en las suyas.

La prueba evidente de que su amigo podía no estar bromeando yacía justo entre ellos. Era desconcertante, como poco.

—Lo que quiero decir es: ¿qué vamos a hacer a partir de ahora?

Las manos de Jake se posaron sobre sus nalgas, las acariciaron y sus palmas se abrieron sobre ellas para sostenerla contra su cuerpo. El corazón de Sarah se aceleró, y ésta se quedó sin aliento.

—Sé a qué te refieres. —Jake suspiró—. Sarah, cariño, ¿podríamos dejar esta conversación para mañana? Estoy cansado.

Las manos de Jake resbalaron por sus muslos, los separaron y los colocaron a ambos lados de su cuerpo de forma que Sarah podía sentirlo ahora, duro, ardiente, dispuesto. Jake la acarició entre las piernas con los dedos. Estimulado de nuevo, el cuerpo de Sarah se agitó abrasado de deseo.

Era evidente lo que su amigo tenía intención de hacer. Lo curioso era que ella, de repente, compartía su inclinación.

—Creí que estabas cansado —murmuró, mientras él se incorporaba y empezaba a acariciarle los senos. Sentada a horcajadas sobre él con las manos alrededor de su cuello, empezó a moverse contra su cuerpo mientras besaba su áspera mejilla y le murmuraba cosas al oído.

—No tanto.

Jake buscó a tientas a un lado de la cama y Sarah oyó cómo el cajón se abría de nuevo y su amigo hurgaba en su interior.

Cosa que no le hizo ninguna gracia.

Aunque tenía que reconocer que era una estupidez enfadarse. Una reacción infantil. Ella era una mujer adulta y sabía que Jake había tenido muchas novias y, además, lo único que pretendía su amigo era protegerla, nada más.

—Jake.

—¿Hum?

—Sólo una cosa... Se acabaron las rubias.

Jake se detuvo para escrutarla en la oscuridad. Sarah podía sentir el ardoroso y amenazador brillo de sus ojos, su penetrante mirada, pero no conseguía adivinar lo que estaba pensando.

—Tan sólo me ayudaban a distraerme mientras esperaba.

—¿Y qué era lo que esperabas?

—A ti —dijo, antes de besarla.

Acto seguido entró en ella, y lo que sucedió a continuación fue tan extraordinario que Sarah olvidó por completo cuanto acababa de decir. Al finalizar se sintió exhausta, agotada de un modo maravilloso, y se dejó caer sobre él con un profundo suspiro.

Pocos minutos después, se quedaba dormida.

Pasadas las nueve de la mañana —algo tarde para él—, Jake se removió en la cama. Una legañosa mirada al reloj le bastó para confirmar lo que ya sabía: había dormido menos de tres horas. Una luz grisácea se filtraba a través de las cortinas, lo cual, dado que éstas estaban hechas con un material que impedía la entrada del sol, significaba que fuera hacía un día magnífico. Por fortuna era sábado, de forma que su programa era flexible. De hecho —pensó mientras miraba de soslayo a Sarah quien, desde que ambos se habían hecho un ovillo juntos en la cama, yacía de espaldas a él mientras parecía seguir durmiendo—, le sorprendía estar ya despierto. Llevaba varios días sin apenas dormir y debería estar agotado. Pero, por la razón que fuese, no era así. Al contrario, se sentía asombrosamente bien, fresco, lleno de energía. Igual que un niño la mañana de Navidad, estaba exultante, rebosante de paz y de alegría por el mundo, y unas cuantas más sensiblerías por el estilo. En pocas palabras, se sentía feliz, feliz como un hombre que acaba de conseguir todo cuanto deseaba y que, en su caso, se podía resumir en una sola palabra: Sarah.

Durante todos aquellos años, no había hecho sino esperarla, concederle tiempo, permanecer a su lado, y lo curioso es que no se había dado cuenta hasta aquella noche, cuando ella le había exigido que dejase a sus amiguitas rubias. La respuesta que le había dado entonces era sincera, pero él mismo la desconocía hasta el momento de pronunciarla en voz alta.

Ahora lo sabía.

Y eso podía ser tanto bueno como no.

Jake consideró que se estaba comportando de un modo excesivamente dócil. Lo que en otras palabras se llamaba estar locamente enamorado. La cuestión era: ¿le sucedería a ella lo mismo?

Su amiga tenía problemas, serios problemas, que ambos iban a tener que superar juntos. Pero, si ella se lo permitía, él estaba dispuesto a hacer cuanto estuviese en su mano para ayudarla a dejar el pasado a sus espaldas. A espaldas de ambos en realidad ya que, a partir de ese momento, todo cuanto le sucediese a ella le sucedería a él también.

Jake la miró de nuevo —se había tumbado de espaldas y ella estaba vuelta hacia el otro lado, acurrucada y con la cabeza apoyada en su bíceps—, y sus ojos se detuvieron en su esbelta figura. Sarah sujetaba la colcha por debajo de su brazo de forma que ésta le cubría parcialmente la parte delantera de su cuerpo, pero dado que él la había apartado para mirar el despertador, su espalda había quedado a la vista permitiendo que Jake se deleitase con todos sus detalles. Sus ojos recorrieron las suaves curvas de sus hombros, de su cintura, de su cadera, se deslizaron por sus piernas hasta detenerse en el maravilloso contorno en forma de corazón de sus nalgas en tanto que su pulso se aceleraba y las imágenes eróticas de lo que había sucedido la noche anterior pasaban por su mente como una película pornográfica.

Le bastó recordar su sabor, la sedosa textura de su piel, el modo en que se había retorcido por debajo de él o los pequeños gritos sin aliento que había emitido cuando él le recordó en qué consistía el placer, para volver a excitarlo.

En esos momentos, el leve aroma a flores del champú que Sarah usaba penetraba por su nariz. El calor que despedía su cuerpo lo rozaba como una caricia. La calidez de la mejilla que tenía apoyada contra su brazo y el susurro de su respiración en su piel erizaron sus nervios.

Aunque también era posible que aquella comezón se debiera a que se le había dormido el brazo bajo el peso de la cabeza de ella.

La cuestión era que Sarah estaba desnuda, en su cama, y que él era perfectamente consciente de que podía despertar de nuevo su deseo en un abrir y cerrar de ojos.

Pero se trataba de su amiga. Ella estaba exhausta, y, ante todo, necesitaba dormir.

Porque si algo deseaba Jake era colmar en cualquier caso sus deseos.

Tras decidir que la dejaría descansar, oyó que alguien arañaba el otro lado de la puerta del dormitorio que él había cerrado la noche anterior antes de irse a dormir. El ruido lo puso en alerta y le hizo mirar con cautela en aquella dirección.

Le bastaron pocos segundos para imaginarse de qué se trataba: *Cielito*, claro está. El vívido recuerdo de lo que había sucedido la última vez que el animal había entrado en la habitación donde él dormía lo había impelido la noche anterior a abandonar la cama por un momento y a asegurarse de que la puerta estaba cerrada a cal y canto. Lo más probable era que ahora ese maldito chucho quisiese salir. Y que el ruido que hacían sus garras al arañar la puerta fuese lo que lo había despertado a aquella hora.

Por nada del mundo quería despertar a Sarah. Imprecando para sus adentros y moviéndose con el mayor sigilo del que era capaz, Jake sacó su brazo de debajo de la cabeza de su amiga, saltó fuera de la cama, tapó de nuevo a Sarah con la colcha, cogió su ropa del suelo y se encaminó descalzo hacia la puerta.

Cielito siguió rascando la puerta hasta el momento en que Jake asió el picaporte. Antes de abrirla, miró una vez más a Sarah, pero su amiga no se había movido.

«Eres mía», pensó con repentino orgullo, y a continuación cruzó poco a poco el umbral para adentrarse, literalmente, en la boca del lobo que, suponía, iba incluido en aquel «eres mía».

¿Debería considerar a partir de ahora que *Cielito* era una especie de «perrastro» mío?

Si eso no bastaba para alejarlo de Sarah, podía considerarse ya irremediablemente perdido.

En lugar de usar la entrada principal de su apartamento —porque había una, consistente en una escalera situada en la parte posterior del edificio que él usaba tan sólo en las contadas ocasiones en que lo que quiera que hiciese requiriera de una cierta discreción—, *Cielito* y él bajaron por el interior de la casa, por el mismo camino por el que habían entrado la noche anterior. Jake vio que la alarma estaba apagada; de forma que no se sorprendió al encontrarse a Dorothy sentada a su mesa, a pesar de que la secretaria no trabajaba durante los fines de semana. La secretaria le daba la espalda mientras aporreaba el teclado de su ordenador emanando ira por todos sus poros.

Así pues, tampoco se asombró al ver a Pops de pie junto a la puerta corredera de cristal, mirando a través de ella. En consonancia con el humor de Jake, el día era soleado y luminoso. Y, con toda probabilidad, también muy caluroso.

—... No es culpa mía —decía su abuelo cuando Jake se acercó.

—Buenos días —les dijo al pasar.

Si bien no sabía hasta qué punto *Cielito* podía aguantar sus necesidades, no estaba dispuesto a tener que comprobarlo. Por ese motivo, no deseaba inmiscuirse en el drama que a todas luces estaba teniendo lugar en esos momentos entre su abuelo y la secretaria. Contaba ya con una buena dosis de tragedia en su vida como para necesitar que aquellos dos le añadiesen algo más, muchas gracias, pero no.

—¡Eh, colega! —La rapidez con la que Pops se había dado media vuelta llamó la atención de Jake. En aquel movimiento había algo sospechoso—. ¿Sarah ha pasado la noche aquí?

La pregunta no iba con segundas. La amistad entre Sarah y él era demasiado conocida como para que el interés que Pops o Dorothy pudiesen demostrar por ella no fuese del todo inocente. Pero, aun así, y dadas las circunstancias, Jake no pudo por menos que sentirse un poco cohibido.

Era evidente que iba a tener que analizar sus emociones tarde o temprano.

—Sí —le contestó y, de no haber sido por el gesto sospechoso que había hecho su abuelo unos minutos antes, habría pasado de largo. En lugar de eso, echó un vistazo a través del cristal que daba a la terraza y que, según pudo comprobar, estaba ligeramente entreabierto.

Como si Pops hubiese tenido intención de salir.

Y lo hubiese detenido la presencia de un enorme caimán.

Sin poder dar crédito a sus ojos, Jake divisó el enorme reptil al mismo tiempo que *Cielito* estallaba en una serie de frenéticos ladridos.

Y se abalanzó en aquella dirección, sin dar tiempo a Jake a sujetarlo con la correa.

—¡Mierda! —gritó Jake—. ¡Cierra la puerta! —añadió precipitándose en pos del perro.

Demasiado tarde.

Cielito se coló por la abertura, presa de una furia suicida, gruñendo como el monstruo que era, y poco le faltó —dos segundos, según pudo calcular Jake aterrado— para acabar convertido en picadillo de «perrastro».

18

A Jake le bastó imaginar la reacción de Sarah si su mascota conociese el mismo final que el perro de lanas de la paciente del dentista, para correr en su ayuda.

—*¡Cielito!* ¡No!

Por fortuna, el caimán tardó en comprender lo que estaba pasando. La visión de aquel perro enorme e histérico temblando iracundo y haciendo un ruido de mil demonios a pocos centímetros de su hocico pareció pillarlo por sorpresa. Parpadeó, sus ojos saltones y dorados necesitaron unos instantes para centrar la vista. Según pudo comprobar Jake al salir en estampida por la puerta, que previamente había abierto de un manotazo, su atención estaba concentrada en los caramelos blandos que había esparcidos por los desgastados tablones de madera del suelo. En el borde de la mesa había una bolsa de plástico hecha trizas y medio vacía. Jake recordó entonces que se la había sacado del bolsillo el día de antes, lo que explicaba la presencia del caimán allí fuera.

Aquella cosa era tan grande que la terraza sólo estaba ocupada por unos dos metros de su cuerpo quebrado y de color fango; su cola, de poco menos de un metro, colgaba todavía por las escaleras.

Le hubiera bastado abrir las fauces para tragarse a *Cielito*. Y el animal, no sin razón, ya que aquella especie de bastardo baboso se acercaba y se alejaba de él sin cesar para morderle el hocico, empezaba a dar ligeras muestras de irritación.

Aterrorizado, Jake se detuvo en medio de los caramelos, recogió del suelo el extremo de la correa, a pesar de que, al hacerlo, acercaba demasiado la mano a aquella hilera cuando menos impresionante de colmillos amarillos, y tiró de ella con toda su fuerza.

Justo en el momento en que el caimán arremetía contra el perro.

Cielito aulló y saltó por los aires, como si alguien le hubiese puesto unos muelles en las patas. Con la correa en la mano, tirando del perro hacia él como si fuese un pez que acaba de morder el anzuelo, Jake se tambaleó hacia detrás y cruzó de nuevo el umbral dando un traspié mientras Pops y Dorothy lo miraban boquiabiertos.

Por desgracia, mientras recuperaba el equilibrio y recibía un golpe en la cara, comprobó con horror que *Cielito* ya no estaba atado a la correa. Si bien el collar seguía colgando de ella —el flácido círculo que acababa de dejarle escocida la mejilla derecha—, de *Cielito* no quedaba ni rastro.

Era evidente que Jake, que se había limitado a pasárselo por la cabeza, no se lo había ajustado bien.

Mientras constataba con horror aquel hecho, *Cielito* emprendió un nuevo ataque en la terraza y el caimán, esta vez sí, reaccionó y fue en pos de él.

—¡*Cielito*! ¡Aquí! ¡Aquí, muchacho! —gritó Jake precipitándose hacia la puerta; pero, aun en el caso de que el perro le hubiese oído, era obvio que éste no sentía una gran estima por su vida, ya que no cejó en su ataque.

La terraza no era muy grande. *Cielito* no tenía escapatoria. El perro saltaba como un canguro acelerado, huyendo del caimán con una explosión de ladridos y gruñidos tan fuerte y feroz que hizo salir volando a un grupo de gaviotas de los robles que había en el jardín trasero y que incluso fue capaz de ahogar el ruido del motor de la lancha que pasaba en esos momentos por delante de la casa. El caimán arremetió contra él, tropezó con una silla e hizo temblar el cristal de la mesa al pasar por debajo de ella. Que *Cielito* acabase convertido en una ración de sushi era cuestión de minutos.

Sarah no podría soportar aquel dolor.

—¡Mierda! —gimió Jake y, a continuación, hizo la única cosa que se le ocurrió en aquel momento: se abalanzó sobre el perro en una maniobra de defensa digna de sus tiempos de jugador de fútbol. Dos saltos y se encontraba de nuevo en el campo, sintiéndose tan estúpido como si se hubiese interpuesto entre King Kong y Godzilla. Sin perder tiempo, aferró a *Cielito* por el lomo...

—¡Jake, por Dios, muévete! —aulló Pops.

—¡Fuera! ¡Fuera! —Esta vez era Dorothy, que trataba de alejar al reptil con la escoba que, a todas luces, había tenido el buen sentido de sacar del cuarto de la limpieza.

Jake se arrojó con el perro por la barandilla.

Y ambos cayeron dos metros antes de tocar el suelo. Por fortuna, la hierba era espesa y el suelo seguía mojado a causa de la lluvia que había caído el día anterior. Aun así, el golpe que Jake se dio fue lo bastante fuerte como para dejarlo sin respiración. Por un momento se quedó inmóvil, como si lo hubiesen despanzurrado contra una losa, hasta que la losa en cuestión empezó a moverse y entonces Jake se dio cuenta de que, en realidad, estaba aplastando a *Cielito*.

Algún día la losa se la iba a echar él encima a aquel perro.

—¡Fuera! ¡Fuera! ¡Fuera! ¡Toma! ¡Toma! ¡Toma! —Era evidente que Dorothy seguía manos a la obra en la terraza.

—¡Eh, colega! ¿Todo bien ahí abajo? —le gritó Pops.

Sin aliento para contestarle, Jake sintió que algo se movía a su izquierda. Al volver la cabeza se encontró cara a cara con *Cielito*. Ambos se escrutaron por un momento igual de aturdidos. O al menos en apariencia, ya que *Cielito*, tras inspirar con fuerza, torció los labios.

En un rictus que no auguraba nada bueno.

—Perrito bueno, *Cielito* —resopló Jake, rezando por la supervivencia de su nariz.

Al fondo podía ver a la temible Dorothy bajando por las escaleras con sus cómodos zapatos, su vestido de ir por casa (que ese día era verde menta), su moño de abuelita y el resto del equipo, golpeando el suelo con la escoba a cada paso que daba. Por delante de ella, el caimán corría como alma que lleva al diablo en dirección al agua.

Consciente, a todas luces, de haber encontrado a alguien de su calaña.

Cielito tenía que haberse percatado de la huida del caimán, porque volvió la cabeza en dirección a ellos y, sin perder tiempo, salió de debajo de Jake, se sacudió y echó a correr en pos del enemigo que se retiraba. Si bien andaba haciendo curvas y sus ladridos eran demasiado agudos para resultar feroces, nadie le podía negar su victoria aquel día. El caimán se introdujo en el agua y desapareció en ella con un chapoteo. *Cielito* permaneció en la orilla manifestando ruidosamente su triunfo.

—Gracias —murmuró Jake en dirección a sus ladridos.

—Ha sido tremendo, tío.

Austin apareció en el campo visual de Jake cuando se inclinó hacia éste desde detrás, de forma que su larga melena rubia le tapó la cara. Era un muchacho alto, delgado y de apariencia bastante presentable. Ese día iba vestido con un par de holgadas bermudas color caqui y una camiseta polo naranja fosforito. Dado que era uno de los dos tipos encargados de vigilar el edificio en caso de que la persona que acosaba a Sarah se decidiese a facilitarles la vida a todos y apareciese por allí, su presencia en el jardín no era sorprendente. Sin contar la camiseta, claro está, que probablemente no era muy acorde con la discreción que requería el cometido que tenía que llevar a cabo, o el hecho de que, en teoría, debería haber estado en el interior del coche aparcado frente al edificio.

—¿Te encuentras bien?

La otra persona que, en ese momento, se inclinaba también sobre él era Dave Menucchi, el encargado de vigilar la parte posterior de la casa desde la barca de Jake. A pesar de ser quince años más joven que Pops iba vestido —a diferencia de éste, que ese día llevaba puestos su habitual par de vaqueros y una camiseta azul marino con el anagrama de una marisquería— como un viejo: un par de pantalones marrones de poliéster de cintura ajustable y una camisa a cuadros de manga corta abotonada hasta el cuello. Tenía la cara redonda y casi sin arrugas, el pelo canoso y todavía abundante, y una barriga tipo Papá Noel. De hecho, durante la Navidad solía representar este papel para una conocida cadena de tiendas de la ciudad.

—Sí —le respondió Jake, pese a que todavía le costaba respirar.

Pops se acercaba a ellos corriendo al igual que Dorothy, quien todavía empuñaba la escoba. Algunos viandantes —que, según supuso Jake, debían de ser pacientes de Big Jim, porque uno de ellos llevaba todavía una servilleta verde colgada del cuello y el otro una revista en la mano— se habían agrupado en los alrededores del aparcamiento para ver lo que sucedía y miraban ahora al punto donde se estaba desarrollando la acción —es decir, a él— con agitado interés. Haciendo acopio de valor, Jake se incorporó. O, mejor dicho, trató de hacerlo. La última vez que había jugado como defensa era todavía un niño. Ahora tenía treinta y nueve años y levantarse después de un golpe como aquél ya no era tan sencillo. De forma que se puso a cuatro patas, apoyó los pies en el suelo por debajo de su cuerpo y se irguió, conteniendo una mueca de dolor cuando cometió el error de intentar enderezar la espalda.

Al mirarse, comprobó que estaba completamente manchado de hierba y barro.

Cielito seguía ladrando en la orilla y expresaba su bullicioso desprecio por el caimán derrotado golpeando una roca con una de sus patas.

Pops y Dorothy llegaron a la vez junto a él. La secretaria parecía enfadada. Su abuelo, en cambio, sonreía de oreja a oreja.

—Tenemos que hablar, colega —le dijo con ojos increíblemente chispeantes. Era evidente que, ahora que su único nieto había escapado del caimán con todos sus miembros intactos, Pops encontraba muy cómico aquello que había sucedido entre ambos—. Lo que hiciste fue una locura. Si *Molly* hubiese sido un poco más rápida, ahora te tendríamos que llamar pata de palo.

—Ya lo creo que tenemos que hablar —gruñó Jake—. No quiero volver a verte dando de comer a los caimanes.

Pops perdió la compostura al oír aquellas palabras: soltó una carcajada y, a continuación, al ver el semblante de su nieto, le tendió una mano.

—Está bien. ¡Caramba! ¿Quién sabe? En cualquier caso, fuiste tú el que dejó esos caramelos en la terraza.

—¿Cómo puedes reírte? Podría estar malherido. —Dorothy miró iracunda a Pops—. Por culpa tuya y de las tonterías que haces.

—¿Yo? El que tiene la culpa de todo esto es ese maldito perro de Sarah. ¿Cómo narices se llama, *Pichurri*? Lo más divertido es que Jake lo odia. —Pops se echó a reír de nuevo.

Jake constató con amargura que Dorothy parecía ser la única persona clemente en aquel grupo. Austin y Dave se reían también entre dientes, aunque sin exagerar, ya que al no ser parientes como Pops corrían el riesgo de ser despedidos.

Notó asimismo que seguía con la correa de *Cielito* en la mano. Y que el perro en cuestión trotaba en esos momentos de un lado a otro de la orilla, ansiando a todas luces que el caimán volviese a aparecer para el segundo asalto.

—Por mí podría irse al infierno —dijo Jake, apretando disgustado la correa. Pero, lo quisiera o no, había que ir a cogerlo. Tras lanzar una mirada iracunda a tres de sus cuatro empleados, empezó a caminar por la hierba en dirección a *Cielito*, haciendo lo posible por no cojear—. Ven aquí, *Cielito*.

Al ver que *Cielito* lo ignoraba, consciente de que Sarah adoraba a aquel maldito perro y de que, tal y como sabía por propia experiencia, aquel perturbado bastardo sólo obedecía a la voz femenina, volvió a gritar: «Ven aquí, *Cielito*», sólo que esta vez empleó al hacerlo su mejor tono de soprano.

Procurando que las carcajadas que oyó luego a sus espaldas no hicieran mella alguna en su autoestima.

Jake empleó poco más de una hora en llegar junto a *Cielito*, deslizar el collar por su cabeza y arrastrarlo hasta la casa. Al llegar a la terraza comprobó aliviado que en ella no había rastro del caimán. En el jardín posterior tampoco había nadie, excepto un cuervo que picoteaba en la hierba. *Cielito* hubiera preferido quedarse en la terraza, ya que apenas puso el pie en ella empezó a olfatear excitado —era evidente que podía percibir todavía el olor de su enemigo—; pero Jake no estaba de humor para darle gusto, por lo que ambos entraron en la casa. Pops se había dejado caer sobre la silla de Dorothy, dando la espalda al ordenador —que, en cualquier caso, no sabía manejar— con las manos sobre la hebilla de su cinturón y una mirada pensativa en la cara.

—¿Qué pasa? —le preguntó su nieto nada más ver su expresión.

—Han salido a almorzar.

—¿Quienes?

—Dorothy y ese... Dave.

—¿Y qué? — *Cielito* tiraba de la correa, por lo visto quería volver al piso de arriba con su ama. Por una vez, pensó Jake, ambos compartían el mismo deseo.

—No me invitaron a ir con ellos.

—¿Y qué? —volvió a preguntarle Jake, esta vez con algo de exasperación.

—Creo que a él le gusta ella. Me parece que es algo así como una especie de cita.

—¿Y qué? —repitió Jake por tercera vez.

—¿Y qué... y qué... y qué? —La voz de Pops se fue apagando. Tenía el ceño fruncido lo que daba a entender que en aquellos momentos no se sentía, lo que se dice, demasiado feliz—. Pues supongo que nada.

Jake miró a su abuelo entornando los ojos.

—Si no quieres que vaya a almorzar con Dave invítala tú a hacerlo.

—¿Yo? —Pops pareció asombrarse—. ¿Me estás diciendo que le pida a Dorothy que salga conmigo?

—¿Y por qué no?

—Bueno..., para empezar, es demasiado vieja para mí. Jake alzó la mirada.

—Es por lo menos diez años más joven que tú. Tienes ochenta y seis años, ¿recuerdas? Ni siquiera Dios es ya demasiado viejo para ti.

Pops apretó los labios.

—¿Desde cuándo te ha dado por hacerte el gracioso?

Jake estaba empezando a hartarse de aquella conversación. Estaba sucio, seguía sujetando a aquel perro como podía y, por si fuera poco, Sarah lo esperaba en su apartamento. Con un poco de suerte, puede que incluso le diese tiempo a ducharse antes de meterse de nuevo en la cama con ella.

—Hablo en serio —dijo—. Tú y Dorothy os habéis estado rondando durante años sin acabar de decidiros. Puede que ella se haya cansado y que ahora apunte en otra dirección... A Dave, sin ir más lejos.

Pops hizo una mueca.

—Está enfadada conmigo desde que me compré la moto. Cuando lo hice, me dijo que ya era hora de crecer un poco. —Pops parecía ligeramente enfadado.

—Tal vez podrías proponerle dar una vuelta con ella.

—¿A Dorothy? —La idea parecía haberle puesto los pelos de punta.

Jake se encogió de hombros.

—¿Y por qué no? En el peor de los casos te dirá que no. —Tras dar por zanjado el asunto, decidió atender a los requerimientos de *Cielito*, y a los suyos propios, y se encaminó hacia la escalera. Antes de llegar a ella, se detuvo un momento y se dio media vuelta para mirar a su abuelo—. ¿Recuerdas la palabra que alguien escribió ayer en el coche de Sarah? ¿«Igor»?

Jake había informado a Pops de lo sucedido mientras iba camino del parque para buscar a Sarah.

—¿Sí?

—Era una especie de contraseña entre las dos. Sarah cree que nadie más podía saberla. Quiero que pongas a un grupo de gente a revisar los documentos sobre el caso para ver si en algún momento aparece mencionada esa palabra. Cualquier indicio relacionado con ella, diles que lo marquen y que me lo hagan saber.

—¿Están en los expedientes que siguen abiertos?

—Sí, excepto las carpetas que Sarah subió al apartamento ayer por la noche. Te las bajaré más tarde. Dile a Austin que entre, puede empezar por las que siguen en el archivo. Dile que sea minucioso. Lo más probable es que ya no sirva de nada que siga montando guardia ahí fuera. Y luego diles a los demás que entren también. Los quiero aquí al pie del cañón.

—No te preocupes.

—Y cuando vuelva Dorothy dile que me busque, ¿quieres? Necesito que haga algunas indagaciones sobre ciertas personas. —Como Brian McIntyre y el resto de policías involucrados en el caso Stumbo, por ejemplo, o Mitchell Helitzer y su entorno, o cualquiera que, en opinión de Sarah o de él mismo, tuviese algo que ganar con la muerte de su amiga o con la posibilidad de que ésta no pudiese seguir adelante con su tarea de fiscal—. Le daré una lista de nombres y quiero que controle dónde se encontraban esas personas ayer por la tarde. Quiero que me indiquen a todos aquellos que no puedan justificar lo que estaban haciendo cuando esa palabra fue escrita en el coche de Sarah.

—Está bien —Pops giró la silla y a continuación volvió la cabeza para mirar a su nieto—. Esto... Colega, ¿recuerdas que tenemos que examinar antes del lunes los datos sobre las pérdidas de Beta Corp? Por eso hemos venido Dorothy y yo esta mañana. Y Charlie está acabando de entrevistar al último de los testigos para el caso Kane, que la oficina del fiscal necesita también para el mismo día por la mañana. Si además nos cargas con eso, vamos a ir muy justos de tiempo.

Jake exhaló un suspiro tratando de no pensar en todo lo que iba a tener que desembolsar ese mes en horas extraordinarias.

—Sí, ya lo sé. Espero que podamos con todo. En cualquier caso, la prioridad la tiene Sarah. Hay algo en este asunto que me da mala espina.

—Por cierto, hablando de gente que no se decide...

Jake sabía de sobra por dónde iba su abuelo, ya que éste llevaba años diciéndole que lo intentase con su amiga sin que Jake le hubiese hecho ni caso. Ahora, en cambio, no podía por menos que reconocer que aquel viejo loco podía tener razón, algunas veces.

Aunque no por ello Jake tenía intención alguna de contarle lo que había pasado. Al menos hasta que Sarah y él se hubiesen acostumbrado a aquel cambio en su relación.

—Eso es asunto mío —lo atajó Jake, antes de que la digresión fuese adelante, y a continuación chasqueó la lengua mirando a *Cielito*, quien se había dejado caer sobre sus pies y que al oírlo se levantó de mala gana, y se dirigió de nuevo hacia las escaleras.

—Te diga lo que te diga, harás lo que te parezca.

Jake ignoró estas últimas palabras.

—Me doy una ducha y vuelvo —dijo, despidiéndose ya mentalmente de la posibilidad de volver a la cama con Sarah. Aquella mañana tenía demasiadas cosas que hacer. Bueno, a menos que se diese prisa, pensó, excitándose al imaginárselo.

—Saluda a Sarah de mi parte —le respondió Pops mientras cogía el teléfono y marcaba un número al tiempo que Jake subía las escaleras con *Cielito* a la zaga.

Pocos minutos después, al entrar sigilosamente en su apartamento, Jake se encontró con que las cortinas estaban descorridas y el sol entraba a raudales por las ventanas. En el aire flotaba, además, un aroma a café recién hecho. Era obvio que Sarah se había levantado ya. «Estoy en casa», fue lo primero que le vino a la mente al desatar a *Cielito*, dejándolo un tanto sorprendido ya que aquello no era lo que solía pensar cuando cruzaba el umbral de su apartamento. Bien mirado, era incluso la primera vez que éste le parecía un verdadero hogar y no un simple apeadero. Mientras se incorporaba, se dio cuenta de que jamás, ni cuando estaba casado ni durante la serie de años que habían venido a continuación, había tenido la sensación de estar en el lugar que le correspondía en el mundo. Mientras *Cielito* se encaminaba a la cocina, Jake analizó casi con tristeza las implicaciones de aquel sentimiento. Se trataba de Sarah, sin lugar a dudas. Sus acompañantes no solían quedarse a pasar la noche con él y, en caso de que lo hiciesen, Jake no veía la hora de desembarazarse de ellas a la mañana siguiente. Había descubierto hacía ya mucho tiempo que él no era el tipo de hombre al que le gusta prolongar los momentos de pasión.

Excepto ahora. Con Sarah habría sido capaz de saborear hasta el infinito el bienestar que éstos procuraban.

Suponiendo que su amiga debía de estar en la cocina, Jake arrastró a *Cielito* hasta ella con el corazón demasiado acelerado para tratarse de un viejo de treinta y nueve años que, como él, había perdido ya la cuenta del número de mujeres que habían pasado por su cama.

De nuevo se sentía presa del radiante alborozo de las mañanas navideñas.

Al llegar junto a la puerta de la cocina, vio salir a Sarah de su dormitorio. Se detuvo en seco —ella no se había percatado todavía de su presencia— y la contempló de arriba abajo. Se acababa de duchar y llevaba puesta una camiseta negra ajustada a sus menudos y puntiagudos senos, y unos vaqueros blancos que resaltaban sus caderas estrechas y sus piernas largas y esbeltas. Su pelo, que caía en desorden por los delicados rasgos de su cara, brilló como las alas de un mirlo al ser rozado por un rayo de sol. Estaba un poco ojerosa —todavía era relativamente pronto, poco más de las diez y media de la mañana; lo cual significaba que, aun en el caso de que estuviese recién levantada, no había dormido demasiado— y su boca parecía increíblemente carnosa, como si los besos que le había dado él la noche anterior la hubiesen inflamado.

Al pensarlo, se excitó.

Sarah era preciosa, elegante, endiabladamente sexy... y suya.

Alguien que valía la pena conservar.

«Ésta se queda conmigo», pensó en el mismo momento en que ella parecía notar su presencia junto a la puerta de la cocina y posaba sus ojos azules en él.

—Hola —le dijo Jake con dulzura mientras ella lo miraba, y le sonrió.

—Hola —le respondió ella.

Su sonrisa, en cambio, fue poco más que un mero estiramiento de labios que no tardó en desvanecerse. Fue un saludo distraído, insignificante y, dadas las circunstancias, impropio. Sarah pasó por delante de él sin detenerse, procurándole a Jake una agradable visión de su bonito trasero.

Era evidente que aquella mañana no iba a cruzar corriendo la habitación para arrojarse en sus brazos. Muy bien, podía soportarlo.

—Cuando te marchaste volví a ver todas las cintas —le dijo sin volverse, aún más distante de lo que él se esperaba—. La película que buscaba no está entre ellas. Voy a tener que pedirle a Sue Turner —la encargada de hacer retratos robot para la policía— que dibuje al tipo que me filmó.

Jake se cruzó de brazos.

—¿Ahora?

Sarah asintió con la cabeza.

—Lo más probable es que no sirva de nada. Todo lo que recuerdo es a un tipo algo fornido con bigote, y la cámara.

—Aun así, podría arrojar alguna luz sobre lo sucedido —comentó Jake, y Sarah volvió a asentir con la cabeza.

—Eso espero.

Jake se había detenido delante de la mesa abarrotada de carpetas. Con las cortinas descorridas, el dorado resplandor de los rayos de sol se desparramaba por ella y por la sala que había a la izquierda. Sarah trajinaba al otro lado de la mesa. Se detuvo junto a ésta para coger algo del suelo —la mesa le impidió ver a Jake de qué se trataba— y a continuación empezó a moverse de nuevo. Jake pensó por un momento que se dirigía al sofá, pero luego se dio cuenta de que su amiga se encaminaba hacia la puerta.

Con el maletín en la mano.

—¿Adónde vas? —le preguntó. La actitud de Sarah le hacía sentirse ligeramente enfadado, desilusionado y, no podía por menos que reconocerlo, también un poco herido.

Sarah lo volvió a mirar de soslayo, con frialdad, sin ningún romanticismo. Aunque Jake no se consideraba un lince, en este caso no le costaba imaginar que, en esos momentos, su amiga no se sentía loca de amor por él.

—Fuera. —Le respondió, mirándolo de pasada con la mano en el picaporte.

—¿Fuera? —repitió Jake, enarcando las cejas. Si bien no se había esperado una calurosa acogida, bueno, tal vez sí, y aquella expectativa no hacía sino agravar el problema, aquella frialdad había empezado a afectarle. Todo un éxito.

Incluso Sarah pareció darse cuenta de que no podía marcharse sin dar más explicaciones. Asintió con la cabeza.

—Duncan me ha llamado. El despacho de Pat Lett nos notificó ayer que el lunes piensan pedir un aplazamiento para el caso Helitzer. Pretenden, además, que se anulen algunas de las declaraciones que éste hizo a la policía sin que estuviese presente un abogado. Hemos quedado para comer y mientras tanto discutiremos el modo en que vamos a responderles y la estrategia que pensamos seguir durante el proceso. Ah, también me ha dicho que el forense acabó ayer la autopsia del cuerpo de Mary. Mañana por la tarde se celebrará el funeral.

—Estás de broma, ¿verdad?

—No, claro que no —le respondió con otra gélida mirada—. A las cuatro, en la iglesia de Nuestra Señora de los Dolores, en la calle Hudson. —Frunciendo el ceño al mirarlo de nuevo, añadió—: Por cierto, ¿qué te ha pasado? Estás lleno de barro.

—Me caí en el jardín. —No tenía ganas de entrar en detalle. No pensaba utilizar el hecho de haber salvado a su perro de los colmillos de un caimán para tratar de ganar puntos ante ella.

—Oh. —Sin mostrar interés alguno por saber la continuación de aquella historia, Sarah giró el picaporte y se dispuso a abrir la puerta.

—Espera un momento. No te muevas. —Jake se acercó a su amiga con un par de zancadas mientras ésta lo miraba aproximarse con una expresión de prevención en la cara que a él le resultaba completamente nueva. Jake cerró la puerta, Sarah había soltado el picaporte, y la asió por la cintura. Su piel le pareció fresca y suave, sus huesos frágiles bajo la presión de su mano. Podía sentir su pulso acelerado en sus dedos. Estaba a escasos centímetros de ella, tan cerca que Sarah no podía por menos que alzar los ojos para mirarlo. Tan cerca que Jake podía oler el dulce aroma de su champú—. Imagino que no estarás pensando seriamente en salir a comer con Duncan, ¿verdad?

Sarah enarcó las cejas.

—¿Tienes algún inconveniente?

Jake inspiró hondo.

—¡Es increíble! —Observó su cara. Aquella mirada distante estaba empezando a crisparle de verdad los nervios—. Sí, ya lo creo que lo tengo. De hecho, son varios. Déjame decirte en primer lugar el más apremiante: ¿recuerdas lo que hablamos ayer sobre el hecho de que tal vez alguien esté tratando de matarte?

Sarah apretó los labios.

—He quedado con Duncan en el Macaroni Grill. No creo que nadie me dispare allí.

Tenía razón, pero eso no quitaba para que a él la idea no le gustase en absoluto. Y, además, también podía añadir un par de razones más de tipo personal. Aunque hubiese preferido que lo devorase aquel maldito caimán antes que reconocer que sentía celos de Ken Duncan.

—¿Nunca has pensado que tal vez sea Duncan quien está detrás de todo esto?

Sarah lo miró con una mezcla de asombro y escepticismo.

—No, la verdad es que no.

—En ese caso, tal vez deberías empezar a hacerlo, ya que él podría salir ganando si a ti te ocurriese algo. Para empezar, podrían encargarle, por ejemplo, el caso Helitzer. Nada mal, ¿no te parece? Demonios, hasta podría acabar ocupando tu puesto.

—No seas ridículo.

—¿Lo soy? He estado dándole vueltas. Nada en esta vida es aleatorio, y eso incluye lo que te ha ocurrido en los últimos días. De alguna manera u otra tiene que haber una conexión entre todo ello, ya que son demasiadas coincidencias. Está bien, reconozco que puede que no se trate de Duncan, pero yo no lo descartaría por completo. Podría tratarse de un montón de gente, alguien en el que todavía no hemos pensado. Y hasta que demos con él, preferiría que no te expusieras demasiado.

—¿Qué es lo que pretendes, tenerme bajo arresto domiciliario?

—Siempre es mejor que correr el riesgo de morir.

Sarah lo miró con los ojos entornados.

—Entonces, ¿qué sugieres? ¿Que me esconda en tu apartamento hasta que identifiquemos al que me disparó? ¿Seguirme adondequiera que vaya? Eso no es posible para ninguno de los dos. Tengo un trabajo, ¿recuerdas?, y un montón de cosas que hacer. Y tú también. Agradezco lo que has hecho por mí, que te hayas ocupado de mí con tanto empeño, pero quiero volver a vivir mi vida. Para empezar voy a ir a comer con Duncan y, cuando acabe, regresaré para recoger a *Cielito*, si no te importa cuidar de él hasta entonces, y para revisar tus carpetas sobre Lexie. Después iré a mi casa y esta noche dormiré sola, como he hecho durante todos estos años. Mañana asistiré al funeral de Mary y el lunes iré a trabajar. Si sucede algo que no pueda afrontar sola, te llamaré.

Le estaba diciendo adiós, educadamente, pero de forma inequívoca. Con una frialdad de la que él jamás la habría creído capaz. Y que a Jake no le gustó. En absoluto.

Se hizo un momento de silencio durante el cual ambos se miraron a los ojos.

Acto seguido, Jake dijo con dulzura:

—¿Quién se está comportando ahora como una idiota? Sarah se crispó.

—No sé a qué te refieres.

Sarah se desasió de él y Jake no hizo nada para impedírselo. La conocía demasiado bien para saber que estaba mintiendo. Sabía de sobra a qué se refería él. De repente se sintió preparado, dispuesto a correr el riesgo de decírselo en voz alta.

—Me refiero a lo de anoche. A lo que pasó entre nosotros dos. Al hecho de que estuvimos en la cama juntos. Desnudos. Haciendo el amor. —Jake casi disfrutó viendo cómo Sarah se sonrojaba.

Su amiga lo miró con ojos relampagueantes.

—No lo entiendes, ¿verdad? Ésa es precisamente una de las razones por las que no quiero quedarme aquí. Fue un error, ¿comprendes? Un terrible error. No debería haber pasado. Te dije que íbamos a arruinar nuestra amistad y así ha sido.

Si bien Jake se esperaba aquella respuesta casi desde el momento en que ella había empezado a hablar, al oírla en sus labios se enfureció.

Soltó una carcajada, pero hasta sus propios oídos detectaron que aquella risa no tenía nada de alegre.

—Muy bien, ahora lo entiendo. Perfectamente. Es como lo de ir a pescar juntos. Te gustó mucho. Te hizo sentir bien, ¿no es eso? —le espetó entre dientes—. Y Sarah no puede permitirse eso, ¿me equivoco?

Los labios de Sarah se contrajeron mientras ella le lanzaba a su amigo una mirada furibunda.

—Vete al infierno. —Acto seguido apartó a Jake de un empujón, abrió la puerta, cruzó el rellano y se precipitó escaleras abajo.

Jake tuvo que contenerse para no salir corriendo detrás de ella. Para no lanzar una retahíla de maldiciones, o dar una patada a la puerta, o dar rienda suelta al revoltijo de emociones que se agitaban en su interior mientras ella desaparecía de su vista y oía el repiqueteo de sus pisadas en la escalera.

Minutos más tarde, oyó cerrarse de golpe la puerta principal y sintió una punzada en sus entrañas.

«Aquí se acaba la mañana de Navidad —pensó con tristeza—. Bienvenido a la dura realidad, amigo.»

Acto seguido se encaminó lentamente escaleras abajo, con calma, y lanzó a Pops, que lo había recibido enarcando las cejas y con una sonrisa furtiva, una mirada que lo obligó a tragarse cualquier posible comentario jocoso que estuviese a punto de hacer. A continuación ordenó a Charlie, que acababa de entrar en el despacho, que siguiese a su amiga sin que ésta se diese cuenta y que le hiciese saber si pasaba algo. Hecho esto, subió de nuevo a su apartamento, se dio una ducha y se cambió de ropa, después de lo cual salió en busca de Brian McIntyre, para quien tenía reservado un mensaje personal, directo y que deseaba espetarle a la cara: «Si te vuelves a acercar a Sarah lo lamentarás durante el resto de tu vida.»

El funeral de Mary fue una auténtica manifestación de duelo. La pequeña iglesia estaba abarrotada tanto por familiares, amigos, vecinos y conocidos como por simples curiosos a los que había atraído la publicidad y las particulares circunstancias de la muerte de la cajera. Los bancos estaban llenos a rebosar. La multitud atestaba los laterales del templo y se alineaba en hileras en la parte posterior del mismo. Era una ceremonia católica y, por lo tanto, colmada de incienso, velas, rezos e himnos. Sarah, sentada entre desconocidos en uno de los atiborrados bancos del fondo, apenas entendió una palabra de cuanto se dijo. No podía apartar de su mente la mirada suplicante que Mary le había dirigido pocos minutos antes de morir. Antes de que se produjese aquella explosión de sangre, aquellos coágulos...

«No podía hacer nada», se dijo a sí misma sin que aquel pretexto la consolase. Sin que sirviese para hacer desaparecer el nudo que tenía en la garganta, o el agujero que sentía en el estómago.

Al acabar la ceremonia, cuando el ataúd cubierto de flores fue transportado al exterior de la iglesia y las llorosas hijas y nietos de Mary salieron por el pasillo central para apiñarse en la limusina que debía seguir al coche fúnebre hasta el cementerio, Sarah se levantó para salir a su vez del templo. Antes de llegar a la entrada, se detuvo por unos instantes en la abarrotada nave para intercambiar unos cuantos comentarios inconexos con algunos de los asistentes al funeral que conocía: un par de policías que trabajaban en el caso, un abogado de la Oficina de Víctimas del Crimen y una vecina. Cuando estaba a punto de cruzar el portón en forma de arco y salir al bochorno que reinaba fuera para llegar al aparcamiento a través del césped abrasado, una mano se posó en su hombro.

—¿La señora Mason? —le dijo alguien con un ligero acento hispano.

Sarah miró en derredor y vio a sus espaldas a una mujer baja y regordeta de unos cuarenta años, con la tez morena y unos ojos brillantes y oscuros. Lucía un vestido negro de manga corta y llevaba su larga melena negra recogida en un moño alto. Tenía la cara surcada de lágrimas y llevaba en brazos a una niña rolliza que a Sarah le pareció reconocer.

—¿Sí? —Aquella criatura, al igual que el resto de niños agolpados alrededor de ella, le ayudaron a adivinar la identidad de la mujer.

—Soy Rosa Barillas —le dijo, confirmando lo que Sarah se imaginaba ya—. Quiero darle las gracias por haber salvado la vida de Angie.

—De nada.

A Sarah, en cambio, le habría gustado decirle: «No pude por menos que hacerlo, ¿sabe?, una vez yo también tuve una hija.» Pero se contuvo. En lugar de ello sonrió a Rosa Barillas y a sus hijos: los dos niños, Rafael y Sergio, la hija mediana, Lizbeth, y Angie. La multitud los empujaba hacia el exterior de la iglesia, en dirección al porche, a las escaleras que conducían al césped. Sarah vio que en el exterior había un equipo de televisión con una cámara y supuso que el funeral de la mujer asesinada sería el tema principal de las noticias de aquella noche. En contraste con la tristeza reinante, el sol bañaba la escena arrancando reflejos de los techos de los coches, de los cristales de las cámaras y de las piezas de joyería que llevaban los asistentes al duelo. La melena rubia de la reportera, que observaba el gentío y que Sarah reconoció como Hayley Winston, brillaba también bajo sus rayos. La multitud se partió en dos en torno a ella y a su equipo mientras avanzaba camino del aparcamiento, que estaba también lleno a rebosar de coches, algunos de los cuales habían arrancado ya para integrarse en la comitiva que seguía al coche fúnebre.

—Angie quiere darle algo —dijo Rosa Barillas, abriendo el bolso mientras se detenían, componiendo un desgarbado grupo, no muy lejos del equipo de televisión. La mujer rebuscó en su bolso un momento y a continuación extrajo de él un paquete envuelto en papel de seda, del tamaño aproximado de una baraja de cartas, que entregó a su hija—. Vamos —le murmuró a Angie, quien salió de detrás de su madre y tendió el paquete a Sarah con algo de timidez.

—Gracias —le dijo la niña a Sarah, mostrándole, con sus palabras, lo bien que la había aleccionado su madre.

Sarah observó también que en la cara de Angie, al igual que en la de Rosa, había rastros de lágrimas.

—Gracias a ti —le contestó mientras aceptaba el paquete, ligero como una pluma, y se acuclilló delante de la niña para abrirlo.

Tras tirar de la cinta deshizo el envoltorio y, al hacerlo, vio un primoroso angelito hecho a ganchillo con un hilo blanco plateado.

—Aquella noche, usted fue como un ángel para ella —dijo Rosa.

—Es precioso. —Sarah balanceó aquel objeto diminuto y delicado en la palma de su mano. Sonrió a Angie—. Lo guardaré como un tesoro.

—Eso es. Ahí tenemos la escena.

Al oír aquel murmullo apenas perceptible, Sarah se volvió de golpe. Procedía del cámara de Canal 5 quien, acompañado de Hayley Winston, se encontraba en ese momento a su lado con la cámara apoyada en el hombro. Era evidente que estaba filmando el ángel que Sarah sostenía en la mano.

Sarah parpadeó indignada.

—¿Echarás de menos a tu amiga Mary? —Hayley Winston apuntó con el micrófono que llevaba en la mano a Angie antes de que ésta pudiese reaccionar.

—Me gustaría que no hubiese muerto. Me gustaría volver a verla —susurró la pequeña antes de empezar a llorar. A continuación echó a correr.

Disculpándose con la mirada, Rosa se precipitó en pos de ella seguida del resto de sus hijos. Sarah se levantó, mirando enojada a Hayley Winston; pero la mujer y su prole se habían alejado ya de ellos. La cámara volvía a enfocar a la reportera, quien hablaba ante ella.

—Acabamos de asistir al conmovedor final del funeral de Mary Jo White: la pequeña Angela Barillas acaba de regalarle un ángel a la mujer que le salvó la vida, la ayudante del fiscal del distrito del Condado de Beaufort, Sarah Mason.

Sarah no estaba dispuesta a seguir escuchando. Sujetando delicadamente el ángel en la mano, dio media vuelta y se dirigió apresuradamente hacia la familia Barillas, que, cuando por fin les dio alcance, se apiñaba en el interior de un viejo monovolumen.

—Señora Barillas —dijo Sarah, y Rosa, que en ese momento se acomodaba en el asiento del conductor mientras la puerta corredera de la parte posterior del vehículo, donde iban sus hijos, se deslizaba, se volvió para mirarla con curiosidad al tiempo que extendía su cuerpo para asir la manilla de la puerta delantera con intención de cerrarla—. Me gustaría que siguiésemos en contacto —le dijo Sarah ofreciéndole una de sus tarjetas de visita, que Rosa aceptó—. Si usted, o sus hijos, necesitan algo, no dude en llamarme.

Rosa miró la tarjeta y asintió con la cabeza.

—Gracias.

—Mamá, aquí detrás nos estamos muriendo —gritó uno de los niños (que Sarah supuso era Sergio) desde detrás y el resto de sus hermanos corroboró bulliciosamente sus palabras. Rafael, sentado en uno de los asientos delanteros para pasajeros, agitó una mano por delante de su cara y simuló que jadeaba.

—Tengo que marcharme —se disculpó Rosa.

Sarah asintió con la cabeza y retrocedió. Rosa cerró la puerta y puso en marcha el vehículo con lo que, probablemente, el aire acondicionado empezó también a funcionar.

Sarah dio media vuelta y se encaminó hacia el extremo más alejado del aparcamiento, donde la esperaba su Sentra cociéndose al sol. Tras abrir la puerta, se introdujo en el coche, haciendo una mueca de dolor cuando la parte posterior de sus piernas —que, en deferencia al calor reinante, llevaba sin medias por debajo de su vestido negro y sin mangas— entraron en contacto con su asiento de vinilo, que estaba ardiendo, y colocó el ángel en el asiento del copiloto. Tras arrancar el coche y retroceder ante el chorro de aire abrasador que salió por las aberturas del aire acondicionado, se apresuró a bajar las ventanillas para hacer salir lo peor del calor.

A continuación dio marcha atrás, giró y se dirigió hacia el extremo de la fila que en esos momentos se encaminaba hacia el cementerio.

Mientras esperaba a poder entrar en ella, su móvil sonó. Sarah lo sacó de la consola que había entre los asientos y bizqueó al mirar la pantalla. El sol casi le impedía leer el número...

Le sorprendió ver que se trataba del suyo. El número de su casa. Alguien —que desconocía, ya que el único que estaba en ella era *Cielito* y la última vez que lo había comprobado éste seguía sin saber usar el teléfono— llamaba a su móvil desde allí.

Sarah lo abrió y apretó el botón para responder.

—¿Diga?

—Quiero volver a casa, mami —lloriqueó Lexie—. Quiero que me cantes nuestra canción de cuna. Por favor, mami, por favor.

A continuación, oyó el tintineo de las lastimeras notas de *When You Wish Upon a Star...* en el teléfono.

19

—¡Jake! ¡Jake! ¡Algo ha pasado! —le oyó decir Jake a Austin por el móvil mientras conducía hacia casa de Sarah infringiendo gravemente el código de circulación.

Austin había seguido a Sarah en el funeral a cierta distancia, sin perderla de vista, y cuando se encontraba una fila más allá de ella en el aparcamiento la había visto abandonar éste, según sus propias palabras, como alma que lleva el diablo. Austin aseguraba también que había conseguido permanecer a su lado y vigilarla sin que ella se diese cuenta. Aunque, en aquellos momentos, Sarah no era, lo que se dice, capaz de reparar en lo que sucedía a su alrededor. Jake también había asistido al funeral desde los bancos de detrás y hubiese apostado cualquier cosa a que ella tampoco se había percatado de su presencia. Por fortuna, Austin había permanecido en el interior de su coche vigilando el Sentra de Sarah y la entrada principal del templo, ya que Jake se había entretenido unos momentos en la sacristía para darle tiempo a su amiga a abandonar la iglesia. Ahora, mientras Jake giraba el volante y se metía en la entrada para coches de la casa de su amiga, Austin le hizo señas desde el interior del Rav4 verde que había aparcado un poco más allá en la calle. Al salir del coche, Jake le devolvió el saludo con un ademán de la mano mientras avanzaba por el sendero, a continuación subió los dos escalones que conducían al porche de un salto y se dispuso a introducir la llave en la cerradura. Lo cual, según descubrió, era innecesario ya que la puerta no sólo no estaba cerrada con llave sino que, además, estaba abierta. En cuanto Jake la rozó, giró hacia dentro.

«Mala señal.»

Jake extrajo el Glock de la parte posterior de su cintura y cruzó el umbral.

—¿Sarah?

Con el corazón acelerado y la pistola apuntando al suelo, aunque lista para ponerla en posición de disparar apenas fuese necesario, se precipitó en el vestíbulo. *Cielito* salió trotando del pasillo y lo saludó con un ladrido. Imaginándose que el perro procedía del lugar donde se encontraba Sarah, Jake se acercó a él murmurando a secas «perro bueno» y sin que el animal lo obligase a detenerse, lo que interpretó como un auténtico progreso en sus relaciones. La puerta de la habitación de Sarah estaba abierta y antes de que pudiese llegar a ella Jake pudo oír la misteriosa melodía de la caja de música que tanto le había crispado los nervios la primera vez que la había escuchado.

When you wish upon a star...

—¿Sarah? —Jake tenía los músculos tensos y listos para entrar en acción, y la adrenalina le corría a raudales por las venas.

Dado que no sabía a ciencia cierta lo que se iba a encontrar cuando entrase en el dormitorio, se sintió aliviado al ver a Sarah arrodillada en el suelo, vestida todavía de negro y con la cabeza agachada sobre aquel maldito unicornio blanco y sobre el resto de los juguetes de Lexie que estaban esparcidos por el suelo. Al menos, no parecía herida.

—Por Dios, Sarah —le dijo, tras lo cual volvió a guardar la pistola en la cintura y se aproximó a ella.

Sarah alzó los ojos mientras su amigo se acercaba a ella y sintió que él era la única persona con la que deseaba estar en aquellos terribles momentos. No había vuelto a verlo o a hablar con él desde que había salido de su apartamento, y durante aquellas horas había acabado por aceptar el dolor que le producía su ruptura como uno más en una vida que, como la suya, estaba ya llena de pesares. Sarah estaba acostumbrada al sufrimiento, había aprendido a convivir con él, a soportarlo y se había dicho a sí misma que, con el tiempo, se acostumbraría también a éste. Pero ahora que volvía a tener el corazón hecho añicos se daba cuenta de que lo necesitaba. Lo necesitaba y quería que estuviese a su lado. Por su mera presencia.

—Me llamó —le dijo Sarah por encima de la melodía del unicornio cuando él se acuclilló a su lado—. Al móvil. Desde aquí, desde casa. Me dijo: «Quiero volver a casa, mami. Quiero que me cantes nuestra canción de cuna.» Y después oí esto. —Sarah tocó el unicornio. Pese a todos los años que habían pasado, el pelo del muñeco seguía siendo aterciopelado al tacto—. Lexie adoraba esta canción. La cantábamos juntas todas las noches.

La voz se le quebró.

—Sarah...

Jake le quitó el unicornio de las manos sin que ella opusiese resistencia. Acto seguido, lo enderezó con cuidado en el suelo y la música se detuvo. Al verlo allí de pie, Sarah sintió un escalofrío. Lexie lo había recibido como regalo las últimas Navidades que habían pasado juntas antes de desaparecer. A partir de ese día, se iba a la cama con él y ambas cantaban juntas aquella canción antes de que Sarah colocase al peluche sobre la mesita de noche de Lexie para que cuidase de su hija por la noche.

Al recordarlo, sintió una punzada en el corazón.

Jake estaba hablando de nuevo y Sarah hizo un esfuerzo para escucharlo.

—Ya sabes que alguien te está acosando. Además de matarte, es posible que lo intentaran también cuando te dispararon, podría estar tratando de hacerte enloquecer; y, desde luego, éste es el mejor modo de conseguirlo. Alguien lo sabe y se está valiendo de ello. Eso es todo. Esto no tiene nada que ver con Lexie, Sarah.

Sus palabras estaban cargadas de sentido común. Sarah

tenía que hacer un esfuerzo para no doblegarse a ellas. Tenía razón, no podía por menos que reconocerlo, pero...

—¿Cómo pueden saber lo de nuestra canción de cuna? —Sarah tenía la garganta seca y dolorida a causa de los sollozos a los que se negaba a abandonarse. Los ojos inflamados de lágrimas contenidas—. Es como lo de «Igor». ¿Cómo podían saberlo?

El sábado por la tarde, después de comer con Duncan, Sarah había regresado al despacho de Jake. Su amigo no estaba allí pero Pops, Dorothy y Austin seguían en él repasando las carpetas sobre la desaparición de Lexie para ver si encontraban la palabra «Igor» mencionada en ellas. Sarah se había unido a ellos y, entre todos, habían vuelto a mirar todo el material sin encontrar el menor indicio de lo que iban buscando. Pero, tal y como le había dicho Pops, recordándole tanto a Jake al hacerlo que Sarah no había podido impedir que se le encogiese el corazón al escucharlo, era muy posible que hubiese otras grabaciones, otras carpetas en el resto de agencias que habían participado en la búsqueda de Lexie. El FBI, por ejemplo, debía de contar con las suyas, así como el departamento de policía de Beaufort o el Centro para Niños Desaparecidos y en todas ellas podía haber documentos que no se encontraban entre las que tenía archivadas Jake. En esos documentos podía figurar alguna referencia a «Igor». Tal y como había afirmado Pops, el hecho de que no la hubiesen encontrado no significaba, necesariamente, que la información no existiese.

Pero Sarah se negaba a creerlo.

—No lo sé, cariño. —La voz de Jake sonaba áspera a causa de la compasión que sentía por su amiga—. Alguien lo sabe, puedes estar segura, y descubriremos quién es. Te lo prometo. Haremos todo lo posible.

—Era la voz de Lexie —insistió ella sin poder contenerse—. Sé que es imposible pero... era su voz. Su dulce vocecita de niña de cinco años. Te lo juro.

La voz se le quebró, al igual que su resistencia. Sarah se volvió hacia él, cegada por el dolor, y Jake la abrazó, estrechándola contra su cuerpo. Al encontrarse de nuevo entre sus brazos se sintió tan segura, tan tranquila y reconfortada que, sin poder dejar de compararlo con un acogedor hogar, le rodeó el cuello con sus brazos, apoyó la cabeza en su hombro y se aferró a él como si no tuviese intención de soltarlo.

Pero no gritó. Se negó a hacerlo. Sabía que Jake tenía razón, que alguien le estaba haciendo aquello deliberadamente para hacerla sucumbir al llanto, al océano de dolor, desesperación y congoja que aquellos despreciables actos habían despertado de nuevo, de forma que si gritaba le concedía la victoria.

Lo cual no impidió que se pusiese a temblar como una hoja de la cabeza a los pies. Ni que su corazón latiese enloquecido o que su estómago se retorciese o que jadease al respirar.

—Sarah —le dijo él y añadió—: Todo va bien. —Eso fue lo que le dijo. Cosas de las que ella sólo percibía el reconfortante sonido que producían al ser pronunciadas. Cosas que eran insignificantes, difíciles de recordar, excepto por la familiar gravedad que tenía el timbre de su voz cuando las decía.

—Tengo que llamar a la policía —dijo Sarah al cabo de unos minutos, sin sorprenderse de que su voz sonase diferente de lo habitual.

—Yo lo haré. Desde mi móvil. Si alguien te llamó desde esta casa tiene que haber tocado el teléfono de la cocina o del dormitorio y podría haber dejado huellas dactilares en alguno de ellos.

Sarah sintió un pequeño rayo de esperanza —las huellas dactilares podían identificar al autor de la llamada— y asintió con la cabeza. Jake se levantó y obligó a Sarah a hacerlo con él. Ella permaneció aferrada a su amigo por unos instantes, sacando fuerzas de su cuerpo, absorbiendo el calor que emanaba de su piel, haciendo lo posible por dejar de temblar. Cuando por fin lo consiguió, apretó los dientes, se irguió y se apartó de él, de sus brazos, y se dirigió a la sala donde se dejó caer sobre la silla de cuero antes de que sus rodillas cediesen. Jake la siguió hasta el vestíbulo y se detuvo donde ella pudiese verlo mientras hablaba con su móvil. Sarah se percató entonces de que iba vestido con un traje de chaqueta oscuro y una corbata y se preguntó dónde habría estado.

Pasado un rato, un par de agentes llegaron a la casa, seguidos a poca distancia de Sexton y Kelso, a quien Sarah había insistido en llamar dado que ellos estaban ya al tanto de la historia. Ambos eran buenos profesionales, sabían hacer su trabajo y, si le guardaban algún tipo de rencor por el caso Stumbo, no lo demostraban. Cuando la policía salió de nuevo de la casa, eran más de las ocho. Sarah se había vuelto a sentar en la silla con *Cielito* a sus pies para no ver cómo los juguetes de Lexie eran cubiertos con el polvo que permitía detectar las huellas dactilares, al igual que los dos teléfonos, las puertas y cualquier otra superficie que, en opinión de los agentes, podía haber sido tocada por el intruso. Asimismo, tomaron declaración a Sarah, hablaron con Jake, se aseguraron que la única copia de la llave de casa de Sarah era la que tenía él, preguntaron a los vecinos para ver si alguien había visto algo, y menearon la cabeza con escepticismo. Nadie se atrevía a decirlo, pero Sarah podía adivinar por sus semblantes lo que estaban pensando: en la casa no faltaba nada, no había signos de que alguien hubiese irrumpido en ella a la fuerza, y tanto Sarah como sus pertenencias personales no habían sufrido daño alguno. Aquél no era, desde luego, un asunto de máxima prioridad.

Cuando se marcharon, Jake, que los había observado mientras se alejaban, volvió a la sala y se quedó de pie ante ella con las manos apoyadas en las caderas.

—Ahora te vienes a casa conmigo —le dijo, mientras Sarah alzaba los ojos titubeante—. No pienso dejarte aquí. Si alguien entró, consiguió esquivar a *Cielito* e hizo esa llamada desde aquí puede volver a intentarlo. En casa no estás segura.

Sarah lo miró sin pronunciar palabra. A continuación, asintió con la cabeza y, cuando él le tendió la mano, le permitió que la ayudase a levantarse. Jake tenía razón, no podía por menos que reconocerlo y, en cualquier caso, pasar la noche anterior allí con la única compañía de *Cielito* había sido una especie de pesadilla. La sombra de Lexie estaba por todas partes y no había podido quitarse de la cabeza la idea de que alguien podía estar acechando fuera, a la espera de que ella se durmiese para poder deslizarse en el interior de la casa. Al no poder permanecer en la cama, se había llevado un almohadón y una sábana al sofá, donde al final se había quedado medio dormida mientras veía la televisión. Y no tenía ganas de repetir la experiencia. Especialmente ahora, después de lo que había pasado.

Ahora, que ni siquiera se sentía a salvo en su propia casa.

—Las huellas dactilares que tomaron... ¿cuándo sabrán a quién pertenecen?

—Les llevará algún tiempo —le dijo Jake, confirmando lo que Sarah ya sabía—. Hablaré con alguien para ver si pueden acelerar las cosas.

Sus miradas se cruzaron. Sarah podía leer en la de su amigo lo que éste estaba pensando, tan claro como si lo hubiese pronunciado en voz alta: «Quienquiera que haya hecho esto no es tan estúpido como para dejar huellas.»

—Puede que no, pero nunca se sabe.

La expresión de Jake le dijo que ambos concordaban en ello.

—No crees que pueda ser Lexie, ¿verdad? ¿De qué manera? ¿Cómo puede haber hecho esas llamadas? —Sarah no había podido contenerse. La idea se había instalado ya en su corazón y no tenía intención de abandonarla.

Los ojos de Jake se ensombrecieron.

—No veo cómo.

—No. —Sarah hizo lo posible por aferrarse a aquella imposible esperanza. Inspiró profundamente—. Necesitaré algunas cosas —añadió, recordando que al día siguiente era lunes y que, a pesar de todo, ella iba a ir a trabajar.

Jake esperó a que Sarah cogiese lo que hacía falta, y a continuación lo metió en su coche. Sarah lo siguió con *Cielito*, y, mientras introducía a éste en el asiento posterior del coche, pareció vacilar.

—Necesito el coche —dijo—. Para mañana por la mañana.

Jake observó su cara.

—¿Crees que podrás conducir?

Sarah asintió con la cabeza.

—Está bien, te seguiré.

Cuando, poco después, llegaban al edificio y Sarah se adentraba en el aparcamiento, el sol se hundía ya en el horizonte en medio de un resplandor de rosas, morados y naranjas. Por encima de la ensenada que había detrás de la casa, el cielo estaba adquiriendo una oscura tonalidad índigo y un coro de ranas croaba no muy lejos de allí. Los mosquitos se preparaban ya para el ataque y las luciérnagas brillaban intermitentemente como si fuesen luces de Navidad. La vaporosa reverberación del día cedía paso al agradable calor de una bochornosa noche de verano. Sarah cogió el angelito de ganchillo que seguía en el asiento del copiloto, lo metió con cuidado en el pequeño bolso negro que había recuperado de lo alto de su armario para sustituir al que la policía seguía conservando como prueba, y salió del coche. Abrió la puerta trasera para hacer salir a *Cielito* y acto seguido se quedó escuchando el zumbido de los insectos y los chapoteos que procedían del agua, mientras Jake aparcaba el Acura a su lado.

—He encargado una pizza —le dijo éste al llegar junto a ella. Sarah le hizo una mueca al oír sus palabras. Jake le sonrió sin dar muestra alguna de arrepentimiento, aquélla era la típica comida basura que solía engullir su amigo, y de repente Sarah sintió que su relación casi volvía a ser la de antes—. Lo que no acabo de entender es lo de ese maldito perro —le dijo Jake, mientras subía en pos de *Cielito* y ella por las escaleras—. ¿Cómo es posible que no les hiciese nada? ¿Hay alguien que le guste en especial? ¿Un veterinario o algo por el estilo? ¿Una persona que le da de comer? ¿Un repartidor de pizza? ¿Alguien en particular?

Sarah no necesitó mucho tiempo para responder.

—No. —*Cielito* y ella acababan de llegar al rellano del tercer piso y Sarah le respondió volviendo la cabeza—. Que yo sepa, no. Al menos no lo suficiente como para permitir que entraran en la casa.

—Debería haberse comido a ese tipo a mordiscos.

Al oír el tono meditativo que empleaba al decir aquellas palabras, Sarah se percató de que Jake estaba hablando para sus adentros y entró sin responderle en el apartamento. Jake la siguió mientras se sacaba algo de debajo de la chaqueta. Sarah abrió los ojos desmesuradamente al ver que se trataba de una pistola. «Por mi causa», pensó mientras él la metía en el cajón de la mesita que había junto al sofá. El hecho de que Jake hubiese cogido de nuevo el arma le indicaba hasta qué punto consideraba que ella podía correr peligro.

En su desesperación por seguir aquel nuevo rastro que podía conducirla hasta Lexie, casi se había olvidado de aquello.

—¿Se puede saber dónde has estado? —le preguntó pasados unos minutos.

Sarah se había dejado caer sobre el sofá al mismo tiempo que él corría las cortinas, y ahora lo observaba mientras, de pie junto a la mesa, se quitaba la chaqueta y la corbata. *Cielito* dormitaba junto a la mesa baja que había delante del sofá. A pesar de que Sarah seguía siendo presa de una gran agitación y se sentía frágil y abatida, ello no impidió que experimentara una cierta excitación al mirarlo. Aquella sensación la pilló por sorpresa y le hizo avergonzarse ligeramente. Porque él seguía siendo Jake, su mejor amigo, pero ahora había algo nuevo entre ellos, una extraña vibración que podía sentir flotando en el aire, y que hacía que ella lo mirara con nuevos ojos. Sarah no pudo por menos que notar la anchura de sus hombros por debajo de su camisa, o lo recio que era. Tan sólo dos días antes no se habría percatado de la fuerte masculinidad que emanaba de sus rasgos. Y no se habría sentido incómoda ante la idea de pasar la noche en su apartamento.

Pero ahora sí.

Si Jake sentía el mismo tipo de turbación que ella, no lo demostraba en absoluto. Tras dejar ambas prendas sobre una de las sillas, la miró irónico.

—En un funeral.

Sarah parpadeó sorprendida.

—¿En un funeral? —La única respuesta que se le ocurría era abrir los ojos desmesuradamente—. ¿En el funeral de Mary?

Jake asintió con la cabeza. Se desabrochó los puños de la camisa y a continuación se la arremangó por encima de los codos. Sarah se asombró una vez más de sí misma cuando no pudo por menos que reparar en lo fuertes y morenos que eran sus antebrazos y en lo grandes que eran sus manos, dotadas de unos dedos muy largos, e inequívocamente masculinas.

Bueno, aquéllos eran detalles que no se podían pasar por alto. En su vida no había espacio para un novio, o para un amante. Pero, tratándose de Jake... En ese caso, sí. Lo necesitaba. Durante aquellos dos días Sarah había podido comprobar hasta qué punto él era importante para ella. Indispensable. Al pensar que él podía haber salido de su vida, ésta le había parecido a Sarah vacía y sombría. Lo que quería ahora era cancelar el sexo de su relación, borrar aquella noche de sus recuerdos, y recuperarlo como lo que era antes, su mejor amigo.

—No te vi —le dijo, apartando resuelta de su mente todo aquello que fuese más allá de la mera amistad.

—Estuve allí.

Entonces Sarah cayó en la cuenta. Se había alterado tanto que sólo ahora se percataba de que su amigo se había presentado en su casa con un misterioso sentido de la oportunidad.

—¿Cómo te enteraste de que... de que me había pasado algo? —De que ella lo necesitaba, quería decir en realidad, sólo que no lo hizo, porque ello implicaba avanzar demasiado en la complicada naturaleza de su relación y en esos precisos momentos no se sentía preparada para ello.

El sentimiento de culpabilidad que dejaba traslucir su amigo le ayudó a adivinarlo.

—Me estabas siguiendo —le espetó en tono acusador y dando muestras de una leve indignación. No excesiva, sin embargo, ya que era innegable que se había sentido aliviada al verlo. Pero aun así...

—La verdad es que quien te seguía en ese momento era Austin. Él me llamó.

Sarah comprendió entonces lo que había sucedido y miró a su amigo entornando los ojos. Sintió ganas de abofetearse al pensar en la terrible noche que había pasado, en lo tensa, nerviosa y a punto de saltar al mínimo ruido que había estado. Tendría que haberse dado cuenta. Si hubiera sido capaz de pensar con normalidad lo habría conseguido. Ya que, después de todo, ¿desde cuándo conocía a Jake?

Él no era el tipo de hombre que se da por vencido y abandona.

—¿Puedo saber quién estuvo vigilando anoche mi casa? —le preguntó con sequedad.

Jake tenía la mirada huidiza de quien está considerando la posibilidad de contar una mentira. Cuando sus ojos se cruzaron con los de Sarah, exhaló un suspiro.

—Yo estuve en la parte posterior, menos mal que tu valla impedía que los vecinos me viesen o uno de ellos podría haber llamado a la policía. Dave estaba apostado en la parte delantera.

Antes de que Sarah pudiese añadir nada, sonó el timbre de la puerta y Jake fue abajo a abrir.

«Salvada por la pizza», pensó Sarah, pero dado que le reconfortaba pensar que Jake la había estado vigilando a pesar de que en ese momento estuviesen enfadados, dio por zanjado el tema.

Cuando acabaron la pizza —o, mejor dicho, y dado que ella no tenía nada de hambre, cuando él acabó la pizza—, los ojos se le cerraban de sueño. Con los codos sobre la mesa y la cara apoyada en las manos, Sarah hacía cuanto podía para mantenerse erguida en la silla. Sólo que sabía que si se iba a la cama no dormiría.

En sueños se sentía atenazada por unos monstruos indefinidos que apenas podía distinguir.

—Voy a sacar al perro —le dijo Jake mientras se ponía de pie—. Vete a la cama.

Sarah lo miró parpadeando. Jake se puso a recoger los

restos de comida y, al coger la caja de la pizza, miró con severidad el trozo que ella apenas había tocado.

—Tienes que comer más —dijo.

—Lo sé. —Sarah inspiró profundamente y llamó a *Cielito*.

El perro se asomó y se acercó rechinando los dientes a los pies de Jake. El problema era, pensó Sarah, que se trataba de su amigo, y ella conocía muy bien su modo de razonar. Jake recordaba lo que había sucedido entre ellos tan bien como ella. El hecho permanecía allí, entre los dos, inadvertido pero imposible de olvidar. Sarah se dio cuenta de que el único modo de superarlo era abordar la cuestión directamente. Coger el toro por los cuernos, por decirlo de algún modo. Levantar la liebre.

—Jake.

—¿Sí? —Jake apoyó la caja en el suelo para *Cielito*, quien de inmediato se puso a devorar el contenido de la misma con el ansia propia de un perro cuya dieta más frecuente no suele incluir la pizza, y se irguió para mirar a su amiga con curiosidad al ver que ésta no proseguía.

Venga, tenía que soltarlo. Era ridículo hacerse la tímida con Jake.

—Gracias por impedir que lo que... —Sarah trató por todos los medios de encontrar el mejor modo de llamar a aquello, y al final se decidió por el eufemismo más cobarde que podía haber encontrado—... sucedió entre nosotros arruine nuestra amistad.

—¿Qué ha sucedido? —repitió él haciéndose el tonto y enarcando las cejas como si no alcanzase a comprender lo que quería decir su amiga.

Pero Sarah no se lo tragó. Jake sabía de sobra a qué se refería, no le cabía la menor duda.

—Sí —dijo entrecerrando los ojos.

—¿No te estarás refiriendo al hecho de que nos acostáramos juntos?

«Qué delicadeza.»

—Sabes que sí.

—Oh —dijo—. Bueno, tan sólo pretendía asegurarme. —Y entonces, cuando la mirada iracunda que ella le lanzó debería haberle hecho retroceder avergonzado, sus ojos chispearon—. De nada.

Sarah lo miró de refilón.

—Estúpido —le dijo, pero sin alterarse.

Jake le sonrió burlón, y de repente las cosas entre ellos volvieron a ser como siempre, y Sarah sintió que la tensión que le había estado retorciendo el estómago hasta ese momento desaparecía. Jake tenía razón, tenía que tenerla, lo que sucedía era que le estaban acosando en la manera más perversa, nada más, y ella sobreviviría a ello al igual que había sobrevivido a todo lo demás.

«Lo que no me mata me hace más fuerte: palabras que ayudaban a vivir.»

—Vete a la cama, Sarah —le volvió a decir Jake, y salió con *Cielito*.

Sarah se fue a dormir, exhausta a causa de las emociones y los acontecimientos que habían tenido lugar durante los últimos días, y, en caso de que tuviese alguna pesadilla, ésta no la despertó y cuando se levantó por la mañana no recordaba nada.

Tal vez había que agradecérselo al pequeño ángel de ganchillo que Angie Barillas le había regalado y que ella colocó sobre su mesita antes de irse a dormir. Mientras apagaba la luz, Sarah había tenido la impresión de que de él emanaba un pequeño resplandor y se había quedado dormida mirándolo.

Tal vez hubiese velado sus sueños durante la noche.

20

—Hace años que Lexie desapareció. ¿Por qué están sucediendo estas cosas precisamente ahora? Algo tiene que haberlas precipitado —le dijo Jake a Pops.

Eran poco más de las siete y media de la mañana. Jake, remolcando a *Cielito*, acababa de regresar de dar un paseo con éste, cosa que parecía estar convirtiéndose ya en costumbre, cuando Pops hizo rugir su moto. Jake casi se estremeció al verlo: el sábado por la mañana, tras salir del edificio pensando en todo aquello que tenía que hacer durante el día, Jake se había percatado, al ver que su coche faltaba del garaje, de que no tenía medio de desplazamiento. Pops se había ofrecido para llevarlo con su moto a recoger el coche, un trayecto que le había erizado el pelo y que Jake se había prometido no repetir jamás salvo en caso de pena de muerte (la suya). Pops entró también con él mientras Jake le refería la llamada de «Lexie» que Sarah había recibido el día anterior.

—No olvides que fue ascendida en el trabajo —comentó Pops.

La camiseta de aquel día era la de la última gira de los Stones: unos labios grandes y rojos con la lengua colgando. Si a eso se añadían los vaqueros, las botas y la calva reluciente, Pops era una vez más la viva imagen de un tipo a la moda.

—De eso hace ya tres meses. —Jake cerró cuidadosamente la puerta a sus espaldas. Después del encontronazo que *Cielito* había tenido con *Molly*, Jake procuraba sacar al perro sólo por la parte delantera de la casa—. Le he preguntado a Sarah, pero a ella no se le ocurre quién puede querer hacerle daño.

El problema, a la hora de discutir con su amiga sobre aquello, es que ambos lo hacían desde dos perspectivas diferentes: Jake buscaba a alguien que tratase de perjudicar a Sarah, mientras que ésta intentaba dilucidar quién había raptado a Lexie. Y ambas líneas de investigación no necesariamente se cruzaban. Jake pensaba que quienquiera que estuviese atormentando a Sarah podía no tener nada que ver con la desaparición de la niña y que, simplemente, se estaba valiendo de aquello para sacarla de sus casillas. En opinión de Sarah, en cambio, todos los caminos conducían a Lexie. Tan sencillo como eso.

—¿Algún enfrentamiento con alguien o algo semejante?

Jake negó con la cabeza.

—Nada que ella pueda recordar, en cualquier caso.

Ambos se encontraban ya en el despacho principal del piso de abajo. Pops se dejó caer sobre la silla de Dorothy mientras que Jake, con *Cielito* a su lado, controlaba que la doble puerta de cristal estuviese cerrada a cal y canto. Así era. La terraza estaba, además, libre de caimanes y el sol que en esos momentos empezaba a ascender desde el canal por el cielo azul era tan redondo y amarillo como una yema de huevo. A esas horas hacía ya calor, y la perspectiva era que hiciese aún más, mientras que la humedad se iba espesando como una salsa al cocer en el fuego. Como cualquier otra mañana de agosto, la situación era de status quo, exceptuando el hecho de que alguien ajeno a ellos odiaba a Sarah lo suficiente como para infligirle la tortura más cruel que ella podía soportar. Y tal vez la odiase hasta el punto de querer matarla.

Jake estaba dispuesto a encontrarlo, aunque ello le llevase toda la vida.

—Tal vez te equivocas buscando la razón en el pasado —dijo Pops, meditabundo mientras se balanceaba hacia atrás en la silla—. Puede que lo que haya encolerizado a ese individuo no sea algo que ya ha sucedido sino algo que esté a punto de suceder. Ese tipo, quienquiera que sea, está tratando de impedir que Sarah haga algo, consiga algo, o tome parte en algo, no sé.

—Ya he pensado en eso. —Jake se apartó de la ventana y miró a su abuelo—. Y también he hecho algunas averiguaciones al respecto. El problema es que ahora está metida en un montón de cosas. La más importante de ellas es el caso Helitzer. Pero luego está también la acusación de violación contra esos dos policías. Por si fuera poco, anda asimismo detrás de un par de atracadores de bancos, un importante traficante de droga con el que se niega a llegar a un acuerdo, un profesor acusado de mantener relaciones sexuales con un menor y, bueno..., la lista es interminable. Además está esa clase de Mujeres Contra las Agresiones Sexuales en la que ayuda, lo que constituye un nuevo grupo de personas a considerar. Luego hay que pensar en la gente con la que trabaja, no sé, tal vez haya alguien que quiera deshacerse de ella por algún motivo. Las posibilidades son tantas que es como buscar una aguja en un pajar.

—En cualquier caso, sea quien sea, sabe perfectamente que el mejor modo de herirla es a través de esa niña —dijo Pops—. Lo que reduce algo la lista. La desaparición de Lexie se produjo hace siete años, mucha de esa gente puede que ni siquiera sepa que ella tenía una hija.

Jake negó con la cabeza.

—No creo que eso cambie las cosas. Por aquel entonces, se hizo mucha publicidad sobre el caso. Y es fácil encontrar datos sobre la desaparición. Basta buscar en Google.

—¿Google? —preguntó Pops con el desdén propio de alguien para quien internet continúa siendo un misterio—. ¿Qué demonios es eso? Dime, ¿qué tipo de mundo es éste en el que basta teclear un nombre para...?

El ruido de unos pasos que bajaban suavemente por las escaleras lo interrumpió y le hizo girar los ojos en aquella dirección. Jake se volvió también. *Cielito*, que hasta ese momento había permanecido tumbado en el suelo mirando con nostalgia por el cristal, alzó la cabeza, miró en derredor y, a continuación, se puso de pie. Pocos instantes después, Sarah, vestida con un traje de chaqueta suelto gris marengo, una camisa de seda blanca y un par de zapatos de plataforma (la absoluta carencia de atractivo de su indumentaria no hizo sino confirmar a Jake la opinión que éste ya tenía sobre su modo de vestir), apareció de repente camino, a todas luces, de la entrada.

Pese a que había dormido plácidamente la noche anterior —Jake lo sabía porque él mismo había ido a comprobarlo varias veces—, seguía estando pálida y parecía cansada y... la palabra que con toda probabilidad Jake le habría aplicado para describirla era acosada. Pese a ello, estaba preciosa y Jake no pudo impedir que el corazón le diese un vuelco al mirarla.

«Idiota», se dijo a sí mismo. Porque eso era lo que pensaba en privado sobre los hombres que perseguían a las mujeres que los rechazaban. Jake había conocido a multitud de ellos durante su trabajo como detective privado, hombres que estaban a punto de divorciarse y que seguían enamorados de sus mujeres, hombres que apenas podían creer que la monada a la que hacían arrumacos estaba por encima de sus posibilidades económicas, o que, simplemente, se dedicaba a hacer arrumacos a otro, todo tipo de imbéciles que se emperraban en mujeres que, según pensaban, eran suyas. A quienes Jake le hubiera encantado decirles que el mar estaba lleno de peces. Que bastaba soltar la presa y buscar otra.

Y ahora, aquella falta de comprensión y sentido de la camaradería volvía a irritarlo.

Si bien era cierto que el mar estaba lleno de peces, él sólo deseaba uno.

«Es mía», pensó mientras Sarah se detenía en el umbral y le dedicaba una rápida sonrisa. «Y no sólo es mi mejor amiga.»

Pero ella no parecía ofrecerle más.

—Eh —le dijo ella—. Gracias por sacar a *Cielito*.

—De nada. —Jake miró al perro, quien permanecía a su lado mirando esperanzado a su ama. El problema era que Sarah no lo podía sacar por sí misma ya que corría el riesgo de que le dispararan. Y, si bien aquella posibilidad se iba reduciendo a medida que pasaban los días, Jake no tenía ganas de correr ningún riesgo. Lo cual significaba que él y *Cielito* estaban condenados a convertirse en uña y carne—. Creo que empezamos a llevarnos bien. Ni siquiera me gruñe ya.

—Ya te dije que acabaría por tomarte cariño —le respondió su amiga mirando a Pops—. Hola, Pops —añadió mientras entraba en la habitación y acariciaba la cabeza de *Cielito*.

—Buenos días, Sarah. ¿Adónde vas tan pronto?

—A trabajar —le contestó ella, posando sus ojos en Jake. Su actitud demostraba que no estaba dispuesta a dejarse vencer por las circunstancias, y Jake la admiraba por ello—. ¿Habéis acabado de interrogar a los testigos del caso Helitzer?

—Sí, y no hemos encontrado nada de interés. Charlie te entregará el informe esta mañana.

—Estupendo. ¿Y tú? ¿Te veré hoy?

—Es probable. —«Por supuesto. Nadie podrá impedírmelo», pensó Jake, pero se abstuvo de decirlo. En lugar de eso, la miró ceñudo—. Espero que te limites a ir al despacho y al tribunal, ¿de acuerdo? No me traigas cosas raras a casa.

—Te lo prometo —le tranquilizó Sarah, porque ambos habían hablado ya sobre las precauciones que ésta debía tomar en tanto aquel asunto siguiese por resolver. Jake no le dijo que, a pesar de que le había asegurado que no lo haría, tenía pensado hacer que alguien la siguiese durante el día—. Tengo que marcharme. Nos vemos luego —añadió mientras se disponía a salir.

—Hasta luego.

—Adiós, Pops.

—Adiós, Sarah.

Cuando se encontraba ya a punto de entrar de nuevo en la recepción, Sarah volvió la cabeza para mirar a Jake.

—Por cierto, ¿quién tienes pensado que me siga hoy? Lo digo para saber a quién buscar.

Era evidente que su amiga lo conocía como la palma de su mano. Jake no pudo por menos que sonreír.

—Esta mañana lo hará Charlie, ya que, de todas formas, tiene que pasarse por tu despacho.

—Dile que lo más probable es que me pare a tomar un café —dijo Sarah—. Te he pillado.

Acto seguido se marchó. Sus pisadas quedaron ahogadas por la moqueta y, al salir, cerró la puerta con cuidado.

Jake sólo se dio cuenta de que seguía sonriendo como un idiota al encontrarse con la maliciosa mirada de su abuelo.

—¿Qué? —le preguntó, mientras su sonrisa se desvanecía.

—Nada. —Pops se encogió de hombros—. Nada nuevo, al menos. Por todos los demonios, colega, supuse que estabas enamorado de ella al ver cómo te enfrentabas a ese caimán.

—Yo no... —empezó a decir Jake, pero se interrumpió al ver llegar a Dorothy. La secretaria, que lucía un veraniego vestido amarillo pálido, entró ruidosamente en el despacho, lo saludó inclinando la cabeza, lanzó una mirada de desaprobación a *Cielito* e ignoró olímpicamente a Pops, quien se había apresurado a dejarle libre la silla.

—He visto a Sarah al entrar —dijo, colocando el bolso bajo la mesa y alisándose la falda para sentarse en la silla que Pops acababa de abandonar—. Esa pobre chica parece exhausta. Necesita unas vacaciones. ¿Sabe que Charlie la está siguiendo? Porque me pareció ver cómo lo saludaba con la mano.

—Lo sabe —asintió Jake.

—Por lo visto, a nuestro colega le cuesta mantener las cosas en secreto. —Pops se acercó a Jake.

Cuando Jake se disponía a replicarle, Dorothy intervino.

—Hablando de mantener las cosas en secreto —dijo con la mirada clavada en Pops con expresión de creciente irritación—, ¿puedes explicarme qué norma de la empresa impide que los empleados salgamos juntos? Porque llevo cuarenta años trabajando aquí, y cuando Dave me contó lo de esa regla, bueno, lo único que pude decirle fue que era la primera vez que oía hablar de ella.

Pops parecía avergonzado. Sus ojos se posaron en su nieto con una mirada que Jake, gracias a innumerables años de experiencia, supo interpretar como: «Ayuda, necesito que me eches un cable.»

—Jake...

—Yo no tengo nada que ver con esto —dijo Jake alzando una mano—. Esto es...

... asunto vuestro. Estuvo a punto de decir, sólo que lo interrumpió... el timbre de su móvil. Tras extraerlo de su bolsillo, controló la pantalla, frunció el ceño y se apartó de ellos para responder.

—Hola... esto... soy Doris Linker. —Mientras Jake trataba de recordar aquel nombre, la persona que llamaba se identificó—. Eh... La hermana de Maurice Johnson. Usted nos dijo que nos pagaría mil dólares si le llamábamos tan pronto como Maurice se despertase. Bueno, pues acaba de hacerlo.

—¿Cómo puede ser, señorita Letts, que usted haya tenido casi un año para preparar este caso, la señora Mason haya tenido... cuánto... tres, cuatro meses... y ella ya esté lista para iniciar el proceso y usted no?

Sarah trató de que no se notase hasta qué punto estaba disfrutando con la agria reprimenda que el juez Schwartzman echaba a Pat Letts, quien aquel día se había presentado al tribunal con un traje rojo lo suficientemente sugerente como para despertar la envidia de Sarah. No obstante, el mismo no estaba causando en el juez la reacción que la abogada había esperado. O tal vez sí, sólo que los dos periodistas que garabateaban sus cuadernos en la parte posterior de la sala estaban actuando como antídoto. En cualquier caso, las cosas no iban viento en popa para la defensa.

Letts parecía cohibida, pero no tardó en recuperarse con admirable sangre fría.

—El caso es tan complejo, señoría, que...

—No siga, señorita Letts. Llevo ya bastantes años de magistrado como para no reconocer una táctica dilatoria por mucho que me argumenten en contra. —El juez la miró frunciendo el entrecejo. A continuación, mientras Sarah hacía lo posible por no sonreír y Pat Letts por no parecer abatida, el juez Schwartzman se inclinó hacia ellas y les dirigió una mirada severa desde detrás de sus lentes—. Les recuerdo a las dos que el juicio preliminar empieza el miércoles que viene. No quiero más retrasos. Propuesta denegada.

Acto seguido dio un golpe con su maza, se levantó y abandonó la tarima, sacudiendo su túnica negra al echar a andar. La bandera de Estados Unidos y la del estado de Carolina del Sur, que se encontraban detrás de la tarima, se agitaron a su paso. El alguacil se dirigió hacia el taquígrafo, que se balanceaba hacia atrás en su silla, y un murmullo recorrió la sala indicando que había llegado la hora de comer. Sarah exhaló un silencioso suspiro de alivio. Aquel día no se sentía al máximo de sus fuerzas, era consciente, y, además, no se podía quitar de la cabeza la llamada de Lexie, o de quienquiera que fuese. Pero no iba a permitir que aquello la alterase, bueno, no en la medida en que pudiese evitarlo. Estaba allí para hacer su trabajo, para pelear en favor de las víctimas por cuya defensa le pagaban, y todo ello sin cejar. Si bien le costaba un esfuerzo enorme mantener el control de sí misma, lo estaba consiguiendo, y eso era lo que contaba.

—Pedazo de mierda —murmuró Letts entre dientes mientras ella y Sarah se encaminaban a recoger sus pertenencias de la mesa de los letrados.

Sarah la miró sorprendida. Pero si pensaba que aquel aparte tan poco profesional iba a cambiar sus relaciones con la defensa se equivocaba ya que Letts, tras coger su bolso y sus carpetas, salió dando zancadas de la sala limitándose a mirar a Sarah como único gesto de despedida. Una ayudante de la abogada, una joven a quien Sarah no conocía, echó a correr en pos de ella. Aquel día Helitzer no había aparecido por la sala, cosa que Sarah no pudo por menos que agradecer.

—Ha sido increíblemente fácil —le dijo Duncan en voz baja al llegar junto a Sarah.

Dado que una vez que empezase el proceso éste iba a colaborar con Sarah en la acusación, su presencia en la sala aquel día estaba más que justificada. Aun así, y dado que la oficina del fiscal del distrito estaba prácticamente abrumada de trabajo, ésta procuraba mandar a uno solo de sus miembros cuando se trataba de asuntos menores como la audiencia de aquel día. Por eso Sarah se había sorprendido al ver aparecer a Duncan dos minutos antes de que ésta se iniciase.

—¿Qué estás haciendo aquí? —le preguntó.

Duncan caminaba a su lado por el pasillo mientras la sala se iba vaciando a su alrededor. Los periodistas que habían estado sentados en los bancos del fondo se habían marchado ya.

—Morrison dijo que viniese. —Duncan se encogió de hombros—. Pregúntale a él, yo no sé nada.

Sarah pensó que lo haría, por descontado. Tan pronto como llegase al despacho. Todos los lunes, a las tres de la tarde, se celebraba una reunión a la que todos los empleados estaban obligados a asistir. Aquel día era lunes, de forma que Morrison estaría en la oficina.

Ambos empujaron a la vez la doble puerta que daba acceso a la sala.

Letts estaba apoyada contra la pared revestida de madera oscura que había junto a las escaleras y en esos momentos hablaba por teléfono. Pese a que la multitud que se arrastraba por el pasillo los separaba, su vestido de mujer fatal destacaba como un rubí en un montón de grava, por lo que era imposible no verla. Sarah se imaginó que debía de estarle contando a alguien lo sucedido durante la audiencia: a uno de sus socios o al mismísimo Mitchell Helitzer.

—¿Quieres comer algo? —le preguntó Duncan, mientras bajaban juntos por las escaleras.

Sarah lo miró de refilón. Duncan le sonreía, arrugando al hacerlo las comisuras de los ojos con un aire de niño bueno que, Sarah estaba segura, muchas mujeres habrían considerado enormemente atractivo. A Sarah le gustaba Duncan, ambos trabajaban muy bien juntos y la comida que habían compartido el sábado anterior había sido tanto amistosa como productiva. Aun así, algo en su manera de comportarse le hacía pensar que tal vez Jake tuviese razón: puede que su interés hacia ella fuese más allá de lo estrictamente profesional. Y Sarah no estaba dispuesta a alentarlo.

Tal y como le había dicho anteriormente, ella no se citaba con nadie.

—Gracias, pero tengo que trabajar —le respondió sin faltar a la verdad.

Duncan asintió con la cabeza. Al llegar a la primera planta se separaron y, en tanto que él se encaminaba hacia los detectores de metales, Sarah se dirigía al baño de señoras. Tras acabar de lavarse las manos, y mientras se disponía ya a abrir la puerta del aseo para volver a salir, Letts entró en él.

Sus hombros casi chocaron al hacerlo. La abogada se detuvo y la fulminó con la mirada.

—Quiero que sepas que mi cliente es inocente —le dijo a Sarah—. Y que voy a disfrutar probándolo ante el jurado.

—¿Sabes?, el problema es que ambas tenemos una percepción muy diferente de los hechos. —Sarah le dedicó una fría y breve sonrisa—. Creo que tu cliente es culpable, vaya si lo es, y voy a disfrutar clavando su culo en la pared.

Acto seguido, empujó la puerta y salió al vestíbulo.

—Me encanta cuando te expresas con esa vulgaridad —le dijo Jake al oído. Sarah se dio media vuelta y vio que su amigo le sonreía con sorna. Era evidente que éste había presenciado el rifirrafe que acababa de tener con la abogada—. ¿A quién te estabas dedicando a incordiar?

Sarah se lo dijo.

—¿Qué haces tú aquí? —añadió acto seguido.

—Te lo diré mientras comemos. ¿Estás libre?

—¿Para ti? Por supuesto —dijo ella—, pero sólo podré dedicarte unos cuarenta y cinco minutos.

—Eso será más que suficiente.

Jake la cogió por un brazo y la arrastró hacia los detectores de metales. Jake llevaba puesta una cazadora de verano marrón y un par de pantalones azul marino, una camisa blanca y una corbata también azul. A Sarah le bastó mirarlo para que la tensión que se había acumulado alrededor de su cuello desapareciera.

—¿Qué prefieres? ¿McDonald's, Arby's...?

Sarah resopló.

Al final acabaron en el Marco's que había al otro lado de la calle, donde Sarah pidió una sopa de tallarines con pollo y Jake un enorme bocadillo de carne con ración extra de queso y patatas fritas. Por el bien de su salud.

—Te estaban siguiendo —le dijo Jake cuando se sentaron con la comida en una mesita que había en el rincón. Marco's era muy popular entre la gente que frecuentaba el tribunal, los jueces, los empleados, los abogados y los oficiales que trabajaban allí, por lo que el restaurante estaba abarrotado. Antes de sentarse, Sarah saludó con la mano a algunos conocidos, lo mismo que Jake—. Maurice Johnson y Donald Coomer. Estaban apostados fuera de tu casa, te vieron salir y te siguieron hasta el Quik-Pik. Al verte entrar en él se les ocurrió lo del robo. Parece ser que la novia del hermano de Johnson trabajaba allí y les había dicho que en el establecimiento siempre había mucho dinero.

—¿Qué...? —Sarah dejó de comer, con la cuchara suspendida a medio camino de su boca, mientras lo miraba—. ¿Quién te lo ha dicho?

Jake parecía muy satisfecho de sí mismo.

—Maurice Johnson. Ha recuperado el conocimiento y habla. Al menos lo hacía cuando salí del hospital.

Sarah lo miraba boquiabierta. Al ver que estaba derramando la sopa se apresuró a colocar la cuchara en el cuenco. Con todas aquellas novedades, no sabía por dónde empezar.

—¿Cómo te enteraste de que había recuperado el conocimiento?

—Le dije a su familia que, en caso de que se despertase y pudiese articular palabra, yo quería ser la primera persona en hablar con él, que si me avisaban les pagaría mil dólares. Me llamaron esta misma mañana.

—¿Eso es legal? —Sarah lo seguía mirando pasmada, mientras limpiaba el mantel con una servilleta de papel que había sacado del servilletero, encima de la mesa—. Sé que no es ético.

—Eh, recuerda que soy un detective y no un abogado. Tus reglas no son las mías. —Sin dar muestras de que su apetito se hubiese visto afectado por la bomba que había hecho caer sobre su amiga, Jake dio un nuevo mordisco a su bocadillo, masticó y se tragó el bocado—. Mi lema es: hacer el trabajo a toda costa.

—¿Qué trabajo? —Sarah seguía dándole vueltas a las implicaciones de lo que su amigo le acababa de decir.

—Que no corras ningún peligro. Descubrir al que te disparó y averiguar la razón. Identificar a la persona que te está haciendo esas llamadas. Y dilucidar en qué modo está relacionado todo ello. No me lo puedo quitar de la cabeza.

—¿Crees que el disparo tiene que ver con las llamadas? —Sarah había olvidado ya por completo su sopa y Jake miraba ceñudo y de forma significativa el cuenco blanco y todavía humeante que su amiga tenía delante.

—Come —le dijo y, al ver que Sarah cogía la cuchara de nuevo, prosiguió—: Johnson me dijo que la idea de ir a tu casa fue de Coomer. Claro que podría estar mintiendo para protegerse, pero asegura que no sabe por qué su amigo quiso hacerlo. Afirma que llegaron justo en el momento en que tú te metías en el coche y que te siguieron hasta el Quik-Pik. Permanecieron sentados fuera por unos minutos, observando el interior del supermercado por el escaparate, y entonces a Coomer se le ocurrió entrar a robar.

—Pero vamos a ver, ¿por qué me siguieron?

Sarah trató de no estremecerse cuando las imágenes de

lo acontecido se sucedieron veloces por su mente como en un caleidoscopio: el Niño Esqueleto acorralándola junto a las neveras, Duke amenazando y disparando acto seguido a Mary, Angie que salía aullando de debajo de la mesa, la huida frenética del supermercado, el impacto de la bala al entrar en su cabeza.

—Johnson dice que no lo sabe. Asegura que sólo había salido con Coomer para dar una vuelta con el coche.

—Entonces, ¿qué crees que fue lo que pasó?

Sus miradas se cruzaron por encima del bocadillo que Jake sostenía con las manos. Los ojos de Jake eran sombríos, penetrantes, serios. Los ojos de un antiguo agente del FBI.

—Creo que alguien los contrató o los obligó, tal vez sólo a Coomer, tal vez a los dos, para asustarte, para desconcertarte. Puede que incluso para herirte, o para matarte, todavía no estoy seguro. En cualquier caso, las cosas tomaron un rumbo inesperado cuando tú decidiste ir al Quik-Pik y ellos decidieron improvisar, un estúpido error de críos, y la situación se les fue completamente de las manos.

—El Niño Esqueleto pronunció el nombre de Duke —recordó Sarah.

—¿Qué?

—Johnson llamó a Coomer «Duke», su apodo callejero, justo antes de que éste disparase a Mary.

—Sí —le dijo Jake por toda respuesta mientras seguía dando buena cuenta de su bocadillo—. Entiendes lo que quiero decir.

—¿Piensas que mataron a Mary por mi culpa? —Sarah se sintió mal de repente.

Jake la miró.

—A Mary la mataron por encontrarse en el lugar equivocado en el momento equivocado y por haber tenido la mala suerte de toparse con dos desalmados estúpidos y violentos.

«Que estaban en el supermercado por mi culpa», pensó Sarah de forma inevitable, y elevó una oración al cielo pidiendo a Mary que la perdonase. Después miró de nuevo a Jake.

—Entonces, ¿quién crees que me disparó?

—Ésa —sus ojos tenían de nuevo la dureza de las ágatas— es la pregunta del millón de dólares. Todavía no lo sé, pero puedes estar segura de que lo averiguaré.

Permanecieron en silencio unos momentos. Al notar que su amigo miraba enfurruñado su cuenco de sopa, Sarah se apresuró a volver a coger la cuchara. No comió, le resultaba imposible probar bocado en esos momentos; pero removió la sopa ayudándose de la cuchara, con la esperanza de que eso distrajera la atención de Jake.

—¿Qué relación tiene con las llamadas? —preguntó.

—Todavía estoy considerando las diferentes posibilidades, de forma que esto no es, con toda probabilidad, seguro al cien por cien; supongo que lo entenderás, pero creo que cuando esos dos depravados llevaron a cabo el robo-paliza-violación-asesinato-o lo que fuese de manera distinta a como se esperaba la persona que los contrató, esta última decidió actuar de modo creativo. Y entiendo por creativo valerse de una niña que habla como tu hija para llamarte y decirte cosas patéticas.

«Lexie.» El mero recuerdo de su voz en el teléfono hizo que Sarah sintiese un vahído. ¿De verdad sería otra niña cuya voz se parecía a la de su hija la que llamaba?

—Pero ¿por qué? —Sarah se había agitado hasta el punto de soltar de nuevo la cuchara.

Jake sacudió la cabeza.

—Aún estoy tratando de averiguarlo. Como también estoy intentando identificar a quien lo hizo. Y si no quieres quedarte en los huesos y salir volando antes de que lo descubramos, será mejor que comas.

Sarah volvió a coger la cuchara. Con los ojos de Jake clavados en ella, dio un sorbo a su caldo. Por un momento, ninguno de los dos habló, mientras Jake acababa su bocadillo y ella seguía haciendo como que comía su sopa.

—¿Por qué te dijo todo eso? —preguntó Sarah a continuación, al sentir que la mano de acero que había aferrado su corazón lo apretaba aún más—. Johnson, quiero decir.

Tras haber acabado de dar buena cuenta de sus patatas, Jake se limpió las manos en una servilleta.

—Le dije que, si hablaba, conseguiría un acuerdo para él: ningún cargo por asesinato, nada de pena de muerte, tan sólo diez años en la cárcel.

Sarah abrió los ojos como platos.

—No tienes autoridad alguna para cerrar un trato como ése.

Jake se encogió de hombros y sonrió.

—Mentí.

Mientras Sarah seguía tratando de encontrar las palabras adecuadas para responderle, un movimiento cercano llamó su atención. Alzó la mirada distraída y, al hacerlo, vio que Duncan hacía una señal para pedir la cuenta desde una mesa cercana en la que había estado comiendo con otro hombre. Sus miradas se cruzaron por un momento y Sarah, al recordar que le había dicho que tenía intención de trabajar durante la pausa para comer, se sintió ligeramente avergonzada. Duncan le saludó con un ademán de la cabeza a lo que ella le respondió moviendo los dedos.

—¿Qué pasa? —preguntó Jake al ver su gesto y la expresión de su cara.

—Duncan está en aquella mesa. Me pidió que comiésemos juntos y le dije que tenía que trabajar.

—Y recibiste una oferta mejor.

Sin importarle, a todas luces, que Duncan se pudiese haber enfadado o no, Jake hizo una señal para pedir la cuenta. En un abrir y cerrar de ojos, la misma camarera a la que Duncan llevaba ya varios minutos tratando de atraer en vano hasta su mesa con el mismo objeto se la trajo. De no haber sabido que ésta era nieta de Dorothy y que, al igual que su abuela, adoraba a Jake, Sarah se habría sentido impresionada.

—¿A qué hora piensas volver a casa? —le preguntó Jake, mientras salían del restaurante.

—Sobre las siete —le respondió Sarah automáticamente, porque era lunes y ese día solía volver a casa más o menos a esa hora para poder sacar a *Cielito* antes de ir al gimnasio. De repente cayó en la cuenta de que cuando hablaba de casa ahora se refería al apartamento de Jake y que, con toda probabilidad, él la estaría esperando en su interior. El corazón le dio un pequeño vuelco al pensarlo. El modo en que Jake había pronunciado la palabra «casa» sonaba bien.

—Allí estaré. —Jake la ayudó a cruzar la calle y la contempló mientras entraba en el edificio del tribunal, donde la había dejado. Antes de despedirse, le dijo—: Por cierto, has de saber que Dave estará aquí fuera esta tarde.

Más tarde, ese mismo día y después de la reunión del personal, Sarah acorraló a Morrison en su despacho. La reunión se había alargado, como, por otra parte, solía suceder siempre, por lo que eran ya casi las seis y media y Morrison estaba de pie detrás de su escritorio ocupado en meter ordenadamente las cosas en su cartera, cuando Sarah llamó a la puerta y entró en su despacho. En su calidad de fiscal del distrito, a Morrison le había correspondido el mejor de los despachos del anodino edificio de los años setenta, situado en las proximidades del Tribunal, en el que todos trabajaban, lo que, a fin de cuentas, no significaba tampoco gran cosa. Al igual que los demás, el de Morrison era poco más o menos que un cubículo con un escritorio metálico, unas estanterías también de metal y llenas a rebosar de libros y documentos cubriendo las paredes, una silla giratoria detrás de su mesa, y dos vulgares sillas de oficina delante de ella. El único aspecto de su despacho que lo hacía más deseable que los demás era que el mismo estaba situado en una esquina del edificio, lo que le procuraba una espléndida vista de la bahía de Beaufort, al este, y del centro histórico, al norte.

Pero el hecho de tener un doble ventanal le causaba a Morrison constantes problemas con el aire acondicionado.

—¿Sí? —Tras acabar de cargar su cartera, Morrison la cerró de golpe y miró a Sarah con curiosidad.

—¿Por qué enviaste a Duncan a la audiencia sobre el aplazamiento del caso Helitzer? —le preguntó Sarah sin más preámbulos.

El semblante de Morrison se ensombreció.

—Porque pensé que tal vez necesitarías ayuda.

—Jamás la he necesitado, y menos aún para una audiencia cualquiera.

Morrison pareció vacilar. Acto seguido le indicó con un ademán una de las sillas para visitas que había ante su escritorio.

—Siéntate, ¿quieres, Sarah?

Ay, ay, aquello no podía significar nada bueno. Morrison nunca pedía a sus subalternos que se sentasen.

Sarah lo miró resuelta e hizo caso omiso de la invitación.

—Sea lo que sea, me lo puedes decir mientras permanezco de pie. Te prometo que no me desmayaré.

Morrison apretó los labios. Aquellos ojos castaños parecieron sopesarla a través de las gafas sin montura que llevaba puestas y que los agrandaban un poco, lo que lo asemejaba a uno de esos insectos depredadores de grandes ojos como la Mantis Religiosa.

—Me contaron lo de la llamada del domingo por la tarde y pensé que tal vez te costaría concentrarte después de eso.

—Sabes que siempre estoy preparada para trabajar.

—Y lo haces muy bien, Sarah. Lo reconozco. —Morrison se dio la vuelta para mirarla y Sarah se preparó para el pero que se veía venir—. Me han llamado algunas personas. Dicen que pareces agotada, que te tambaleas, que ya no eres la misma. Y para comprobarlo me basta mirarte. Por todos los demonios, has tenido unos días muy duros. Lo entiendo. Y créeme, lo siento por ti. Pero tenemos por delante algunos juicios muy importantes, mucho que hacer, y Duncan está a la altura de todo ello. Quiero que lo pongas al día, por si acaso...

—¿Por si acaso qué? ¿Por si me hundo definitivamente? ¿Por si me derrumbo?

A Morrison aquello no pareció hacerle ninguna gracia.

—En caso de que necesites tomarte algún tiempo libre —le dijo suavemente—. En nuestro trabajo nos vemos sometidos a muchas presiones y, por si fuera poco, en tu vida personal se están produciendo últimamente muchos sucesos. Y yo tengo que procurar que las cosas funcionen en la oficina.

—¿Me estás diciendo que puedo perder mi trabajo porque alguien me disparó y porque un imbécil se está dedicando a hostigarme? —Sarah estaba enojada, pero también un poco aturdida. Perder el trabajo... Se quedó helada al pensar que sin él se iba a sentir perdida. ¿Qué iba a hacer sin un trabajo que le ocupase todos los minutos, todas las horas, toda su vida?

Morrison alzó una mano pidiéndole calma.

—Lo único que he dicho es que quiero que Duncan esté al corriente de todo.

—Para que pueda sustituirme si es necesario. Si eso no significa que mi trabajo corre peligro, dime tú cómo debo interpretarlo.

Sus miradas se cruzaron por un momento. La de Sarah era iracunda para ocultar su miedo. La de su jefe, en cambio, parecía conciliadora y llena de buenos sentimientos.

Morrison suspiró.

—Lo que quiero decir es que tal vez puedas tener ganas de ausentarte por un tiempo o...

Unos golpes en la puerta, que seguía abierta, los interrumpieron. Al mirar hacia ella, Sarah vio que Lynnie, su asistente de veintiséis años, esbelta, atractiva y de origen chino, la miraba con aire de disculpa.

—Lamento interrumpirles —dijo con la dulzura que la caracterizaba—, pero tienes una llamada urgente, Sarah.

—¿Podemos acabar de discutir esto más tarde? —Sarah empleó un tono interrogativo con la única intención de respetar el protocolo jefe-empleado. Porque lo que realmente quería decir, y estaba segura de que a Morrison no se le escapaba el matiz, era que ambos acabarían aquella discusión más tarde.

—Por supuesto. —Morrison suspiró y Sarah, mirando de nuevo furibunda a su jefe, salió del despacho para contestar al teléfono.

—¿La señora Mason? —Sarah reconoció el acento hispano de la voz que hablaba al otro lado del auricular antes de que Rosa Barillas se identificase—. Disculpe si la llamo al trabajo, pero no sabía qué hacer. Angie ha desaparecido. Le ruego que me ayude.

21

—Mi niña, mi niña, Virgen Santa, te lo ruego, vela por
ella, devuélvemela. Oh, Dios mío, es tan pequeña. Mi niña.

Los murmullos entrecortados de Rosa Barillas encogían
el corazón a Sarah. A las diez de la noche, una multitud se había congregado ya en el pequeño y viejo apartamento de los
Barillas. Rosa estaba sentada en el sofá, envuelta en una manta. En la mesa de al lado había una taza de café y un dulce que
la mujer no había tocado. De vez en cuando, se levantaba del
sofá y se arrodillaba en el suelo, juntando las manos y rezando frenéticamente por que su hija se encontrase sana y salva.

La atmósfera estaba cargada de miedo y dolor. La gente
hablaba en voz baja, como si asistieran ya a un funeral. Los dos
niños más mayores, Rafael y Lizbeth, estaban acurrucados en
una esquina, boquiabiertos, al cuidado de una mujer que Sarah imaginó que debía de ser su tía. Sophia y Sergio se acababan de quedar dormidos y alguien se los había llevado del
apartamento para pasar la noche en otro lado. El vaivén de
personas era incesante: policías, visitantes, periodistas, todos se detenían unos momentos para decir algunas palabras
a aquella madre desquiciada. Sarah era consciente de que el
tiempo corría implacable. Tras la terrible desaparición de Lexie sabía por propia experiencia que, pasadas las primeras
cuarenta y ocho horas, las posibilidades de recuperar a un
niño con vida se reducían casi a cero.

Era como vivir todo por segunda vez. Aquello no tenía
por qué haber ocurrido. Y sin embargo había ocurrido.

Angie Barillas había desaparecido de la faz de la tierra.

La habían visto por última vez a las tres de la tarde. Estaba fuera del edificio de apartamentos, mirando cómo Sophia hacía agujeros en la tierra mientras esperaba que acabase una lavadora para poder meter la ropa en la secadora. Un grupo de niños, incluidos Rafael, Sergio y Lizbeth, jugaban en los alrededores al escondite. El alboroto era enorme, por lo que no era sorprendente que nadie hubiese oído un grito, un chillido. Porque nadie —al menos nadie que estuviese dispuesto a admitirlo— había visto u oído algo. Cuando Rafael se dio cuenta de que Angie ya no estaba en el banco leyendo, tal y como le gustaba hacer mientras el resto de ellos jugaban, pensó que debía de haber ido a la lavandería. Pero Angie nunca regresó.

En un primer momento, Rafael la buscó sin darle la mayor importancia; sin embargo, a medida que pasaba el tiempo su preocupación fue en aumento. Después, todos los niños de la familia Barillas, Rafael con Sophia en brazos, buscaron a su hermana por todo el complejo de edificios, por todas partes. Rafael fue incluso al Quik-Pik y al Wang's Oriental Palace para ver si Angie, por algún desconocido motivo, había acudido allí sin advertir a nadie. Al final, todos, los niños, los padres que en esos momentos se encontraban en casa y algunos adultos más, se unieron a la búsqueda. Cuando llegaron a la conclusión de que Angie no estaba ni en el apartamento de alguien ni en ninguno de los rincones en los que los niños solían esconderse, y de que tampoco había subido a tomar el sol al terrado que frecuentaban las muchachas solteras, eran ya las cinco de la tarde y Rosa había regresado a casa.

Rosa desconfiaba de la policía. Le asustaba que trataran de arrebatarle a sus hijos, que la obligasen a regresar a Guatemala, el país de donde procedía, que la arrestasen, la deportasen o le hiciesen algo malo a ella o a los suyos. Pero al ver que Angie no estaba allí, al escuchar lo que le contaron los niños y los vecinos, quienes le aseguraron que habían buscado a su hija por todas partes, recurrió a ella de todas formas. Y después llamó a Sarah, a la señora abogada, a la ayudante del fiscal del distrito que, a sus ojos, era una persona de gran prestigio y poder. Sarah sabía todo esto porque la misma Rosa se lo había contado aferrándole la mano mientras le suplicaba que la ayudase.

Y Sarah se desvivió por ella, llamó a Jake, a los detectives que conocía, si bien dudaba aterrorizada de que todo aquello sirviese para algo.

De nuevo aquella sensación de *déjà vu*. La policía llegó, rastreó una vez más los sitios en los que ya habían buscado los demás, hizo preguntas, tomó declaraciones, fue de puerta en puerta. Jake advirtió a sus amigos del FBI y éstos acudieron y se pusieron asimismo manos a la obra. Hasta el mismo Jake puso a disposición a todo el personal de Hogan & Sons. Vecinos, amigos e incluso algunas personas desconocidas se sumaron a la búsqueda en las calles y campos adyacentes y en las orillas del riachuelo que había detrás del complejo. Justo antes de anochecer llegó toda la prensa, Hayley Winston y sus rivales, y acampó en el aparcamiento. Exceptuando a los personajes, todo, todo, era idéntico a la vez anterior.

Cuando Lexie había desaparecido.

Al igual que entonces, todos creían que un desconocido la había raptado.

Sarah pensó que tal vez la desaparición de Angie pudiese tener algo que ver con la de su propia hija o, al menos, con las llamadas telefónicas. Angie había salido en la televisión con ella, y no sólo una vez, sino dos. ¿Estaría todo ello conectado? Cualquiera le habría dicho que había que comprobarlo.

Sarah sintió que estaba viviendo de nuevo una pesadilla. Sintió deseos de echarse a gritar, de tirarse del pelo y de salir corriendo de allí lo más deprisa posible, pero no lo hizo. No hizo nada de lo que sentía deseos de hacer. Sólo ella sabía lo que significaba el dolor, la desesperación, la incredulidad, el sentimiento de irrealidad, el terror, el regateo susurrado con Dios.

Sólo ella sabía que el mero hecho de mantener la esperanza no significaba necesariamente que ésta obtuviese respuesta. Sólo ella podía comprender el horror por el que Rosa estaba pasando.

De forma que permaneció a su lado, la ayudó a soportar la acometida de familiares, amigos y vecinos, el aluvión de preguntas de la policía y de los medios de comunicación; y Rosa se aferró a ella, porque ambas eran conscientes de que ahora formaban parte de una especie de terrible hermandad, y porque Rosa sabía, al igual que Sarah, que ésta era la única persona en el mundo que la podía comprender.

Pasaron doce horas. Se hizo de día. Sarah llamó a la oficina y dijo que se tomaría el día libre. No veía qué otra cosa podía hacer pese a que con ello confirmaba el temor de Morrison de que su vida privada estuviera comprometiendo su trabajo. No podía por menos que quedarse. La televisión y los periódicos mostraban sin cesar la fotografía de Angie. Dieciocho horas. Sacaron algo de comida pero nadie probó bocado. Veinticuatro horas. Un día entero. Las personas que se ocupaban de buscar a la niña se iban turnando, al igual que la policía. El FBI acudió en varias ocasiones. Los medios de comunicación contaron las últimas novedades en el telediario de la noche: la niña de nueve años, Angela Barillas, seguía en paradero desconocido. Todos estaban agotados. La gente volvió a sus casas y regresó después. Rosa se quedó dormida en el sofá.

Para entonces volvía a ser de noche: las ocho, las nueve, las diez. Las horas cruciales pasaban inexorablemente. Angie estaba en alguna parte. Puede que incluso aún siguiera con vida.

O tal vez no.

La esperanza se iba desvaneciendo con la misma lentitud implacable con que los granos caen en el interior de un reloj de arena. Sarah rogó para que Rosa no se percatase de ello.

—Sarah. —Jake se detuvo junto a ella, se inclinó, le puso una mano en el hombro y la sacudió para sacarla de su ensimismamiento. Sarah se dio cuenta entonces de que también se había quedado dormida, sentada en el suelo junto a Rosa, ya que el resto de los asientos estaban ocupados, hecha un ovillo y con la cabeza apoyada en un brazo que descansaba sobre una mesa vecina—. Vamos. Volvamos a casa.

Sarah lo miró parpadeando como una estúpida por un momento, medio dormida aún y sin acabar de comprender lo que estaba sucediendo. Jake tenía los ojos cargados y no se había afeitado. Su camisa blanca, arremangada hasta el codo, estaba arrugada y ligeramente sucia y sus pantalones azul marino tenían las vueltas manchadas de polvo. El vaivén de gente en el apartamento no había cesado; pero ahora el ruido era menor ya que, a todas luces, todos trataban de respetar el agitado sueño de Rosa.

—No puedo... —empezó a decir Sarah, mirando en dirección a Rosa quien estaba acurrucada bajo una manta azul con la que alguien la había tapado, de forma que sólo se le podía ver la cabeza.

—Sí, sí que puedes —le atajó Jake. A pesar de que, en atención a Rosa, su voz era baja, Sarah sólo le había oído hablar con aquella firmeza en una o dos ocasiones—. Y lo vas a hacer aunque tenga que sacarte a rastras de aquí. Sarah, por Dios, aquí ya no tienes nada que hacer, y todo esto te va a matar.

Sarah era consciente de que su amigo tenía razón. Estaba tan cansada, tan aturdida, tan vacía que ni siquiera sentía hambre, tan compungida y destrozada como si tuviese el corazón en carne viva.

Pero nada de eso cambiaría las cosas. De poco servía que tanto ella como el resto de las personas allí congregadas vigilasen eternamente. Hasta el peor de los dolores era inútil ante una situación como aquélla.

Sarah había aprendido con Lexie aquella amarga verdad.

—Sí, está bien —le respondió abatida y permitió que su amigo la ayudase a ponerse de pie. Mientras se dirigía hacia la puerta, apretó con delicadeza el hombro de uno de los familiares, puede que una hermana de Rosa, que hacía punto sentada en una dura silla de cocina que, dadas las circunstancias, alguien había sacado a la sala—. Dile a Rosa que volveré por la mañana.

La mujer asintió en silencio con la cabeza y Sarah dejó que Jake la sacase de allí.

De vuelta en el apartamento de su amigo, Sarah se desplomó en el sofá. *Cielito* se acercó a ella repiqueteando con sus patas en el suelo, se detuvo a su lado y la miró con aire solemne.

—Pops lo acaba de sacar —dijo Jake, mientras el animal apoyaba su cabeza en el regazo de su ama tratando de consolarla en silencio como si sintiese, en el modo que suelen hacer los perros, que algo terrible había pasado.

A pesar de que Jake se dirigió hacia la cocina, *Cielito*, en lugar de seguirlo como solía hacer porque aquella estancia era una fuente inagotable de deliciosas sorpresas, permaneció junto a ella. Mientras le acariciaba la cabeza, Sarah pensó que, al igual que ella, el perro había pasado ya por todo aquello. *Cielito* también había sufrido con la desaparición de Lexie.

—Eres un buen perro —le susurró, sintiéndose reconfortada al sentir el callado peso de su cabeza sobre su muslo y la calidez de su brillante pelo bajo su mano.

—Muy bien, aquí llega una especialidad de la casa. —Jake salió de la cocina transportando algo—. Túmbate, *Cielito*.

Mientras el perro lo obedecía, Sarah alzó la mirada y se quedó pasmada al ver lo que su amigo depositaba en la mesita de centro que había delante de ella: una bandeja blanca con un cuenco amarillo. Y en el cuenco: una sopa de fideos con pollo.

—¿Me has preparado una sopa? —le preguntó incrédula.

—Te gusta la sopa, de forma que te he preparado una. Come. —Jake permaneció de pie junto al sofá con las manos apoyadas en las caderas mientras la observaba.

Jake no solía cocinar. Preparar el desayuno —cosa que hacía de uvas a peras— era lo máximo que le permitían sus dotes culinarias. El hecho de que le hubiese preparado una sopa...

—Gracias —pronunció con lentitud mientras hacía un esfuerzo por sonreír. Jake la cuidaba, como siempre había hecho, y el mero hecho de saber que estaba allí, que se preocupaba por ella, que todo volvía a ser como en los viejos tiempos, también la reconfortaba.

—Es de lata, pero mejor que nada. —Jake seguía de pie a su lado y Sarah era consciente de que esperaba porque sabía, al igual que ella, hasta qué punto necesitaba comer. ¿Qué había comido aquel día? Poca cosa. Unos cuantos mordiscos aquí y allá.

—¿Y tú?

—Puedes estar segura de que he comido, cariño.

Sarah comió unas cuantas cucharadas de sopa. Estaba caliente, lo cual era bueno, pero tenía demasiada sal y le pareció algo viscosa al tragársela.

A pesar de ello, siguió comiendo, con aire grave, porque sabía que tenía que comer aunque también porque Jake la estaba mirando. Después de una docena de cucharadas, se detuvo y buscó el mando a distancia para distraerse.

CSI. Deportes. Reposición de Seinfeld.

«... al igual que sucedió con Alexandra Mason hace siete años, la niña de nueve años Angela Barillas...»

Oh, Dios mío, las noticias. Sarah no tenía ganas de verlas, como tampoco tenía de comer la sopa. Se apresuró a apagarla.

—¿Crees que la persona que me ha estado llamando se llevó a Angela? —le preguntó en tono neutro. A causa del miedo que no se podía quitar de encima.

—No lo sé. La policía está considerando seriamente esa posibilidad.

—No la encontrarán, ¿verdad? —Se sentía tan cansada que casi le parecía flotar, con la cabeza apoyada en el respaldo del sofá y las manos cayendo flácidamente a ambos lados de su cuerpo.

—Todavía no lo sabemos. —«Oh sí, claro que sí», pensó Sarah, pero se abstuvo de hacer comentarios. Ambos sabían que Jake sólo decía aquello para prolongar lo más posible el eventual resquicio de esperanza que le pudiese quedar a su amiga—. Escucha, acaba tu sopa y vámonos a la cama.

Sarah negó con la cabeza.

—No puedo acabármela. No tengo hambre.

Jake apretó los labios, pero no dijo nada.

Sarah llevó la bandeja a la cocina y a continuación se dio una rápida ducha —se sentía tan sucia que no pudo por menos que hacerlo antes de irse a la cama—, después de la cual se puso el camisón y se metió en la cama. *Cielito* roncaba ya debajo de ella.

Al apagar la luz, tuvo la impresión de que el angelito de ganchillo resplandecía.

«Lexie», pensó mientras lo contemplaba y sentía que la angustia se apoderaba de ella. «Angie», pensó acto seguido.

Rezó por que Dios las protegiese en tanto que las lágrimas empezaban a deslizársele por las mejillas.

Pese a que estaba exhausta, no conseguía dormirse. Cada vez que cerraba los ojos, poblaban su mente las imágenes más espantosas. Pasado un rato, no pudiendo soportarlo más, se levantó de la cama y se dirigió sin hacer ruido a la sala. El apartamento estaba a oscuras, con la única excepción de unos cuantos rayos de luna dispersos que se filtraban por los bordes de las cortinas entreabiertas. Jake dormía. Aunque su habitación estaba cerrada, por debajo de la puerta no se veía luz y, además, Sarah pensó que si aguzaba el oído podría incluso oírlo roncar. Acurrucada en un rincón del sofá, con las rodillas tocándole la barbilla y abrazada a sus piernas, Sarah lloró en silencio, como si tuviese el corazón desgarrado.

Como, de hecho, lo tenía.

Sarah no oyó llegar a Jake hasta que éste se materializó junto al sofá. Al sentirlo a su lado se sobresaltó un poco y a continuación alzó la mirada. Iluminado por detrás por los rayos lunares, Jake era en esos momentos algo más que una silueta grande y oscura: una sombra más densa en una habitación abarrotada de ellas.

—Dios mío, Sarah, ¿se puede saber qué estás haciendo aquí? —Parecía malhumorado, encolerizado, incluso—. ¿Será posible que no entiendas que necesitas dormir?

El problema era que Jake no sabía que Sarah había estado llorando hasta que se había percatado de que él estaba a su lado. Y Sarah no quería que se enterase, trataba de evitarlo por todos los medios. Llorar era aparecer ante él vulnerable, desamparada, todas esas cosas que ella odiaba. Y, además, si él sabía que había estado llorando, se preocuparía por ella.

Y Sarah también quería evitar eso.

Inspiró hondo, deseando que no la oyese y, a continuación, volvió a expeler el aire. Enjugarse las lágrimas sería como delatarse, de forma que no lo hizo.

—Me levanté para beber agua —dijo con el tono de voz más normal del que fue capaz, y se puso de pie.

Lo que no se imaginaba era que los mismos rayos de luz que habían iluminado a su amigo por detrás le iban a dar de lleno en la cara.

—Está bien —le respondió severo. A continuación la aferró, la rodeó con sus brazos y la atrajo hacia sí—. No hay nada malo en llorar, Sarah —prosiguió en un tono distinto, más suave—. Como tampoco lo hay en comer, dormir, salir, jugar al sol, hacer el amor...

—No puedo —le replicó ella, mientras rozaba su vigoroso y cálido cuerpo y se daba cuenta de que Jake sólo llevaba puestos los calzoncillos, mientras rodeaba el cuello de su amigo con sus brazos y éste la abrazaba por la cintura. Las lágrimas volvieron a anegar sus ojos, pero Sarah parpadeó furiosamente para contenerlas, miró a Jake, se encontró con sus ojos en la oscuridad, consciente de que él podía ver la expresión de su cara a pesar de que ella no pudiese ver la de él—. ¿De qué sirve llorar si eso no me devuelve a Lexie o cambia en algún modo las cosas? —Su voz empezó a temblar y, a pesar de sus palabras, las lágrimas empezaron correr incontenibles por sus mejillas—. ¿Cómo puedo dormir si cada vez que cierro los ojos sueño con Lexie? ¿Cómo puedo comer si ni siquiera sé si ella tiene algo que llevarse a la boca? ¿Cómo puedo disfrutar del sol mientras ella tal vez se haya perdido para siempre en la oscuridad?

—Sarah...

La voz de Jake reflejaba el dolor que sentía su amiga. La abrazó con más fuerza y sus manos ascendieron por su espalda atrayéndola aún más hacia él. Sarah inclinó la cabeza, ocultándose de la luz de la luna, apoyando la frente en el recio hombro de su amigo, mojándole la piel con sus lágrimas mientras él seguía abrazándola.

—¿Cómo puedo hacer el amor contigo si eso me hace sentir que la pierdo? —susurró desesperada contra su piel mientras la familiar calidez de su cuerpo, la sensación que éste le producía, su olor, la envolvían con la misma firmeza con que lo hacían sus brazos—. No puedo.

—Sabes de sobra que no estás sola en esto. —Sus brazos la estrechaban. Sarah podía sentir que sus labios le rozaban el pelo mientras hablaba, que sus manos le acariciaban la espalda a través del fino algodón de su camisón, podía sentir la solidez de su cuerpo contra el suyo, y se aferró a él para salvarse. Pese a su angustia y la emoción que había surgido entre ellos, el tono de Jake era mesurado, tranquilo, casi imparcial—: Yo también estoy metido en esto contigo. Y verte tan delgada, tan pálida, tan tensa, notar que tratas desesperadamente de llenar todas las horas del día trabajando o haciendo cualquier cosa, saber que rechazas adrede todo aquello que te gusta, que pueda ser divertido o que te pueda procurar algún tipo de placer... me mata. Me desgarra el corazón, Sarah.

El dolor que expresaba su voz la impresionó. Sarah levantó la cabeza y lo miró. Los ojos de su amigo, negros y brillantes a la luz de la luna, se clavaron en los suyos.

—Te quiero —dijo Jake—. Más que a nada en mi vida. Y creo que tú también me quieres.

Sarah se quedó inmóvil, completamente paralizada, mientras las palabras de Jake penetraban por sus poros, fluían por su sangre y por último eran absorbidas por su maltrecho y dolorido corazón. A pesar de estar envueltos en la oscuridad, Sarah podía ver su pelo negro azabache, sus fuertes y pronunciados pómulos y su mandíbula, cuadrada y sin afeitar. Durante años se había apoyado en él, su sólida fortaleza la había sostenido. Jake había sido la única presencia constante e inmutable en su vida, la persona en la que más había confiado, aquella de la que podía fiarse con los ojos cerrados.

Su mejor amigo: Jake.

Y ahora se había convertido en algo más, o tal vez lo fuera desde hacía ya mucho tiempo y ella no había sido capaz de verlo.

—Creo que tienes razón —dijo por fin, percatándose del ligero tono de asombro que había en su voz—. Creo que yo también te quiero.

Jake esbozó entonces una sonrisa que arrugó su piel, y achicó sus ojos.

—Quiero estar seguro —dijo, y la besó.

Sarah le devolvió el beso y entonces Jake la abrazó como si no tuviese intención de volver a soltarla jamás. Sarah se sintió flaquear, como si sus músculos fuesen de gelatina, y el pulso se le aceleró enloquecido. Los labios de su amigo eran firmes y ávidos, aunque no por ello carentes de ternura. Sarah unió su deseo al de Jake, con el anhelo de un alma que, cansada de errar en el frío, encuentra por fin su propia fuente de luz y de calor.

Cuando la boca de Jake abandonó la suya y se deslizó por su mejilla para llegar a la oreja, Sarah lo besó con delicadeza en el cuello. Jake la cogió entonces en brazos, la llevó a su habitación e hizo el amor con ella con una ferocidad que aniquiló todo aquello que no fuese él mismo, ellos mismos, que ahuyentó el dolor, el pesar, el miedo y lo reemplazó con ardor, deseo, placer.

Y después, con la misma brusquedad con que el viento apaga una vela, ambos se sumieron en un profundo sueño.

El timbre remoto de un teléfono arrancó a Sarah de aquellas profundidades. Parpadeó por un momento en la oscuridad, acurrucada junto a Jake, disfrutando del confort, de la calidez, de la sensación que le producía encontrarse entre sus robustos brazos, el sonido de sus ronquidos por encima de su cabeza. Después, al percatarse de lo que estaba oyendo, se quedó helada: se trataba de su móvil, que se encontraba en la mesita de noche que había en la otra habitación.

Al mirar el reloj comprobó que eran las 3.14 de la madrugada.

A esa hora sólo se podían recibir malas noticias.

Completamente despierta ya, Sarah se deslizó fuera de la cama y se precipitó hacia el lugar de donde procedía la llamada.

Que, como no podía ser menos, se interrumpió en el preciso momento en el que Sarah traspasaba el umbral. Al oír un pequeño pero claro campanilleo, supo que le habían dejado un mensaje.

¿Sobre Angie? Oh, Dios mío, ¿se trataría de alguna noticia sobre la niña?

¿O acaso era Lexie —o la persona que hablaba como ella— la que llamaba de nuevo?

Sarah cogió el teléfono con el corazón en un puño y encendió la luz. Abrió el aparato, apretó un botón y vio que la última llamada que había recibido procedía de un número desconocido.

Sarah contuvo el aliento mientras esperaba a oír el mensaje.

—Hola, soy Crystal. —La mujer hablaba deprisa, prácticamente susurrando—. Escucha, he descubierto algo sobre esa niña desaparecida. Te he enviado un correo electrónico. Basta entrar en la red y... —Crystal se interrumpió—. Mierda, tengo que dejarte.

Cuando el mensaje finalizó, el corazón de Sarah latía ya enloquecido. Permaneció de pie por un momento con la mirada clavada en el teléfono, intentando decidir qué hacer. Era la madrugada del miércoles. Según lo que Sarah sabía sobre el horario de Crystal, ésta debía de acabar de salir del trabajo. Dado el terror que había percibido en su voz, devolverle la llamada tal vez no fuese una buena idea.

Lo primero que tenía que hacer era verificar su correo electrónico.

Su ordenador portátil se encontraba en su cartera, en el

maletero del coche; que, a su vez, estaba aparcado fuera del edificio de apartamentos de los Barillas. Sarah se sintió impotente. Entonces recordó el ordenador que había en el despacho de Jake. Podía leer su correo en él.

Se dirigió al piso de abajo, encendió la luz, se sentó en la silla con ruedas de Dorothy y abrió el ordenador. La pantalla resplandeció ante sus ojos y el escritorio se llenó con los iconos de Mac, que a ella, acostumbrada a su PC, le resultaban totalmente desconocidos. Tras localizar el enlace a internet, entró en el mismo como huésped y se las arregló para acceder a su correo electrónico. Entre la multitud de mensajes, había dos de Crystal. Uno llevaba como asunto «mira esto» y el otro «aquí».

Sarah eligió «mira esto», lo abrió y vio la fotografía de un tipo entrando en un viejo Camaro azul. Nada en él o en el coche le decía algo y vio que había once fotografías más. Sarah pasó a la siguiente: una camioneta roja con otro tipo desconocido. La siguiente correspondía a un Blazer blanco con el conductor prácticamente invisible detrás del volante. A continuación venía la de un coche de policía con Brian McIntyre en su interior. Sarah cayó entonces en la cuenta de lo que estaba viendo: las fotografías que Crystal había sacado con su cámara digital a los vehículos aparcados fuera de su casa. En caso de que aquello fuese en realidad lo que parecía, eso significaba que McIntyre estaba en dificultades ya que estaba delante de la casa de Crystal, violando a todas luces la orden de alejamiento.

Pero ¿qué podía tener que ver aquello con la desaparición de Angie que, según supuso Sarah, era la niña a la que se había referido Crystal? Sarah cerró el mensaje mientras trataba de establecer la conexión entre ambas cosas, y a continuación abrió el segundo.

Decía: «Acabo de encontrar esto en mi ordenador. Eddie lo ha estado usando, creo que me está poniendo los cuernos, así que pensé controlarlo. No sé qué hacer de forma que... aquí tienes. La palabra clave es hombre gusano.»

Crystal no lo había firmado pero había adjuntado al mismo la dirección electrónica en azul de algo llamado La Casa de Juguete de Paul.

Sarah hizo clic sobre la misma y entró en lo que parecía un sitio que vendía equipos para patios de recreo infantiles. En el mismo se podían ver unas pequeñas fotografías de niños columpiándose, tirándose por un tobogán, chapoteando en una piscina o trepando para subir a una casa instalada en un árbol, que rodeaban las palabras: BIENVENIDO A LA CASA DE JUGUETE DE PAUL. Debajo de ellas había una pequeña casilla para la *password*.

Sarah escribió «hombre gusano».

Pocos segundos después aparecía en la pantalla la imagen de Angie.

22

Angie estaba metida en una jaula. Unas estrechas barras de metal plateado se cruzaban vertical y horizontalmente formando una reja. La niña estaba hecha un ovillo en un rincón, con los ojos cerrados, y su larga melena negra caía sobre su rostro como una cortina. Tenía atadas las muñecas por detrás de la espalda y los tobillos con algo ancho y de color grisáceo —cinta aislante, pensó Sarah—. Otra banda le tapaba la boca. Su camiseta naranja y sus bermudas vaqueras se correspondían con la descripción de la ropa que la niña llevaba puesta en el momento de su desaparición. La cámara se encontraba fuera de la jaula y la enfocaba desde lo alto en una esquina. No era fácil asegurarlo, pero a Sarah le pareció que estaba viva.

El corazón le dio un vuelco.

—¡Jake, Jake! —Sarah se precipitó escaleras arriba, atravesó como un rayo el oscuro apartamento, encendió la luz del dormitorio de su amigo y se abalanzó sobre éste, que seguía roncando—. ¡Jake! ¡Despierta!

Sarah seguía sacudiendo con violencia su hombro cuando Jake se dejó caer sobre la espalda, abrió los ojos y la miró aturdido.

—Me vas a matar —refunfuñó—. ¿Qué pasa?

—¡Despierta! ¡Despierta! ¡Tienes que acompañarme al piso de abajo! ¡Se trata de Angie!

Los ojos de Jake se abrieron por completo, aunque tardaron un poco en poder fijar la mirada.

—¿Qué le pasa a Angie?

—¿Te levantas o no? —Sarah tiró de la mano de su amigo. Pero Jake pesaba una tonelada, por lo que era imposible moverlo contra su voluntad y, por si fuera poco, en esos momentos parecía tener la energía de una babosa—. Hay una fotografía de Angie en el ordenador. Crystal me mandó un enlace electrónico y Angie aparecía en él.

—¿Qué? —Jake se incorporó, con las sábanas enrolladas alrededor de la cintura, y se pasó la mano por el pelo—. ¿Estás segura?

—¡Sí, sí! Date prisa, por favor.

Mientras hablaba, Jake bajó las piernas por un lado de la cama y se levantó, procurando a Sarah una bonita vista de un cuerpo tremendamente sexy del que podría haber disfrutado más de no haber sido porque la impaciencia estaba a punto de volverla loca.

—¿Así que quieres que me ocupe de eso una vez más? —Jake cogió sus calzoncillos del suelo, donde yacían arrugados junto al camisón de Sarah, quien lucía ahora su albornoz blanco, que había sacado de la habitación de invitados antes de ir al piso de abajo, y se los puso.

—Crystal, Crystal Stumbo —Jake asintió con la cabeza para indicarle que sabía a quién se refería, y siguió a su amiga mientras ésta se precipitaba fuera de la habitación—, me mandó un enlace electrónico a un sitio en el ordenador llamado La Casa de Juguete de Paul. —Sarah le hablaba por encima de su hombro mientras corría escaleras abajo con Jake a sus espaldas—. Establecí la conexión, introduje la *password* y me encontré con Angie. Una fotografía de Angie. Está en una jaula, la han atado con algo parecido a cinta aislante, pero creo que aún sigue viva.

Acababan de llegar al despacho. Jake entornó los ojos, deslumbrado por la luz que había encendida en el techo, pero Sarah se dirigió de inmediato al ordenador. De la pantalla habían desaparecido todas las imágenes. Sarah se quedó aterrorizada. ¿Habría perdido la conexión, habría sucedido algo...?

Sarah aferró el ratón, lo movió, y la pantalla se volvió a iluminar.

Angie seguía allí.

«Gracias a Dios.»

Jake inspiró ruidosamente.

—Dios mío, es ella. —A continuación se inclinó sobre Sarah, asiendo el respaldo de la silla de Dorothy mientras observaba la imagen—. Por Dios, ¿dónde está?

Sarah había cogido ya al teléfono. El corazón le latía desbocado y jadeaba como si hubiese estado corriendo.

—¿A quién debo llamar? ¿A la policía, al FBI, a quién?

—A todos. —Jake todavía no parecía comprender del todo aquella situación. Miró a Sarah—. Espera, pásame el teléfono. Será mejor que llame yo.

Sarah no puso objeción. Sabía que era cierto. A estas alturas era consciente que tanto la policía como el FBI la consideraban una loca.

—Date prisa —resopló.

—Por supuesto.

Diez minutos más tarde, varios representantes de las fuerzas del orden pululaban ya por el despacho de Jake. Sexton y Kelso habían acudido junto a un cuarteto de policías y los agentes especiales Gary Freeman, un pelirrojo larguirucho de unos treinta años, y Tom Delaney, un rubio rechoncho de mediana altura y de unos cuarenta años que era amigo de Jake. Dado que, básicamente, se encontraban todavía en plena noche, todos ellos, excepto los dos policías de uniforme, se habían puesto lo primero que habían encontrado a mano. Todos, sin excepción, tenían los ojos cargados de sueño. Todos, con la excepción de Kelso, que se había sentado en una silla y tecleaba en un ordenador portátil que había sobre el mostrador que cruzaba de parte a parte la habitación, se habían apiñado alrededor del ordenador de Dorothy formando un compacto semicírculo. El agente Freeman que, en apariencia, era el experto en ordenadores, se había sentado en la silla de la secretaria y manipulaba en esos momentos el ratón. Jake, que ahora vestía un par de vaqueros, una camiseta y un par de deportivas, analizaba junto a Delaney la imagen impresa de la fotografía de Angie en la jaula, tratando de encontrar algún indicio que pudiese indicarles el lugar donde se encontraba, y ambos alzaban de vez en cuando la cabeza para ver lo que sucedía en la pantalla. Sarah, que también lucía vaqueros, camiseta y zapatillas, tras haber contado por lo menos media docena de veces la llamada de Crystal y haber procurado a Kelso el nombre del novio de ésta, que la agente estaba introduciendo en el ordenador en búsqueda de antecedentes, estaba ahora inclinada sobre la silla mientras el agente Freeman trataba de determinar con exactitud a qué se enfrentaban.

—Es una fotografía fija, tomada hace poco más o menos veinticuatro horas —comentó—. Se trata de un sitio de difícil acceso, prácticamente imposible sin el enlace directo que nos han procurado, en el cual sólo pueden entrar determinadas personas que por lo visto cuentan con una palabra clave individual, lo que significa que es posible interrumpir el acceso de alguno de ellos en cualquier momento sin comprometer por ello el resto del sitio. —Se detuvo un momento, hizo clic en el ratón y movió el cursor por el sitio—. Según parece, aquí hay algunos enlaces ocultos...

—Sarah, ¿puedes venir un momento? —Kelso la estaba llamando. Sarah se acercó y se puso detrás de ella—. ¿Es él?

Sarah miró la pantalla.

Se trataba de un tipo muy pálido, con una sucia melena de macarra, corta por delante y larga en el cogote, un corte sobre el ojo izquierdo y aire desabrido.

—Sí, es él.

Había un par de fotos de su cara, de frente y de perfil. Se trataba del preso número 823479T, Edward Mark Tanner. Estatura: 1,77. Peso: 74 kilos. Fecha de nacimiento: 3 de marzo de 1978. Pelo: rubio. Ojos: azules. Marcas de identificación: una cicatriz en la mano derecha y el tatuaje de un ave fénix en la parte superior del brazo derecho. Cargos: DUI. La fotografía había sido sacada hacía dos años, en septiembre.

«El ave fénix en la parte superior del brazo derecho.»

Sarah escrutó la foto de perfil. Tanner aparecía en ella hasta la mitad del pecho y llevaba puesta una camiseta de tirantes que dejaba a la vista casi todo el tatuaje.

Se trataba de un enorme pájaro con las alas extendidas y el pico hacia delante, y había algo en él que le resultaba familiar.

El corazón de Sarah dio un vuelco.

—Duke tenía uno así —dijo ella—. Estoy casi segura de que era el mismo.

Kelso alzó la mirada.

—¿Quién demonios es ese Duke?

—Donald Coomer. Uno de los tipos que participó en el robo en el supermercado en el que me dispararon. El que murió en la cárcel.

—Eh, señores —gritó Kelso volviendo la cabeza y dirigiéndose en general a todos los presentes—. Aquí tenemos algo interesante. ¿Alguien ha oído hablar de una banda o de algún otro tipo de organización que tiene como marca de identificación un ave fénix?

Todos, menos Freeman, se apiñaron alrededor de ella y miraron la fotografía de Eddie Tanner que aparecía en la pantalla.

—No tengo ni idea. —Sexton negó con la cabeza, y dado que nadie añadió nada, aquélla pareció ser la opinión unánime.

—Da igual —dijo Sarah, disculpando a los recién llegados. El corazón le latía con fuerza y se había quedado helada de repente, por lo que abrazó su propio cuerpo—. Estoy casi segura. Uno de los tipos que robó en el supermercado tenía un tatuaje como ése. —Sarah miró a Jake, que estaba junto a ella—. Duke —aclaró.

—Lo cual significa que hay una buena posibilidad de que todos estos sucesos estén relacionados —añadió Jake, expresando en voz alta lo que su amiga estaba pensando.

«¿Se llevaron a Angie por mi culpa? No, por favor.»

Sarah sintió un nudo en la garganta.

Todos cruzaron apresuradamente la habitación para rodearlo. Desde la posición que ocupaba tras el hombro izquierdo de Freeman, Sarah observaba con el corazón en un puño las frases que iban apareciendo en la pantalla azul.

—Había un enlace con una sala de chat... —comentó Freeman, mientras examinaba lo que iba apareciendo en el ordenador.

El agente pareció crisparse de repente. Sarah leyó lo que acababa de salir en la pantalla:

«Perro Grande: Hola, Hombre Gusano. ¿Qué haces aquí tan tarde?»

—Mierda —masculló Freeman, lo que Sarah interpretó como una mala señal. A continuación el agente añadió—: Tenemos un problema, amigos.

Todos los presentes en la habitación, con la única excepción de Kelso, que seguía trabajando en el ordenador portátil, contuvieron el aliento.

Al mismo tiempo, Freeman tecleó: «Estoy comprobando algunas cosas, eso es todo.»

—Esto no suena muy bien, ¿verdad? —dijo asustado, dirigiéndose a todos en general—. ¿Por qué demonios no me habré quedado fuera? Debía de haberme imaginado que no iba a pasar inadvertido. Mierda, mierda, mierda.

La siguiente frase en la pantalla decía:

«SimonDice: Ya sabes que la subasta se cierra a las cinco de la madrugada.»

—Están aceptando ofertas sobre ella —dijo Freeman—. Me lo imaginaba. Lo que significa que, por fortuna, sigue con vida, seguro.

—¿Quiénes son? ¿No hay algún medio de identificarlos? —preguntó Jake.

Freeman negó con la cabeza con los dedos todavía apoyados sobre las teclas.

—Desde aquí no. Podría tratarse de cualquiera. Desde cualquier sitio. Internet consigue que el mundo resulte pequeño.

—Sal de ahí —le apremió Delaney—. No vaya a ser que los pongamos en alerta.

—No es tan sencillo —resopló Freeman, y tecleó: «Lo sé.»

«Perro Grande: ¿Quieres hacer una oferta, Hombre Gusano?»

—¿Se os ocurre algo? Soy todo oídos —dijo Freeman. Acto seguido, al ver que nadie abría la boca, añadió entre dientes—: Mierda, haré como si estuviese en ebay.

Y escribió: «Puede que más tarde. Cuando el plazo esté a punto de finalizar. Os dejo por el momento.»

A continuación volvió a hacer clic en el ratón y la página de chat desapareció. Todos los presentes exhalaron un suspiro al ver que Angie volvía a aparecer en la pantalla.

Sólo que esta vez la imagen era distinta, aunque también fija, un terrible momento congelado en el tiempo.

En el mismo, Angie estaba despierta y por lo visto había hecho un esfuerzo para ponerse de rodillas. Parecía aterrorizada. Miraba la pantalla con sus ojos castaños, de largas pestañas desmesuradamente abiertos, y anegados en lágrimas. Ya no tenía la banda en la boca. Ésta le había dejado una señal roja, de piel en apariencia irritada, alrededor de los labios. La niña tenía la boca abierta, como si estuviese diciendo algo.

Sarah sintió que el dolor, tan afilado como un cuchillo, la desgarraba. La similitud era excesiva. El terror que sentía por Angie le hacía sentir también angustia por su propia hija. ¿Habría acabado Lexie también en una jaula, maniatada y aterrorizada como aquella niña?

—Dios mío —susurró al mismo tiempo que la sangre parecía abandonar precipitadamente su cabeza. Se aferró con fuerza a la silla para no sucumbir al vértigo que sentía.

—¿Estás bien? —Jake estaba a su lado, rodeándole los hombros con un brazo, y, por un momento, cuando la cabeza empezó a darle vueltas y sus rodillas flaquearon, se dejó caer aliviada sobre él. Pasados unos instantes, asintió con la cabeza para indicarle que se encontraba mejor y se concentró en su respiración. Por terrible que fuese todo aquello, no podía hundirse ahora.

Esta vez tenía que hacerlo por Angie.

—Mierda, la estamos perdiendo, la estamos perdiendo...—gritó Freeman.

Sarah abrió los ojos justo a tiempo de ver que la imagen de Angie se desvanecía en la pantalla. El sitio de La Casa de Juguete de Paul con sus fotografías de niños jugando, que ahora, a la vista de lo sucedido, resultaban grotescas, apareció en su lugar. Aunque, tras experimentar una sacudida, desapareció también.

Y los dejó mirando inexpresivos la pantalla azul.

El sentimiento de pérdida que Sarah sufrió fue intenso como una laceración en sus entrañas.

—Nos han descubierto —dijo Freeman—. Mierda, creo que nos han descubierto.

Aterrorizada, Sarah sintió que se le cerraba la garganta y que un estremecimiento recorría su cuerpo. «Angie acababa de estar allí, justo delante de ellos, y ahora se había evaporado. La habían perdido.» Jake la sujetó con más fuerza. Freeman se volvió en la silla. Delaney imprecó. La ansiedad se podía palpar en la habitación como el zumbido del aire acondicionado, pero el problema era que nadie sabía qué hacer.

—Tenemos que actuar —dijo Sexton mirando en derredor—. Propongo que cojamos a ese tipo, a Tanner, de inmediato.

—Y a la mujer —añadió Jake—. Crystal Stumbo. Al menos podrán decirnos algo sobre esa página web. Por ahora es el único nexo que nos une a esa criatura.

—¿Tenéis la dirección de Tanner? —le preguntó Delaney a Kelso, quien en ese momento sacaba una hoja de papel de la impresora.

—Aquí está —le respondió agitando el folio ante sus ojos.

—Creo que vive con Crystal, en la caravana de ella —dijo Sarah.

Estaba helada, tenía el corazón desbocado y el estómago tan contraído que casi sentía náuseas, pero ello no le impedía enfrentarse a aquella situación. «Se enfrentaría a aquello.» El tiempo corría inexorable.

Kelso leyó lo que decía el papel.

—Según parece, se encuentra en el número 45 de West Homewood Drive, 24C. Es un apartamento. —Alzó la mirada—. Demonios, la dirección es de hace dos años.

—¿Tenemos la de Crystal Stumbo? —preguntó Delaney.

Freeman se había puesto de pie y la tensión que flotaba en la habitación era ya febril. Todos se movían de un lado para otro, arrastrando los pies, chasqueando los nudillos, ansiosos por hacer algo. No obstante, nadie perdía la calma, todos mantenían las emociones bajo control. Era evidente que ninguno de ellos quería hacer las cosas a medias.

Todos eran conscientes de que Angie tenía en ellos su única esperanza.

—He conseguido una. —Kelso se había concentrado de nuevo en el ordenador portátil.

—No creo que sea ésa. Sólo vivió allí unos dos meses —dijo Sarah con una voz sorprendentemente firme considerando lo mal que se sentía—. Ahora vive en El Paraíso, el campamento para caravanas que hay a las afueras de Burton. Tengo la dirección exacta en mi despacho, pero he estado allí y sé dónde se encuentra.

—¿Puedes mostrárnoslo? —le preguntó Delaney.

Sarah hizo un gesto afirmativo con la cabeza.

—Está bien —dijo él mirando a su alrededor—. Tenemos que ser rápidos. Si nos han descubierto, tal como piensa Freeman, estarán borrando las posibles pistas en este mismo momento. Pero también tenemos que actuar con cautela, y con gran sigilo. Tenemos que coger a esas dos personas e interrogarlas sin que ninguno de sus socios sospeche lo que realmente pretendemos. La vida de esa niña puede depender de ello.

Cuando los faros del coche de Jake iluminaron la grava blanca sobre la vía del tren que pasaba justo por delante de El Paraíso, eran las cuatro de la madrugada pasadas. Sentada en el asiento del copiloto, Sarah se inclinó hacia delante mientras el coche se bamboleaba al cruzar las vías y le indicó a Jake por dónde tenía que entrar. Justo detrás de ellos, en el Infiniti plateado de Delaney, iban éste y el agente Freeman. Detrás de ellos, en un coche de la policía sin signos distintivos, los seguían Sexton y Kelso. Tres coches patrulla cerraban sigilosamente la comitiva, con las luces y las sirenas apagadas. A aquella hora, la I-21 se encontraba casi vacía en dirección Burton por lo que aquel apresurado desfile nocturno no llamó la atención, como pretendían. El plan preveía que Sarah identificase la caravana, pasase por delante de ella en compañía de Jake y a continuación la policía tomase el mando de la situación. Una vez conseguido el objetivo, Sarah debía regresar con Crystal, siempre y cuando ésta se fiase de ella y prefiriese estar con alguien que conocía.

—Allí.

Sarah indicó con el dedo la caravana de su clienta. Le bastó mirarla para sentir la boca seca. ¿Funcionaría? ¿Les conducirían Crystal y su repugnante novio hasta Angie? ¿A tiempo?

«Te lo ruego, Señor, por favor.»

Delante del remolque de Crystal estaban aparcados el Lincoln amarillo de ésta y una pequeña camioneta azul. Mientras Jake bajaba la ventanilla, sacaba el brazo y señalaba la caravana a Delaney y Freeman, Sarah añadió, con el tono más tranquilo del que fue capaz:

—Ése es el coche de Crystal. Por lo visto está en casa. Y su tipo también.

—Eso espero.

Tal y como habían acordado, Jake pasó por delante de la caravana, iluminando con los faros la que había aparcada a continuación. Ésta era un poco más grande que la de Crystal, de doble anchura y dos colores, marrón y blanco. Delante de ella también había aparcados dos coches, un Toyota verde dos puertas y un GMC Jimmy dorado, al igual que un cobertizo prefabricado de madera, una mesa metálica de *picnic* y tres contenedores de basura negros y de plástico, con sus correspondientes tapaderas. Dado que apenas si quedaba espacio para una bicicleta, el tercer vehículo, un Blazer banco, había sido aparcado en la hierba, en la parte posterior de la caravana. Sarah observó distraída todo aquel desorden mientras Jake buscaba un lugar cercano donde detener el coche. Al final dio media vuelta y abandonó el camino para dejarlo en la hierba que había a los márgenes del mismo. Una vez parado, se apresuró a apagar los faros con el fin de no despertar a nadie que no debiese ser despertado. Dos mariposas nocturnas revoloteaban cautivadas por el resplandor amarillo de la luz del porche que había al lado de la puerta principal de la caravana, en cuya parte posterior habían detenido el coche. Además de eso, y de las tenues luces de los porches que brillaban a intervalos a lo largo de la hilera de caravanas y del fulminante resplandor blanco de los faros de los coches que iban llegando, todo cuanto Sarah podía ver era oscuridad y calma. Ni siquiera ladraba un perro.

—No crees que Angie pueda estar aquí, ¿verdad? —susurró Sarah con los labios resecos, y al hacerlo se sintió como una idiota por temer que alguien pudiese oírla.

Dado que se encontraban en el interior del coche, a menos que ella y Jake se echasen a gritar, era imposible.

Jake negó con la cabeza.

—La pared que había detrás de la jaula parecía de metal ondulado. Debe de tratarse de un almacén. Una caravana no, desde luego.

Sarah empezó a respirar más deprisa al ver que los otros coches apagaban también sus faros uno a uno y se detenían delante de su objetivo. Al hacerlo, los tres primeros quedaron fuera de la vista de Sarah, ya que ésta no podía ver la parte delantera de la caravana de Crystal. El parachoques posterior de los dos últimos, dos coches patrulla, sobresalía en el angosto camino después incluso de que éstos se hubiesen detenido, ya que no había bastante sitio para todos. Cuando Sarah oyó el débil ruido que hicieron sus puertas al abrirse y cerrarse, el corazón se le aceleró.

—Están bajando —comentó Jake.

Sarah asintió con la cabeza, sentada en su asiento, tensa como un muelle, a punto de enloquecer. Lo peor era que, para protegerse en caso de que se produjese un tiroteo si el novio de Crystal se resistía, Jake y ella habían aparcado muy lejos del centro de acción de forma que apenas podían ver nada de lo que estaba sucediendo.

El problema era que aquel tipo de caravanas no tenía salida trasera. Las dos puertas se encontraban en la parte delantera. Si bien era posible salir por una ventana, Sarah sabía por experiencia que eso no resultaba tan fácil. No era posible escapar deprisa de esa manera.

Nerviosa, Sarah se inclinó hacia delante, tratando de ver si Crystal había salido y necesitaba su ayuda. Podía oír los latidos de su corazón. Tenía el estómago retorcido. Todos sus sentidos estaban concentrados en lo que sucedía delante de la *roulotte* de Crystal.

Pero, por lo visto, allí no ocurría nada.

—No puedo soportarlo —dijo Sarah mirando a su amigo. La luz del porche que había a lo lejos iluminaba el interior del coche lo suficiente como para que Sarah pudiese ver que él también parecía tenso—. Me acercaré a un punto desde el que al menos pueda ver lo que pasa.

Quedar al margen de la acción debía de ser también frustrante para él —Sarah era consciente de que, de no haber sido por ella, su amigo habría preferido presenciar los acontecimientos desde primera línea—, ya que Jake no discutió. Se limitó a apearse del coche cuando ella lo hizo y a unirse a ella en las proximidades de la camioneta.

—Nos quedaremos a una cierta distancia —le dijo en voz baja mientras sujetaba su brazo con una mano para asegurarse de que Sarah le obedeciese—. Deja que la gente que cobra por ello haga su trabajo.

Sarah asintió con la cabeza. El mero hecho de moverse la hacía sentirse mejor.

El aire nocturno era cálido, silencioso y olía ligeramente a carbón, como si alguien hubiese asado algo a la parrilla poco antes. Por encima de sus cabezas, el cielo tenía el azul profundo de la medianoche, la luna, pálida, estaba en creciente, y las estrellas brillaban débilmente. Sus pisadas hicieron crujir la grava del camino y el ruido resultó sorprendentemente alto en medio de los apagados murmullos de la noche. Una lechuza ululó en algún punto del fleco de árboles que había a su izquierda.

A Sarah le pareció extraño no haber oído ya algo relacionado con el propósito que los había traído hasta allí: como el ruido que se solía producir al arrestar a alguien, por ejemplo, o una pelea, o el aporreo de la puerta en caso de que Crystal todavía no hubiese acudido a abrir. Pero, fuera de los sonidos de la noche, Jake y ella no oyeron nada mientras rodeaban la caravana de su clienta.

«Algo debe de haber ido mal —pensó Sarah al mirarla por primera vez, y su estómago se encogió—. Puede que Crystal no estuviese en casa, después de todo. Tal vez no haya nadie. Tal vez...»

La puerta metálica de la *roulotte* y la mampara estaban abiertas de par en par. En el interior de la caravana las luces estaban encendidas en la sala principal y mientras Sarah miraba, otras luces se fueron encendiendo en los dormitorios que había en ambos extremos del vehículo. No había ni rastro de Delaney, de Freeman, de Kelso y del resto de los seis agentes; lo cual significaba que todos debían de estar en el interior del mismo. Y también que la caravana estaba abarrotada de gente y que todos estaban sorprendentemente silenciosos.

—Aquí está pasando algo —dijo Jake. Sarah asintió con la cabeza. Sospechó que su amigo habría preferido dejarla donde estaban antes y controlar por sí mismo las cosas, pero por lo visto la idea de dejarla sola en la oscuridad tampoco debía de gustarle. Por fortuna, ya que ella no tenía ninguna intención de quedarse rezagada.

—Deben de haber encontrado algo —susurró ella considerando que aquélla era la única explicación razonable.

Jake asintió con la cabeza y ni siquiera trató de detenerla cuando su amiga rodeó los coches patrulla haciendo un semicírculo que por lo menos le permitiría ver lo que estaba sucediendo más allá de la puerta. En lugar de eso la siguió y sacó la pistola, de la que Sarah ni siquiera se había percatado, cuando se aproximaban al coche de Delaney.

—En caso de que se produzca un tiroteo, quiero que te arrojes al suelo, ¿me oyes? —le ordenó con énfasis. A continuación soltó el brazo de Sarah, se metió la mano en el bolsillo de sus vaqueros, sacó sus llaves y se las dio a ésta—. Si la cosa se pone fea, coge el coche y sal de aquí disparada.

—Lo haré. —Sarah se metió las llaves en el bolsillo mientras se colocaban al lado del parachoques delantero del coche de Delaney, desde el que podían ver el interior de la caravana.

Freeman estaba allí. Sarah lo podía ver con toda claridad. Estaba de pie y de espaldas a la puerta, inconfundible a causa de su cabellera pelirroja. A su izquierda, prácticamente oculto por el cuerpo de Freeman, estaba Delaney. Más allá de ellos Sarah sólo alcanzaba a ver la parte superior de la cabeza de Sexton.

Todos miraban al suelo, a algo que parecía encontrarse a sus pies.

Sarah sintió que el corazón empezaba a latirle con fuerza. Tuvo un terrible presentimiento, una espantosa sensación...

Sin decir nada a Jake, se encaminó hacia la puerta abierta. Llegó junto a ella casi corriendo. Jake le pisaba los talones sin tratar de detenerla. El modo de comportarse del grupo de policías indicaba a las claras que no corrían ningún peligro. Pero también resultaba evidente que algo los había impresionado, y alterado...

Sarah fue la primera en ver la sangre, tan pronto como llegó a lo alto de la escalera de entrada: un charco rojo intenso cuya superficie resplandecía con la luz. Acto seguido vio las gruesas trenzas pelirrojas yaciendo en medio de ella, absorbiéndola de forma que casi parecían negras en algunos puntos. Por último, vio la cara con la tez grisácea a causa de la pérdida de sangre y el maquillaje chillón que ahora parecía el de un payaso, y comprendió.

—Crystal ha muerto —le dijo a Jake, que se encontraba detrás de ella, porque era evidente.

Su clienta yacía desgarbada boca arriba sobre la alfombra azul pálido que cubría todo el suelo, vistiendo todavía el top de lentejuelas negro y la minifalda que constituían su uniforme de trabajo, con los brazos abiertos hacia fuera y las piernas, cubiertas con unas medias de red, extendidas de modo terrible. Estaba descalza. Sus zapatos de tacón estaban delante del sofá, uno de ellos todavía ladeado como si se lo acabase de quitar. Según se desprendía de todo aquello, Crystal había entrado en la caravana, se había descalzado, había comprobado lo que había en el ordenador, había llamado a Sarah y a continuación alguien la había asesinado.

Sarah se quedó sin aliento. Su estómago se contrajo.

Dado que la escalera era muy pequeña y que, por tanto, no había sitio para ambos, atravesó el umbral. Jake también entró y se puso a su lado en el pequeño salón lleno de muebles baratos cuya similitud con aquel en el que había transcurrido su propia infancia le aterrorizaba. El grupo de policías los miró mientras entraban. Pero nadie dijo nada. No era necesario. Resultaba demasiado obvio que aquello era una terrible tragedia, no sólo para Crystal, sino también para Angie.

El tenue hilo que podía conducirles, como esperaban, a la pequeña acababa de ser cortado.

—Mierda —Jake sonaba cansado—. ¿Hace cuánto tiempo que la mataron?

—No demasiado —dijo Sexton—. El cuerpo todavía está caliente. Yo diría que no más de quince minutos.

—Están borrando todas las pistas —afirmó Delaney—. Tenemos que encontrar a esa niña.

—He llamado a Bob Parrent, a homicidios —añadió Sexton—. Están de camino.

—No hay ningún ordenador, pero el espacio que hay sobre el escritorio de aquí detrás parece indicar que tenían uno —gritó alguien desde la habitación trasera.

Al ver a uno de los hombres uniformados salir del cuarto de baño y entrar en el dormitorio trasero Sarah comprendió dónde se encontraban los otros. Era evidente que estaban registrando el remolque.

—Está bien —le respondió Sexton, y acto seguido añadió—: Es probable que lo haya cogido el que la mató.

—¿Qué hay de Tanner? —preguntó Jake entrando en el cuarto y mirando en derredor.

—No está aquí —le contestó Sexton—. Acabo de enviar un APB. Lo cogeremos.

«¿A tiempo de salvar a Angie?» Sarah sabía de antemano la respuesta: lo más probable era que no. Cruzó los brazos y trató de apartar de su mente la espantosa imagen de la pequeña la última vez que la habían visto.

—¿Podemos identificar a alguien más en esa sala de chat? ¿Perro Grande o SimonDice? —inquirió Sarah. Sentía una opresión en el estómago, vértigo, los nervios crispados. Pero su experiencia como fiscal la había habituado a escenas delictivas como aquéllas, de forma que trató de mantener cierta distancia profesional, de responder objetivamente para resultar de utilidad.

—Puede ser —dijo Freeman—, pero eso nos llevará algún tiempo.

«Tiempo del que, precisamente, carecemos», pensó Sarah, aunque se abstuvo de comentarlo en voz alta.

—¿Has encontrado el móvil de Crystal? —le preguntó Jake.

A Sarah le pareció que Sexton le respondía todavía no, pero no estaba segura. A pesar de sus esfuerzos, no podía evitar que todo aquello le afectase personalmente. Si bien intentaba no mirar, no fijarse demasiado en los detalles para resistir, Sarah no pudo por menos que ver el corte en la garganta de Crystal. Una herida terrible que se abría como una amplia sonrisa y le atravesaba el cuello de oreja a oreja. La sangre, rojo rubí, seguía manando de ella. Cubría la parte superior de su cuerpo como una capa de pintura roja, y salpicaba su brazo derecho, la silla que había a su lado, la pared...

Era imposible ignorar por más tiempo el nauseabundo olor a carne cruda que emanaba de ella. Sarah cerró los ojos tratando de apartarlo, pero fue en vano. Sin poderlo evitar lo inhaló, se estremeció al sentir su gusto dulzón en la boca, y recordó a Mary.

El modo en el que había explotado su cabeza.

Sintió náuseas.

Alcanzó la puerta en el mismo momento en el que la unidad de homicidios subía por los escalones. Saludó con una breve inclinación de la cabeza a Ian Kingsley y a Carl Brown, a quienes conocía, se deslizó por delante de ellos y se precipitó en la parte posterior de la caravana. Una vez allí, apoyándose con una mano en el frío metal, se inclinó y vomitó hasta vaciarse por completo.

Cuando se irguió de nuevo se sintió incapaz de volver a entrar. Estaba demasiado mal, demasiado débil, demasiado confusa. Tenía la frente perlada de sudor frío y las piernas le fallaban. Si volvía a ver a Crystal perdería el conocimiento. Lo que necesitaba era encontrar un lugar fresco y tranquilo donde poder sentarse unos minutos y recuperar las fuerzas.

Seguía teniendo las llaves de Jake en el bolsillo. Pensó que podría sentarse en el Acura de su amigo, encender el aire acondicionado y cerrar los ojos. Pasado un rato, cuando se encontrase mejor, podría regresar.

Apoyándose en la *roulotte* con una mano mientras pudo, Sarah se encaminó hacia el coche de Jake, cruzó en diagonal la zona de *parking* cubierta de grava del vehículo vecino y caminó entre el cobertizo y la mesa de *picnic*. En esos momentos estaban llegando tantos coches patrulla, había un vaivén tal de fuerzas del orden, que Sarah se sorprendió de que nadie en el campamento de caravanas se hubiese despertado. Pero, al margen de todo aquel trajín, la noche seguía siendo oscura y silenciosa.

Cuando pasaba por delante del Blazer blanco que había aparcado detrás del remolque de los vecinos, se encendió la luz del dormitorio más próximo al coche. De no haber sido por eso, por la fugaz iluminación del interior del vehículo que se produjo entonces, Sarah jamás lo habría visto.

El ejemplar de *Corazón de tinta* en el asiento posterior del Blazer.

Sarah se detuvo en seco, abriendo los ojos desmesuradamente mientras lo escudriñaba. Se olvidó de golpe del malestar que sentía.

Angie estaba leyendo aquel libro el día que había ido a buscarla a su casa. Sarah recordó también que cuando encontró la palabra «Igor» en la ventanilla de su coche, había un Blazer blanco en el aparcamiento. Y una de las fotografías que le había mandado Crystal era la de un coche de la misma marca y del mismo color.

¿Sería éste el Blazer blanco?

Casi podía oír a Jake diciéndole: «Las coincidencias no existen.»

El corazón casi se le salía del pecho.

Sarah dio media vuelta y empezó a correr hacia la caravana de Crystal, pero en ese preciso instante un brazo la sujetó con fuerza por el cuello, dejándola casi sin respiración. Trató de gritar, aunque apenas pudo emitir un graznido ahogado mientras el brazo le apretaba brutalmente. Sarah se agarró a él, clavó las uñas en la carne del hombre que la sujetaba, golpeó su rodilla con el talón, forcejeó todo lo que pudo... hasta que sintió en el costado un golpe semejante a una coz.

Después, todo se oscureció a su alrededor.

23

—El camión de Tanner está ahí fuera. Hemos comprobado la matrícula —dijo Sexton dirigiéndose a Delaney quien se encontraba junto a los pies del cadáver hablando por el móvil. El agente asintió con la cabeza.

—¿De forma que no tiene medio de transporte? —preguntó Kelso.

Sexton se encogió de hombros.

—Quién sabe.

Jake no les prestaba excesiva atención. Ahora que la unidad de homicidios había llegado y que el grupo ad hoc para rescatar a Angie se encontraba listo para entrar en acción, la *roulotte* estaba abarrotada y resultaba difícil moverse por ella.

Todos estaban de acuerdo en el paso que debían dar a continuación: buscar a Eddie Tanner a la vez que intentaban que el Suministrador de Internet les confirmase la identidad de aquel que había creado el sitio La Casa de Juguete de Paul.

El reloj avanzaba implacable. Todos eran conscientes de ello. El asesinato de Crystal Stumbo era la horripilante prueba de que apenas si les quedaba tiempo.

Pero, en ese momento, el principal problema de Jake era encontrar a Sarah.

—¿Alguien ha visto a Sarah Mason? —preguntó a los ocupantes de la sala en general. Había recorrido el interior de la caravana sin verla y estaba empezando a preocuparse. ¿Dónde demonios podía estar?

Uno de los tipos de la unidad de homicidios alzó la vista por un momento de las bandas de goma con las que estaba envolviendo las bolsas de plástico que habían puesto sobre las manos de la víctima.

—Cuando entré vi a una mujer vomitando en la parte posterior de la caravana —le explicó—. Pelo corto y oscuro, vaqueros.

Sarah. Dios mío, ¿había salido? Tras inclinar la cabeza en señal de agradecimiento, Jake salió por la puerta que todavía estaba abierta de par en par. La noche seguía siendo tan oscura como antes, pero ahora había una infinidad de coches patrulla aparcados en el exterior del remolque y los tipos de las fuerzas del orden pululaban por allí como abejas. Jake aprovechó que se encontraba en lo alto de los escalones para recorrer con la vista los alrededores. No había rastro de ella.

—¿Sarah? —la llamó.

Nadie respondió.

Entonces bajó la escalera y, pegado al vehículo, se dirigió hacia la parte posterior del mismo por donde debía de haber pasado el agente para poder entrar. No lejos de allí, había un charco de vómito en la hierba.

Eso era todo.

El pulso de Jake se aceleró.

—¿Sarah? —la volvió a llamar, esta vez más alto, mientras sus ojos escrutaban la oscuridad tratando de verla.

Entonces recordó que le había dado sus llaves. Tal vez lo estuviese esperando en el coche. Jake se precipitó hacia él para comprobarlo. Pero Sarah tampoco estaba allí. Con los pelos de punta, Jake rastreó la zona, buscándola en los remolques más cercanos, en la oscura hilera de árboles que había a la izquierda, en la carretera y en los vehículos que había apiñados alrededor de la escena del crimen.

—¿Sarah? —gritó ahora sin importarle si, al hacerlo, despertaba a medio mundo.

Una vez más, nadie respondió. Tal y como se esperaba. Mientras regresaba corriendo a la *roulotte* de Crystal, Jake se percató de que aquella ligera y extraña sensación de peligro que durante tiempo había sido tanto su ruina como su bendición lo estremecía de nuevo.

Movimiento. Vibración. Algo suave aunque resistente por debajo de ella. Dolor, en la cabeza, en los brazos, en el costado, y una curiosa sensación de flotar como en letargo, algo que nunca había sentido hasta entonces.

Todo eso fue lo que despertó a Sarah.

—¿Cuánto piensas que estuvo buscando? —Las palabras, pronunciadas por una voz masculina que desconocía, le llegaban desde algún lugar cercano que se encontraba delante de ella.

—No tengo ni idea —contestó otra voz masculina que tampoco pudo reconocer—. Cuando le di la descarga al perro llevaba ya algún tiempo fuera.

El instinto aconsejó a Sarah que permaneciese quieta, que les hiciese creer que seguía inconsciente, lo que no impidió que abriese un poco los ojos. Por un momento no pudo ver nada, y se estremeció de miedo. ¿Dónde estaba? Los sonidos y la sensación de movimiento le ayudaron a recordar, no podía ver nada porque era de noche, y estaba en el interior de un coche. En el asiento posterior. Tumbada sobre su costado izquierdo en el asiento trasero de un todoterreno, para ser más exactos, con las manos atadas a la espalda con algo que parecía ser grueso y de goma, puede que una cuerda elástica. También tenía atados los tobillos, aún más fuerte, si cabe, aunque no supiese con qué. Las voces provenían de la parte delantera del vehículo, donde había sentados dos hombres.

Al reflexionar sobre lo que acababa de oír, Sarah dedujo que uno de ellos le había golpeado con una pistola de electroshock. Eso explicaría el dolor en el costado y en la cabeza además de la debilidad que sentía en sus miembros. ¿De forma que el que iba sentado en el asiento del copiloto había dado una descarga también a *Cielito*? Eso quería decir que había estado en su casa. ¿Sería él el que había sacado los juguetes de Lexie del armario? El corazón de Sarah dio un vuelco al pensarlo. Dios mío, ¿sería él el autor de la llamada telefónica? Aunque era imposible que se hubiese hecho pasar por una niña...

Sarah abrió los ojos un poco más para tratar de ver algo que le ayudase a reconocer a aquellos hombres. Si bien no podía estar segura, intuía que uno de ellos era Eddie Tanner.

Quien, con toda probabilidad, acababa de asesinar a Crystal.

Sarah se percató entonces del enorme peligro que corría. No sabía adónde la estaban llevando aquellos tipos, pero lo que estaba claro era que no iban de *picnic*.

Sarah oía el golpeteo sordo y lento de los latidos de su corazón. De repente sintió que le faltaba el aire, pero, por precaución, trató de no alterar el ritmo de su respiración.

—¿Todavía hablas con él? —El tipo que iba sentado en el asiento del copiloto, el que Sarah pensaba que era Tanner, parecía algo nervioso.

Tras humedecer sus labios, Sarah escudriñó de nuevo a través de los asientos y se percató de que ladeando ligeramente la cabeza podía ver parte del rostro de ambos hombres a través del espejo retrovisor. La pálida tez del pasajero confirmó a Sarah que se trataba de Tanner. El conductor era negro. Sarah supuso que se trataba del tipo que había visto en el aparcamiento del complejo de edificios en el que vivía Angie. Uno de ellos debía de haber escrito la palabra «Igor» en la ventanilla de su coche.

«¿Cómo lo sabíais?» Le habría gustado gritarles. ¿Eran ellos los que habían secuestrado a Lexie y a Angie? Sarah volvió a sentir náuseas al pensarlo y agradeció a Dios que ya no le quedase nada en el cuerpo que arrojar. Sólo que Tanner, al menos, parecía demasiado joven como para haber raptado a su hija. ¿Cuántos años debía de tener siete años atrás? ¿Veinte? No obstante, su experiencia como fiscal le había enseñado que con veinte años se puede ser ya un monstruo.

—Sí —dijo el conductor—. Le dije que no nos quedaba

más remedio que llevárnosla. Había reconocido mi coche. O tal vez fue ese maldito libro que dejaste en el asiento de atrás. Algo tuvo que ser, en cualquier caso.

—¿Está enojado?

—Un poco. Dice que está harto de que nos pasemos la vida tratando de resolver tus líos.

—¿Mis líos? Tú fuiste el que envió a ese estúpido de Duke a matarla simulando que se trataba de un robo fallido, sólo que la cosa se torció por su culpa. Yo intenté resolver ese lío, ¿recuerdas?

—Tú también hiciste un buen trabajo —El tono del conductor era levemente despectivo—. Por si no lo has notado, sigue con vida ahí detrás, imbécil. La próxima vez que dispares a alguien, asegúrate de matarlo.

—Esa tipa se cayó al suelo justo cuando disparé.

—Sí.

—Mierda, ¿sigue cabreado por eso?

Tanner parecía ahora realmente nervioso. Sarah no sabía quién era el tercer hombre al que se referían pero quienquiera que fuese era lo suficientemente temible como para provocar aquel ligero tono de terror en su voz. ¿Estarían a las órdenes de aquel que había secuestrado a Lexie? ¿O a Angie? Aquello parecía tener más sentido. Entonces pensó: «tal vez sepan dónde se encuentra Angie...».

Se produjo una brevísima pausa. El todoterreno saltó al pasar por encima de algo y Sarah se tensó instintivamente mientras rebotaba. Sus rodillas atadas se aproximaron al borde del asiento. Una nueva sacudida la tiraría al suelo. Al sentir un hormigueo en las manos y en los pies se dio cuenta de que éstos se le habían quedado dormidos. Trató de mover los dedos de las manos, de menear con rapidez los de los pies. Ahora que estaba más despierta y despejada percibía la sedosa suavidad del cielo de medianoche que pasaba por encima de sus cabezas, el abrupto y oscuro contorno de los árboles de hoja perenne, y, al alcance de la mano, el tenue resplandor azul del panel de mandos. Había también un cierto olor, además del de vinilo y aire viciado, pero no podía detectar qué era.

—No le gusta la publicidad, eso es todo. Ha tenido que cambiar el plan del juego y eso nunca es bueno.

—No fue culpa mía.

Tanner daba la impresión de sentirse ahora muy inquieto. Sarah reconoció aquella emoción con un cierto grado de camaradería: su propio pulso estaba a mil. Estaba a punto de encontrar a Angie, tal vez muy cerca también de descubrir lo que le había pasado a Lexie y aun en el caso de que lo hiciera eso no iba a ser bueno para nadie. Aquel par de perdedores se detendrían tarde o temprano, y Sarah suponía que entonces la matarían. La idea hizo que se estremeciera de miedo. Oh, Dios mío, no quería morir...

La imagen de Jake apareció en su mente y por un instante sintió un rayo de esperanza. A esas alturas debía de estar ya buscándola como un loco, haciendo todo lo posible por encontrarla. Le estaban dando caza a Tanner de forma que, antes o después, lo encontrarían. Pero la cuestión era: ¿lo harían a tiempo?

Tanner seguía hablando.

—Escucha, hice esas llamadas que me dijiste. No creas que fue fácil sacar la voz de esa niña de esas viejas cintas. Pero lo hice. Demonios, he hecho todo lo que me has pedido. ¿Quién eliminó a Duke en esa maldita cárcel? ¿Quién cogió a esa niña en la lavandería? Yo. Mientras que tú permanecías en ese condenado coche observando. Y no es culpa mía si Crystal encontró el enlace y se lo envió a esa abogada amiga suya. El viejo usó mi ordenador. ¿Qué se suponía que tenía que hacer con eso? Ni siquiera sabía que el enlace estaba dentro.

Sarah se dio cuenta de que podía mover un poco las manos. La cuerda con que las habían atado había cedido. ¿De quién era la voz que Tanner había sacado de unas viejas cintas? ¿Podría ser la de Lexie? ¿Su auténtica y querida vocecita, tal y como ella había pensado siempre? Y ¿quién era ese viejo al que se referían? Mientras escuchaba con el corazón acelerado y el estómago encogido, mientras trataba de comprender lo que decía Tanner, Sarah no dejaba de mover sus manos, de retorcer sus muñecas, tratando de soltarse.

Si bien podía estar en peligro de muerte, aquella noche no estaba dispuesta a ponérselo fácil a aquellos tipos.

—No, supongo que no. —En el tono del conductor había un ligero sarcasmo.

—En cualquier caso, lo remedié. La maté, ¿no? Le corté el cuello a esa fisgona hija de perra.

—Por supuesto que lo hiciste. ¿Y no se te ocurrió que tal vez podía ser más inteligente hacerlo en otro sitio? Es una pregunta.

—Si querías que la matase en algún lugar en especial tendrías que habérmelo dicho. Lo único que me dijiste fue que la matase.

El coche aminoró la marcha y se hizo a un lado en la carretera. Sarah se tensó.

Dios mío, había llegado su hora. El coche se estaba deteniendo y cuando lo hiciese la matarían. Sus pulmones se contrajeron dificultando su respiración. Apretó los puños y tiró de la cuerda con toda la fuerza que pudo procurando no llamar la atención.

—¿Por qué te paras aquí? —Tanner parecía sorprendido.

—Porque hay una ensenada junto a la carretera que es perfecta para deshacernos de un cuerpo.

—Oh.

La respuesta pareció satisfacer a Tanner mientras que Sarah, al oírla, se quedó empapada al instante de un sudor frío. Su corazón latía con fuerza. Su pulso se aceleró. Su mente daba vueltas como si se tratase de un pequeño animal acorralado. Sus manos se retorcieron mientras sus dedos tiraban una vez más de la cuerda. Ésta seguía cediendo, pero no le iba a dar tiempo...

El coche se detuvo.

El pánico ascendió como la bilis por la garganta de Sarah. Sus manos se agitaban desesperadas tratando de liberarse. Sus dedos se toparon con un nudo, lo tanteó, tiró de él...

—Sal a ver si la ensenada está muy lejos de la carretera —dijo el conductor mientras cambiaba de marcha para aparcar.

—Sí, está bien.

Tanner abrió la puerta y la luz del interior del vehículo se encendió. Mientras se apeaba del mismo, Sarah se quedó quieta como un palo, fingiéndose inconsciente mientras, desesperada, trataba de trazar un plan... ¿Como qué, golpear en los huevos con los pies atados a quienquiera que tratase de sacarla del asiento trasero y a continuación huir a saltos como el conejito de Duracell? Por desgracia, sus conocimientos de defensa personal se reducían a una única clase de Mujeres Contra las Agresiones Sexuales. Y éste no era el caso para valerse del kung fu.

—Está aquí al lado. —Tanner estaba fuera del coche e introdujo de nuevo la cabeza en él para mirar al conductor—. Podemos sacarla, dispararle y tirarla allí.

Sarah hizo cuanto pudo para no empezar a jadear aterrorizada.

«Quieta —se advirtió a sí misma, mirando a Tanner a través de sus pestañas—. No te muevas.» Su única oportunidad —«¿estás de broma? No tienes ninguna oportunidad»— radicaba en el elemento sorpresa.

—Bueno.

—Eh. —Tanner miraba alarmado al conductor—. ¿Qué estás haciendo?

Sarah seguía mirando a Tanner cuando una bala se introdujo en el pecho de aquel tipo. Éste llevaba puesta una de sus camisetas de tirantes y la parte delantera de ésta pareció florecer de repente de sangre escarlata. Sarah chilló y dio un salto —no pudo evitarlo—, pero el ruido del disparo a quemarropa ahogó el sonido. Tanner gritó, agitó los brazos como un molino, y acto seguido se desplomó hacia atrás. Un estruendo, seguido de un chapoteo, hizo suponer a Sarah que Tanner había caído en la ensenada.

¿En lugar de ella o con ella?

El conductor se apeó con calma del coche. Mientras Sarah permanecía tumbada en su interior aturdida, trémula, tratando de no perder el control de su respiración, recordó que la posibilidad de que fuese con ella era muy plausible, por lo que movió de nuevo sus dedos, haciéndolos trabajar en el nudo. Al oír un nuevo disparo en el exterior del coche, la cabeza empezó a darle vueltas. La puerta del copiloto se cerró de golpe y, un momento más tarde, el conductor regresó al interior del vehículo y cerró su propia puerta.

Sarah reconoció aquel olor acre: pólvora.

—Sé que estás despierta —le dijo el conductor mirándola por el espejo retrovisor—. Te he oído.

Y, antes de que Sarah pudiese reaccionar a sus palabras, se dio media vuelta en su asiento y le disparó con la pistola de electroshock.

Cuando Sarah se volvió a despertar, el coche seguía parado. O tal vez se hubiese movido y se hubiese detenido de nuevo. No podía estar segura. Como tampoco podía estarlo sobre el tiempo durante el cual había permanecido inconsciente, o sobre el lugar donde se encontraban, o sobre lo que había pasado entretanto. Sólo sabía que, en primer lugar, se sentía como si hubiese sido arrollada por un tren de mercancías; que, en segundo lugar, estaba mucho más oscuro que antes y que, en tercer lugar, podía oír indistintamente a un hombre hablando.

Lo bueno era que podía oír asimismo los latidos de su corazón, lo que significaba que todavía seguía con vida.

Lo malo era que, si algo no cambiaba deprisa, las posibilidades de disfrutar por más tiempo de aquel estado eran muy remotas.

«Está bien.» No era el momento de permanecer allí tratando de recuperar la concentración, o de imaginarse cosas, o hacer cualquier otra cosa que no fuese afrontar la adversidad. Estaba segura —relativamente segura— de que estaba sola en el vehículo. La razón de aquella oscuridad era que el motor estaba apagado, lo que significaba que también lo estaban el panel de mandos y los faros.

Cuando el tipo le había dado la descarga con la pistola, Sarah estaba a punto de deshacer el nudo. Sus dedos se aferraron a él de nuevo, desesperados, y de repente, sintió que éste se aflojaba, se abría. Sarah tiró una vez más y lo consiguió, estaba suelto. Con un rápido movimiento, apartó la cuerda de sus muñecas.

Sarah tendió los brazos hacia delante e hizo un movimiento rápido con las manos para recuperar la circulación. A continuación se incorporó lo justo para poder mirar por la ventanilla hacia el lugar de donde procedía la voz y vislumbró a su raptor a unos dos metros de la puerta del conductor, dándole la espalda mientras hablaba con alguien que permanecía en la sombra en el interior de una camioneta que había aparcada al lado del coche. Daba la impresión de que esperaban a alguien.

¿A quién? Sarah pensó que tal vez fuese mejor no descubrirlo.

Sarah se percató casi de inmediato de que ambos vehículos se encontraban en un amplio claro rodeado de árboles y de que a su derecha había un edificio, largo y bajo, con bastantes luces encendidas en su interior como para que sus pequeñas ventanas estuviesen débilmente iluminadas y derramasen su resplandor en la noche. Entonces cogió la cuerda elástica y con garfios con la que le habían atado los tobillos y, sin necesidad de deshacer nada, tiró de ella y se la quitó.

De repente estaba libre. Una nueva mirada a través de la ventanilla le confirmó que su raptor seguía en la misma posición de antes. Sarah pensó de inmediato que lo que tenía que hacer era salir sigilosamente por la puerta trasera del lado del copiloto, y echar a correr en la oscuridad como un conejo con un tigre a sus espaldas. El interior del vehículo se encendió. El corazón de Sarah casi se detuvo cuando, con una mano ya en la manilla de la puerta, se percató de que lo había olvidado. Aquel resplandor los alertaría sobre su huida.

El pulso se le había acelerado, y jadeaba como si hubiese corrido varios kilómetros. Sarah se valió del extremo curvo de la cuerda con la que le habían atado los tobillos para quitar la cubierta de la lamparita y desenroscó aquella maldita bombilla con manos temblorosas.

Tras lanzar una última mirada a su secuestrador, quien

no había dejado de hablar, abrió la puerta trasera y se apeó con cautela del coche.

«La noche es más oscura en las horas previas al amanecer.»

Sarah recordó haber oído aquella cita en alguna parte, y reconoció que era cierta. La noche era en esos momentos tan negra como el interior de una cueva. Seguía siendo calurosa, aunque se había levantado una ligera brisa. La luna era un pálido fantasma de sí misma mientras descendía hacia el volante que formaban las copas de los árboles marcando el horizonte al oeste. En el aire flotaba un leve olor a diésel y Sarah se preguntó si el edificio no sería una especie de garaje. Fuese lo que fuese, rodear su parte trasera y desaparecer entre los árboles parecía ser el mejor plan.

Sarah sintió que temblaba, que las piernas le flaqueaban y la cabeza le daba vueltas mientras se deslizaba hacia los árboles sin apartarse del muro de metal y procurando pasar por debajo de las ventanas haciendo el menor ruido posible. Al mirar por una de las ventanas descubrió que el edificio era un lugar para guardar barcas lo que, dado que era agosto y, por tanto, la estación principal para navegar, suponía que en el interior del mismo había muchos remolques vacíos y sólo un par de embarcaciones. Sarah comprobó con satisfacción que en el depósito no había nadie. Esperaba oír en cualquier momento el grito que le anunciase que su huida había sido descubierta. Aquella idea la inquietaba, haciendo que se sobresaltase al menor ruido o movimiento. Tan pronto como se adentrase en la arboleda echaría a correr como si en eso le fuese la vida. Pero, por el momento, tenía que moverse con rapidez, a la vez que con sigilo...

No sabría decir por qué miró por la última de las ventanas. ¿Por casualidad? ¿Tal vez por instinto? El caso es que se asomó a ella y vislumbró un pequeño almacén separado del resto del edificio por paneles de madera contrachapada sin pintar. El mismo estaba vacío excepto por una enorme jaula, del tipo de las que sirven para encerrar perros de gran tamaño.

En el interior de la misma estaba Angie.

Sarah se quedó sin aliento. El corazón le dio un vuelco como si tratase de salírsele del pecho. Se quedó helada, mirando fijamente a través del sucio cristal, sin poder creer lo que veían sus ojos.

La niña estaba hecha un ovillo sobre el suelo de la jaula, con los ojos cerrados y su larga melena negra cayéndole sobre la cara de forma que Sarah no podía ver su expresión. Parecía delgada, pálida y tan desamparada que Sarah sintió que se le rompía el corazón al verla.

No podía dejarla en aquella jaula. Poco importaba si con ello se jugaba su propia vida, tenía que sacarla de allí.

Respirando hondo, Sarah desandó el camino por el que había llegado hasta allí. Tras recorrer unos tres metros, pasó por delante de una puerta.

Con el corazón en la garganta, movió el picaporte. Estaba abierta. Mientras la empujaba con cautela, la luz se derramó por la abertura delatando abiertamente su presencia.

Tal y como había visto al mirar por la ventana, en el interior del edificio no había nadie. Sarah cruzó el umbral, cerró la puerta con cuidado a sus espaldas para evitar que la luz que salía por el intersticio llamase la atención y, acto seguido, se dirigió hacia el almacén que había a la derecha. El hecho de que el interior estuviese iluminado la hacía sentirse muy expuesta. Con el corazón a mil y la garganta seca, segura de que la podían descubrir en cualquier momento, corrió con todo el sigilo del que fue capaz hacia el almacén y probó a abrir la puerta.

Estaba cerrada.

Con el corazón latiéndole ya como una taladradora y las rodillas flaqueando a causa del miedo, Sarah miró desesperada en derredor... y descubrió un manojo de llaves sobre una mesa junto a la pared. Las cogió y, estremeciéndose al oír cómo tintineaban, se precipitó hacia la puerta y eligió aquella que parecía encajar en la cerradura.

Y que encajó.

Tras abrir la puerta, entró en el interior del almacén y cerró de nuevo la puerta a sus espaldas. El cuarto debía de tener unos dos o tres metros, tres de sus paredes eran de madera contrachapada y la cuarta era la metálica del edificio. Incluso a aquella hora de la noche, el calor que hacía allí dentro era sofocante. Mientras se precipitaba hacia la jaula, Sarah se percató de que el olor a excrementos humanos era muy fuerte. A continuación, vio que en el rincón más alejado de la misma había un cubo abierto. Era evidente que Angie lo estaba utilizando como retrete.

—¡Angie, Angie!

Si la niña estaba despierta y consciente no daba muestras de ello. Seguía hecha un ovillo, y a Sarah le dolió pensar lo que debía de haber sufrido para que ahora se mostrase tan apática. Se arrodilló delante de la jaula.

—Angie. Soy Sarah.

Entonces la niña se movió. Abrió los ojos y alzó la cabeza, sacudiéndola para apartarse el pelo de la cara.

—¿Sarah?

Su voz era casi inaudible, apenas un susurro, y Sarah volvió a sentir que se le desgarraba el corazón por causa de la niña a la vez que descubría que la jaula estaba cerrada con candado. Cuando lo cogió para examinarlo, oyó un zumbido a sus espaldas y se sobresaltó como si le hubiesen disparado. Al mirar a su alrededor, divisó la cámara situada en la pared que había enfrente de la jaula. Debía de ser sensible al movimiento, pensó, y ahora la estaba filmando.

Sarah se imaginó las imágenes que debían de estar circulando en esos momentos por internet y se le heló la sangre.

Aquello reducía aún más el tiempo del que disponía.

«Calma», se dijo a sí misma mientras sentía que el pánico la invadía.

El candado debía de tener una llave. Y en el manojo había una pequeña y plateada que parecía coincidir. Sarah se volvió a estremecer al oír el tintineo que hicieron las llaves cuando las levantó.

—¿Has venido para llevarme a casa? —susurró Angie con voz herrumbrosa, como si hubiese estado llorando.

—Sí. ¡Chsss!, tranquila. Nadie nos puede oír.

A Sarah le temblaban tanto los dedos que apenas podía introducir la llave en la cerradura. Nerviosa, miraba a sus espaldas, a la ventana, a la cámara, atenta a cualquier sonido o movimiento que se pudiese producir fuera de aquella habitación. Incluso el silencio le parecía horripilante. Cualquier segundo ahora...

La llave giró en la cerradura y Sarah pudo abrir el candado. Unos segundos más tarde abría la puerta de la jaula y Angie casi se desplomó en sus brazos.

La niña seguía atada de pies y manos con cinta aislante.

—Quiero ver a mi mamá —susurró Angie a Sarah mientras ésta la abrazaba.

—Lo sé.

Sarah la cogió en brazos y la estrechó contra su pecho, se puso de pie con cierta dificultad, y se precipitó hacia la puerta. Desatarla le habría llevado demasiado tiempo. Y no les quedaba mucho. Minutos, segundos...

—¿Siguen aquí? ¿Los hombres malos? —Angie miraba aterrorizada a su alrededor. Sarah podía sentir cómo temblaba.

—Sí, por eso no debemos hacer ruido —susurró Sarah mientras sujetaba a la niña y movía el picaporte al mismo tiempo, se las arreglaba para abrir la puerta y ambas salían de la jaula. Si bien Angie no pesaba demasiado, puede que unos veintisiete kilos como mucho, llevarla en brazos no era fácil y, además, la pistola de electroshock le había debilitado los brazos—. Te llevaré con tu mamá en cuanto pueda, te lo prometo. Pero ahora tienes que quedarte quieta, muy quieta...

Angie tenía los ojos desmesuradamente abiertos de miedo mientras Sarah cerraba de nuevo la puerta con la esperanza de que al hacerlo sus raptores tardasen más tiempo en descubrir que la niña había desaparecido y atravesaba a toda velocidad la distancia que la separaba de la puerta de entrada. Sarah también estaba aterrorizada. Su corazón latía con tal fuerza que apenas podía oír nada que no fuese el tamborileo de su propia sangre en los oídos. Tenía el pulso acelerado y apenas podía respirar. Tras lanzar una única y petrificada mirada al depósito aún vacío, abrió la puerta y salió por ella.

Cuando la puerta seguía cerrándose a sus espaldas, oyó un grito procedente de la parte delantera del edificio.

—¡Se ha escapado!

El terror dio alas a sus pies, vigorizó sus miembros. Con las piernas bombeando como pistones, estrechó a Angie entre sus brazos y corrió como un rayo hacia los árboles mientras en la parte delantera del edificio se organizaba un buen barullo. Las puertas de algunos coches se cerraban de golpe. Se oyeron más gritos: según parecía, las voces eran cuatro o cinco. El edificio se iluminó por completo y el resplandor de las luces halógenas blancas las capturó por un momento.

Sarah se hundió literalmente en la acogedora oscuridad de la arboleda. Corrió todo lo deprisa que pudo lo que, en realidad, no la llevó demasiado lejos. Las luces de las linternas eléctricas se agitaban en la oscuridad que dejaba tras ella; los gritos se podían oír ahora con toda claridad. Los sonidos de la persecución dieron alas a sus pies. Sus piernas se enredaban con los arbustos. Las ramas de los árboles le golpeaban en la cara. Sarah trató de guarecer a Angie en sus brazos lo mejor que pudo, trató de reconfortarla, pero la niña sollozaba y temblaba aterrorizada. Por fin, Sarah se vio obligada a detenerse, a bajar a Angie al suelo, a recuperar el aliento. Se tiró al suelo empapado de rocío, jadeando, y buscó precipitadamente amparo a la oscura sombra de un arbusto de espirea. Su dulce fragancia contrastaba con el terror que poblaba aquella noche.

—Yo también estoy asustada —susurró Angie, mientras Sarah agachaba la cabeza y clavaba los dientes en la cinta aislante con la que habían atado las muñecas de la niña. El esfuerzo y el miedo le hacían temblar. La adrenalina corría por sus venas como el *speed*, y estaba tan nerviosa que apenas podía respirar.

—Lo sé, todo irá bien.

Sarah consiguió hacer un pequeño rasgón en la banda, luego otro, y otro. Angie lanzó un pequeño chillido cuando Sarah se la arrancó por fin de la piel.

—Duele. —Angie extendió los brazos ante de ella, sacudiendo las manos y frotándose la piel—. Se me han dormido las manos.

—Verás como estás mejor en unos minutos.

—Quiero ir a casa.

—Irás a casa en cuanto podamos llevarte allí. —Sarah roía en esos momentos la cinta que Angie tenía alrededor de los tobillos.

—¿Nos encontrarán?

—No, pero tenemos que quedarnos quietas, muy, muy quietas.

La banda se rompió al final. Sarah se la arrancó y la niña quedó por fin libre. A continuación le ayudó a frotarse las piernas y luego Angie se acurrucó sobre el espeso lecho de hojas caídas, estrechándose contra Sarah mientras ambas permanecían allí por un momento. Sarah la rodeó con sus brazos, apretándola contra su cuerpo, ofreciéndole todo el consuelo que podía. Las ramas de la espirea colgaban a su alrededor y les procuraban una sensación de seguridad cuya falsedad resultaba evidente para Sarah. Tampoco los sonidos que había a su alrededor, como el croar de las ranas, el zumbido de los insectos y los repentinos crujidos que Sarah atribuía al correteo de algún pequeño animal entre las hojas, tenían nada de tranquilizadores. A través de las ramas en movimiento vio algunas luces, y pensó que debían de ser las linternas de sus perseguidores. Tal vez pudiesen permanecer escondidas allí hasta que alguien las socorriese.

Si es que el auxilio llegaba alguna vez.

«¿Dónde estás, Jake?», pensó Sarah desesperada. Estaba segura de que la debía de estar buscando frenético, angustiado, sin dejar ni siquiera una piedra por levantar. Sólo que Tanner estaba ahora muerto. No podían cogerlo e interrogarlo. Las posibilidades de que las rescatasen se iban haciendo cada vez más remotas.

No podían contar con nadie para salvarse.

El alba se aproximaba. A la luz del día sería más fácil descubrirlas. El único plan que se le ocurría era poner la mayor distancia posible entre ellas y sus perseguidores.

Bajó la mirada y contempló la cabecita que descansaba confiada, apoyada en ella, y el corazón le dio un vuelco. Si bien no había sido capaz de salvar a Lexie, tal vez pudiese salvar ahora a esta niña.

La abrazó con más fuerza.

—Tenemos que movernos, cariño. Andaremos, andaremos, y andaremos hasta que lleguemos a algún lugar seguro.

Angie asintió con la cabeza.

Nada más soltarla, Sarah oyó una pisada y vio el oscuro perfil del zapato de un hombre y la pernera de un pantalón por entre el ramaje del arbusto. Sintió una sacudida en el corazón. Se quedó sin aliento. Agarró el brazo de Angie para ponerla sobre aviso, para advertirle que permaneciese en silencio, pero no era necesario. La niña se había quedado petrificada de miedo. Tenía la mirada clavada en aquello que Sarah había visto.

La luz de una linterna iluminó entonces las ramas del arbusto, dando de lleno en la cara de Sarah.

—Las he encontrado. —Era la voz triunfante de un hombre.

Las ramas se abrieron y Sarah se encontró ante sus ojos el cañón de una pistola... y la cara de regocijo de Mitchell Helitzer.

Angie gritaba a su lado.

24

«Corre Angie.» Éstas fueron las palabras que saltaron de inmediato a los labios de Sarah, pero era demasiado tarde: alguien metió las manos por el arbusto y cogió a la niña que no dejaba de gritar, sacándola de allí mientras ésta trataba de aferrarse a Sarah.

—¡Ayúdame, Sarah! ¡Ayúdame!

Sarah intentó hacerlo, pero alguien le arrebató a la niña. Sarah se percató de que el hombre que había arrancado a Angie y que ahora se la llevaba de allí rodeándole la cintura con ambos brazos mientras la niña forcejeaba para desasirse y gritaba sin cesar, era el conductor del Blazer.

—¡No! —gritó Sarah, gateando en pos de ella a toda velocidad, pugnando por alcanzarla, por salvarla.

Helitzer estaba de pie a su lado y la sujetaba por un brazo, impidiéndole moverse a pesar de sus esfuerzos. Cuando Sarah trató de ponerse de pie, le dio una violenta patada en el costado. La fuerza de la misma alzó a Sarah del suelo y acto seguido la hizo caer a él de nuevo mientras el dolor le hacía gritar, ver las estrellas, casi desvanecerse.

Por un momento, Sarah sólo fue capaz de permanecer tendida sobre su estómago intentando respirar, aturdida de dolor. Cuando Helitzer se agachó a su lado, la empujó con brusquedad para ponerla de lado y a continuación le apuntó con su pistola, los gritos de angustia de Angie se iban perdiendo ya en la distancia.

—Hola, bruja —dijo Helitzer.

Entonces Sarah lo comprendió todo, el motivo de lo que había sucedido, y sintió odio hacia él. Pero jadeaba dolorida y su mente se afanaba por trazar un plan, algo que le permitiese salir bien parada de aquello, sobrevivir, salvar incluso a Angie, de forma que no le contestó.

La linterna estaba en el suelo junto a ella y su resplandor proyectaba sombras retorcidas en el diminuto claro. Le procuraba asimismo la suficiente luz para poder ver su cara, su expresión, mientras Helitzer se inclinaba sobre ella. Un trozo de cinta aislante sobresalía por debajo del arbusto de espirea. Con la parte de su mente que todavía podía pensar con calma y objetividad, Sarah se preguntó si no sería aquello lo que sus perseguidores habían visto y lo que las había delatado a Angie y a ella.

«Angie.» Pensar en ella era como tener el corazón en carne viva.

—Vas a morir. —Helitzer movió la pistola hasta colocarla a pocos milímetros de la punta de su nariz. La escrutaba disfrutando de aquel momento, del terror que ella a todas luces experimentaba—. Te voy a reventar la cara.

«Jake llorará eternamente la pérdida.» Sarah sintió un gran pesar al pensarlo. Ella, más que nadie, sabía lo terrible que podía ser el dolor.

Sarah cayó en la cuenta de que Jake era otra de las razones por las que luchaba por sobrevivir.

—Matándome no conseguirás librarte de los cargos por haber matado a tu mujer —le dijo Sarah, jadeando levemente a causa del dolor que sentía en las costillas—. Nombrarán un nuevo fiscal. El sistema judicial funciona así.

—Ese maldito sistema judicial me pertenece. Excepto tú, y lo que trato de hacer ahora es eliminar esa pequeña molestia. —Helitzer rozó juguetón la punta de la nariz de Sarah con su pistola—. Si todavía crees que vas a...

Entonces Sarah oyó algo, un débil crujido en las hojas que había a su alrededor, y sus sentidos se pusieron de inmediato en alerta. Helitzer también debía de haberlo oído, porque interrumpió lo que estaba diciendo y miró hacia el lugar de donde procedía aquel sonido.

—Aquí estás —dijo una voz familiar en tono incongruentemente alegre—. Te andaba buscando.

Sarah se quedó pasmada al ver aparecer ante sus ojos aquella rechoncha figura. «¿El juez Schwartzman?», fue su primer e incrédulo pensamiento. El segundo fue: «Gracias a Dios, llegó la caballería.» Pero Helitzer no parecía asustado, ni siquiera impaciente. No saltó para salir corriendo, o arrojó la pistola y se rindió. Se limitó a fruncir el entrecejo.

—¿Qué está usted haciendo aquí?

El juez Schwartzman se acercó. Sarah vio horrorizada que él también empuñaba una pistola. Si bien no sabía a ciencia cierta lo que aquello podía significar, su instinto le gritaba que no podía tratarse de nada bueno.

—Ayúdeme, por favor —le dijo, pensando que su instinto también se podía equivocar. El juez se detuvo junto a Helitzer y bajó los ojos para mirarla. Sarah lo miró a su vez suplicante y se percató de que estaba sucediendo algo terrible. «Ese maldito sistema judicial me pertenece.» Las palabras de Helitzer retumbaron en su mente. No obstante, tenía que intentarlo—. Me va a matar. Y hay una niña...

—Cállate. —Helitzer le lanzó una maligna mirada.

Sarah se percató de que había movido apenas el cañón de su pistola y ésta no apuntaba ya a su cara, así que tuvo la loca ocurrencia de arrebatársela, o de, sencillamente, ponerse de pie de un salto y echar a correr. La mujer maravilla... Por desgracia, no había nadie parecido por allí.

El juez Schwartzman ignoró sus ruegos y optó por replicar a Helitzer.

—La subasta terminaba a las cinco. Hay un comprador. Dado que secuestrar a Angie fue idea tuya, y tengo que reconocer que ha funcionado mejor que el resto de cosas que hemos hecho para deshacernos de esta señora, supongo que querrás un porcentaje.

—Eso me importa un comino.

—De acuerdo. ¿Puedo seguir adelante y hacer que metan a la niña en mi camioneta? Conduciré hasta Memphis donde me encontraré con alguien que se ocupará entonces de ella.

—Pervertido. —El tono de Helitzer estaba cargado de desprecio.

—Lo sé —respondió con tristeza el juez y, a continuación, disparó a Helitzer en la cabeza.

Sarah contempló estupefacta cómo se abría un agujero negro y del tamaño de una moneda por encima de la sien de Helitzer, cómo sus ojos se abrían desmesuradamente y sus labios se separaban sorprendidos y a continuación su cuerpo caía de lado. Pero ella no gritó, todo sucedió muy deprisa, y no hubo explosión semejante a la de un petardo, sino tan sólo el ruido sordo del impacto y el olor a pólvora. Entonces, la diminuta parte de su cerebro que todavía podía pensar con objetividad, le informó de que el arma llevaba silenciador.

Todo sucedió muy deprisa y casi en silencio.

Unos segundos antes, Helitzer había estado a punto de matarla, y ahora estaba muerto.

—Así acaban todos los tiranos —murmuró Schwartzman bajando su pistola.

—Oh, gracias a Dios. —Ayudándose con las manos, Sarah se puso de pie y su anterior incredulidad dio paso a una auténtica euforia. El juez Schwartzman era uno de los buenos, sabía que lo era, su instinto se había equivocado. Sarah miró al cadáver que yacía de cualquier manera en el suelo, y luego sus ojos se posaron de nuevo en el juez—. Gracias —le dijo con auténtica gratitud; pero, mientras pronunciaba aquella palabra, vio que la pistola del magistrado apuntaba ahora hacia ella. Directamente a su pecho, desde un metro de distancia. Era imposible que errase el tiro.

Sarah inspiró ruidosamente. Sus ojos se posaron de inmediato en la cara de Schwartzman.

—¿Juez?

—Lo siento, Sarah. —El magistrado sacudió la cabeza con pesar—. De verdad. Pero no tengo otro modo de recuperar mi vida. Lo mato a él, te mato a ti, mato a esos dos imbéciles que vigilan a la pequeña Angie en su jaula y con eso se acaba todo. Elimino a todos los testigos y, como te acabo de decir, recupero mi vida.

—¿De qué está usted hablando?

Sarah oía retumbar en sus oídos los latidos de su corazón. De repente se le había secado la boca. Sin dejar de mirarlo, se dio cuenta de que la expresión del juez era de sincero pesar, lo que no le hizo sentirse mejor o ahuyentó su miedo.

—Escucha, nunca quise herirte. Era él, ese bastardo. Mató a su mujer, ya lo sabes. La golpeó hasta acabar con ella. Me lo confesó, vino a mi casa y lo admitió de plano, después me dijo que tenía que hacer todo lo posible por que el caso no llegase al tribunal ya que, de no ser así, le contaría a todos lo de la Casa de Juguete de Paul. Y además quería matarte. ¿Recuerdas la noche que te dispararon? Fue él quien envió esos gamberros para que te asesinasen. Se puso furioso cuando metieron la pata y se organizó todo ese escándalo. Tenía miedo de levantar sospechas si lo intentaba de nuevo demasiado pronto, que la investigación condujese hasta él, ésa es la única razón de que sigas con vida. Entonces se le ocurrió la idea de que usase las cintas de tu hija para acosarte, para sacarte del caso. —El juez sacudió con tristeza la cabeza—. ¿Sabes?, se metió a Duncan en el bolsillo, lo mismo que a mí. O que a Carver. Nos chantajea... chantajeaba. A Carver le dio un infarto. Pero en tu caso... no había nada para chantajearte. Excepto tu hija.

Sarah sintió que le fallaba la respiración. Olvidó por un momento la pistola que empuñaba el juez, así como todo cuanto éste le estaba diciendo.

—¿Cintas... de Lexie? ¿Tenía usted cintas de Lexie?

El juez asintió con la cabeza.

—Era una niña tan guapa, tan animada, Sarah. Pero entonces yo no te conocía. Jamás la habría cogido, si no. —Sarah sintió una opresión en el corazón, mientras lo miraba con incredulidad. De pronto se dio cuenta en qué lugar había visto antes su boca. Era pequeña, con los labios fruncidos, la boca que había visto bajo la cámara de vídeo aquel terrible día en el parque. Al caer en la cuenta, la cabeza empezó a darle vueltas. La expresión de su semblante debía de ser ardua de contemplar, porque el tono del juez se tornó de repente suplicante—. Ya has visto cómo funciona la Casa de Juguete de Paul. Uno de nosotros elige una niña, se queda con ella hasta que se cansa y después la vende al primero que la quiera. De hecho, en este momento hay varias niñas disponibles. Y nosotros siempre lo grabamos todo, desde el mismo momento de la captura. Sabes de sobra que esas cintas cuestan lo suyo. Se pueden vender por separado. —El magistrado se detuvo un momento para lanzar una mirada de aversión al cuerpo de Helitzer—. ¿Sabes lo que se supone que hacía este gran importador o exportador? Lo que de verdad vende es (era) pornografía. De todo tipo, por todo el mundo. Así fue cómo encontró la Casa de Juguete de Paul. Y a mí.

Su voz sonaba de nuevo triste, pero a Sarah le importaba bien poco el remordimiento que pudiese sentir. Era un monstruo y en caso de que hubiese algo de justicia en este mundo debería haber caído un rayo del cielo que lo hubiese fulminado.

—Usted me filmó aquel día, en el parque —dijo Sarah, con un rictus de crispación en los labios.

Por el momento, su plan consistía en hacerlo hablar para ganar tiempo mientras trataba de trazar uno mejor. Si el juez la mataba saldría inmune de todo aquello y Angie se vería perdida para siempre al igual que le había sucedido a Lexie. Y habría más niñas en peligro. Su intención era ayudarlas a toda costa.

El juez volvió a asentir con la cabeza.

—Me gustaba filmar también a las madres. Era mi toque especial; y tengo que decir que era bastante conocido en ciertos círculos por ello. Uso siempre una camioneta especial con una jaula en la parte trasera. Duermo a la niña con cloroformo, la encierro en la jaula y, a continuación, regreso y filmo a los padres corriendo frenéticos mientras buscan a la niña. Sobre todo a la madre. A veces enseño la cinta de la madre a la niña y eso me ayuda a controlarla. Además, para cierta gente eso supone un plus en la oferta.

La palabra «monstruo» se quedaba corta para describir a aquel hombre. El problema era que no había ninguna lo suficientemente terrible para hacerlo. Sarah pensó en Lexie, en su pequeña y dulce niña a merced de aquel degenerado, y sintió náuseas. La cólera, feroz e incontenible, empezó a correr por sus venas, alejando su miedo, fortaleciéndola. Aquél era el hombre que había estado buscando durante todo aquel tiempo. El hombre que se había llevado a Lexie.

—¿Qué hizo con ella? —Sarah tenía que saberlo. Por encima de cualquier otra cosa en el mundo, tenía que encontrar a su hija. Y no sólo porque desease dar por zanjado aquel asunto, sino por Lexie. Su hija se merecía estar con quienes la querían—. ¿Dónde está?

—Me gustaría poder decírtelo. —De nuevo aquel tono lúgubre. Si Sarah hubiese tenido un arma, lo habría matado en ese mismo momento—. Sólo la retuve durante una semana. Sabes que no la maté. Jamás lo hago. Sólo... jugué con ella.

«Jugar.» Aquella palabra lo consiguió. Sarah nunca había experimentado la furia homicida. Lo atacó, gritando y abalanzándose sobre él como un animal herido, haciéndole perder el equilibrio con el golpe de forma que el juez retrocedió tambaleándose al sufrir la embestida. Trató de defenderse, pero Sarah lo había cogido por sorpresa.

—¡Ay! —gritó al tropezar con algo y caer.

Entonces Sarah se arrojó sobre él, dándole puñetazos en la cara, en la garganta, en todas las partes del cuerpo del magistrado que lograba alcanzar.

Por primera vez en su vida experimentaba el deseo de matar.

Sólo que el juez era mucho más corpulento que Sarah, de forma que, tras rodar juntos por el suelo, ésta quedó atrapada debajo de él, que entonces le apuntó la pistola en la cabeza.

—Bruja —dijo mientras el frío y duro acero hacía presión sobre la sien de Sarah.

Ambos jadeaban a causa del esfuerzo, pero el ojo derecho

del magistrado estaba hinchado, la cara cubierta de arañazos y sangre y uno de sus labios se estaba inflamando. Sarah era consciente de que él la iba a matar, lo podía ver en sus ojos, pero ya no sentía remordimientos por él, al contrario, estaba orgullosa de, al menos, haberle causado aquellas marcas antes de morir.

«Eso por Lexie», pensó y escupió de lleno en su fea cara.

La cara del juez se retorció de rabia y la mano que empuñaba la pistola se movió. Sarah cerró los ojos.

—¡Policía! ¡Deténgase!

El grito, procedente de algún lugar muy cercano, hizo que los abriese de nuevo de golpe. Sarah oyó el ruido de pisadas, el crujido de las ramas, más gritos de amenaza pero, por un momento, un interminable momento en el que el cañón de la pistola le acariciaba la sien y la eternidad le miraba a la cara, su mirada se cruzó con la de Schwartzman.

Entonces la mano del juez hizo un rápido movimiento y apretó el gatillo.

Por un pelo, Jake llegó demasiado tarde. Mientras corría como un rayo siguiendo los gritos de Sarah, con el corazón latiéndole como una taladradora y la sangre fluyendo a chorros por sus venas, apartando las ramas con medio departamento de policía de Beaufort y una buena parte del FBI pisándole los talones, se sintió como Superman.

Los divisó mientras corría entre los árboles, vislumbró horrorizado al juez sobre ella, con la pistola apuntando a su cabeza; pero no estaba lo suficientemente cerca, no podía disparar por miedo a herirla a ella también, de forma que se limitó a gritar «policía, deténgase», al igual que hicieron los oficiales que se encontraban a sus espaldas.

Entonces el arma se disparó derramando sangre y partículas de hueso y de cerebro por todas partes. El corazón de Jake se detuvo en seco. Casi se orinó en los pantalones. Lanzó un primitivo aullido de angustia y se abalanzó de un salto sobre ellos, cogió al bastardo por el hombro, lo apartó de ella... y entonces descubrió los restos de la explosión en su cara.

El juez Schwartzman se había disparado en la cabeza. Sarah estaba ilesa.

Las rodillas de Jake cedieron. Se desplomó sobre la espesa capa de mantillo al mismo tiempo que Sarah se incorporaba. Ésta estaba cubierta de sangre, coágulos y hojas y sólo Dios sabía qué más cosas, pero, aun así, a Jake le pareció lo más bonito que había visto en su vida.

—Gracias a Dios —dijo, como si estuviese rezando.

Sarah inspiró con fuerza y rodeó el cuello de su amigo con sus brazos. Él la abrazó también y la sujetó como si no tuviese intención de soltarla jamás.

Poco después, esa misma mañana, Sarah presenció el reencuentro de Angie con su madre. Ambas se encontraban en el hospital, donde la policía había insistido en llevarlas. Sarah se encontraba en perfecto estado, pero Angie debía permanecer ingresada. Cuando Sarah acababa de entrar en la habitación de la niña, Rosa cruzó apresurada el umbral.

—¡Mi hija! ¿Dónde está mi hija? —gritó mientras Angie, limpia y vestida con un camisón verde de hospital, permanecía sentada en la cama.

—¡Mamá! —La niña extendió los brazos y Rosa se arrojó en ellos y ambas estallaron en un ruidoso sollozo. Sarah gritó también un poco y lo mismo hicieron los familiares que habían entrado con Rosa en la habitación.

Sarah salió a continuación de ella para permitirles disfrutar de la intimidad que se merecían.

Jake la esperaba fuera. Había permanecido a su lado desde que le había quitado al juez de encima hacía tres horas. Sarah le había contado ya todo, incluso lo que había sabido sobre el destino de Lexie. A cambio, él la había puesto al corriente sobre lo que había sucedido después de que ella desapareciese y cómo habían descubierto el almacén de barcos gracias a que Tanner, que no había muerto, se las había arreglado para llamar al 911 con su teléfono móvil a pesar de estar gravemente herido.

—¿Estás bien? —le preguntó, mientras cruzaban juntos el vestíbulo en dirección al ascensor.

Puesto que a Sarah le habían dado el alta, ambos se iban ahora a casa, a su apartamento, de mutuo acuerdo. Sarah pensó con ironía que se iba a perder otro día de trabajo. Pero, dadas las circunstancias, esperaba que Morrison fuese comprensivo.

Al llegar junto al ascensor, Jake apretó el botón de bajada.

—Sí. —Sarah sabía que se refería a su reacción tras saber lo que le había sucedido a Lexie—. Durante todos estos años he aprendido que es preferible saber a no saber. El problema es que he esperado y rezado durante tanto tiempo que ahora que conozco la verdad me siento como... vacía por dentro. Como si ya no me quedase nada en esta vida.

—¡Eh! —le replicó él en el preciso momento en el que el ascensor anunciaba su llegada con un ¡din! y sus puertas se deslizaban para abrirse—. ¿Y yo, qué?

Sarah lo miró ligeramente sorprendida.

—Bueno, claro, estás tú —dijo mientras entraban juntos en el ascensor. Sarah se dio cuenta de que aquello sonaba como si ella lo diese por descontado, cosa que era cierta y, en su opinión, también positiva. Pero, sólo a título de aclaración, añadió—: Te quiero.

Jake le sonrió, curvando apenas los labios de aquel modo que ahora tenía el poder de inflamar su sangre y alegrar su corazón, y dijo: «Yo también te quiero.»

Y, mientras las puertas del ascensor se cerraban, la besó.

A los dos se les olvidó durante un buen rato pulsar el botón de la planta baja.

A última hora de la tarde siguiente, después de que Jake hubiese acabado de meter el coche en el aparcamiento y mientras presenciaba algo que no pensaba llegar a ver jamás en su vida —Pops y Dorothy saliendo juntos para dar una vuelta en moto—, éste recibió la llamada que ambos habían estado esperando con ansiedad y que, al mismo tiempo, temían.

—He pensado que tenías que ser tú quien le diese la noticia —le dijo Morrison—. Han encontrado a Lexie.

Sarah estaba en la sala de estar de su casa, tan nerviosa que apenas conseguía estar quieta y dejar de mirar por la ventana, esperando la llegada del coche de policía que le traería a Lexie de vuelta a casa.

Al final se había producido el milagro. Su hija estaba viva. Tras identificar a los responsables de la Casa de Juguete de Paul, gracias a unas grabaciones que la policía había descubierto en casa del juez Schwartzman, habían encontrado a la niña en una remota granja de Utah, donde un hombre la retenía como una de sus muchas mujeres.

Parecía imposible, irreal. Siete años. ¿Podría reconocer a su propia hija?

—¿Estás bien? —le preguntó Jake. Su amigo estaba justo detrás de ella, esperando a su lado, consciente de lo excitada, lo ansiosa y lo asustada que estaba.

¿La recordaría Lexie?

Un coche patrulla se detuvo delante de la casa y dos agentes se apearon de él. Sarah sintió que se le aceleraba el corazón. El pulso le retumbaba en los oídos. Respiraba con dificultad.

Uno de los policías —que Sarah luego sería incapaz de describir— abrió la puerta trasera del lado del copiloto y una muchachita esbelta y pelirroja vestida con una falda vaquera larga y una sencilla blusa blanca, salió por ella.

—Dios mío, aquí está. —Sarah se volvió a Jake, quien la rodeó con un brazo y la estrechó junto a él. Sarah osó mirar de nuevo por la ventana—. Está muy alta.

La niña y los policías avanzaban por el sendero cuando, de repente, Sarah no pudo seguir mirando. Sabía que la hija que regresaba a su lado no tendría nada que ver con la que le habían arrebatado, ni en apariencia ni en muchas otras cosas, pero aun así la imagen que había conservado de ella era la de la niña regordeta y sonriente de cinco años.

Los tres casi habían alcanzado la puerta y Sarah se precipitó hacia ella para abrirla.

Cielito salió corriendo del dormitorio, soltando una retahíla de feroces ladridos antes incluso de que su dueña pudiese decir hola o pudiese mirar de cerca a su hija.

Los policías se quedaron prácticamente paralizados. Sarah, que acababa de abrir la mampara, lanzó a *Cielito* una mirada de exasperación y estuvo a punto de exigirle que se callase. Pero Lexie pasó como una exhalación ante ella y entró sin más preámbulo en la casa, ignorando a Jake, que se encontraba junto a la puerta de la sala de estar, y con la mirada clavada en *Cielito*. El perro dejó de ladrar y la miró también fijamente.

—¿*Cielito*? —dijo Lexie.

Con la respiración entrecortada, Sarah contempló cómo *Cielito* caminaba lenta y cautelosamente hacia ella, con apariencia de olfatear el aire.

Entonces su hija se arrodilló, abrió los brazos y el perro se arrojó a ellos meneando la cola.

Sarah los miró todavía durante un instante, no más. Acto seguido se arrodilló también junto al perro y su hija y dijo:

—¿Lexie?

Ésta volvió la cabeza para mirarla y Sarah se encontró de nuevo con sus ojos azul índigo.

Y el duro y frío nudo que había anidado en su corazón durante aquellos siete años se deshizo.

—¿Mamá? —Lexie la escrutaba también, como si tratase de reconocer en el rostro más viejo de su madre aquel que ella recordaba—. Nunca te olvidé. Soñaba contigo a menudo. Pensaba que eras un ángel.

—Lexie —repitió Sarah, esta vez con efusiva convicción.

Con los ojos anegados en lágrimas, abrazó a su hija y ésta le devolvió el abrazo mientras *Cielito* seguía moviendo la cola y Jake sonreía a su amiga.

Y Sarah pensó: «Mi copa está rebosando.»